DIÁLOGOS

I

TEETETO
(ou DO CONHECIMENTO)

SOFISTA
(ou DO SER)

PROTÁGORAS
(ou SOFISTAS)

O livro é a porta que se abre para a realização do homem.

Jair Lot Vieira

PLATÃO

DIÁLOGOS

I

TEETETO
(ou DO CONHECIMENTO)

SOFISTA
(ou DO SER)

PROTÁGORAS
(ou SOFISTAS)

TRADUÇÃO, TEXTOS ADICIONAIS E NOTAS
EDSON BINI
Estudou filosofia na Faculdade de Filosofia,
Letras e Ciências Humanas da USP.
É tradutor há mais de 40 anos.

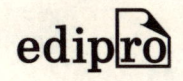

edipro

Copyright da tradução e desta edição © 2007 by Edipro Edições Profissionais Ltda.

Todos os direitos reservados. Nenhuma parte deste livro poderá ser reproduzida ou transmitida de qualquer forma ou por quaisquer meios, eletrônicos ou mecânicos, incluindo fotocópia, gravação ou qualquer sistema de armazenamento e recuperação de informações, sem permissão por escrito do editor.

Grafia conforme o novo Acordo Ortográfico da Língua Portuguesa.

1ª edição, 5ª reimpressão 2022.

Editores: Jair Lot Vieira e Maíra Lot Vieira Micales
Coordenação editorial: Fernanda Godoy Tarcinalli
Tradução, textos adicionais e notas: Edson Bini
Revisão: Ana Lúcia Sant'Anna Lopes
Revisão do grego: Lilian Sais
Diagramação e Arte: Karina Tenório e Karine Moreto de Almeida

Dados Internacionais de Catalogação na Publicação (CIP)
(Câmara Brasileira do Livro, SP, Brasil)

Platão (427?-347? a.C.)

    Diálogos I : Teeteto (ou Do conhecimento), Sofista (ou Do ser), Protágoras (ou Sofistas) / Platão ; tradução, textos adicionais e notas Edson Bini. – São Paulo : Edipro, 2007. (Clássicos Edipro)

    Títulos originais:
Η ΠΕΡΙ ΕΠΙΣΤΗΜΗΣ
Η ΠΕΡΙ ΤΟΝ ΟΝΤΟΣ
Η ΣΟΦΙΣΤΑΙ.

    ISBN 978-85-7283-574-9

    1. Filosofia antiga I. Bini, Edson. II. Título. III. Série.

07-0598   CDD-184

Índices para catálogo sistemático:
1. Filosofia platônica : 184
2. Platão : Filosofia : 184

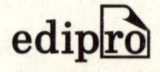

edipro

São Paulo: (11) 3107-7050 • Bauru: (14) 3234-4121
www.edipro.com.br • edipro@edipro.com.br
@editoraedipro   @editoraedipro

Sumário

Nota do tradutor 7
Apresentação 9
Introdução: O movimento sofista 11
Dados biográficos 27
Platão: sua obra 31
Cronologia.. 49

DIÁLOGOS I
Teeteto (ou Do Conhecimento).............................. 55
Sofista (ou Do Ser) 171
Protágoras (ou Sofistas) 263

Nota do tradutor

Estas traduções foram realizadas com base nos seguintes textos estabelecidos:
— *Teeteto* e *Sofista*: John Burnet;
— *Protágoras*: edição revisada de Schanz.
Entretanto, textos de outros helenistas também foram utilizados.

A possível ocorrência de palavras entre colchetes visa à tentativa de completamento de ideias onde o texto padece de algum hiato que compromete a compreensão.

Com o fito de facilitar e agilizar a consulta motivada pela leitura de outras obras, fizemos constar à margem esquerda da página a numeração da edição referencial de 1578 de Henri Estienne (*Stephanus*).

As notas de rodapé têm caráter meramente informativo ou elucidativo, e esporadicamente crítico, coadunando-se com o cunho didático da edição; contemplam aspectos filosóficos básicos, bem como aspectos históricos, mitológicos e linguísticos.

Dadas as diferenças estruturais entre o grego antigo (idioma declinado) e o português contemporâneo (língua não declinada), a tradução inevitavelmente se ressente de prejuízos do ponto de vista da forma: a beleza e a elegância do estilo literário de Platão são drasticamente minimizadas, mesmo porque, num discurso filosófico, a preocupação maior do tradutor é preservar o espírito do texto e manter-se, ao menos relativamente, fiel ao teor veiculado.

Procuramos, como sempre, traduzir *a meio caminho* entre a literalidade e a paráfrase, ambas em princípio não recomendáveis, a nosso ver, em matéria de textos filosóficos. Entretanto, tendemos a concordar com Heidegger em que toda tradução é necessariamente hermenêutica; ou seja, é praticamente impossível ao tradutor (embora pugne por ser leal e isento servidor do autor) impedir que um certo subjetivismo e algum grau de interpretação invadam seu trabalho.

De antemão, solicitamos a um tempo tanto a indulgência do leitor para nossas falhas e limitações, quanto suas valiosas sugestões e críticas para o aprimoramento de edições vindouras. Aqui só nos resta curvarmo-nos à opinião socrática de que, a rigor, *nunca passamos de aprendizes...*

Apresentação

A questão central do *Teeteto* é a busca da definição de conhecimento, pressupondo a indagação: *no que consiste o conhecimento?* Três definições possíveis são propostas e examinadas: 1) o conhecimento é percepção dos sentidos; 2) o conhecimento é opinião verdadeira; 3) o conhecimento é opinião verdadeira somada à explicação racional.

A crítica aos sofistas situa-se em parte da discussão da primeira alternativa e é dirigida a um sofista em particular, Protágoras, e sua doutrina "humanista" segundo a qual *o ser humano é a medida de todas as coisas.*

Uma teoria do conhecimento com base na doutrina protagórica responderia que o conhecimento identifica-se com a percepção sensorial. Entretanto, dada a subjetividade da percepção sensorial, desemboca-se inevitavelmente num certo individualismo que conduz à concepção de que todas as opiniões individuais são verdadeiras. Não há, portanto, verdades universais. Toda a possível teoria do conhecimento protagórica se moveria exclusivamente no âmbito do individual e particular. Ora, se o conhecimento é conhecimento do universal, a definição egressa dessa teoria que torna o conhecimento refém da percepção sensorial é decididamente insatisfatória.

Entretanto, as duas outras definições suscitadas e ventiladas mostram-se também insatisfatórias, e o diálogo finda sem atingir sua meta. A despeito disso, o *Teeteto*, além de conter um contínuo e profícuo exercício dialético, encerra paralelamente a exposição e aplicação do método socrático da *maiêutica*, que abre caminho para a teoria platônica das Ideias, que renderá, ela sim, uma resposta consistente à questão do conhecimento.

No *Sofista,* buscam-se também definições que implicam distinções entre o filósofo, o sofista e o político. A definição do sofista em contraposição ao filósofo é alcançada em termos flagrantemente negativos: o sofista é um habilidoso prestidigitador e farsante, o que faz o diálogo encaminhar e encetar a questão e discussão da *falsidade* e do *não-ser*, que envolve necessariamente a questão do *ser*, instaurando-se o cerne do teor do diálogo, que é a questão ontológica.

No *Protágoras*, o principal objetivo de Platão parece ser esboçar de modo marcante e vívido o perfil dos mais conceituados sofistas atuantes na sua época, especialmente Protágoras, e secundariamente (embora com indiscutível habilidade literária e tino psicológico) Hípias de Elis e Pródico de Ceos. Platão reservará a Górgias de Leontini um exclusivo, longo e denso diálogo (ver *Diálogos II*). O *Protágoras*, com sua forma descritiva e tom dramático, é permeado centralmente por uma questão crucial: é a virtude (ἀρετή [*areté*]) passível de ser ensinada?

Introdução:
O MOVIMENTO SOFISTA

I – Considerações gerais

Esta Introdução não tem qualquer pretensão acadêmica e, muito menos, erudita. São apenas considerações sumárias, a respeito de uma célebre rivalidade intelectual, que podem se revelar úteis ao estudante da história do pensamento clássico e, particularmente, àquele da filosofia platônica.

Trata-se de uma velha questão a uma vez complexa e polêmica, mesmo porque transcende o conteúdo e o mérito da própria contribuição intelectual manifestada por esses âmbitos antagônicos da vida cultural do mundo ocidental na Antiguidade.

De fato, desde a gênese daquilo que convencionamos denominar "movimento sofista" e do platonismo original (concebido e ensinado por Platão na Academia), percebemos de chofre não só a marcante diversidade e polarização das propostas de um e outro, como também a paralela diferença pontual de postura e conduta de representantes de ambos os partidos.

As origens dessa disputa nos fazem remontar à Grécia de meados do século V a.C., quando começa a germinar a semente de um desenvolvimento cultural que viria a culminar no período áureo da Atenas de Péricles.

Quase todo estudante de Filosofia sabe que a palavra *sofista* (σοφιστής [*sophistés*]) é estreitamente aparentada a *sophós* (σοφός), "hábil em alguma arte manual", ou "hábil" em geral; *sophós* também designa o indivíduo dotado de algum saber, o sábio. O significado de *sophistés* é virtualmente idêntico ao de *sophós*.

Entretanto, a partir de meados do século V a.C., em Atenas (o centro cultural da Grécia antiga), essa palavra (até então neutra e positiva) passa a designar (já com sentido pejorativo), num primeiro momento, um personagem novo e curioso do cenário cultural e educacional: o professor de Retórica e Filosofia.

Perguntar-se-á: mas já não existiam mestres de Retórica e de Filosofia?

Decerto, mas não com as características e peculiaridades desses homens.

Os *sofistas* eram professores de Retórica *e* Filosofia implicando necessariamente a correlação desses dois *saberes*. Por trás disso, já se delineiam a postura desses homens e a própria concepção que alimentavam da Filosofia como um saber não fundamental, mas atrelado e subordinado à Retórica: a única Filosofia que realmente importa é a veiculável e veiculada pela arte do bem falar, isto é, a oratória ou retórica. Vale dizer que, para os sofistas, a Filosofia se reduz basicamente à Ética e, sobretudo, à Política (para empregar a terminologia aristotélica, às *ciências práticas*, ou da *práxis*). Os sofistas em geral julgavam disciplinas filosóficas como a Psicologia, a Física, a Metafísica e a Gnosiologia como especulação e reflexão de secundária importância, precisamente porque são mais distanciadas da *práxis*.

Isso nos possibilita, já num *segundo momento*, aprimorar o que se entendia por sofista: o professor de Retórica e Política, ou melhor ainda: *o professor que ensinava como utilizar a retórica no discurso e debate políticos*, o que denuncia uma das funções primordiais desses homens na Atenas a partir de meados do século V a.C., ou seja: *ensinavam a jovens que pretendiam ocupar cargos políticos habilidade e maestria no uso da palavra visando à persuasão do público.*

Mas por que dizemos *Atenas*?

Porque Atenas era, nessa época, o grande núcleo cultural e político da Grécia e para lá convergiam todos aqueles que ansiavam participar do grande impulso da cultura helênica envolvendo setores fundamentais da educação, como a Filosofia, as mais diversas artes e a competição esportiva – tudo entranhado na intensa vida política da cidade-Estado.

Ora, também a maioria dos sofistas (que não era ateniense) acabou por se dirigir a Atenas, onde não se estabeleceram definitivamente (mesmo porque eram geralmente andarilhos e itinerantes), mas onde se mantiveram por períodos consideráveis, já que seus usuários, ou seja, seus discípulos (amiúde de famílias aristocráticas abastadas) ali se achavam, alimentando interesse pelos variados cargos políticos oferecidos pela poderosa e febril cidade-Estado.

A esse ponto, podemos depreender uma definição ainda mais depurada e completa do sofista: *professor remunerado de retórica aplicada à política.*

Os sofistas eram clara e explicitamente profissionais remunerados e, com frequência, eram muito bem remunerados.

Talvez devêssemos mesmo afirmar que foram eles que instituíram – mediante sua própria prática – a figura do profissional remunerado da educação, ou melhor, do magistério.

Esse professor era mestre particular ou de pequenos grupos, ministrava cursos temporários pagos e hospedava-se, no caso de Atenas, geralmente nas faustosas residências de admiradores ricos. Cálias de Atenas, filho de Hipônico, foi, no início do século IV, um desses famosos patrocinadores dos sofistas.

Mas, com o tempo e, especialmente, com o advento da democracia em Atenas (auge da efervescência política, artística e intelectual), os sofistas, além de mestres renomados de retórica e, naturalmente, exímios oradores, passaram a exercer marcante influência não só na intensa vida política, como também na feitura de leis (legislação): Protágoras, por exemplo, redigiu uma Constituição para a colônia de Túrio. O mesmo ocorreu em relação à vida jurídica, já que como hábeis oradores começaram também a atuar nos tribunais como advogados.

Assim, em boa medida, o *sofista* é igualmente um dos paradigmas do advogado ocidental, além de constituir sua origem institucional.

Como o leitor pode depreender, os sofistas primavam por um franco e desapaixonado pragmatismo, atuando em quase todas as esferas da vida do cidadão ateniense: educação, política, legislação, transações financeiras e comerciais. Alguns sofistas foram líderes do governo, como Crítias, membro do círculo socrático e depois um dos trinta tiranos.

Eram, contudo, na maioria e originalmente, homens ligados à formação e à educação (παιδεία [*paideía*]) ministradas num plano não escolástico e caracterizadas por um profissionalismo visivelmente materialista e rentável.

Após arriscarmos declarar muito do que eram, ousaremos aventar algumas coisas que não eram.

Embora efetivos apoiadores e participantes da democracia em Atenas, certamente não eram, obviamente, patriotas do ponto de vista de Atenas; na verdade, não eram, na sua quase totalidade, nem atenienses autóctones, nem estrangeiros estabelecidos na cidade (μέτοικοι [*métoikoi*]), não sendo geralmente detentores de direitos civis. Alguns deles (como Hípias de Elis), inclusive, exerciam missão diplomática representando suas cidades. Eram estrangeiros comuns, embora altamente influentes, sobretudo, pela via indireta, porém eficaz, da educação.

Respeitavam, via de regra, tanto as leis locais quanto as divindades epônimas – a religião oficial – mas não eram devotos, ou seja, não praticavam assídua e meticulosamente os rituais e sacrifícios domésticos, nem participavam rigorosamente das festividades religiosas públicas. Por outro lado, o escancarado pragmatismo e o utilitarismo sofistas autorizam-nos até a duvidar de que algum dos sofistas haja esposado a causa de alguma forma de pan-helenismo, como o fez Isócrates, fundador, diretor e mestre de uma respeitada escola de retórica em Atenas. Conviveram relativamente bem tanto com a ameaça persa quanto com a ocupação macedônica de Filipe II.

Quão distante está o personagem que acabamos de esboçar daquele que costumamos chamar de *filósofo*!

A propósito, é preciso observar que na verdade, à parte de nossas despretensiosas considerações, não há como traçar com segurança e objetividade o perfil histórico real do sofista, pois a quase totalidade das informações que dispomos dele provém, paradoxalmente, de registros de seus maiores adversários: os filósofos Platão, Aristóteles e Isócrates, especialmente no seu *Contra os sofistas*.

Isso pode ser explicado em dois níveis. Primeiramente, os ocupadíssimos sofistas gregos em geral não se dedicaram (salvo algumas exceções como Protágoras de Abdera) a registrar por escrito para perpetuação nem suas impressões "filosóficas" nem suas peças de oratória; em segundo lugar, a maioria dos escritos dos sofistas (do que constitui exemplo os escritos do próprio Protágoras) não sobreviveu nem chegou a nós (alguns, como o *Dos deuses* de Protágoras, foram condenados e queimados durante a vida de seus próprios autores pelo governo ateniense). A escassa herança sofística restante é constituída por fragmentos esparsos deles próprios e observações sumárias tecidas a respeito deles por autores que, semelhantemente a Platão e Aristóteles, não os viam com bons olhos. Há algumas exceções a essa regra, como o caso da figura controvertida de Antífon, do qual dispomos de quinze discursos forenses.

A única obra histórica da antiguidade tardia sobre os sofistas, acessível e tida como autêntica do prisma dessa antiguidade (surgida no século II da Era Cristã), é *Vidas dos sofistas* (Βιοῖ Σοφιστῶν [*Bioî Sophistôn*]), de Filostrato, sofista grego de nascimento, mas já inserido no Império Romano. Todavia, para nossa apreciação da sofística grega no seu nascedouro grego, a obra de Filostrato padece de graves deficiências.

Não é um conjunto sistemático e consistente de biografias, porém um texto que chega a flutuar ao sabor de certos caprichos e do entusiasmo de seu autor, o qual prestigia e privilegia certos nomes (particularmente de seus mestres sofistas) e desprestigia outros, marcando a obra de um elevado grau de subjetivismo e tendenciosidade que acaba por levá-la a ser encarada por muitos críticos e leitores mais como uma coletânea de crônicas literárias beirando, em determinados trechos, à ficção, do que como um tratado de história. A despeito das qualidades do texto, isso faz de *Vidas dos sofistas* uma obra não inteiramente fidedigna.

O outro problema é que Filostrato fornece muita informação (às vezes dúbia) sobre grande número de sofistas próximos dele próprio no tempo – alguns até seus contemporâneos – mas pouca informação sobre os grandes representantes da sofística original grega dos séculos V e IV a.C.

Os sofistas mais expressivos dessa época, precisamente, foram Protágoras de Abdera, Pródico de Ceos, Górgias de Leontini, Hípias de Elis e Antífon de Ramno. Sobre este último, pairam dúvidas ainda no tocante a sua identidade, já que o nome *Antífon* era muito comum na Grécia antiga e houve, no mínimo, dois *Antífons* de destaque atuantes em Atenas nessa época. Outros sofistas importantes, embora de menor peso (geralmente discípulos dos primeiros), foram Ésquines de Atenas, Eudoxo de Cnido, Leon de Bizâncio, Dias de Éfeso, Pólo da Sicília, Crítias de Atenas e Trasímaco da Calcedônia.

Cumpre notar, ainda, que embora a classificação de sofista se funda nas características e qualificações comuns que indicamos, havia, na prática, diversidades de perfil *de sofista para sofista*, tanto no que tangia ao cabedal e amplitude do saber de cada um quanto ao que tangia à atividade e à função sofísticas que cada um desempenhava majoritariamente. *Hípias de Elis* era um homem de saber enciclopédico e que, a despeito de atuar regularmente como embaixador de Elis, concentrava sua atividade nas exibições sobre os mais variados temas em círculos restritos de ouvintes privados; já *Ésquines* (nascido em 389 a.C. – o pugnaz adversário de Demóstenes) especializou-se na oratória política e não tardou a tornar-se um político influente e embaixador, aderindo à causa de Filipe da Macedônia; *Antífon* (nascido em 480 ou 479 a.C.) sobressaiu tanto como orador de suma eloquência quanto como mestre de retórica forense e política; *Pródico* e *Protágoras*, além de produtivos professores particulares, foram criativos escritores.

Como já apontado, os sofistas gregos em geral eram simpatizantes da democracia ateniense. É necessário, contudo, mencionar ao menos duas exceções: Crítias de Atenas, pertencente a uma ilustre família aristocrática e discípulo de Sócrates, apoiou os espartanos e participou da conspiração e insurreição que fez dele um dos *Trinta Tiranos* em 404 a.C.; Antífon de Ramno foi defensor da oligarquia. Com a queda dos *Trinta* em 403, Antífon teve pior sorte do que Crítias (exilado em 407 e morto em 403 num confronto com os democratas e Trasíbulo): foi condenado à morte pela cicuta.

Dos principais sofistas gregos menores, Pólo da Sicília (retratado por Platão como interlocutor no diálogo *Górgias* e que figura também no *Fedro*) foi discípulo veemente de Górgias e autor de uma *Arte da retórica*; Dias (*Bias* ou *Délio*) de Éfeso, segundo Filostrato, foi inicialmente discípulo na Academia, mas aderiu à sofística no episódio em que teria – atuando "diplomaticamente" a favor dos gregos – convencido Filipe da Macedônia a formar e liderar uma expedição guerreira contra a Ásia, da qual os gregos poderiam participar; Eudoxo de Cnido (408-352 a.C.) principiou na Academia e tornou-se homem de múltiplo conhecimento (Astronomia, Física, Geometria etc.), mas logo abandonou a escola de Platão para estudar com o pitagórico Árquitas. Como sofista atípico, abriu e manteve uma escola de retórica em Cízico e foi legislador de sua cidade natal; Trasímaco da Calcedônia (o mesmo que aparece no Livro I de *A República*[1]) é considerado por muitos o inventor da prosa rítmica, desenvolvendo estilos específicos de oratória; Leon de Bizâncio (que se destacou como orador e historiador) participou do episódio ocorrido em 340 a.C., quando da tentativa de ocupação de Bizâncio por Filipe II.

II – Sócrates, Platão e os sofistas

Tanto os grandes filósofos gregos que ensinaram (Sócrates, Platão, Aristóteles entre outros) e que escreveram (como Platão e Aristóteles) quanto os historiadores da sofística (ao menos, Filostrato) concordam em tese com a distinção entre *filosofia* e *sofística*, isso embora a sofística tenha incorporado a Filosofia (mais exatamente a Política enquanto disciplina filosófica) como objeto e meta da atividade retórica, ainda que alguns sofistas, como Protágoras, hajam concebido e formulado alguns conceitos e princípios filosóficos como o célebre princípio protagórico de que *o ser humano é a medida de todas as coisas;* e, embora muitos sofistas alegassem ensinar "filosofia", certamente não entendiam por "filosofia" o mesmo que filósofos como Sócrates, Platão e Aristóteles.

Uma coisa é positiva: a ostensiva *práxis* dos sofistas coerentemente determinou (mesmo a despeito de sua eventual alegação de que "filosofavam") um inevitável reducionismo do espectro filosófico; a rigor, esses homens da *práxis*, na sua atividade discursiva, somente se pronunciavam e se ocupavam, como já dissemos, de duas daquelas disciplinas filosóficas que Aristóteles chamou de *ciências práticas*, a Ética e a Política, com evidente ênfase nesta última. É tão somente compreensível e lógico que os sofistas não se importassem com e não se devotassem às chamadas (permanecendo na terminologia aristotélica) *ciências produtivas ou poiéticas* (ligadas às artes em geral), e muito menos às *ciências contemplativas ou especulativas* (Física, Metafísica, Matemáticas, Gnosiologia, Psicologia etc.).

Prestigiados sofistas como Górgias demonstram explicitamente seu desprezo pela especulação filosófica, taxando-a de algo como *uma agradável diletância de desocupados*. Por outro lado, no que toca à Ética e à Política, os sofistas assumem uma posição que se coaduna inteiramente com seu cabal pragmatismo e materialismo, posição essa

---

1. Obra publicada em *Clássicos Edipro*.

consubstanciada na sua concepção da *excelência ou virtude* (ἀρετή [*areté*]) e da *lei* (νόμος [*nómos*]), ou seja, de que tanto a virtude quanto a lei têm caráter puramente convencional, despindo-as de qualquer caráter necessário determinado pela natureza (φύσις [*phýsis*]) ou pelos deuses (θεοί [*theoí*]). Essa forma nascente e radical de "humanismo" quase esvazia o campo do filosofar.

É nesse ponto que podemos ingressar na descrição de uma onda de repúdio e crítica que o movimento avassalador dos sofistas suscitou nos meios filosóficos do mundo grego antigo, sediados em Atenas.

A filosofia grega, apesar de sua incontestável gravitação em torno da cidade-Estado (πόλις [*pólis*]), tem suas origens históricas junto aos *fisicistas* ou filósofos da natureza (pré-socráticos como Tales, Demócrito, Anaxágoras, Heráclito etc.) que focam sua investigação filosófica exclusivamente na natureza (φύσις [*phýsis*]), e junto a Pitágoras e aos pitagóricos, cujo foco filosófico, totalmente distinto, é múltiplo, envolvendo desde *três* matemáticas (a Aritmética, a Geometria e a Harmonia, ou Música) até o misticismo. A outra vertente contemporânea dessas origens é a escola eleata, fundada por Parmênides de Eleia, e que concentra o objeto filosófico na ontologia (metafísica).

Com Sócrates, o eixo filosófico muda revolucionariamente para o *ético*. Sócrates está preocupado com as relações humanas e com os valores que possibilitam e legitimam essas relações dos indivíduos que, como cidadãos, vivem em sociedade na cidade (πόλις [*pólis*]). Assim, toda a filosofia socrática se ocupa da conceituação das virtudes, fundamentalmente a justiça (δίκη [*díke*]), a sabedoria (σοφία [*sophía*]), a coragem (ἀνδρεία [*andreía*]) e a moderação ou autocontrole (σωφροσύνη [*sophrosýne*]).

Os sofistas concordam com esse "humanismo", que se caracteriza por trazer a investigação filosófica para o costume ou caráter habitual (ἔθος [*éthos*], ἦθος [*êthos*]), que diz respeito exclusivamente ao ser humano. A afirmação de Protágoras de que o ser humano é a medida de todas as coisas, apesar de suas implicações problemáticas levantadas pelo próprio Sócrates e posteriormente por Platão e Aristóteles, aponta basicamente para esse "humanismo". *Entretanto*, enquanto a ética socrática conduz necessariamente à discussão e à tentativa de elucidação dos conceitos, a ética sofista conduz diretamente à prática, à ação (πρᾶξις [*práxis*]) política. Instaura-se a oposição e polarização especulação/ação (θεωρία [*theoría*] / πρᾶξις [*práxis*]), flagrante e irreconciliável.

Ora, se as questões da Física, Ontologia, Gnosiologia, Psicologia, das matemáticas e demais áreas especulativas são vãs e inúteis (folguedo de adolescentes e ociosos) e não há necessidade de apurar os conceitos verdadeiros da ética, uma vez que os valores éticos e as virtudes são estabelecidos pela própria ação humana nas instâncias e escalões do poder – tal como as leis – o que resta da *teoria filosófica*? Qual o sentido do filosofar? Mais precisamente: resta algum objeto para o filosofar?

A discussão dos conceitos (cerne da dialética) enquanto discussão mesma visando a sua elucidação (impulsionada pela maiêutica – parto das ideias da verdade) se revelaria pura perda de tempo, empenho intelectual inútil e desnecessário! Quando Sócrates (no início de *A República* de Platão) instaura a questão do que é o *justo*, o sofista Trasímaco insiste em participar do diálogo e se apressa em responder prontamente, de maneira convicta e áspera, sem maiores problemas... como se fosse óbvio: "...o justo nada mais é senão a vantagem do mais forte..."[2]. O poder determina de modo unilateral, dogmático e *inquestionável* o que é a justiça e ponto final. Não se trata de especular em busca de um conceito universal ou consensual – verdadeiro para todos. Trata-se, sim, de o poder vigente (e transitoriamente vigente) impor sua opinião particular. Talvez pudéssemos ler nas entrelinhas do discurso do vociferante Trasímaco ou até, unicamente na sua definição do justo, a decretação do fim do filosofar...

Esse quadro produz um antagonismo inarredável na vida intelectual e no processo educacional de Atenas.

Arautos do esvaziamento do objeto filosófico, os sofistas em geral, orientados, sobretudo, por sua concepção materialista da lei e da virtude, paralelamente a sua inquietante e ameaçadora ascensão e penetração na educação ateniense e nos escalões do poder, são vistos pelos filósofos gregos antigos, aqui representados por Platão, em síntese, da seguinte maneira:

---

2. *A República*, Livro I, 338c.

1. não sustentam nem defendem nenhuma doutrina que vise à verdade, pois para eles nem a verdade nem a falsidade existem – tudo que existe são opiniões individuais particulares e, nesse caso, *todas* verdadeiras, uma vez que o conceito universal de verdade é inconcebível;
2. a função precípua da retórica praticada pelos sofistas é persuadir o interlocutor, o opositor, o público ou o júri, de uma opinião particular qualquer, de preferência daquela do próprio sofista, ou de seu discípulo ou cliente que melhor o remunere;
3. o sofista é, com frequência, um estrangeiro oportunista itinerante, cujo interesse é acumular fortuna, prestígio e poder em Atenas, onde não tem nem deseja gozar de direitos civis e cumprir deveres civis e obrigações religiosas;
4. como não se baseia no rigor dos conceitos e na observação da verdade, o discurso do sofista é elaborado sem compromisso com a verdade, o que lhe faculta recorrer a raciocínios capciosos e mesmo falhos e falsos. Resultado: o sofista é um hábil e sutil embusteiro;
5. o sofista tende a reduzir a retórica à erística, ou seja, o embate de posições antagônicas pelo mero embate, posto que a consecução de uma verdade universal, ou sequer de um consenso, não é contemplada;
6. o sofista é incapaz de participar do debate dialógico e (como ocorre amiúde nos diálogos de Platão) é demolido ou reduzido à perplexidade pela dialética;
7. o sofista nem sequer possui efetivamente tantos conhecimentos amplos e profundos que, na sua vaidade ou prepotência, alardeia.

Como se pode perceber, a crítica acirrada de Sócrates e Platão aos sofistas (Aristóteles somará a isso a sua artilharia) não é a filósofos ou pensadores que defendem doutrinas filosóficas distintas ou divergentes das suas. É fundamentalmente uma crítica a suas posturas e condutas.

Platão, entretanto, graças principalmente à sua maestria literária, mostra e retrata os sofistas às vezes satírica e sutilmente, às vezes humorística e comicamente, como sucede no *Eutidemo*, e às vezes dramaticamente, como no *Protágoras*. Numa situação ou outra, sua crítica incisiva contesta-os, vigorosamente, denuncia-os ou ridiculariza-os.

III – O futuro da filosofia e da sofística além do apogeu do advento de Péricles

Pensadores como Sócrates, Platão, Aristóteles e Epicuro foram colossos da filosofia dos frutíferos séculos IV e III a.C., em Atenas, os quais, em meio à intensa atividade cultural, artística e institucional sob o governo democrático, desempenharam uma função importantíssima no largo espaço intelectual aberto na *polis* à educação.

A rivalidade e o confronto entre sofistas e filósofos só enriqueceram o caldo dessa fecunda ebulição ocorrida nos meandros e corredores da *paideia*.

Assim, o inconteste brilho da era de Péricles também tem a debitar a homens como Protágoras, Górgias, Hípias, Pródico e outros profissionais do saber e agentes do processo educacional. A propósito, os sofistas, esses não filósofos, ainda que não exatamente bem vistos pelo povo ateniense e nem propriamente aclamados pelo próprio governo democrático de Atenas, eram com frequência bem menos críticos desse governo do que filósofos como Sócrates, Platão e Aristóteles.

Por força das fatais transitoriedade e instabilidade das coisas humanas e da própria vocação humana para a mudança ou transformação, o período áureo de Péricles findou. Não entraremos aqui na descrição dos eventos de natureza política que causaram o declínio e término da era de Péricles, mesmo porque essa descrição é facilmente encontrada em bons textos de história política desse período do mundo clássico.

Restringindo-nos aos movimentos filosófico e sofista (não sendo também cabível nos atermos às artes e a outros departamentos da vida cultural), o quadro que contemplamos a partir da segunda metade do século III a.C. indica uma inelutável decadência das atividades filosófica e sofística, declínio em certas fases gradual, em outras, abrupto e até vertiginoso.

Dizem que nem sempre os herdeiros possuem a envergadura de seus antecessores.

Se Sócrates foi sucedido em paridade por Platão e este por Aristóteles, o mesmo não aconteceu a este último.

Platão, ao morrer em 347 a.C., deixou como sucessor e diretor da Academia seu sobrinho Espeusipo que, além de alterar os rumos do ensino ministrado, mostrou-se pessoalmente muito inferior ao seu mestre, quer no gênio filosófico, quer na administração da escola. A Academia experimentaria, muito posteriormente, novo alento com Carneades (a Nova Academia, fundada em 155 a.C.), que também não se revelaria muito duradouro.

Quando Aristóteles morreu em 322 a.C. sucederam-no no Liceu Teofrasto e alguns outros discípulos diletos. Eram homens de sólida formação e diligentes herdeiros da escola peripatética; o próprio Teofrasto fora monitor do grande estagirita, seu colaborador direto e, inclusive, autor de alguns tratados a ele legitimamente atribuídos. Mas foi, até compreensivelmente, impossível ombrear um gênio da estatura, versatilidade, largueza e profundidade de Aristóteles.

Epicuro de Samos também não contou com um discípulo a sua altura, que desse imediata continuidade a sua vertente materialista com igual rigor e vigor.

Idêntico destino acometeu a escola cínica de Antístenes e Diógenes e a escola megárica liderada por Euclides. A pujante escola estoica, excepcionalmente, após a morte de seu fundador, Zenão de Cítio, contou com dois sucessores de capacidade comparável, Cleanto e Crísipo, mas com a morte deste último em 210 a.C., experimentou franco declínio.

O ceticismo de Pirro de Elis (contemporâneo de Aristóteles) igualmente perdeu fôlego com a morte daquele que o concebeu.

Escolas e movimentos filosóficos entre os séculos III e II a.C. sofreram reveses semelhantes.

A invasão da Grécia pelos romanos, entre outros efeitos, certamente não levou a combalida filosofia nem a um estado terminal nem ao leito de morte.

Os romanos não eram bárbaros e não fecharam as escolas e centros de estudos filosóficos. Mas, embora Atenas persistisse como um importante polo da intelectualidade e florescimento filosófico, deixou de monopolizar esse papel no mundo ocidental; pois os romanos, além de naturalmente privilegiarem Roma, descentralizaram os centros de cultura e conhecimento.

Muitos gregos cultos e intelectuais, presumivelmente a nata da elite que atuava nas várias esferas da educação ateniense, migraram para Roma em busca de novas oportunidades, ou simplesmente arrebanhados por seus senhores romanos, já que agora a condição da maioria deles era a de escravos. O exemplo mais notório disso foi Epíteto, no início do século I a.C.

Na verdade, os romanos não causaram qualquer prejuízo efetivo ao desenvolvimento filosófico grego... pelo contrário! Quase todas as escolas filosóficas em atividade na idade de ouro da Grécia tiveram uma continuidade romana: platonismo, aristotelismo, estoicismo, ceticismo etc. Não obstante isso, os romanos não possuíam o pendor natural e espontâneo para a especulação filosófica que possuíam os gregos, e tampouco a disposição destes.

Os grandes intelectuais romanos, ligados geralmente à atividade febril dos cargos políticos da magna potência que era Roma, eram usualmente homens pragmáticos aferrados aos negócios imediatos e prosaicos da vida da República e depois do Império. O próprio Epíteto, grego de nascimento, escravo e depois tornado cidadão romano, foi assessor político, o mesmo ocorrendo com Sêneca, que foi ministro de Nero, já no Império. Não houve em Roma, ao menos a julgar pelos registros históricos disponíveis e confiáveis, nenhum *filósofo* na acepção grega original da palavra. Todos os mais expressivos "filósofos" romanos foram simultaneamente advogados, políticos ou estadistas: os exemplos mais famosos são Marco Túlio Cícero no final da República (assassinado em 43 a.C.) e Marco Aurélio Antonino (imperador no século II da Era Cristã).

E quanto ao movimento sofista?

Bem, se o profundo exercício especulativo exigido, por exemplo, pela metafísica, a gnosiologia e a lógica, mostrava-se incompatível com o pragmatismo romano, não seria de se estranhar que todas aquelas características dos sofistas por nós indicadas, a saber, profissionalismo, cosmopolitismo, enciclopedismo, destreza e fluência na retórica política e forense, viriam ajustar-se ao modo de vida, estilo e pendores dos romanos.

Seria igualmente de se esperar que a própria Atenas controlada pelos romanos, e não mais tomada pelo fervor filosófico e pelo conflito com os genuínos filósofos, se tornasse mais conveniente e mais acolhedora ainda aos sofistas; por outro lado, a maioria dos sofistas de então não passavam de apátridas, e para aqueles homens do mundo, inveterados andarilhos, o deslocamento para a poderosa Roma, então sede inconteste da política ocidental, representava não propriamente um horrendo desterro, ao qual tivessem sido condenados pelos senhores, mas, pelo contrário, uma "viagem repleta de promessas e perspectivas novas e magníficas".

Filostrato de Lemnos (século II d.C.), o sofista e historiador da sofística citado por nós indica, além de uma dezena dos mais conhecidos sofistas contemporâneos de Sócrates e Platão, perto de cinquenta sofistas de destaque variável – porém todos de considerável importância e significação – que atuaram expressivamente no mundo romano, especialmente no período imperial, ou seja, a partir de 17 a.C. Ocuparam os mais diversos e importantes cargos públicos, advogaram e foram, principalmente, oradores profissionais e mestres de retórica em escolas situadas em cidades de peso do Império, como Alexandria, Esmirna, Éfeso, Bizâncio e, é claro, Roma e Atenas. Sua influência foi exercida profunda e amplamente em quase todos os setores vitais do Império: Educação, Direito e Justiça, Economia, Administração, Política interna e externa. Homens como Favorino (segundo Filostrato, um hermafrodita, segundo outros, um eunuco), gaulês que viveu entre 80 e 150 d.C., Polemo de Laodiceia (nascido por volta de 85 d.C.), Herodes Ático de Maratona (c. 100-179 d.C.), Loliano de Éfeso, Nicetes de Esmirna (que floresceu nos últimos cinquenta anos do século I d.C.) e Escopeliano de Clazomena foram pessoas extremamente influentes no Império e tratavam amiúde diretamente com imperadores como Domiciano, Nerva, Trajano, Adriano e Antonino.

Apesar de certas características e marcas que distinguem os sofistas, a multiplicidade de suas funções e atividades parece ainda tornar problemática uma definição sintética que dê conta de sua peculiaridade como intelectuais. A própria questão de uma distinção objetiva entre sofista e filósofo persiste, a rigor, em aberto. Até hoje homens como Isócrates e Carneades dividem os estudiosos quanto a sua classificação. O historicamente misterioso Cálicles (que aparece no *Górgias* de Platão) combate claramente Sócrates, mas ao mesmo tempo esboça certa neutralidade e não se confessa um sofista, embora suas ideias e, mormente, seu comportamento o assemelhem a sofistas radicais como Trasímaco da Calcedônia.

Mas talvez essa questão seja, de fato, secundária. O que importa, realmente, como já adiantamos, é a efetiva contribuição cultural e, acima de tudo, educacional fornecida por esses homens, mesmo na agitação que foi produzida pela diversidade de suas posições e atitudes.

É de se imaginar que o nome *sofista* haja gradativamente desaparecido ou caído em desuso na Europa a partir do início da Idade Média (*c.* 450 d.C.). Mas terá o próprio sofista, isto é, o homem que desempenhava as funções e atividades típicas do sofista, se convertido numa espécie extinta?

Decerto a figura humana de múltiplas funções que rigorosamente correspondia ao sofista, o estereótipo do profissional remunerado do conhecimento e criatura migratória que combinava numa só pessoa o professor, o orador, o advogado, o magistrado, o diplomata, desvaneceu com o tempo.

Com o desenvolvimento e o aumento da complexidade das funções e relações humanas, além das transformações das organizações políticas e das próprias sociedades (incluindo a larga diversificação e a especialização profissionais que ocorreram na Idade Moderna e que atingiram seu auge no mundo contemporâneo), o sofista foi decomposto em mais de um indivíduo e mais de um profissional, embora possa ser excepcionalmente encontrado na sua completude.

Se um professor conferencista, um jurista, um ministro de Estado são *parcialmente* sofistas, se imaginarmos um professor e/ou advogado que ingressa na carreira política, nela ocupa cargos ascendentes e termina como um embaixador, teremos não simultaneamente, mas ao menos acumulativamente no tempo, *quase* um sofista completo.

DADOS BIOGRÁFICOS

Em rigor, pouco se sabe de absolutamente certo sobre a vida de *Platão*.

Platão de Atenas (seu verdadeiro nome era Aristocles) viveu aproximadamente entre 427 e 347 a.C. De linhagem ilustre e membro de uma rica família da Messênia (descendente de Codro e de Sólon), usufruiu da educação e das facilidades que o dinheiro e o prestígio de uma respeitada família aristocrática propiciavam.

Seu interesse pela filosofia se manifestou cedo, e tudo indica que foi motivado particularmente por *Heráclito de Éfeso*, chamado *O Obscuro*, que floresceu pelo fim do século VI a.C.

É bastante provável que, durante toda a juventude e até os 42 anos, tenha se enfronhado profundamente no pensamento pré-socrático – sendo discípulo de Heráclito, Crátilo, Euclides de Megara (por meio de quem conheceu as ideias de Parmênides de Eleia) – e, muito especialmente, na filosofia da Escola itálica: as doutrinas pitagóricas [mormente a teoria do número (ἀριθμός – *arithmós*) e a doutrina da transmigração da alma (μετεμψύχωσις – *metempsýkhosis*] exercerão marcante influência no desenvolvimento de seu próprio pensamento, influência essa visível mesmo na estruturação mais madura e tardia do platonismo original, como se pode depreender dos últimos diálogos, inclusive *As Leis*.

Entretanto, é inegável que o encontro com Sócrates, sua antítese socioeconômica (Sócrates de Atenas pertencia a uma família modesta de artesãos), na efervescência cultural de então, representou o clímax de seu aprendizado, adicionando o ingrediente definitivo ao cadinho do qual emergiria o corpo de pensamento independente e original de um filósofo que, ao lado de Aristóteles, jamais deixou de iluminar a humanidade ao longo de quase 24 séculos.

Em 385 a.C., Platão, apoiado (inclusive financeiramente) pelos amigos, estabeleceu sua própria Escola no horto de *Academos* (Ἀκαδήμεια), para onde começaram a afluir os intelectos mais brilhantes e promissores da Grécia, entre eles Aristóteles de Estagira, que chegou a Atenas em 367 com 18 anos.

É provável que, logo após a autoexecução de seu mestre (399), Platão, cujos sentimentos naqueles instantes cruciais não nos é possível perscrutar, tenha se ausentado de Atenas, e mesmo da Grécia, por um período que não podemos precisar. Teria visitado o Egito e a Sicília; de fato ele demonstra em alguns de seus diálogos, mais conspicuamente em *As Leis*, que conhecia costumes e leis vigentes no Egito na sua época.

Não é provável, contudo, que demorasse no estrangeiro dada a importância que atribuía à Academia, à atividade que ali desempenhava e que exigia sua presença. Ademais, suas viagens ao exterior seguramente não visavam exatamente ao lazer: Platão buscava o conhecimento, e se algum dia classificou os egípcios como *bárbaros*, por certo o fez com muitas reservas.

Diferentemente de seu velho mestre, Platão, que devia portar-se como um cidadão exemplar apesar de sua oposição inarredável à democracia ateniense, jamais se indispôs com os membros proeminentes do Estado ateniense; nesse sentido, sua prudência e postura de não envolvimento são proverbiais, o que se causa certo espanto por partir de um dos primeiros teóricos do Estado comunista governado por *reis-filósofos* (como constatamos em *A República*) e do Estado socialista (*As Leis*), que ainda retém características de centralização do poder no Estado, parecerá bastante compreensível em um pensador que, à medida que amadurecia sua reflexão política, mais se revelava um conservador, declaradamente não afeito a transformações políticas; para Platão, nada é mais suspeito e imprevisível do que as consequências de uma insurreição ou revolução. Outrossim, não devemos esquecer que Platão pertencia, ele próprio, à classe abastada e aristocrática de Atenas, posição que aparentemente não o incomodava em absoluto e até se preocupava em preservar.

Platão morreu aos 80 ou 81 anos, provavelmente em 347 a.C. – *dizem* – serenamente, quase que em continuidade a um sono tranquilo... Θάνατος (*Thánatos*), na mitologia, é irmão de Ὕπνος (*Hýpnos*).

Platão: sua obra

Em contraste com a escassez de dados biográficos, foi-nos legada de Platão – ao menos são esses os indícios – a totalidade de suas obras, e *mais* – muito provavelmente quase todas completas, fato incomum no que toca aos trabalhos dos pensadores antigos helênicos, dos quais muito se perdeu. As exceções são representadas pelo último e mais extenso Diálogo de autoria inquestionada de Platão, *As Leis*, e o Diálogo *Crítias*.

Essa preciosa preservação se deve, em grande parte, ao empenho do astrólogo e filósofo platônico do início do século I da Era Cristã, Trasilo de Alexandria, que organizou e editou pela primeira vez o corpo total das obras de Platão, inclusive os apócrifos e os textos "platônicos", cuja autoria é atribuída aos seguidores diretos e indiretos do mestre da Academia. Todos os manuscritos medievais da obra de Platão procedem dessa edição de Trasilo.

Diferentemente de outros filósofos antigos, filósofos medievais e modernos, Platão não é precisamente um *filósofo de sistema* à maneira de Aristóteles, Plotino, Espinosa, Kant ou Hegel, que expressam sua visão de mundo por meio de uma rigorosa exposição constituída por partes interdependentes e coerentes que, como os órgãos de um sistema, atuam em função de um todo e colimam uma verdade total ou geral. Todavia, Platão também não é um pensador *assistemático* nos moldes dos pré-socráticos (cujo pensamento precisamos assimilar com base nos fragmentos que deles ficaram) e de expoentes como Nietzsche, que exprimem sua visão do universo por máximas e aforismos, os quais pretendem, na sua suposta independência relativa, dar conta da explicação ou interpretação do mundo.

Inspirado pela concepção socrática da ἀλήθεια [*alétheia*] – segundo a qual esta não é produto externo da comunicação de um outro indivíduo (na prática, o mestre) ou da percepção sensorial ou empírica da realidade que nos cerca, mas está sim já presente e latente em cada um de nós, competindo ao mestre apenas provocar mediante indagações apropriadas, precisas e incisivas o nascer (o *dar à luz* – μαιεύω [*maieýo*], voz média: μαιεύομαι [*maieýomai*]) da ἀλήθεια (*alétheia*) no discípulo –, Platão foi conduzido ao *diálogo*, exposição *não solitária* das ideias, na qual, por exigência do método socrático (maiêutica – a *parturição das ideias*), são necessárias, no mínimo, *duas* pessoas representadas pela voz principal (o mestre, que aplica a maiêutica) e um interlocutor (o discípulo, que dará à luz a verdade [ἀλήθεια]).

Na maioria dos diálogos platônicos, essa voz principal é a do próprio Sócrates, ou seja, o mestre de Platão, de modo que nos diálogos, que provavelmente pertencem à primeira fase de Platão, sob forte influência de Sócrates, é difícil estabelecer uma fronteira entre o pensamento socrático e o platônico. A partir do momento em que despontam as ideias originais de Platão {a teoria das *Formas*, a teoria da alma (ψυχή [*psykhé*]), a teoria do Estado (πόλις [*pólis*]) etc.}, Sócrates assume o papel menor de porta-voz e veiculador das doutrinas de Platão.

O fato é que Platão desenvolveu e aprimorou a *maiêutica* de maneira tão profunda e extensiva que chegou a um novo método, a *dialética*, que nada mais é – ao menos essencialmente – do que a arte (τέχνη [*tékhne*]) do diálogo na busca do conhecimento (γνῶσις [*gnôsis*]).

Do ponto de vista do estudante e do historiador da filosofia, essa forma e esse método *sui generis* de filosofar apresentam méritos e deméritos. Platão não se manifesta apenas como um filósofo, embora primordialmente o seja. No estilo e na forma, é também um escritor e, na expressão, um poeta.

Ora, isso torna sua leitura notavelmente agradável, fluente e descontraída, em contraste com a leitura de densos e abstrusos tratados sistemáticos de outros filósofos. Por outro lado, colocando-nos na pele dos interlocutores de Sócrates, é como se, tal como eles, fizéssemos gerar em nós mesmos a verdade.

Como contestar, porém, que o brilhante discurso literário do diálogo não dificulta e mesmo empana a compreensão e assimilação do pensamento do mestre da Academia?

É provavelmente o que ocorre, embora com isso nos arrisquemos a receber a pecha de racionalistas.

Essa situação é agravada pelo uso regular que Platão faz do mito (μῦθος [*mŷthos*]).

O mestre Platão, de qualquer modo, sente-se muito à vontade e convicto de que seu método concorreria precisamente para o contrário, ou seja, a compreensão de seu pensamento.

Não há dúvida de que isso se aplicava aos seus contemporâneos. Imaginaria Platão que sua obra resistiria a tantos séculos, desafiando a pósteros tão tardios como nós?

Paradoxalmente, o saldo se mostrou mais positivo que negativo. É possível que, em virtude *exatamente* de sua atraente e estimulante exposição filosófica sob a forma literária do diálogo, Platão tenha se tornado um dos mais lidos, estudados, publicados e pesquisados de todos os pensadores, o que é atestado pela gigantesca bibliografia a ele devotada.

Voltando ao eixo de nossas considerações, é necessário que digamos que dentre tantos diálogos há um *monólogo*, a *Apologia de Sócrates*, que, naturalmente, como um discurso pessoal de defesa, não admite a participação contínua de um interlocutor.

Há, também, as treze *Epístolas*, ou *Cartas*, de teor político, dirigidas a Dion, Dionísio de Siracusa, e a outros governantes e políticos da época, e os dezoito *Epigramas*.

Na sequência, juntamos despretensiosas sinopses dos diálogos (e da *Apologia*), no que tencionamos fornecer àquele que se interessa pelo estudo do platonismo somente uma orientação básica, em meio aos meandros do complexo *corpus* de doutrina exibido pelos diálogos.

Os diálogos (mais a *Apologia*), cuja autoria de Platão é aceita unanimemente por sábios, estudiosos, eruditos, escoliastas, filólogos e helenistas de todos os tempos, em número de *nove*, são (em ordem não cronológica, pois qualquer estabelecimento de uma cronologia que se pretenda, objetiva e rigorosa, é dúbio) os seguintes:

FEDRO: Trata de dois assuntos aparentemente desconexos, mas vinculados por Platão, ou seja, a natureza e os limites da retórica (crítica aos sofistas) e o caráter e o valor do amor sensual (ἔρος [*éros*]). Esse diálogo está assim aparentado tanto ao *Banquete* (acerca das expressões de ἔρος) quanto ao *Górgias* (acerca da figura do verdadeiro filósofo em contraste com o sofista). Escrito antes da morte de Sócrates, é um dos mais atraentes e expressivos diálogos. Seu nome é de um grande admirador da oratória.

PROTÁGORAS: O assunto é específico (embora envolva os fundamentos gerais das posições antagônicas de Platão e dos sofistas), a saber, o conceito e a natureza da ἀρετή [*areté*]. É a virtude ensinável ou não? A mais veemente crítica de Platão aos mais destacados sofistas: Protágoras, Hípias e Pródico.

O BANQUETE: O assunto é a origem, diferentes manifestações e significado de ἔρος (*éros*). O título desse diálogo (Συμπόσιον [*Sympósion*]) indica a própria ambientação e cenário do mesmo, isto é, uma festiva reunião masculina regada a vinho. Anterior à morte de Sócrates.

GÓRGIAS: É sobre o verdadeiro filósofo, o qual se distingue e se opõe ao sofista. Platão prossegue criticando os sofistas, embora Górgias, segundo o qual nomeou o diálogo, fosse um prestigioso professor de oratória que proferia discursos públicos, mas "não ensinava a virtude em aulas particulares remuneradas". Um dos mais complexos diálogos, que parece ter sido escrito pouco antes da morte de Sócrates.

A REPÚBLICA: O segundo mais longo dos diálogos (o mais longo é *As Leis*). Apresenta vários temas, mas todos determinados pela questão inicial, fundamental e central, e a ela subordinados: o que é a justiça (δίκη [*díke*])?... Ou melhor, *qual é a sua natureza, do que é ela constituída?* Nesse diálogo, Platão expõe sua concepção de um Estado (comunista) no qual a ideia de justiça seria aplicável e a própria δίκη realizável e realizada. O título *A República* (amplamente empregado com seus correspondentes nas outras línguas modernas) não traduz fielmente Πολιτεία [*Politeía*], que seria preferível traduzirmos por "A Constituição" (entendida como *forma de governo de um Estado soberano* e não a Lei Maior de um Estado). Há quem acene, a propósito, para o antigo subtítulo, que é *Da Justiça*. *A República* é a obra de Platão mais traduzida, mais difundida, mais estudada e mais influente, tendo se consagrado como um dos mais expressivos textos de filosofia de todos os tempos.

TIMEU: Sócrates, como de ordinário, instaura o diálogo dessa vez retomando a discussão sobre o Estado ideal (assunto de *A República*), mas graças a Timeu o diálogo envereda para a busca da origem, da geração do universo (κοσμογονία) [*kosmogonía*]. Nesse diálogo, Platão apresenta sua concepção da Divindade, o δημιουργός [*demioyrgós*]. Embora Timeu (que empresta o seu nome ao diálogo) pareça oriundo do sul da Itália, há quem o considere um personagem fictício. De qualquer modo, ele representa a contribuição da geometria à teoria cosmogônica de Platão. A maioria dos helenistas situa o *Timeu* no período final e de maior maturidade filosófica de Platão (e, portanto, depois da morte de Sócrates, embora – como ocorre em vários outros diálogos – Sócrates continue como figura principal do diálogo); a minoria o julga produção do *período médio*, seguindo de perto *A República*.

TEETETO: Aborda específica e amplamente a teoria do conhecimento (epistemologia) a partir da indagação: "O que é o conhecimento?". Há fortes indícios de que Platão contava aproximadamente 60 anos quando escreveu esse diálogo (bem depois da morte de Sócrates) em homenagem ao seu homônimo, Teeteto, conceituado matemático que morrera recentemente (369 a.C.) prestando serviço militar. Teeteto frequentara a Academia por muitos anos.

FÉDON: Conhecido pelos antigos igualmente por *Da Alma*, está entre os mais belos e comoventes diálogos, pois relata as últimas horas de Sócrates e sua morte pela cicuta. O narrador é Fédon, que esteve com Sócrates em seus momentos derradeiros. De modo escorreito e fluente, como que determinado pelas palavras do condenado e seu comportamento ante a morte iminente, o diálogo aborda a morte e converge para a questão da imortalidade da alma, a qual é resolvida pela doutrina de sua transmigração ao longo de existências em diferentes corpos. A presença do pensamento pitagórico é flagrante, e Platão alterna sua teoria psicológica (ou seja, da alma) com a doutrina da metempsicose exposta sob a forma do mito no final do diálogo.

AS LEIS: Diálogo inacabado. Sócrates não está presente neste, que é o mais extenso e mais abrangente (do ponto de vista da temática) dos diálogos. Seu personagem central não possui sequer um nome, sendo chamado simplesmente de O Ateniense; seus interlocutores (Clínias de Creta e Megilo de Lacedemônia) são com grande probabilidade figuras fictícias, o que se coaduna, a propósito, com a inexpressiva contribuição filosófica que emprestam ao diálogo, atuando – salvo raras ocasiões, nas quais, inclusive, contestam as afirmações do Ateniense – somente como anteparo dialético para ricochete das opiniões do Ateniense. *As Leis* (Νόμοι [*Nómoi*]) cobrem, semelhantemente à *A República*, uma ampla gama de temas, que revisitam *A República* e apresentam uma nova concepção do Estado, tendo dessa vez como fecho um elenco de admoestações ou advertências para a conduta dos cidadãos e, principalmente, a extensa promulgação de leis a serem aplicadas no seio da πόλις [*pólis*]. Como o conceito νόμοι é bem mais lato do que nosso conceito de leis, e mesmo do que o conceito *lex* romano, a discussão desencadeada pelo Ateniense, como demonstra a variedade de itens correlacionados do diálogo, adentra as áreas da psicologia, da gnosiologia, da ética, da política, da ontologia e até das disciplinas tidas por nós como não filosóficas, como a astronomia e as matemáticas, não se restringindo ao domínio daquilo que entendemos como legal e jurídico (lei e direito). Destituído da beleza e elegância de tantos outros diálogos, *As Leis* (o último diálogo de autoria indiscutível de Platão) se impõe pelo seu vigor filosófico e por ser a expressão cumulativa e acabada do pensamento maximamente amadurecido do velho Platão.

APOLOGIA: É o único monólogo de Platão, exceto pelas respostas sumárias de Meleto; retrata o discurso de defesa de Sócrates na corte de Atenas perante um júri de 501 atenienses no ano de 399 a.C., quando ele contava com 70 anos. Sócrates fora acusado e indiciado (ação pública) pelos crimes de sedução da juventude e de impiedade, o mais grave de todos, pois consistia na descrença nos deuses do Estado. A *Apologia* é uma peça magna em matéria de estilo e teor, e certamente um dos escritos mais profundos e significativos já produzidos em toda a história da humanidade. Sócrates não retira uma única vírgula de suas concepções filosóficas que norteavam sua conduta como ser humano e cidadão de Atenas. Leva a coragem de expor e impor as próprias ideias às raias da plena coerência, pouco se importando com o que pensam os detentores do poder – mesmo porque já sabe que seu destino está selado. Sereno e equilibrado, respeita a corte, o Estado e aqueles que o condenam. Deixa claro que, longe de desrespeitar os deuses (a começar por Zeus e Apolo), sempre orientou seus passos pelo oráculo de Delfos e segundo a inspiração de seu δαίμων [*daímon*]. Seu discurso é prenhe de persuasão e capaz de enternecer até corações graníticos e impressionar cérebros geniais, mas não profere uma única sílaba a seu favor para escapar à morte, embora mencione o exílio, opção que descarta, e sugira o recurso de pagar uma multa, a ser paga majoritariamente por alguns de seus discípulos ricos, especialmente Platão. Para ele, nenhum cidadão está acima da lei, e esta tem de ser cumprida, mesmo que seja injusta. É impróprio, na verdade, entendermos sua defesa no sentido corrente da palavra, a acepção sofista e advocatícia: *ele não defende sua pessoa, sua integridade física, defende sim seu ideário*, que em rigor era seu único patrimônio, pois nada possuía em ouro e prata. Não teme o sofrimento, o exílio ou a morte – o que o repugna e lhe é incogitável é a abdicação do seu pensar e dos atos que consubstanciaram sua vida. Não alimenta a menor dúvida de que mais vale morrer com honra do que viver na desonra. Para ele, sua morte era a solução irreversível e natural de sua obra e dos fatos de sua vida. Se algum dia um homem soube com precisão como viver e quando morrer, esse homem foi Sócrates de Atenas!

Os 16 diálogos que se seguem são considerados por *alguns* helenistas e historiadores da filosofia como de autoria duvidosa ou apócrifos.

SOFISTA: Fazendo jus ao título, Sócrates principia a temática do diálogo indagando acerca dos conceitos de sofista, homem político e filósofo. Participam, entre outros, o geômetra Teodoro, Teeteto e um filósofo proveniente de Eleia, cidade natal de Parmênides e seu discípulo Zenão. A investigação inicial conduz os interlocutores à questão do *não-ser*, circunscrevendo o diálogo a essa questão ontológica fundamental, que constitui precisamente o objeto essencial da filosofia do pré-socrático *Parmênides*. O *Sofista* surge como uma continuação do *Teeteto*, mas pelo seu teor está vinculado mais intimamente ao *Parmênides*.

PARMÊNIDES: Curiosamente, nesse diálogo, Platão coloca como figura central o filósofo Parmênides e não Sócrates, embora o encontro seja provavelmente fictício e se trate de um diálogo narrado por Céfalo. Como seria de esperar, o objeto capital é de caráter ontológico, girando em torno das questões da natureza da realidade: se esta é múltipla ou una etc. A *teoria das Formas* é aqui introduzida, a saber, a realidade consiste em Formas (Ideias) que não são nem materiais, nem perceptíveis, das quais as coisas materiais e perceptíveis participam. O *Parmênides* se liga pela sua temática mais estreitamente ao *Filebo*, ao *Político* e ao *Sofista*.

CRÁTILO: O assunto aqui ventilado é o princípio sobre o qual está fundada a correção do nome (ὄνομα [*ónoma*], por extensão signo que abriga o conceito). O que legitima o nome? Segundo Hermógenes, os nomes nada têm a ver, no que concerne à origem, com as coisas nomeadas que representam: são estabelecidos por convenção. Crátilo, ao contrário, afirma que o nome é por natureza, isto é, a etimologia de um nome pode nos conduzir a uma descrição disfarçada que revela corretamente a natureza daquilo que é nomeado, sendo este o princípio da nomenclatura. Sócrates contesta ambas as teorias, realizando a crítica da linguagem mesma, propondo que busquemos por trás das palavras a natureza imutável e permanente das coisas como são em si mesmas, o que vale dizer que as palavras não nos capacitam a ter acesso ao mundo inteligível das Formas puras e, muito menos, revelam-no a nós.

FILEBO: O objeto de discussão é bastante explícito, ou seja, o que é o *bem* e como pode o ser humano viver a melhor (mais excelente, mais virtuosa) vida possível. Filebo, que identifica o bem com o prazer, apresenta-se como um belo jovem (não há registro histórico algum dessa pessoa, o que nos leva a crer que se trata de um personagem fictício de Platão). Analítica e etimologicamente, o nome significa *amigo* ou *amante da juventude*, o que nos conduz inevitavelmente à predileção de Sócrates por homens jovens e atraentes no seu círculo. Os helenistas, em geral, concordam que o *Filebo* foi produzido depois do *Fédon*, do *Fedro*, de *A República*, do *Parmênides* e do *Teeteto*, na última fase da vida de Platão e, portanto, em data muito posterior à morte de Sócrates. O *Filebo* é, sem sombra de dúvidas, um dos mais significativos e importantes diálogos de Platão, pela sua maturidade filosófica, clareza e porque o conceito nevrálgico da ética (o bem) é focalizado com insistência em conexão com a metafísica. O encaminhamento da discussão, especialmente no que tange à metafísica, aproxima o *Filebo* do *Sofista* e do *Político*.

CRÍTON: O objeto de discussão desse diálogo envolve o julgamento e a morte de Sócrates e situa-se no período de um mês (trinta dias) entre esses dois eventos, quando Críton (poderoso e influente cidadão ateniense, além de amigo pessoal de Sócrates) o visita na prisão e tenta, pela última vez (em vão), convencê-lo a assentir com um plano urdido por seus amigos (incluindo o suborno dos carcereiros) para sua fuga e seu deslocamento a um lugar em que ficasse a salvo do alcance da lei de Atenas. O diálogo assume agilmente o calor de um debate ético em torno da justiça (δίκη [*díke*]), insinuando-nos nas entrelinhas, um problema crônico da sociedade que agita e intriga os juristas até os nossos dias: está claro que a aplicação da lei colima a justiça, mas, na prática, com que frequência consegue atingi-la? Pensando em seu próprio caso, Sócrates, que insistia que até a lei injusta devia ser respeitada (o que era exatamente o que fazia naqueles instantes ao opor-se ao plano de fuga e ao suborno), faz-nos ponderar que a lei pode ser mesmo um instrumento de morte em nome da busca da justiça, mas onde está a sabedoria dos homens para utilizá-la? Até que ponto será a lei na prática (e absurdamente) um instrumento da injustiça? Por outro lado, a contínua reprovação que Sócrates votava aos sofistas, nesse caudal de raciocínio, não era gratuita. Para ele, esses habilíssimos retóricos defendiam à revelia da verdade e da justiça homens indiciados que podiam pagar por isso. Contribuíam o dinheiro e o poder para que a lei atingisse sua meta, a justiça? Ou seria o contrário? Haveria nisso, inclusive, uma crítica tácita ao próprio Críton. E afinal, o que é a justiça? Se a lei era para os atenienses um instrumento real e concreto, que permitia a aplicação via de regra sumária da justiça, esta não passava de um conceito discutível, embora fosse uma das virtudes capitais, aliás só superada pela sabedoria (φρόνησις [*phrónesis*], σοφία [*sophía*]).

CRÍTIAS: Diálogo inacabado no qual Platão, tendo Sócrates como o usual veiculador de suas ideias, põe, contudo, na boca de Crítias, a narração do mito de origem egípcia da Atlântida, civilização que teria existido em uma ilha do Atlântico, próxima à entrada do mar Mediterrâneo, há nove milênios da Atenas atual. Segundo Crítias, a Atenas de então guerreara contra esse povo de conquistadores, que acabara por perecer, pois um terremoto (maremoto?) fizera com que toda a ilha fosse tragada pelo oceano, causando, também, a morte de todos os guerreiros gregos daquela era. Ora, essa Atenas remota possuiria uma forma de governo que correspondia ao modelo de Estado apresentado em *A República*.

EUTÍFRON: O "tempo" desse breve diálogo é o curto período no qual Sócrates se prepara para defender-se, na corte de Atenas, das acusações de que fora alvo. O jovem Eutífron acabara de depor contra seu pai pela morte de um servo. O assassinato (mesmo de um servo) era um delito grave (como, aliás, Platão enfatiza em *As Leis*) que resultava em uma *mácula* (mãos sujas de sangue) que tinha de ser eliminada mediante ritos purificatórios. Tratava-se de um crime religioso, pois os maculados não purificados desagradavam aos deuses. Entretanto, a denúncia de um pai feita por um filho, embora justificável e permitida pelas leis democráticas de Atenas, era tida como "um ato pouco piedoso". Não é de surpreender, portanto, que esse diálogo verse sobre os conceitos de piedade (σέβας [*sébas*]) e impiedade (ἀσέβεια [*asébeia*], ἀσέβημα [*asébema*]), e que, por seu tema candente e visceral, aproxime-se da *Apologia*, do *Críton* e do *Fédon*.

POLÍTICO: Continuação do *Sofista*, esse diálogo procura traçar o perfil do homem político e indicar o conhecimento que tal indivíduo deveria possuir para exercer o bom e justo governo da πόλις [*pólis*], no interesse dos cidadãos. Essa descrição do perfil do estadista é mais negativa do que positiva, e Platão finda por retornar à figura do sofista.

CÁRMIDES: Um dos mais "éticos" diálogos de Platão, provavelmente pertencente à sua fase inicial, sob intensa influência do mestre Sócrates. É efetivamente um dos diálogos socráticos de Platão no qual as ideias do mestre se fundem às suas. O assunto é a σωφροσύνη [*sophrosýne*] (temperança, autocontrole, moderação). Cármides, tio materno de Platão, aqui aparece em sua adolescência (432 a.C.), antes de se tornar um dos 30 tiranos.

LAQUES: Também pertencente ao período inicial da investigação e vivência filosóficas sob Sócrates, no qual o corpo integral das ideias platônicas ainda não se consolidara e cristalizara, o *Laques* (nome de um jovem e destacado general ateniense que lutara na guerra do Peloponeso) é mais um diálogo ético que se ocupa de um tema específico: ἀνδρεία [*andreía*], coragem.

LÍSIS: Do mesmo período de *Cármides* e *Laques*, *Lísis* (nome de um atraente adolescente de ilustre família de Atenas) é outro diálogo "ético socrático", no qual se discute o conceito φιλία [*philía*] (amizade, amor).

Parte da teoria da amizade desenvolvida por Aristóteles, na *Ética a Eudemo* e *Ética a Nicômaco*, baseia-se nas luzes e conclusões surgidas no Lísis.

EUTIDEMO: Outro diálogo "socrático". A matéria abordada, sem clara especificidade, retoma a crítica aos sofistas. Eutidemo (figura de existência historicamente comprovada) e seu irmão, Dionisodoro, abandonam o aprendizado da oratória sofística e os estudos marciais para empreenderem a erística (ἔρις [*éris*]: disputa, combate, controvérsia). O cerne da discussão é a oratória ou retórica (ῥητορεία [*retoreía*]), porém, é realizado um esforço para distingui-la da erística. Aristóteles, no *Órganon*, preocupar-se-á com essa distinção (retórica/erística) ao investigar profundamente a estrutura do silogismo e do juízo, indicando os tipos do primeiro do ponto de vista da verdade ou falsidade lógicas: um desses tipos é o *sofisma*, um silogismo capciosamente falso.

MÊNON: Provavelmente produzido no período mediano da vida de Platão, o *Mênon* não é propriamente um diálogo "socrático", já revelando uma independência e substancialidade do pensamento platônico. Mênon é integrante de uma das mais influentes famílias aristocráticas da Tessália. O diálogo, inicialmente, não visa a elucidar um conceito ou o melhor conceito (empenho típico dos diálogos "socráticos"), mas sim a responder a uma questão particular formulada por Mênon como primeira frase do diálogo: "Podes dizer-me, Sócrates, se é possível ensinar a virtude?". E ele prossegue: "Ou não é ensinável, e sim resultado da prática, ou nem uma coisa nem outra, o ser humano a possuindo por natureza ou de alguma outra forma?". Contudo, reincorporando uma característica do diálogo socrático, a segunda parte do Mênon reinstaura a busca do conceito da ἀρετή [*areté*]. Para os sofistas, a ἀρετή é fruto de uma convenção (νόμος [*nómos*]) e, portanto, verbalmente comunicável e passível de ser ensinada.

HÍPIAS MENOR: Hípias é o grande sofista que, ao lado de Protágoras, Pródico e Isócrates, atuou como um dos pugnazes adversários de Sócrates e Platão no fecundo e excitante cenário intelectual de Atenas. Esse curtíssimo diálogo teria sido motivado por um inflamado discurso proferido por Hípias, tendo a obra do poeta Homero como objeto. Sócrates solicita a Hípias que explicite sua visão sobre Aquiles e Odisseu, segundo a qual o primeiro é "o mais nobre e o mais corajoso", enquanto o segundo é "astuto e mentiroso". O problema aqui introduzido, estritamente ético, concerne ao cometimento consciente e voluntário da ação incorreta por parte do indivíduo justo e o cometimento inconsciente (insciente) e involuntário da ação incorreta por parte do indivíduo injusto. Em *A República* e *As Leis,* a questão do erro voluntário com ciência e o erro involuntário por ignorância também é enfocada. Ocioso dizer que se esbarra, implicitamente, na posição maniqueísta: é Aquiles absoluta, necessária e perenemente corajoso, probo e verdadeiro e Odisseu absoluta, necessária e perenemente velhaco e mentiroso?

ION: Este é um talentoso rapsodo profissional especializado nos poemas de Homero (não se sabe se figura real ou fictícia engendrada por Platão). O problema que Sócrates apresenta para Ion é: a poesia (ποίησις [*poíesis*]) é produto do conhecimento ou da inspiração dos deuses? Sócrates sugere que a arte do rapsodo, e mesmo a do poeta, é exclusivamente produto da inspiração divina, para elas não concorrendo nenhuma inteligência e conhecimento humanos. Platão também toca nesse tópico em *A República* e no *Fedro.*

MENEXENO: No menos filosófico dos diálogos, Sócrates se limita a executar um elogio à morte em campo de batalha, brindando Menexeno (nome de um insinuante membro do círculo socrático) com uma oração fúnebre que ele (Sócrates) diz ser da autoria de Aspásia, a amante de Péricles. É certo esse atípico diálogo ter sido escrito antes da morte de Sócrates, bem como o *Lísis,* do qual o personagem Menexeno também participa. Salvo pelas considerações preliminares de Sócrates acerca do "estupendo destino" daquele que tomba em batalha, o *Menexeno* carece de profundidade e envergadura filosóficas – foi com bastante propriedade que Aristóteles o chamou simplesmente de *Oração Fúnebre.*

Os três diálogos subsequentes são tidos como apócrifos pela grande maioria dos helenistas e historiadores da filosofia.

ALCIBÍADES: O mais "socrático" dos diálogos aborda o fundamento da doutrina socrática do autoconhecimento e provê uma resposta ao problema gnosiológico, resposta que é: nenhum conhecimento é possível sem o conhecimento de si mesmo, e o conhecimento do eu possibilita e instaura o conhecimento do não-eu, o mundo. Por isso, no diálogo, o conhecimento do eu é a meta perseguida pela maiêutica para fazer vir à luz o conhecimento do mundo sensível. É improvável que Platão tenha sido o autor desse diálogo, mas se o foi, escreveu-o (paradoxal e intempestivamente) muito depois da morte de seu mestre, por rememoração, e bem próximo de sua própria morte. Por seu estilo direto e "menos literariamente colorido", suspeita-se, com maior probabilidade, que tenha sido escrito pouco depois da morte do mestre da Academia, por um de seus discípulos mais capazes, talvez o próprio Aristóteles, mesmo porque a visão gnosiológica de cunho "subjetivista" e "antropológico" de Sócrates, que emerge do *Alcibíades* (nome de um belo e ambicioso jovem do círculo socrático), guarda semelhança com as ideias do jovem Aristóteles.

HÍPIAS MAIOR: Confronto entre Sócrates e Hípias, o sofista, no qual o primeiro, sempre em busca da compreensão dos conceitos, interroga o segundo, nesse ensejo não a respeito de uma virtude, mas sim sobre o que é καλός [*kalós*], termo, como tantos outros, intraduzível para as línguas modernas, um tanto aproximativo do inglês *fine* (em oposição a *foul*). Em português, é linguisticamente impossível traduzi-lo, mesmo precariamente, por uma única palavra. Se conseguirmos abstrair uma fusão harmoniosa dos significados de belo, bom, nobre, admirável e toda a gama de adjetivos qualificativos correlatos que indicam excelência estética e ética, poderemos fazer uma pálida ideia do que seja καλός. Desnecessário comentar que, como de ordinário, um mergulho profundo nas águas da cultura dos gregos antigos aliado ao acurado estudo da língua constitui o único caminho seguro para o desvelamento de conceitos como καλός.

CLITOFON: Esse brevíssimo apócrifo apresenta uma peculiaridade desconcertante no âmbito dos escritos platônicos. Nele, na busca da compreensão de em que consiste a ἀρετή [*areté*], virtude, particularmente a δίκη [*díke*], justiça, Sócrates não é o protagonista nem o costumeiro e seguro articulador das indagações que norteiam a discussão e conduzem, por meio da maiêutica associada à dialética, o interlocutor (ou interlocutores) à verdade latente que este(s) traz(em) à luz. Nesse curtíssimo e contundente diálogo, é Clitofon (simpatizante de Trasímaco, o pensador radical que aparece em *A República*) que "dá o tom da música", encaminha a discussão e enuncia a palavra final.

Finalmente, a maioria dos estudiosos, helenistas e historiadores da filosofia tende a concordar que as seguintes 14 obras não são decididamente da lavra de Platão, mas sim, via de regra, de seus discípulos diretos ou indiretos, constituindo o movimento filosófico que nos seria lícito chamar de *platonismo nascente,* pois, se tais trabalhos não foram escritos por Platão, é certo que as ideias neles contidas e debatidas não saem da esfera do pensamento platônico. Dos discípulos conhecidos de Platão, somente o estagirita Aristóteles foi capaz de criar um corpo íntegro e sólido de teorias originais.

SEGUNDO ALCIBÍADES: A questão da γνῶσις [*gnôsis*], conhecimento, volta à baila, mas nessa oportunidade Sócrates especializa a discussão, detendo-se no objeto, no valor e nas formas do conhecimento. Uma questão paralela e coadjuvante também é tratada (já largamente abordada e desenvolvida em *As Leis,* em que o mesmo ponto de vista fora formulado): como nos dirigir aos deuses? Como no problema do conhecimento (em relação ao qual o único conhecimento efetivamente valioso, além do conhecimento do eu, é o conhecimento do bem), Sócrates se mostra restritivo: não convém agradar aos deuses com dádivas e sacrifícios dispendiosos, visto que os deuses têm em maior apreço as virtudes da alma, não devendo ser adulados e subornados. Nossas súplicas não devem visar a vantagens e a coisas particulares, mas simplesmente ao nosso bem, pois é possível que nos enganemos quanto aos bens particulares que julgamos proveitosos para nós, o que os deuses, entretanto, não ignoram.

HIPARCO: Diálogo breve, com um só interlocutor anônimo, no qual se busca o melhor conceito de cobiça ou avidez. O nome Hiparco é tomado de um governante de Atenas do final do século VI a.C., alvo da admiração de Sócrates.

AMANTES RIVAIS: A meta desse brevíssimo diálogo, com um título que dificilmente teria agradado a Platão, é estabelecer a distinção entre o conhecimento geral e a filosofia, envolvendo também a questão da autoridade. O título é compreensível, pois o diálogo encerra realmente a história da rivalidade de dois amantes.

TEAGES: Nome de um dos jovens do círculo de Sócrates, que, devido a sua saúde precária, teria morrido antes do próprio Sócrates. O diálogo começa com o pai do rapaz, Demódoco, pedindo orientação a Sócrates a respeito do desejo e ambição do filho: tornar-se sábio para concretizar sonhos de vida política. Esse pequeno diálogo realça, sobremaneira, aquilo que Sócrates (segundo Platão) chamaria na *Apologia* de "voz de seu *daímon* (δαίμων)" e o fascínio que Sócrates exercia sobre seus discípulos jovens.

MINOS: Provavelmente escrito pelo mesmo discípulo autor de *Hiparco*, *Minos* (nome de grande rei, legislador de Creta e um dos juízes dos mortos no Hades) busca o conceito mais excelente para νόμος (lei). É muito provável que esse diálogo tenha sido elaborado após a morte de Platão e, portanto, após *As Leis* (última obra do próprio Platão); todavia, em uma visível tentativa de integrar esse pequeno diálogo ao pensamento vivo do mestre, exposto definitiva e cristalizadamente em *As Leis*, o fiel discípulo de Platão compôs *Minos* como uma espécie de proêmio ao longo diálogo *As Leis*. Sócrates, mais uma vez, é apresentado às voltas com um único interlocutor anônimo, que é chamado de *discípulo*.

EPINOMIS: Como o título indica explicitamente (ἐπινομίς [*epinomís*]), é um apêndice ao infindo *As Leis*, de presumível autoria de Filipe de Oponto (que teria igualmente transcrito o texto de *As Leis,* possivelmente a partir de tabletes de cera, nos quais Platão o deixara ao morrer).

DEFINIÇÕES: Trata-se de um glossário filosófico com 184 termos, apresentando definições sumárias que cobrem os quatro ramos filosóficos reconhecidos oficialmente pela Academia platônica e a escola estoica, a saber, a *física* (filosofia da natureza), a *ética*, a *epistemologia* e a *linguística*. É possível que esse modestíssimo dicionário não passe de uma drástica seleção da totalidade das expressões e definições formuladas e ventiladas na Academia, em meados do século IV a.C. Com certeza, uma grande quantidade de expressões, mesmo nos circunscrevendo à terminologia platônica, não consta aqui, especialmente nas áreas extraoficiais pertencentes a disciplinas como a *ontologia* (ou *metafísica*), a *psicologia*, a *estética* e a *política*. Embora alguns sábios antigos atribuam *Definições* a Espeusipo, discípulo, sobrinho e sucessor de Platão na direção da Academia, tudo indica que temos diante de nós um trabalho conjunto dos membros da Academia.

DA JUSTIÇA: Brevíssimo diálogo em que Sócrates discute, com um interlocutor anônimo, questões esparsas sobre a δίκη [*díke*], justiça.

DA VIRTUDE: Análogo nas dimensões e no estilo ao *Da Justiça*, esse pequeno texto retoma o tema do *Mênon* (pode a virtude ser ensinada?) sem, contudo, trazer nenhuma contribuição substancial ao *Mênon*, do qual faz evidentes transcrições, além de fazê-las também de outros diálogos de Platão.

DEMÓDOCO: É outro produto do platonismo nascente. *Demódoco* (nome de um homem ilustre, pai de Teages) é constituído por um monólogo e três pequenos diálogos que tratam respectivamente da deliberação coletiva (refutada por Sócrates) e de alguns elementos do senso comum.

SÍSIFO: O tema, na mesma trilha daquele de *Demódoco*, gira em torno da tomada de decisão na atividade política. A tese de Sócrates é que "se a investigação pressupõe ignorância, a deliberação pressupõe saber".

HÁLCION: Para ilustrar a inconcebível superioridade do poder divino (cujos limites desconhecemos) sobre o poder humano, Sócrates narra ao seu amigo Querefonte a lenda de Hálcion, figura feminina que foi metamorfoseada em ave marinha para facilitar a procura do seu amado marido. Certamente o menor, porém, o mais bem elaborado dos diálogos do segundo advento do platonismo (provavelmente escrito entre 150 a.C. e 50 d.C., embora muitos estudiosos prefiram situá-lo no século II d.C. atribuindo sua autoria ao prolífico autor e orador Luciano de Samosata. Aliás, a prática editorial moderna e contemporânea generalizada [que é já a adotada por Stephanus no século XVI] é não fazer constar o *Hálcion* nas obras completas de Platão; os editores que publicam Luciano incluem o *Hálcion* normalmente nas obras completas deste último).

ERIXIAS: O assunto que abre o diálogo é a relação entre a riqueza (πλοῦτος [*ploýtos*]) e a virtude (ἀρετή [*areté*]) e se concentra em uma crítica ao dinheiro (ouro e/ou prata) por parte de Sócrates. Na defesa da riqueza material, Erixias não consegue elevar seus argumentos acima do senso comum, mas uma discussão simultânea é desenvolvida, indagando sobre a diferença entre os sólidos e sérios argumentos filosóficos e os folguedos intelectuais. O tema da relação πλοῦτος/ἀρετή fora já abordado com maior amplitude e profundidade em *As Leis*, em que Platão, pela boca do ateniense, define quantitativamente o grau suportável de riqueza particular em ouro e prata que permita a um indivíduo ser a um tempo rico e virtuoso, sem tornar tais qualidades incompatíveis entre si e comprometer sua existência como cidadão na convivência com seus semelhantes no seio da πόλις (*pólis*), cidade. Essa questão aparece também no *Fedro* e no *Eutidemo*.

AXÍOCO: Nesse diálogo, Sócrates profere um discurso consolador visando à reabilitação psicológica possível de um homem no leito de morte, abalado com a perspectiva inevitável desta. O tema perspectiva da *morte* (θάνατος [*thánatos*]) é abordado diretamente na *Apologia* e no *Fédon*. O *Axíoco* data do período entre 100 a.C. e 50 d.C.

Edson Bini

Cronologia

Esta é uma cronologia parcial. Todas as datas são a.C., e a maioria é aproximativa. Os eventos de relevância artística (relacionados à escultura, ao teatro etc.) não constam nesta Cronologia. O texto em itálico destaca alguns eventos marcantes da história da filosofia grega.

530 – *Pitágoras de Samos funda uma confraria místico-religiosa em Crotona.*

500 – *Heráclito de Éfeso floresce na Ásia Menor.*

490 – Os atenienses derrotam os persas em Maratona.

481 – Lideradas por Esparta, as cidades-Estado gregas se unem para combater os persas.

480 – Os gregos são duramente derrotados nas Termópilas pelos persas, e a acrópole é destruída.

480 – Os gregos se sagram vencedores em Salamina e Artemísio.

479 – Com a vitória dos gregos nas batalhas de Plateia e Micale, finda a guerra contra os persas.

478-477 – Diante da nova ameaça persa, Atenas dirige uma nova confederação dos Estados gregos: a "Liga Délia".

469 ou 470 – *Nascimento de Sócrates.*

468 – A esquadra persa é derrotada.

462 – *Chegada do pré-socrático Anaxágoras a Atenas.*

462-461 – Péricles e Efialtes promovem a democracia em Atenas.

460 – Nascimento de Hipócrates.

457 – Atenas se apodera da Beócia.

456 – Finda a construção do templo de Zeus, em Olímpia.
454-453 – O poder de Atenas aumenta grandemente em relação aos demais Estados gregos.
447 – Início da construção do Partenon.
445 – Celebrada a Declaração da "Paz dos Trinta" entre Atenas e Esparta.
444 – *O sofista Protágoras produz uma legislação para a nova colônia de Túrio.*
431 – Inicia-se a Guerra do Peloponeso entre Atenas e Esparta.
429 – Morte de Péricles.
427 – *Nascimento de Platão em Atenas.*
424 – Tucídides, o historiador, é nomeado general de Atenas.
422 – Os atenienses são derrotados em Anfípolis, na Trácia.
421 – Celebrada a paz entre Atenas e Esparta.
419 – Atenas reinicia guerra contra Esparta.
418 – Os atenienses são vencidos pelos espartanos na batalha de Mantineia.
413 – Os atenienses são derrotados na batalha naval de Siracusa.
405 – Nova derrota dos atenienses em Egospótamos, na Trácia.
404 – Rendição de Atenas à Esparta.
401 – Xenofonte comanda a retirada de Cunaxa.
399 – *Morte de Sócrates.*
385 – *Criação da Escola de Platão, a Academia.*
384 – *Nascimento de Aristóteles em Estagira.*
382 – Após guerras intermitentes e esporádicas contra outros Estados gregos e os persas, de 404 a 371, Esparta se apossa da cidadela de Tebas.
378 – É celebrada a aliança entre Tebas e Esparta.
367 – *Chegada a Atenas de Aristóteles de Estagira.*
359 – Ascensão de Filipe II ao trono da Macedônia e início de suas guerras de conquista e expansão.

351 – Demóstenes adverte os atenienses a respeito do perigo representado por Filipe da Macedônia.
347 – *Morte de Platão.*
343 – Aristóteles se torna preceptor de Alexandre.
338 – Derrota de Atenas e seus aliados por Filipe da Macedônia em Queroneia. Os Estados gregos perdem seu poder e a conquista da Grécia é efetivada.
336 – Morte de Filipe II e ascensão de Alexandre ao trono da Macedônia.
335 – *Aristóteles funda sua Escola em Atenas, no Liceu.*
334 – Alexandre move a guerra contra a Pérsia e vence a batalha de Granico.
331 – Nova vitória de Alexandre em Arbela.
330 – As forças persas são duramente derrotadas em Persépolis por Alexandre, dando fim à expedição contra a Pérsia.
323 – Morte de Alexandre na Babilônia.

DIÁLOGOS

I

TEETETO
(ou DO CONHECIMENTO)

SOFISTA
(ou DO SER)

PROTÁGORAS
(ou SOFISTAS)

TEETETO
(ou DO CONHECIMENTO)

PERSONAGENS DO DIÁLOGO:
Euclides, Terpsion, Sócrates, Teodoro e Teeteto

142a **Euclides:** Acabas de chegar do campo, Terpsion, ou já chegaste há algum tempo?

Terpsion: Já estou aqui há bastante tempo. Estive procurando por ti na *ágora* e imaginando que não podia encontrar-te.

Euclides: De fato, não podias. Eu não estava na cidade.

Terpsion: E onde estavas, então?

Euclides: No meu caminho rumo ao porto topei com Teeteto, que era transportado para Atenas proveniente do acampamento de Corinto.

Terpsion: Vivo ou morto?

b **Euclides:** Precariamente vivo, pois sofre intensamente por causa de ferimentos, e o pior: contraiu a enfermidade que irrompeu no exército.

Terpsion: Aludes à disenteria?

Euclides: Sim.

Terpsion: E que homem dizes estar em perigo!

Euclides: Um homem nobre e bom, Terpsion. Há pouco ouvi algumas pessoas o cobrirem de louvor por seu comportamento em combate.

Terpsion: Bem, nada há de estranho nisso. Seria muito mais surpreendente se ele não houvesse se comportado assim. Mas por que não se deteve aqui em Megara?

Euclides: Estava muito apressado para voltar ao lar; de fato, pedi-lhe encarecidamente e o aconselhei que ficasse, mas ele não se dispôs a isso. Assim, acompanhei-o e quando retornava pensei em Sócrates e admirei o seu dom profético, particularmente naquilo que declarou a respeito dele. Penso que o conheceu pouco antes de sua própria morte, quando Teeteto não passava de um rapaz; o resultado do relacionamento e da conversa entretida com ele foi Sócrates ficar muito impressionado com suas qualidades naturais. Quando fui a Atenas, ele contou-me o diálogo que tiveram, algo que valeu a pena ouvir, e declarou que certamente se tornaria um homem notável se vivesse [até a idade adulta].

Terpsion: E parece que ele estava certo. Mas que diálogo foi esse? Poderias narrá-lo?

Euclides: Não, por Zeus! Ao menos, não de memória. Entretanto, na ocasião fiz anotações a respeito tão logo retornei para casa. Mais tarde, com tranquilidade, à medida que recordava as coisas registrava-as, e toda vez que ia a Atenas costumava indagar a Sócrates sobre o que não conseguia lembrar; e quando voltava fazia correções, de forma que tenho escrita praticamente toda a conversa.

Terpsion: Isso é verdade. Ouvi dizeres isso antes e, na realidade, sempre quis pedir-te para que a mostrasses a mim, embora tenha demorado tanto para fazê-lo. O que nos impede de ler o teu escrito agora? Aliás, devido a minha viagem vindo do campo estou necessitando de um descanso.

Euclides: Quanto a mim, acompanhei Teeteto até Eríneo,[1] de modo que não dispensaria também um descanso. Vem, e enquanto descansarmos o pequeno escravo lerá para nós.

Terpsion: Muito bem.

Euclides: Eis o livro, Terpsion, que corresponde à forma como registrei a conversação. Não representei Sócrates fazendo um relato a mim, como ele o fez, mas dialogando com aque-

---

1. Euclides teria caminhado cerca de 48 km. Eríneo ficava entre Elêusis e Atenas.

les com os quais me disse ter dialogado. E disse-me que eram o geômetra Teodoro e Teeteto. Para que os elementos explicativos da narrativa entre os discursos não se revelassem enfadonhos na versão escrita, tais como "e eu disse" ou "e eu observei" quando Sócrates falava, ou "ele concordou" ou "ele discordou" no caso da fala do interlocutor, omiti tudo isso e imaginei o próprio Sócrates como se conversasse diretamente com eles.

Terpsion: Bastante apropriado, Euclides.

Euclides: Pois bem, garoto, toma o livro e lê.

Sócrates: Se me importasse mais com Cirene e seus negócios, Teodoro, perguntaria a ti como vão as coisas e as pessoas lá, se alguns de seus jovens estão se dedicando à geometria ou a qualquer outro ramo da filosofia. Mas uma vez que me importo menos com essas pessoas do que com as daqui, estou mais ansioso em saber quais de nossos próprios jovens têm maior probabilidade de conquistar boa reputação. Essas são coisas que eu próprio investigo tanto quanto posso, e acerca das quais me mantenho também indagando outras pessoas – qualquer pessoa cuja companhia observo que os jovens desejam. Ora, muitos deles te procuram, a propósito acertadamente, pois o mereces devido a tua geometria, sem mencionar outras razões. Assim sendo, se topaste com algum jovem digno de menção, gostaria de ouvir a respeito.

Teodoro: De fato, Sócrates, valeria a pena certamente, para que eu discurse e para que tu ouças sobre um esplêndido jovem – um de teus concidadãos – que conheci. Bem, se fosse atraente, hesitaria extremamente em falar dele, com receio de que alguém imaginasse que estou por ele apaixonado. Mas o fato é que – *não te zangues comigo por dizer tal coisa* – ele não é atraente, mas parecido contigo, com nariz chato e olhos saltados, somente com a ressalva de que esses traços destacam-se menos nele do que em ti. Vês que falo sem quaisquer rodeios. Mas posso assegurar-te de que entre todos os jovens que já conheci – e topei com muitíssimos – nunca encontrei nenhum tão prodigiosamente bem dotado. Apresenta uma rapidez no aprendizado superior à quase totalidade das outras pessoas, é extraordinariamente gentil e supera qualquer um em matéria de coragem. Jamais pensei que existisse uma tal combinação e não a constato em lugar algum. Pelo contrário, aqueles que como ele possuem intelectos penetrantes, sagazes e boas memórias geralmente possuem também temperamento impetuoso que tende ao desequilíbrio; precipitam-se e são arrastados como navios sem lastro; são mais excitáveis e instáveis do que corajosos. Aqueles, por outro lado, que são mais estáveis mostram-se um tanto obtusos diante do aprendizado e possuem péssima memória. Esse rapaz, contudo, aborda o aprendizado e o estudo com regularidade, segurança e êxito, com maneiras perfeitamente suaves, tal como uma corrente de azeite que flui silenciosamente. O resultado é as pessoas ficarem maravilhadas com o modo como executa todas essas suas atividades na sua idade.

Sócrates: São notícias alvissareiras. Mas entre nossos cidadãos, quem é seu pai?

Teodoro: Ouvi seu nome, mas não me recordo. Entretanto, isso não importa, pois o jovem é o do meio daquele grupo que caminha em nossa direção agora. Ele e aqueles seus amigos estavam se untando externamente[2] e parece que, tendo terminado, encaminham-se para cá. Mas olha e vê se o reconheces.

Sócrates: Sim, reconheço. É o filho de Eufrônio de Súnio, um homem bem do tipo que dizes ser seu filho; goza, inclusive, de boa reputação em outros aspectos. Além disso, ele deixou uma imensa propriedade. Mas desconheço o nome do rapaz.

Teodoro: Seu nome é Teeteto, Sócrates. Quanto à propriedade, creio que foi dissipada por curadores. De uma forma ou outra, Sócrates, ele é também notavelmente liberal com seu dinheiro.

Sócrates: É um nobre homem quem descreves. Por favor, diz a ele para aproximar-se e sentar conosco.

Teodoro: Eu o farei. Teeteto! Vem e senta ao lado de Sócrates.

Sócrates: Sim, vem, Teeteto, para que eu possa olhar para mim mesmo e verificar que tipo de rosto tenho, já que Teodoro diz que é como o teu. Mas se cada um de nós tivesse uma lira, e

---

2. Sócrates e Teodoro, bem como o grupo de jovens, encontram-se num ginásio.

Teodoro houvesse nos dito que ambas haviam sido identicamente afinadas, aceitaríamos pura e simplesmente sua palavra sem maiores esforços, ou perguntaríamos primeiro se quem o afirmou foi um músico?
Teeteto: Perguntaríamos.
Sócrates: Então se constatássemos ser ele um músico acreditaríamos nele, mas em caso negativo nos recusaríamos a dar crédito a suas palavras?
Teeteto: É verdade.
Sócrates: Agora, se a questão é a semelhança de nossos rostos, teríamos que considerar se aquele que fala é um pintor, ou não?

145a

Teeteto: Penso que sim.
Sócrates: E Teodoro é um pintor?
Teeteto: Não que eu saiba.
Sócrates: Tampouco um geômetra?
Teeteto: Quanto a isso, Sócrates, ele decididamente o é.
Sócrates: E não é ele também um astrônomo, um aritmético e, no geral, um homem educado?
Teeteto: É o que ele me parece.
Sócrates: Ora, então se ele afirma, seja em termos elogiosos ou reprovadores, que há entre nós alguma semelhança física, não seria particularmente importante darmos atenção a ele?
Teeteto: Talvez não.

b **Sócrates:** Mas, e no caso de ele louvar a alma de um de nós? Supõe que asseverasse que um de nós é virtuoso e sábio. Não deveria quem ouvisse tal coisa entusiasmar-se no sentido de examinar o objeto de tal louvor? E não deveria o outro estar muito ansioso para exibir suas qualidades?
Teeteto: Certamente, Sócrates.
Sócrates: Assim sendo, meu caro Teeteto, este é o momento apropriado, de tua parte, para exibires tuas qualidades e, de minha parte, para examiná-las. De fato, embora Teodoro haja

elogiado diante de mim muitos concidadãos nossos e estrangeiros, nunca elogiou alguém como elogiou a ti há pouco.

Teeteto: Trata-se de uma boa ideia, Sócrates. Certifica-te, porém, de que seu discurso não tenha passado de mera pilhéria.

Sócrates: Esse não é o estilo de Teodoro. Mas não procures recuar de teu assentimento sob o pretexto de que ele está pilheriando, caso em que ele se verá forçado a testemunhar sob juramento. Certamente ninguém o acusará de perjúrio. Assim, anima-te e mantém teu assentimento.

Teeteto: Bem, suponho que devo fazê-lo, uma vez que essa é tua posição.

Sócrates: Então me diz: suponho que aprendes um pouco de geometria com Teodoro?

Teeteto: Sim.

Sócrates: Bem como astronomia, música e aritmética?

Teeteto: Esforço-me para isso.

Sócrates: E eu também, meu rapaz. Tanto com ele quanto com quaisquer outros que julgo conhecedores de alguma coisa sobre essas matérias. Mas ainda que eu progrida bastante bem nelas em outros aspectos, tenho diante de mim uma pequena dificuldade, que penso deveria ser investigada com tua ajuda e a dessas outras pessoas. Não é verdade que aprender é tornar-se *mais conhecedor*[3] daquilo que se aprende?

Teeteto: Claro.

Sócrates: E suponho que os sábios são sábios mediante a sabedoria.

Teeteto: Sim.

Sócrates: E é a sabedoria de algum modo diferente do conhecimento?

Teeteto: O quê?

Sócrates: A sabedoria. Ou as pessoas não são sábias naquilo de que detêm conhecimento?

---

3. ...σοφώτερον... (*sophóteron*): literalmente *mais sábio*.

Teeteto: É claro que sim.
Sócrates: Consequentemente, conhecimento e sabedoria são a mesma coisa?
Teeteto: Sim.
Sócrates: Ora, é precisamente aqui que surge minha dificuldade, a qual não consigo superar mediante os meus próprios esforços. Não posso compreender plenamente o que é realmente o conhecimento. Seríamos capazes de expressá-lo através de palavras? O que dizeis? Quem de nós irá falar primeiro? E quem errar, e todo aquele que, por seu turno, errar, terá que *se sentar e ser o burro*, como dizem as crianças quando jogam bola; e aquele que avançar sem cometer erro será nosso rei e nos obrigará a responder toda pergunta que queira. Por que permaneceis mudos? Espero, Teodoro, que meu amor pela discussão e minha ansiedade para promover nosso diálogo, nos mostrarmos amigos e dispostos a conversar, não estejam me tornando rude.

Teodoro: Não, isso jamais seria rude, Sócrates. Mas solicita um dos jovens que responda a tuas perguntas. Não estou acostumado com esse gênero de discussão e, ademais, estou demasiado velho para acostumar-me a ele. Mas isso se ajustaria a esses jovens, que poderiam aprimorar-se muito mais do que eu. O fato é que a juventude admite todo tipo de aprimoramento. Assim, vai em frente e faz tuas perguntas a Teeteto, como vinhas procedendo, e não lhe dês trégua.

Sócrates: Bem, Teeteto, ouviste o que disse Teodoro e acho que não desejarás lhe desobedecer, mesmo porque não é certo que um jovem desobedeça a um sábio quando este ministra instruções acerca de tais matérias. Assim fala franca e nobremente, e responde: o que pensas ser o conhecimento?

Teeteto: Bem, devo responder uma vez que me dizeis para fazê-lo. De qualquer modo, se eu cometer um erro vós me corrigireis.

Sócrates: Certamente o faremos, se pudermos.

Teeteto: Sou do parecer de que as coisas ensinadas por Teodoro são conhecimento, quais sejam, a geometria e tudo a que te referiste há pouco, como também a sapataria e as d demais artes do artesão. Isolada ou associativamente, todas essas nada mais são do que conhecimento.

Sócrates: És nobre e generoso, meu amigo, já que, quando te pedem uma coisa, proporcionas muitas, e uma variedade de coisas em lugar de uma simples resposta.

Teeteto: O que queres dizer com isso, Sócrates?

Sócrates: Talvez, nada. Dir-te-ei, porém, o que penso. Quando dizes "sapataria", tudo a que te referes é a arte de confeccionar calçados, não é mesmo?

Teeteto: Nada mais do que isso.

e **Sócrates:** E quando dizes "carpintaria"? Aludes a algo mais do que à arte de fabricar mobiliário de madeira?

Teeteto: Nada mais do que isso também nesse caso.

Sócrates: Então nos dois casos defines aquilo a que cada forma de conhecimento pertence?

Teeteto: Sim.

Sócrates: Mas não foi isso que te foi perguntado, Teeteto. Não foi solicitado a ti que informasses do que se pode ter conhecimento ou quantos ramos do conhecimento existem, pois não foi nosso intento enumerá-los, mas descobrir o que o próprio conhecimento realmente é. Ou o que falo carece de sentido?

Teeteto: Não. Estás inteiramente correto.

147a **Sócrates:** Toma o seguinte exemplo. Suponha que alguém nos perguntasse acerca de alguma coisa ordinária e cotidiana, digamos "O que é a argila?", e respondêssemos que é a argila do fabricante de potes de argila e a argila do fabricante de fornos e a argila do fabricante de tijolos. Não achas que nos exporíamos ao ridículo?

Teeteto: Talvez.

Sócrates: Sim. Primeiramente por supor que aquele que interroga é capaz de compreender a partir de nossa resposta o que é a argila quando dizemos *argila*, não importa se acrescentamos que
b é a argila de *fabricantes de bonecas e figuras* ou a de qualquer outro artesão. Ou alguém compreende, em tua opinião, o nome de alguma coisa quando desconhece o que é a coisa?

Teeteto: De modo algum.
Sócrates: Consequentemente, aquele que não conhece o que é o conhecimento tampouco compreenderá o conhecimento de calçados.
Teeteto: Não, não compreenderá.
Sócrates: Por conseguinte, aquele que ignora o que é o conhecimento não compreende o que é a arte de fabricar calçados ou qualquer outra arte.
Teeteto: É assim.
Sócrates: Portanto, quando indicamos o nome de alguma arte diante da pergunta "O que é o conhecimento?" damos uma resposta ridícula a essa pergunta; de fato, tudo que indicamos em nossa resposta é algo a que o conhecimento pertence, quando não foi isso que foi perguntado.
Teeteto: É o que parece.
Sócrates: Em segundo lugar, quando podíamos ter dado uma resposta breve e ordinária, fazemos rodeios intermináveis. Por exemplo, na pergunta a respeito da argila, a resposta simples e comum seria "argila é terra misturada com líquido", sem considerar de quem é a argila.
Teeteto: Como o formulas, agora, Sócrates, isso parece ficar mais fácil. Mas estás provavelmente propondo o mesmo tipo de questão que ocorreu entre nós recentemente quando o teu homônimo, Sócrates aqui, e eu entretínhamos uma discussão.
Sócrates: Que tipo de questão era essa, Teeteto?
Teeteto: Teodoro estava traçando para nós alguns diagramas visando ilustrar *potências*,[4] mostrando que quadrados que contêm três pés quadrados e cinco pés quadrados não são comensuráveis em comprimento com um pé; e ele prosseguiu assim procedendo, selecionando alternadamente cada caso até atingir o quadrado que contém dezessete pés quadrados, detendo-se nesse ponto. Ora, uma vez que o número de potências[5] parecia

---

4. ...δυνάμεων... (*dynámeon*), mas o conceito contemplado no contexto é o conceito matemático de *raiz*.
5. ...δυνάμεις... (*dynámeis*) – ver nota anterior.

e infinito, nos ocorreu reuni-las sob um termo, pelo qual pudéssemos doravante chamar todas as potências.[6]
Sócrates: E descobristes tal termo?
Teeteto: Creio que descobrimos. Mas vê se concordas.
Sócrates: Prossegue.
Teeteto: Dividimos todos os números em duas classes. Uma das classes, a dos números que podem ser produzidos pela multiplicação de fatores iguais, representamos pela forma do quadrado e os designamos como números quadrados ou equiláteros.[7]
Sócrates: Bom trabalho!
Teeteto: Quanto aos números intermediários entre esses, tais
148a como três, cinco e todos os números que não podem ser produzidos pela multiplicação de fatores iguais, mas apenas multiplicando-se um maior por um menor, ou um menor por um maior – e, consequentemente, estão sempre contidos em lados desiguais –, os representamos pela forma da figura oblonga e os designamos como números oblongos.
Sócrates: Excelente. E depois?
Teeteto: Chamamos de *comprimentos* todas as linhas que formam os quatro lados dos números equiláteros ou quadrados, e chamamos de *números irracionais* as que formam os números oblongos, porque não são comensuráveis com os outros em
b comprimento, porém somente nas áreas dos planos que são capazes de formar. E analogamente no caso dos sólidos.[8]
Sócrates: Excelente, meus *meninos*! Sou da opinião de que Teodoro não estaria exposto a uma ação por falso testemunho.
Teeteto: Mas, realmente, Sócrates, não sou capaz de responder tua pergunta a respeito do conhecimento como respondemos

---

6. *Idem.*
7. Em todo esse contexto, Teeteto trata dos números (aritmética) utilizando a linguagem da geometria.
8. Referência aos cubos e raízes cúbicas.

à questão sobre *comprimento e potências*.⁹ E, no entanto, parece-me que queres algo assim, de modo que, afinal, Teodoro parece incorrer em falso testemunho.

c **Sócrates:** Se ele estivesse elogiando tua corrida e declarasse jamais ter encontrado um jovem que fosse um tão bom corredor, e então fosses derrotado numa competição de corrida por um homem na idade madura que se sagrasse recordista, pensarias que, por isso, seu elogio seria menos verdadeiro?

Teeteto: Não.

Sócrates: E pensas que a descoberta do que é o conhecimento – o que eu comentava há pouco – é uma matéria de somenos e não uma tarefa para os muito qualificados?

Teeteto: Por Zeus! Creio que é uma tarefa para os mais qualificados.

Sócrates: Então deves ter confiança em ti mesmo, acreditar que
d Teodoro tem razão e tentar com boa vontade conquistar, por todos os meios, um entendimento da natureza do conhecimento, bem como de outras coisas.

Teeteto: Se é uma questão de boa vontade, Sócrates, a verdade virá à luz.

Sócrates: Portanto – já que admiravelmente acabaste de apontar o caminho – toma tua resposta sobre as potências¹⁰ como modelo, e tal como abarcaste todas elas numa classe, embora fossem múltiplas, empenha-te em designar as múltiplas formas do conhecimento por meio de uma única definição.

e **Teeteto:** Entretanto, posso assegurar-te, Sócrates, que com frequência tentei resolver isso toda vez que ficava sabendo das questões que propunhas, porém não consigo convencer-me de que disponho de qualquer resposta satisfatória, nem que possa encontrar alguém que dê o tipo de resposta na qual insistes; por outro lado, contudo, não consigo livrar-me da preocupação com esse problema.

---

9. ...μήκους τε καὶ τῆς δυνάμεως. ... (*mékoys te kaì tês dynámeos.*): leia-se *comprimento e raízes quadradas*.

10. ...δυνάμεων... (*dynámeon*) – leia-se *raízes*.

Sócrates: Sim, sofres as dores do parto, Teeteto, visto que não és estéril, mas engravidaste.[11]

Teeteto: Não sei, Sócrates. Limito-me a expressar-te o que sinto.

149a **Sócrates:** Não ouviste falar – ó risível rapaz – que sou filho de uma excelente e robusta parteira, *Fenarete*?[12]

Teeteto: Sim. Ouvi falar.

Sócrates: E também ouviste falar que pratico a mesma arte?

Teeteto: Não. Jamais ouvi falar.

Sócrates: Mas pratico, podes crer-me. Somente não me denuncies aos outros, pois é segredo que possuo essa arte. Outras pessoas, como o desconhecem, não a vinculam a mim, mas comentam que sou um indivíduo muitíssimo excêntrico e que conduzo as pessoas a dificuldades. Ouviste falar disso também?

b **Teeteto:** Sim, ouvi.

Sócrates: E deverei contar-te a razão disso?

Teeteto: Sim, por favor.

Sócrates: Bastará considerares todos os fatos relativos à atividade das parteiras para entender mais facilmente o que quero dizer. Imagino que sabes que nenhuma delas atende outras mulheres enquanto é capaz de conceber e dar à luz. Somente as que se tornam demasiado velhas para gerar que o fazem.

Teeteto: Sim, com certeza.

Sócrates: Dizem que esse costume tem sua causa em Ártemis,[13] visto que ela, uma deusa sem filhos, recebeu como incumbência especial ser a protetora do nascimento das crianças.

c Ora, parece que ela não permitiu que mulheres estéreis fossem parteiras, porque a natureza humana é demasiado fraca para capacitar-se a adquirir uma arte que envolve questões que não estão no âmbito de sua experiência. Entretanto, ela confiou essa função às mulheres que, devido à sua idade,

---

11. Alusão de Platão ao método socrático da *parturição* do conhecimento, a *maiêutica*.
12. ...Φαιναρέτης... (*Phainarétes*), que significa *aquela que traz à luz a virtude*.
13. ...Ἄρτεμιν... (*Ártemin*), deusa virgem arqueira, filha de Zeus e irmã-gêmea de Apolo.

não geravam filhos, honrando-as por sua semelhança com ela própria.
Teeteto: Concordo que é muito provável.
Sócrates: Não é, também, provável e, inclusive, necessário que as parteiras saibam melhor do que quaisquer outras pessoas quem está grávida e quem não está?
Teeteto: Certamente.
Sócrates: Além disso, as parteiras, utilizando remédios e encantamentos, são capazes de suscitar as dores do parto e, se o desejarem, aliviá-las, além de realizar o parto de mulheres que para isso encontram dificuldades; acrescente-se que causam aborto, quando o julgam aconselhável.
Teeteto: Realmente é o que ocorre.
Sócrates: Notaste também, em relação a elas, que são as mais hábeis casamenteiras, já que possuem extraordinário conhecimento sobre uniões entre homem e mulher do ponto de vista da geração das melhores crianças possíveis?
Teeteto: Não. Não estava de modo algum ciente disso.
Sócrates: No entanto, podes ter certeza de que elas têm mais orgulho disso do que de sua habilidade de cortar o cordão umbilical. Pondera o seguinte: achas que o conhecimento de que solo é o mais apropriado para essa ou aquela planta, ou essa ou aquela semente pertence à mesma arte do cultivo e da colheita dos frutos da terra, ou à outra?
Teeteto: Acho que pertence à mesma arte.
Sócrates: E no que diz respeito à mulher, meu amigo, pensas que existe uma arte para a semeadura e uma outra para a colheita?
Teeteto: Não é provável que seja assim.
Sócrates: Não, realmente não é. Mas pelo fato de haver um modo incorreto e grosseiro de unir homens e mulheres, que denominamos alcovitamento ou negociação, as parteiras, devido a serem mulheres íntegras e dignas, evitam ser promotoras de casamentos, receando a acusação de serem alcoviteiras. E, apesar disso, a autêntica parteira é a única correta promotora de casamentos.

Teeteto: É o que parece.
Sócrates: Daí a suma importância das parteiras. Contudo, o trabalho delas é menos importante do que o meu, pois as mulheres não dão à luz, numa oportunidade, crianças reais e, em outra, meras imagens[14] que são difíceis de distinguir do real, como meus pacientes. Isso porque, se elas o fizessem, a parte mais grandiosa e nobre da obra das parteiras consistiria em distinguir entre o verdadeiro e o não verdadeiro. Não é assim que pensas?
Teeteto: Sim, penso.
Sócrates: Tudo que é verdadeiro acerca da arte do parto delas também o é com relação à minha. A diferença entre uma e outra está em que a minha é praticada em homens, não em mulheres, e no cuidado de suas almas em dores do parto, e não de seus corpos. Mas o que há de mais expressivo na minha arte é sua capacidade de testar, de todas as maneiras possíveis, se o intelecto do jovem está gerando uma mera imagem, uma falsidade, ou uma genuína verdade. Com efeito, partilho do seguinte com as parteiras: sou estéril em matéria de sabedoria. A censura que tem sido dirigida amiúde a mim, isto é, de que interrogo as outras pessoas, mas que eu mesmo não dou resposta alguma a nada porque não possuo nenhuma sabedoria em mim, é uma censura procedente. E a razão para isso é a seguinte: o deus compele-me a atuar como parteiro, mas sempre proibiu-me que desse à luz. Por conseguinte, não sou em absoluto um sábio e não disponho, tampouco, de nenhuma sábia descoberta que fosse o rebento nascido de minha própria alma. Todavia, com aqueles que a mim se associam é diferente. Inicialmente, alguns deles parecem muito ignorantes, mas à medida que o tempo passa e nosso relacionamento progride, todos aqueles que recebem a graça do deus realizam um magnífico progresso, não só em sua própria avaliação, como também na alheia. E patenteia-se que o realizam não porque tenham algum dia aprendido algo de mim, mas porque descobriram em si mesmos muitas belas coisas as quais deram à luz. Entretanto, o parto desses rebentos deve-se ao deus e a mim.

---

14. ...εἴδωλα... (*eídola*), simulacros, fantasmas.

e O que o comprova é que muitos, antes desta data, ignorando esse fato, julgando-se a causa de seu sucesso – e votando desprezo a mim – de mim se afastaram mais cedo do que deviam, isso por seus próprios motivos ou porque outros os convenceram a assim agir. Posteriormente, após irem embora, a partir de então toparam com o fracasso por conta de más companhias, e o rebento que haviam dado à luz com minha assistência foi por eles tão negligenciado que o perderam. Atribuíram mais peso a falsidades e imagens do que à verdade, e finalmente evidenciou-se, para si próprios e para os outros, que eram ignorantes. Um

151a desses foi Aristides, filho de Lisímaco, e há muitos outros. Quando esses homens retornam e imploram-me – essa é sua atitude – com intenso fervor que lhes dê novamente acolhida, o *deus norteador*[15] que me visita proíbe-me a associação com alguns deles, mas permite-me manter conversação com outros, e estes mais uma vez fazem progressos. Aqueles que a mim se associam são, no que tange a essa associação, também como mulheres por ocasião do nascimento de seus filhos; suportam dores e experimentam angústias dia e noite, e muito mais do que o experimentam as mulheres. Minha arte é capaz tanto de despertar essas dores quanto de fazê-las cessar. É o que sucede

b com eles. Porém, em alguns casos, Teeteto, quando a mim não parecem exatamente grávidos, e percebo que não têm necessidade de mim, ajo com completa boa vontade como promotor de uniões e, sob a inspiração do deus, intuo com êxito com quem podem associar-se proveitosamente. Assim, tenho confiado muitos deles a Pródico,[16] e também muitos a outros homens sábios e inspirados.

Bem, fiz todo esse longo discurso a ti dirigido, meu caro rapaz, porque suspeito que tu – como tu próprio crês – estás grávido de algo no teu interior, a sofrer dores do parto. Assim, gostaria que

c recorresses a mim tendo em mente que sou o filho de uma parteira e possuo eu próprio os dons de uma. Esforça-te para responder as perguntas que faço à medida que as faço. E se, após ter eu exa-

---

15. ...δαιμόνιον... (*daimónion*).
16. Pródico de Ceos, famoso sofista contemporâneo de Sócrates.

minado o que dizes, acontecer de concluir que se trata de mero simulacro e não de algo real, o que me levará a tomá-lo de ti e descartá-lo, não te zangues como mães se zangam quando são despojadas de seu primogênito. Com efeito, muitas pessoas, meu caro amigo, antes deste dia, com frequência têm assumido uma tal disposição de espírito em relação a mim, que estão prontas realmente para morder-me se delas retiro alguma noção tola. Além disso, não creem que o faço benevolentemente, uma vez que estão longe de compreender que deus algum é malevolente com os mortais e que eu, tampouco, não realizo nada nesse sentido movido por malevolência, mas porque me é inteiramente vedado admitir uma falsidade ou destruir a verdade.

Portanto, Teeteto, recomeça e tenta dizer-nos o que é o conhecimento. E jamais digas que és incapaz de fazê-lo, pois se é o desejo do deus *e ele te transmite coragem,*[17] serás capaz.

Teeteto: Bem, Sócrates, considerando que te mostras tão solícito e encorajador, não seria decente a ninguém deixar de se empenhar de todas as formas no sentido de expressar o que é capaz de expressar. Penso, portanto, que aquele que conhece qualquer coisa, *percebe* o que conhece; e, como parece no momento, o conhecimento não passa de percepção.

Sócrates: Ótimo! Uma boa resposta, meu filho. Essa é a maneira devida de alguém se expressar. Mas anima-te, examinemos juntos tua declaração e verifiquemos se é algo fértil ou simplesmente um ovo sem gema. Dizes, então, que percepção é conhecimento?

Teeteto: Sim.

Sócrates: Realmente, se posso arriscar-me a declará-lo, a descrição que fizeste do conhecimento não é má, coincidindo com a que Protágoras[18] costumava apresentar, somente com a dife-

---

17. ...καὶ ἀνδρίζῃ... (*kaì andrízei*): ou *e ages como homem*. A raiz de ἀνήρ (*anér*), homem, macho, é a mesma de ἀνδρεία (*andreía*), coragem. À luz desse conceito, *Agir como homem* é o mesmo que *ter coragem ou agir corajosamente*, pois a bravura implica necessariamente virilidade e é uma virtude exclusivamente masculina. Assim, nossos conceitos distintos de coragem e masculinidade estão fundidos no conceito único *andreía*.

18. Protágoras de Abdera (?480-?410 a.C.), famoso e importantíssimo sofista. Ver o diálogo *Protágoras* de Platão, neste volume.

rença de ter dito o mesmo de outra forma. De fato, declara em algum lugar que *o ser humano é a medida de todas as coisas, da existência das coisas que são e da não existência das coisas que não são.* Suponho que leste isso?

Teeteto: Sim, eu o li e com frequência.

Sócrates: Bem, não quer ele dizer que as coisas individuais são para mim o que parecem ser para mim, e para ti, por teu turno, tal como parecem para ti, uma vez que tu e eu somos *seres humanos*?

Teeteto: Sim, é o que ele quer dizer.

b **Sócrates:** É improvável que um sábio diga tolices, de modo que devemos acompanhá-lo. Não é verdade que às vezes, sob o sopro do mesmo vento, um de nós experimenta frio, enquanto outro não? Ou que um de nós sente um ligeiro frio, ao passo que o outro sente um frio intenso?

Teeteto: Certamente.

Sócrates: Nesse caso, então, deveremos dizer que o próprio vento, em si mesmo, é frio ou não frio, ou deveremos aceitar o que diz Protágoras, ou seja, que o vento é frio para quem sente frio e não é frio para quem não sente frio?

Teeteto: Parece-me que deveríamos aceitar isso.

Sócrates: Então também parece frio, ou não, a cada um dos dois?

Teeteto: Sim.

Sócrates: Mas *parece*[19] significa *perceber*?

Teeteto: Significa.

c **Sócrates:** Então aparição[20] e percepção são a mesma coisa no que toca ao calor e todas as coisas desse tipo. *Conclui-se que*

---

19. ...φαίνεται... (*phaínetai*): o verbo φαίνω (*phaíno*), correspondente ao substantivo φαινόμενον (*phainómenon*) é uma forma, significa, nesse contexto: mostrar, tornar visível, revelar, tornar aparente e, consequentemente, tanto *aparecer* quanto *parecer*.

20. Platão escreve φαντασία (*phantasía*) e não φαινόμενον (*phainómenon*), que é *tudo aquilo* que se mostra, que (a)parece, que se faz visível. É um conceito abrangente e genérico. Φαντασία é um conceito menos irrestrito, com um viés original para a coisa *extraordinária* que aparece e não *todas as coisas* indiscriminadamente. A sequência do *Teeteto* mostrará que Platão, tendo a maiêutica socrática e sua própria teoria do conhecimento em vista, não usou esse termo de maneira aleatória, mas tecnicamente. Daí preferirmos aqui *aparição* à *aparecimento*.

como cada indivíduo percebe as coisas, assim são elas para cada indivíduo.[21]
Teeteto: Sim, isso parece exato.
Sócrates: A percepção, portanto, é sempre daquilo que existe, e posto que é conhecimento, não pode ser falsa.
Teeteto: Ao menos, assim parece.
Sócrates: Pelas Graças! Imagino se Protágoras, que era um homem muito sábio, não fez essa obscura declaração à multidão ordinária da qual fazemos parte, e disse a verdade como uma doutrina secreta aos seus discípulos.

d **Teeteto:** O que queres dizer com isso, Sócrates?
Sócrates: Dir-te-ei e, a propósito, não é uma teoria vulgar a de que nada é uno e invariável, e não poderias com acerto atribuir qualquer qualidade que fosse à qualquer coisa, mas se a classificas como grande também se revelará como pequena, e leve se a classificas como pesada, e tudo o mais de modo idêntico, uma vez que nada é uno, quer uma coisa particular quer uma qualidade particular; [o que realmente procede] é que as coisas das quais afirmamos o *ser* encontram-se num processo de *vir-a-ser* a partir do movimento, da mudança e da combinação mútua. Incorremos em erro quando dizemos que elas *são*, uma

e vez que nada jamais *é*, mas está sempre vindo a ser.
E no que tange a esse assunto, todos os sábios, salvo Parmênides, desfilam na mesma fileira: Protágoras, Heráclito e Empédocles, além dos principais poetas pertencentes a dois gêneros poéticos, ou seja, Epicarmo na comédia e Homero na tragédia, que no trecho...
Oceano, o gerador dos deuses, e Tétis, a mãe deles[22]
...disse que todas as coisas são o produto do fluxo e do movimento. Ou não pensas que ele quis dizer isso?
Teeteto: Penso que sim.
Sócrates: Assim sendo, quem poderia ainda lutar contra um exér-

153a cito dessa magnitude tendo Homero por general sem bancar o tolo?

---

21. Ou: ...*Conclui-se que as coisas são para o indivíduo tais como ele as percebe...* .
22. *Ilíada*, Canto XIV, 201, 302.

Teeteto: Não seria uma tarefa fácil, Sócrates.

Sócrates: Não, Teeteto, não seria. Aliás, a teoria encontra ampla ratificação em que o movimento é a causa do que passa a ser,[23] isto é, do *vir-a-ser*, ao passo que o repouso é a causa do *não--ser*[24] e da destruição. Há evidencia de que o calor ou fogo, que é o gerador e preservador de todas as outras coisas, seja ele próprio gerado pelo avanço e pelo atrito, estes sendo formas de movimento. Ou não pensas que eles são a fonte do fogo?

b **Teeteto:** Sim, penso que são.

Sócrates: Acresça-se a isso que os seres vivos dependem dessas mesmas fontes?

Teeteto: Certamente.

Sócrates: Ora, a condição do corpo não é deteriorada pelo repouso e pelo ócio, ao passo que é preservada, via de regra, pelos exercícios de ginástica e pelos movimentos?

Teeteto: Sim.

Sócrates: E quanto à condição da alma? Não adquire ela instrução e não é preservada e aprimorada por meio do aprendizado e da prática – que são movimentos – ao passo que por meio do
c repouso – que é ausência de prática e de aprendizado –, nada aprende e esquece o que já aprendeu?

Teeteto: Certamente.

Sócrates: Consequentemente, o que é bom tanto para a alma quanto para o corpo é o movimento, enquanto o repouso exerce o efeito oposto?

Teeteto: É o que parece.

Sócrates: E deverei eu prosseguir e mencionar-te igualmente as condições atmosféricas tranquilas,[25] as calmarias no mar e coisas semelhantes, e afirmar que essa tranquilidade produz declínio e destruição, e que o oposto promove preservação? E deverei acrescentar a isso, a título de co-coroamento de meu

---

23. ...τὸ [μὲν] εἶναι... (*tò [mèn] eînai*).
24. ...τὸ [δὲ] μὴ εἶναι... (*tò [dè] mè eînai*).
25. ...νηνεμίας... (*nenemías*): literalmente ausência de ventos.

argumento, que Homero, ao referir-se à *corrente de ouro*,[26] alude simplesmente ao sol, e quer dizer que, enquanto perdura o movimento circular dos astros e o sol se move, *tudo é*[27] e é preservado entre deuses e seres humanos; mas supondo-se o cessar do movimento, como se numa fixação, tudo seria aniquilado e, como diz o adágio, *virado de cabeça para baixo*?

Teeteto: Sim, Sócrates, penso que ele quer dizer o que dizes que ele quer dizer.

Sócrates: Então, meu amigo, deves compreender a teoria da seguinte maneira: primeiro, no que toca à visão, a cor que chamas de branco não deve ser entendida como algo independente e externo aos teus olhos, tampouco como algo que está no interior deles; ademais, não deves atribuir qualquer lugar particular a ela, pois se o fizesses, ela de imediato se situaria numa definida posição estacionária e não participaria do processo do vir-a-ser.

Teeteto: Mas o que queres dizer com isso?

Sócrates: Acompanhemos de perto a afirmação que fizemos há pouco e suponhamos que nada existe por si mesmo como invariavelmente uno. Nessa postura, ficará aparente que preto ou branco, ou qualquer outra cor, são o efeito do impacto do olho sobre o movimento apropriado, de sorte que aquilo que chamamos de uma cor particular não será nem o que impinge nem o que é impingido, mas algo intermediário que tenha ocorrido e seja característico de cada indivíduo. Ou sustentarias que cada cor particular aparece a um cão, ou a qualquer outro animal que queiras, tal como aparece a ti?

Teeteto: Não, por Zeus, decerto não o sustentaria.

Sócrates: Será que qualquer coisa aparece a qualquer outro ser humano e a ti como a mesma? Tens certeza disso? Ou não estás muito mais convencido de que nada aparece sequer a ti como o mesmo, porque tu mesmo nunca és exatamente o mesmo?

---

26. Ver *Ilíada*, Canto VIII, 17-27.
27. ...πάντα ἔστι... (*pánta ésti*): ou *tudo existe*, sentido ontológico. O verbo εἰμί (*eimí*) significa *ser* e *existir*, ontologicamente idênticos.

Teeteto: Estou muito mais convencido dessa última condição.

Sócrates: Bem, se aquilo que eu mesmo meço quanto ao tamanho, ou que eu toco, fosse realmente grande, ou branco, ou quente, jamais teria se tornado diferente ao entrar em contato com algo diferente sem que ele próprio se alterasse; e se, por outro lado, aquilo que procedeu à medição ou ao toque fosse realmente grande, ou branco, ou quente, não teria se tornado diferente quando algo diferente o abordou ou foi afetado por ele de algum modo, sem que ele próprio fosse, de alguma maneira, afetado. O fato é que agora, meu amigo, facilmente nos encontramos constrangidos a fazer afirmações tanto fantasiosas quanto ridículas, tal como Protágoras e todo aquele que adotasse sua opinião o fariam.

Teeteto: Mas o que queres dizer? Que afirmações?

Sócrates: Observa este simples exemplo e compreenderás o que quero dizer. Se tivéssemos aqui seis dados e colocássemos quatro ao lado deles, diríamos que são mais do que os quatro, isto é, novamente mais da metade do número; mas se colocássemos doze ao lado deles, diríamos que são menos, ou seja, a metade do número. E qualquer outra afirmação seria inadmissível. Ou admitirias outra?

Teeteto: Não eu.

Sócrates: Bem, se Protágoras ou qualquer outra pessoa te perguntasse: "Teeteto, é possível que uma coisa torne-se maior, ou numericamente mais, de uma outra forma que não seja a de sua adição?", que resposta darias a isso?

Teeteto: Se cabe a mim, Sócrates, expressar o que acho com referência à questão em pauta, eu diria *não*. Porém, se eu considerar a questão anterior, diria *sim* por receio de contradizer-me.

Sócrates: Por Hera, meu amigo, é uma excelente resposta! Mas aparentemente se responderes *sim* será no espírito euripideano, pois nossa língua não estará exposta à refutação, mas nossa inteligência estará.[28]

---

28. As palavras de Eurípides em *Hipólito* são: ἡ γλῶσσ' ὀμώμοχ', ἡ δὲ φρὴν ἀνώμοτος (*he glôss' omómokh', he dè phrèn anómotos*): jurou minha língua, mas não jurou minha inteligência.

Teeteto: É verdade.

Sócrates: Ora, se nós dois fôssemos astutos e sábios e houvéssemos descoberto tudo sobre o conteúdo da inteligência, passaríamos doravante o resto de nosso tempo testando-nos mutuamente com base na plenitude de nossa sabedoria, precipitando-nos como sofistas num combate sofístico, fazendo colidir os argumentos de cada um de nós com contra-argumentos. Mas sendo as coisas como são, visto que somos pessoas comuns, desejamos em primeiro lugar sondar a essência real de nossos pensamentos e averiguar se harmonizam entre si ou se de modo algum é o que acontece.

Teeteto: É certamente o que eu desejaria.

Sócrates: Tanto quanto eu. Sendo assim, e dispondo nós de muito tempo, não deveríamos verdadeiramente examinar, calma e pacientemente, a nós mesmos e reconsiderar a natureza dessas aparições[29] em nosso interior? E ao reconsiderá-la, diria que poderíamos começar pela afirmação de que não é possível que algo jamais se torne mais ou menos, do ponto de vista do tamanho ou do número, enquanto permanecer igual a si mesmo. Não é assim?

Teeteto: Sim.

Sócrates: E, em segundo lugar, devemos afirmar que uma coisa à qual nada é adicionado e da qual nada é subtraído nem aumenta nem diminui, mas mantém-se igual.

Teeteto: Certamente.

Sócrates: E não deveríamos, em terceiro lugar, afirmar que aquilo que não foi anteriormente não poderia ser posteriormente sem vir-a-ser e ter vindo-a-ser?

Teeteto: Concordo com isso.

Sócrates: Essas três afirmações entram em conflito em nosso espírito[30] ao falarmos dos dados, ou quando dizemos que eu que, na minha idade, nem aumento nem diminuo de tamanho, sou, no transcorrer de um ano, primeiramente maior

---

29. ...φάσματα... (*phásmata*), simulacro, visão.
30. ...ψυχῇ... (*psykhêi*).

do que tu, que és jovem, e posteriormente menor, quando nada foi subtraído de meu tamanho, embora tu hajas crescido. De fato, parece que sou posteriormente o que não fui anteriormente e isso, inclusive, sem ter *vindo a ser*, pois é impossível ter vindo-a--ser sem vir-a-ser, e sem perder algo de meu tamanho não poderia vir-a-ser menor. E haveria miríades de contradições desse gênero se aceitássemos essas. Suponho que me acompanhas, Teeteto, pois acho que estás familiarizado com essas coisas.

Teeteto: Pelos deuses, Sócrates, caio na perplexidade quando reflito em todas essas coisas e, por vezes, quando me ponho a considerá-las, experimento uma vertigem.

Sócrates: Teodoro parece ser, meu amigo, um bom avaliador no que tange a tua natureza, visto que esse sentimento de perplexidade[31] revela que és um filósofo, já que para a filosofia só existe um começo: a perplexidade; e quem disse que Íris era a filha de Taumas produziu uma boa genealogia.[32] Mas principias a compreender porque essas coisas são assim de acordo com a teoria que atribuímos a Protágoras? Ou ainda não?

Teeteto: Acho que ainda não.

Sócrates: E agradecerás a mim se te auxiliar a descobrir a verdade velada do pensamento de um homem famoso ou, talvez eu devesse dizê-lo, de homens famosos?

Teeteto: É claro que agradecerei, e muito.

Sócrates: Olha a tua volta e verifica que nenhum dos não-iniciados está ouvindo. Os não-iniciados são os que pensam que nada *é* salvo o que podem agarrar firmemente com suas mãos, os que negam a realidade das ações, da geração e de tudo que é invisível.

Teeteto: De fato, Sócrates, as pessoas a que te referes são muito teimosas e inflexíveis.

Sócrates: Realmente são, meu menino, inteiramente rudes. Mas aqueles cujas doutrinas secretas[33] irei revelar a ti são muito

---

31. ...θαυμάζειν·... (*thaymázein·*).
32. Platão refere-se ao poeta épico Hesíodo de Ascra, que viveu entre os séculos IX e VIII a.C., e à *Teogonia*. Nessa teogonia (geração ou genealogia dos deuses) pré--olímpica, Íris, personificação do arco-íris que surge entre a Terra e o céu, é a mensageira dos deuses. Platão concebe o nome do pai dela como Θαύμας (*Thaýmas*), que evoca θαῦμα (*thaŷma*), que significa maravilhamento, assombro, perplexidade.
33. ...μυστήρια... (*mystéria*).

mais refinados. Essas doutrinas secretas partem do princípio no qual se baseiam também todas as coisas de que falávamos agora, ou seja, o de que tudo é realmente movimento[34] e de que nada há senão movimento. Há, porém, duas espécies de movimento, cada uma delas infinita quanto ao número de suas manifestações; dessas espécies, uma delas possui força ativa, enquanto a outra possui força passiva. A união e o atrito dessas forças geram um rebento numericamente infinito, mas sempre gêmeo, ou seja, b o objeto da percepção e a percepção que é sempre gerada juntamente com seu objeto. Atribuímos nomes aos sentidos tais como visão, audição, olfato, o sentido tátil do frio e do calor, prazeres, dores, desejos, temores etc. As percepções que possuem nomes são muito numerosas, enquanto as que não os possuem são inumeráveis. A classe dos objetos da percepção está aparentada a cada uma dessas. Todos os tipos de cores estão aparentados a todos os tipos de atos da visão, bem como, do mesmo modo, c os sons aos atos da audição, e os outros objetos da percepção surgem aparentados às outras percepções.

E qual é para nós, Teeteto, o significado dessa exposição relativamente ao que foi dito anteriormente? Percebes?

Teeteto: Não, Sócrates.

Sócrates: Simplesmente ouve e talvez possamos finalizar a exposição. O significado evidentemente é que todas essas coisas, como afirmávamos, estão em movimento e seu movimento possui em si celeridade ou lentidão. Ora, o que é lento conserva seu movimento no mesmo lugar e dirigido para coisas em sua imediata proximidade, sendo, realmente, esse o modo de sua geração. d Entretanto, as coisas geradas desse modo são mais céleres, uma vez que se movem de um lugar para outro, seu movimento assumindo a forma de movimento no espaço. Ora, quando o olho e algum objeto apropriado que se aproxima geram a brancura e a percepção naturalmente correspondente – as quais jamais poderiam ter sido geradas se tivesse sido alguma coisa mais aquele olho e objeto aproximado – o resultado é que, enquanto a visão e proveniente do olho e a brancura proveniente do que contribui

---

34. ...κίνησις... (*kínesis*).

para produzir a cor se movem de uma para outra, o olho torna-se repleto de visão e principia, então, a ver, tornando-se certamente não visão, mas um olho que vê; paralelamente, o objeto que foi parceiro na geração da cor fica repleto de brancura e torna-se, por sua vez, não brancura, mas branco, não importa se é uma vara ou uma pedra, ou seja qual for o *matiz*[35] do que é assim colorido. Todo o restante – o duro e o quente etc. – tem que ser considerado de idêntica maneira: é forçoso que suponhamos, nós o dissemos antes, que nada existe em si mesmo, mas que todas as coisas de todos os tipos surgem do movimento mediante a união mútua entre elas; de fato, como dizem, é impossível formar uma sólida concepção do elemento ativo ou do passivo como sendo qualquer coisa em separado, pois não há nenhum elemento ativo até que haja uma união com o elemento passivo, bem como inexiste um elemento passivo enquanto não ocorre uma união com o ativo; e aquilo que se associa com uma coisa é ativo e reaparece como passivo ao entrar em contato com alguma coisa mais. O que de tudo isso se conclui, como asseveramos no início, é que nada existe (*é*) como invariavelmente uno, por si mesmo, estando tudo continuamente *vindo a ser* relativamente a alguma coisa, devendo a palavra *"ser"* ser completamente suprimida, ainda que sejamos com frequência – inclusive como o estamos sendo precisamente agora – compelidos por força do hábito e da ignorância a utilizar essa palavra. Não devemos, contudo, como orientam os sábios, permitir o uso de expressões como *algo*, ou *de alguém*, ou *meu*, ou *este*, ou *aquele*, ou qualquer outra palavra que implique a imobilização das coisas; [pelo contrário] em conformidade com a natureza, deveríamos falar de coisas como *vindo a ser* e *sendo criadas*, e *sendo destruídas* e *mudando*; de fato, todo aquele que, devido ao seu estilo discursivo, imobiliza as coisas é facilmente refutado. E cabe-nos utilizar essas expressões tanto relativamente

---

35. ...χρῶμα... (*khrôma*), matiz, cor. Mas o registro de Burnet é χρῆμα (*khrêma*), o que traz mais clareza para o texto: ...*seja lá o que for que venha a ser colorido com esse tipo de cor*... Mas parece-nos que o registro de Schanz, σχῆμα (*skhêma* [aspecto exterior]), nos propicia a melhor leitura, substituindo na tradução, desse modo, *matiz* por *aspecto exterior*.

a objetos particulares quanto relativamente a coletivos, dentre
c os quais se encontram *ser humano*, *pedra* e os nomes de todos os
seres vivos e espécies.
Bem, Teeteto, tais ideias agradam a ti e te apetecem?
Teeteto: Não sei, Sócrates. Por outro lado, tampouco sei o que
pretendes: se as apregoas porque efetivamente pensas assim,
ou se o fazes simplesmente para testar-me.
Sócrates: Esqueces, meu amigo, que eu próprio tudo desconheço
de tais coisas e não reivindico nenhuma dessas teorias como
minha, sendo incapaz de gerá-las e limitando-me a atuar como parteiro contigo, razão pela qual entoo encantamentos para
ti e te ofereço alguns petiscos de cada um dos sábios até que
d possas trazer tua própria opinião à luz. Uma vez vinda à luz, a
examinarei e apurarei se não passa de um ovo sem gema ou de
um rebento fértil. Assim sendo, sê bravo e paciente e de maneira
viril diz o que pensas a título de resposta a minhas perguntas.
Teeteto: Muito bem, faz tuas perguntas.
Sócrates: Então, diz-me mais uma vez se aprecias a sugestão de
que não se pode dizer do bom e do belo, e de todas as coisas que
enumerávamos que *são* algo, mas que estão sempre *vindo a ser*.
Teeteto: Bem, ao ouvir-te discorrer sobre ela como fizeste, minha
impressão é a de que é admiravelmente razoável e que deve
ser aceita da maneira que a apresentaste.
e **Sócrates:** Diante disso, não descuidemos de um ponto no qual
essa teoria é deficiente. Essa falha diz respeito aos sonhos e
doenças – à loucura inclusive – e tudo o mais que se afirma
que provoca ilusões visuais, auditivas e dos demais sentidos.
De fato, suponho que sabes que no que se refere a isso parece
que a doutrina que acabamos de expor é reconhecidamente
158a contestada, uma vez que nessas condições certamente experimentamos falsas percepções. Nesse caso, está longe de ser
verdadeira a afirmação de que todas *as coisas que aparecem*[36]
ao indivíduo também *são*. Pelo contrário, nenhuma das coisas
que a ele *aparece* efetivamente *é*.[37]

---

36. ...τὰ φαινόμενα... (*tà phainómena*), os fenômenos.
37. Aqui se inicia a crítica de Platão à doutrina do *vir-a-ser* contínuo de Heráclito: na esfera da percepção individual, ele contrapõe o *fenômeno* ao *ser*.

Teeteto: O que dizes, Sócrates, é perfeitamente verdadeiro.

Sócrates: Consequentemente, meu rapaz, que argumento resta para quem sustenta que percepção é conhecimento e que aquilo que aparece a qualquer indivíduo *é*, ou seja, a ele a quem *parece ser*?

Teeteto: Bem, Sócrates, hesito em confessar não ter resposta para isso, já que há pouco me encrenquei contigo por conta disso. Entretanto, não tenho como contestar que os que estão enlouquecidos ou sonhando têm falsas opiniões quando alguns deles julgam ser deuses, ao passo que outros em seu sono imaginam que possuem asas e estão voando.

Sócrates: Será que não lembras também que há aqui uma outra questão polêmica em torno dessas falsidades, especialmente vinculada ao sono e à vigília?[38]

Teeteto: Que questão polêmica?

Sócrates: Aquela que, suponho, tens ouvido com frequência. Indaga-se qual a prova que poderias fornecer se alguém nos perguntasse agora, neste presente momento, se estamos adormecidos e nossos pensamentos são um sonho, ou se estamos despertos e dialogando na condição de vigília.

Teeteto: Realmente, Sócrates, é difícil fornecer uma prova nesse caso, uma vez que ocorre uma exata correspondência em todas as características, *como entre a estrofe e a antiestrofe de um canto coral*.[39] Disso é exemplo a própria conversação que entretemos, ou seja, nada há que nos impeça de pensar, quando adormecidos, que estamos tendo a mesmíssima conversação, e quando sonhando pensamos que estamos relatando sonhos. O fato é que a semelhança entre as duas conversas é notável.

Sócrates: Percebes, portanto, que não é difícil encontrar terreno para polemizar em torno desse ponto, na medida em que até se estamos despertos ou sonhando está aberto à polêmica. Se considerarmos que o tempo que passamos dormindo é igual ao que passamos

---

38. ...τοῦ ὄναρ τε καὶ ὕπαρ... (*toŷ ónar te kaì hýpar*): o significado estrito de ὕπαρ (*hýpar*) não é exatamente vigília, condição de desperto, mas *visão* que se experimenta desperto, em oposição a ὄναρ (*ónar*), que é a visão, isto é, o sonho que se experimenta durante o sono.

39. Essa analogia (em *itálico*) está ausente no texto de Burnet.

despertos, e que em cada um desses estados nosso espírito pretende que as opiniões que lhe chegam a qualquer momento são certamente verdadeiras, o resultado é que pela metade do tempo sustentamos a verdade de um conjunto de opiniões, e pela outra metade a verdade de outro conjunto, isso com igual convicção.

Teeteto: E certamente é assim mesmo.

Sócrates: E não poderia, por conseguinte, o mesmo ser dito sobre a loucura e as demais doenças, com a ressalva de que o tempo não é igual?

Teeteto: Sim.

Sócrates: Iremos, com base nisso, determinar a verdade segundo a extensão ou brevidade do tempo?

e **Teeteto:** Bem, isso se revelaria multiplamente ridículo.

Sócrates: Entretanto, és capaz de mostrar com clareza de uma qualquer outra maneira qual dos dois conjuntos de opiniões é verdadeiro?

Teeteto: Acho que não.

Sócrates: Então ouve e dir-te-ei o que possivelmente diriam a respeito desses conjuntos os que afirmam que o que aparece a qualquer tempo é verdadeiro para quem aparece. Suponho que comecem fazendo a seguinte pergunta: "Teeteto, pode aquilo que é completamente outro possuir, em qualquer aspecto, as mesmas capacidades da outra coisa? E não devemos supor que a coisa a que aludimos é parcialmente idêntica e parcialmente outra, mas completamente outra".

Teeteto: Se é completamente outra,[40] é-lhe impossível ser idên-
159a tica[41] em algo, quer nas capacidades quer em qualquer outro aspecto.

Sócrates: Então não deveríamos necessariamente concordar que tal coisa é também dessemelhante da outra coisa?

Teeteto: É o que me parece.

---

40. ...ἕτερον. ... (*héteron.*).
41. ...ταὐτόν... (*t'aytón*).

Sócrates: Então se acontecer de algo vir a ser semelhante[42] ou dessemelhante[43] de algo – quer ele próprio ou algo mais – diremos que quando vem a ser semelhante, torna-se idêntico,[44] e quando vem a ser dessemelhante torna-se outro?[45]
Teeteto: Necessariamente.
Sócrates: Não dissemos antes que há um número – realmente infinito – dos elementos ativos e passivos?
Teeteto: Sim.
Sócrates: E não dissemos igualmente que qualquer dado elemento ao unir-se em tempos diferentes com parceiros diferentes produzirá não efeitos idênticos, mas outros efeitos?

b **Teeteto:** Certamente.
Sócrates: Ora, tomemos a mim ou a ti, ou qualquer outra coisa que esteja à mão, e apliquemos o mesmo princípio – digamos *Sócrates sadio e Sócrates doente*. Diremos que um é semelhante ao outro, ou dessemelhante?
Teeteto: Quando dizes *Sócrates doente* pretendes comparar esse *Sócrates por inteiro* com *Sócrates sadio por inteiro*?
Sócrates: Entendeste perfeitamente. É precisamente o que quero dizer.
Teeteto: Suponho que dessemelhante.
Sócrates: E, consequentemente, outro, na medida em que dessemelhante?
Teeteto: Necessariamente.
Sócrates: E declararias o mesmo do Sócrates adormecido ou em

c quaisquer dos outros estados que indicamos há pouco?
Teeteto: Sim, declararia.
Sócrates: Então, deve ser verdadeiro que quando qualquer um dos elementos naturalmente ativos encontra Sócrates sadio, estará

---

42. ...ὅμοιόν... (*hómoión*). Atentar para a distinção e especificidade técnica desse e dos três conceitos indicados nas notas abaixo. São duas duplas de opostos: **ὅμοιόν/ ἀνόμοιον** (*hómoión/anómoion*) (semelhante/dessemelhante) e **ταὐτὸν/ ἕτερον** (*t'aytòn/ héteron*) (idêntico/outro).

43. ...ἀνόμοιον... (*anómoion*).

44. ...ταὐτὸν... (*t'aytòn*).

45. ...ἕτερον... (*héteron*).

se ocupando de um eu, e quando encontra Sócrates doente, estará lidando com um outro eu?
Teeteto: E como poderia ser diferente?
Sócrates: Portanto, nos dois casos, aquele elemento ativo e eu, que sou o elemento passivo, produziremos, cada um de nós, um objeto diferente?
Teeteto: Decerto que sim.
Sócrates: Assim, quando estou com saúde e bebo vinho, isso parece ser prazeroso e doce para mim?
Teeteto: Sim.

d **Sócrates:** De acordo com os princípios admitidos por nós há algum tempo, isso ocorre porque os elementos ativos e passivos, movendo-se concomitantemente, geram tanto doçura quanto uma percepção; do lado passivo, a percepção torna a língua perceptiva, enquanto do lado do vinho, a doçura, que provém do vinho e o impregna, move-se e faz o vinho tanto ser quanto parecer doce à língua que está sadia.
Teeteto: Não há dúvida de que esses são os princípios que admitimos há algum tempo.
Sócrates: Mas quando o elemento ativo encontra Sócrates doente, em primeiro lugar, não é a rigor o mesmo homem que encontra, não é mesmo? Com efeito, aquele a quem o elemento ativo atinge é certamente dessemelhante.
Teeteto: Sim.

e **Sócrates:** Portanto, a união do Sócrates que está doente com o gole de vinho produz outros efeitos, a saber, uma sensação de amargor na esfera da língua, e amargura vindo a ser e se movendo na esfera do vinho. E, em seguida, o vinho se torna não amargura, porém amargo, enquanto eu me torno não percepção, mas perceptivo.
Teeteto: Certamente.
Sócrates: E jamais terei essa percepção sensorial de qualquer outra coisa, uma vez que uma percepção sensorial de uma outra
160a coisa é uma outra percepção e torna aquele que percebe diferente e outro; tampouco, no que concerne ao que atua sobre mim, jamais gerará, em conjunção com algo mais, o mesmo resultado ou se tornará, ele próprio, o mesmo do ponto

de vista da espécie, na medida em que gerando um outro resultado a partir de um outro elemento passivo se tornará diferente do ponto de vista da espécie.
Teeteto: Assim é.
Sócrates: E tampouco eu, além disso, jamais me tornarei o mesmo que sou, bem como aquilo jamais se tornará o mesmo que é.
Teeteto: Não.
Sócrates: E, no entanto, quando me torno aquele que percebe, tenho necessariamente que me tornar aquele que percebe alguma coisa, visto ser impossível tornar-se percebedor e nada perceber; e o que é percebido tem que se tornar tal para alguém, ao tornar-se doce, amargo ou coisa semelhante; a razão disso é que tornar-se doce para ninguém é impossível.
Teeteto: Inteiramente impossível.
Sócrates: O resultado disso, penso, é *nós*, isto é, os elementos ativo e passivo, sermos ou virmos a ser, conforme seja o caso, reciprocamente, uma vez que por força da necessária lei de nosso ser estamos mutuamente ligados; contudo, a nada mais estamos ligados, nem sequer a nós mesmos. Constatamos, então, que estamos mutuamente ligados, de forma que se alguém aplica o termo *ser* a uma coisa, ou o termo *vir-a-ser*, é necessário que expresse sempre que é *para* ou *de* ou relativamente a algo. Mas não deve expressar que é ou *vem-a-ser* absolutamente (em si mesmo), nem aceitar tal afirmação de qualquer outra pessoa. Eis aí o que significa a doutrina que estivemos expondo.
Teeteto: Sim, admito-o inteiramente, Sócrates.
Sócrates: Assim sendo, visto que aquilo que atua sobre mim é exclusivamente para mim e para ninguém mais, será também o caso de ser eu a percebê-lo e com exclusividade?
Teeteto: Não há dúvida.
Sócrates: Então, minha percepção é para mim verdadeira, já que em todos os casos trata-se de uma percepção que é sempre parte de meu ser. E sou – como o afirma Protágoras – o juiz da existência das coisas que são para mim e da não-existência daquelas que não são para mim.
Teeteto: É o que parece.

d **Sócrates:** Mas como explicar que sendo eu um juiz infalível e minha inteligência nunca vacilar relativamente às coisas que são ou que vêm a ser, acontece de eu não conseguir conhecer aquilo que percebo?
Teeteto: Não há como não conseguires.
Sócrates: Consequentemente, estavas inteiramente certo ao afirmar que o conhecimento não passa de percepção, havendo completa identidade entre a doutrina de Homero,[46] de Heráclito[47] e de todos os seguidores de ambos, ou seja, a de que todas as coisas estão em movimento, tais como rios; a doutrina de Protágoras, o mais sábio, de que o ser humano é a medida de
e todas as coisas, e a doutrina de Teeteto, de que sendo essas coisas assim, percepção é conhecimento.

Ora, Teeteto! Diremos que temos diante de nós teu recém-nascido e o resultado de meu trabalho de parteiro? Ou o que diremos, afinal?
Teeteto: É o que temos que dizer, Sócrates.
Sócrates: Bem, conseguimos finalmente dar isso à luz, não importa realmente o que seja. E agora que nasceu, temos que realizar verdadeiramente o ritual de *correr com ele ao redor do lar*;[48] o circundar de nosso argumento, e apurar se, afinal, ele não se
161a revelará indigno de ser criado, não passando de um ovo sem gema, uma impostura. Isso embora talvez penses que qualquer rebento teu deva receber cuidado e não ser descartado. Ou suportarás vê-lo ser submetido a exame e não te zangarás se for subtraído de ti, ainda que sendo teu primogênito?

---

46. Homero (século VIII a.C.), o mais célebre poeta épico da Grécia.
47. Heráclito de Éfeso (*circa* século V a.C.), chamado *O obscuro,* filósofo da natureza pré-socrático. Formulou a teoria segundo a qual o elemento primordial da natureza é o fogo (πῦρ [*pŷr*]) e tudo está em constante fluxo (πάντα ῥεῖ [*pánta reî*]), ou seja, nada *é,* tudo *vem a ser.*
48. ...ἀμφιδρόμια... (*amphidrómia*). Esse ritual consistia no seguinte: a ama-seca, diante da família do bebê, carregava-o rapidamente circundando o fogo doméstico (lar) da família, ato que concretizava a apresentação da criança simultaneamente à família e às divindades familiares. Nessa ocasião, ocorriam alguns eventos de caráter obrigatório ou facultativo e vinculados à criança, por exemplo, o pai deliberava se iria criar e educar a criança ou abandoná-la para eventual adoção, à noite era oferecida uma festa para os parentes na qual eram servidos moluscos e, às vezes, a criança recebia seu nome por ocasião da realização desse rito.

Teodoro: Teeteto o suportará, Sócrates. Não é, de modo algum, mal-humorado. Mas, pelos deuses, diz-me: afinal de contas, isso tudo está equivocado?

Sócrates: És um verdadeiro amante de argumentos, Teodoro, e é muito simpático da tua parte julgar que sou uma espécie de saco de argumentos e que posso facilmente tirar um e declarar que, afinal, o outro estava equivocado. Mas não estás entendendo o que sucede aqui: nenhum dos argumentos procede de mim, porém invariavelmente daquele que dialoga comigo. Tudo que eu próprio sei é extrair um argumento de um outro homem que é sábio e recepcionar bem esse argumento. Assim, vou agora tentar nossa resposta de Teeteto, mas não fazer de minha parte qualquer contribuição.

Teodoro: Esse constitui o melhor meio, Sócrates. Faz como dizes.

Sócrates: Sabes, então, Teodoro, o que me surpreende em teu amigo Protágoras?

Teodoro: Não. O que é?

Sócrates: Bem, em geral agrada-me sua doutrina de que *uma coisa é para qualquer indivíduo o que a ele parece ser*. Entretanto, fiquei assombrado com o início de seu livro. Não vejo porque não declara no começo de seu *Verdade*[49] que um porco ou um babuíno, ou alguma outra criatura ainda mais estranha entre essas dotadas de percepção, é *a medida de todas as coisas*. Isso teria possibilitado um discurso introdutório muito imponente e desdenhoso que nos evidenciaria imediatamente que, embora o honrássemos como a um deus por sua sabedoria, ele, afinal, não era, de fato, intelectualmente superior a qualquer outro homem, ou, nesse caso, mais do que um girino.

Que alternativa nos resta, Teodoro? Se tudo que o indivíduo julga com base na percepção é para ele verdadeiro, e nenhuma pessoa é capaz de estimar a experiência alheia salvo ela própria, ou pode se autorizar a examinar se a opinião de outra pessoa é correta ou falsa, mas – como o reiteramos

---

49. ...ἀληθείας... (*aletheías*), presumivelmente o título da obra de Protágoras a que Sócrates alude, ou de parte desse título.

— cada indivíduo forma suas próprias opiniões por si mesmo e estas são sempre corretas e verdadeiras, como conceber, meu amigo, que Protágoras era um sábio, tão sábio a ponto de ser considerado digno de ser o mestre de outros homens e de ser bem remunerado, e por que nós, ignorantes, precisaríamos ser discípulos dele se toda pessoa é a medida de sua própria sabedoria? Seria possível evitarmos a conclusão de que Protágoras estava "agradando a plateia" ao declarar isso? Nada digo do ridículo a que estamos expostos eu e minha arte de parteiro nesse caso e — devo dizê-lo — também toda a atividade da discussão. De fato, não seria mera insensatez tediosa e espalhafatosa investigar e tentar refutar nossas mútuas fantasias e opiniões quando as fantasias e opiniões de cada um estão corretas, isso no caso do *Verdade* de Protágoras ser verdadeiro e não estar ele apenas gracejando ao proferir seus oráculos do santuário de seu livro?

Teodoro: Sócrates, como observaste, esse homem era meu amigo, de modo que eu detestaria realizar a refutação de Protágoras concordando contigo, ao mesmo tempo em que não me agradaria em absoluto resistir a ti contra minhas convicções. Assim, retoma o diálogo com Teeteto, mesmo porque pareceu há pouco que ele acata tuas sugestões com muito zelo.

Sócrates: Se te dirigisses a Lacedemônia, Teodoro, e visitasses as escolas de luta, acharias correto observar outros indivíduos nus — alguns deles fisicamente sofríveis — sem despir-se e exibir também teu próprio aspecto?

Teodoro: E por que não desde que conseguisse convencê-los a permitir-me assim agir? Dessa maneira, acho agora que te convencerei a deixar-me ser um observador e não me arrastar à arena, considerando-se que sou velho e enrijecido, mas a tomar o homem mais jovem e mais ágil como teu adversário.

Sócrates: Bem, Teodoro, como indica o adágio, se isso te agrada, não me desagrada. Assim tenho que atacar o sábio Teeteto novamente.

Diz-me, Teeteto, no que toca à doutrina que descrevemos há pouco, não compartilhas de meu espanto ao me ver exaltado a ponto de ser comparado ao homem mais sábio, ou mesmo a um deus? Ou pensas que a *medida*⁵⁰ de Protágoras aplica-se menos a deuses do que a seres humanos?

Teeteto: Por Zeus que não, e me espanto com o simples fato de fazeres tal pergunta, já que quando discorríamos a respeito do significado da doutrina segundo a qual *uma coisa é para cada indivíduo o que parece ser a ele*, a mim parecia boa. Mas agora mudou subitamente para o contrário.

Sócrates: És jovem, meu caro rapazinho, o que te leva a ficar rapidamente impressionado e influenciado diante da oratória popular. Isso porque, respondendo ao que afirmei, Protágoras ou alguém que o representasse diria: "Nobres rapazes e velhos, aí estais sentados e juntos discursando ao povo; e trazeis à baila os deuses, cuja existência ou inexistência é uma questão que eu excluo de toda discussão, falada e escrita, e dizeis o tipo de coisa que a multidão aceitaria de imediato, comunicando-lhe que seria algo terrível se todo ser humano, em matéria de sabedoria, não superasse qualquer animal do pasto. Mas para isso não apresentais qualquer prova; a base de vossas afirmações é a probabilidade. Se Teodoro ou qualquer outro geômetra baseasse sua geometria na probabilidade, ele nada valeria". Assim, convém a ti e a Teodoro considerarem se aceitarão, em matérias de tal importância, argumentos que se baseiam meramente em plausibilidade e probabilidade.

Teeteto: Tal coisa não seria justa, Sócrates. Nem tu nem nós pensaríamos assim.

Sócrates: Parece então que tu e Teodoro são da opinião de que nosso exame do assunto deve assumir um curso diferente?

Teeteto: Sim, com certeza diferente.

Sócrates: Bem, examinemo-lo suscitando a questão de se o conhecimento é, afinal, idêntico à percepção ou diferente. Com efeito, este é, a rigor, o objeto de toda nossa discussão, tendo sido com o fito de dar conta dessa questão que exumamos todas essas estranhas doutrinas, não é mesmo?

Teeteto: Indiscutivelmente.

---

50. ...μέτρον... (*métron*).

b **Sócrates:** Concordaremos, então, que conhecemos tudo que percebemos mediante a visão ou a audição? Tomemos como exemplo o caso de ouvir pessoas falando uma língua estrangeira que ainda não aprendemos. Diremos que não ouvimos o som de suas vozes quando falam? E além disso, supondo que não conhecemos as letras, afirmaremos que não as vemos quando olhamos para elas ou que, se realmente as vemos, as conhecemos?

Teeteto: Diremos, Sócrates, que delas conhecemos tanto quanto ouvimos ou vemos. Tanto vemos quanto conhecemos a forma e a cor das letras; quanto à linguagem falada, tanto ouvimos

c quanto, ao mesmo tempo, conhecemos as notas mais altas e mais baixas da voz. Não percebemos, contudo, através da visão ou da audição, e desconhecemos o que a respeito delas ensinam gramáticos e intérpretes.

Sócrates: Excelente, Teeteto! E não seria correto, de minha parte, criar obstáculos ao teu progresso levantando objeções contra o que dizes, mesmo porque desejo que cresças. Mas observa um outro problema que se encaminha para nós e verifica como iremos repeli-lo.

Teeteto: Qual é?

Sócrates: É algo semelhante ao seguinte, ou seja, supõe que alguém perguntasse: "Se uma pessoa numa ocasião passou a conhecer uma determinada coisa e permanece preservando

d sua lembrança, seria possível que, no momento em que dela se lembrasse não conhecesse essa coisa de que está lembrando?" Mas receio estar sendo prolixo. Quero simplesmente perguntar o seguinte: Pode um indivíduo que aprendeu algo não o conhecer ao lembrá-lo?

Teeteto: E como poderia, Sócrates? O que sugeres seria monstruoso.

Sócrates: Então estarei dizendo uma tolice? Observa, não dizes que ver é perceber e que a visão é percepção?

Teeteto: Sim.

e **Sócrates:** Por conseguinte, conforme o que acabamos de dizer, a pessoa que viu uma coisa adquiriu conhecimento daquilo que viu?

Teeteto: Sim.
Sócrates: Não admites que existe a memória?
Teeteto: Sim.
Sócrates: Memória de nada ou de alguma coisa?
Teeteto: Decerto que de alguma coisa.
Sócrates: De coisas que a pessoa aprendeu e percebeu. Tu te referes a esse tipo de coisas?
Teeteto: É claro que sim.
Sócrates: Uma pessoa às vezes lembra o que viu, não lembra?
Teeteto: Lembra.
Sócrates: Mesmo quando fecha seus olhos, ou esquece se os fechar?
Teeteto: Seria estranho afirmar tal coisa, Sócrates.

164a **Sócrates:** No entanto é preciso, se quisermos preservar nosso argumento anterior. Caso contrário, não haverá mais esperança alguma para ele.
Teeteto: Por Zeus, também eu tenho minhas suspeitas, mas não te compreendo completamente. Por favor, explica.
Sócrates: É o seguinte: aquele que vê adquire conhecimento – dizemo-lo – daquilo que viu, uma vez que assentimos que visão, percepção e conhecimento são a mesma coisa.
Teeteto: Está certo.
Sócrates: Entretanto, aquele que viu e adquiriu conhecimento do que viu, se fechar seus olhos, lembrará o que viu, mas não o verá. Está correto?
Teeteto: Sim.

b **Sócrates:** Mas "não vê" é idêntico a "não conhece" se for verdadeiro que ver é conhecer.
Teeteto: É verdade.
Sócrates: Consequentemente, nosso resultado é o seguinte: quando uma pessoa adquiriu conhecimento de uma coisa e ainda se lembra dela, não a conhece uma vez que não a vê. E, no entanto, dissemos que se tratava de uma monstruosa conclusão.

Teeteto: Isso é perfeitamente verdadeiro.
Sócrates: Com o que fica evidente que aportaremos num resultado impossível se afirmarmos que conhecimento e percepção são o mesmo.
Teeteto: É o que parece.
Sócrates: E, portanto, temos que dizer que são coisas distintas.
Teeteto: Temo que sim.

c **Sócrates:** Então o que é o conhecimento? Minha impressão é de que temos que recomeçar toda nossa discussão. E, afinal, Teeteto, o que estamos na iminência de fazer?
Teeteto: Com respeito ao quê?
Sócrates: A mim parece que nos comportamos como um galo de briga de baixo nível, visto que antes de granjear a vitória saltamos de nosso argumento e começamos a cantar.
Teeteto: Como assim?
Sócrates: Parece que agimos como debatedores profissionais. Baseamos nossos argumentos na mera similaridade das palavras e nos damos por satisfeitos *em extrair o melhor da argumentação desse modo*.[51] E não percebemos que *nós*, que reivindicamos não ser debatedores que entram em controvérsias visando
d a um prêmio, mas filósofos, estamos fazendo exatamente o que esses indivíduos engenhosos fazem.
Teeteto: Ainda não compreendo o que queres dizer.
Sócrates: Bem, tentarei introduzir clareza ao meu pensamento. Perguntamos, te recordas, se uma pessoa que aprende alguma coisa e dela se lembra não a conhece. Principiamos por mostrar que aquele que viu e, em seguida, fecha seus olhos, se lembra, embora não veja, e depois mostramos que não conhece, ainda que ao mesmo tempo se lembre. Mas isso – nós o afirmamos – era impossível. O resultado é o discurso[52] de Protágoras, bem como o teu

---

51. Ou melhor: *...em ter invalidado a teoria adotando um método desse tipo...* .
52. ...μῦθος... (*mŷthos*), palavra que tem, entre outros mais, os significados de narrativa e de fábula, mito, isto é, uma narrativa fabulosa de cunho não histórico. Na sua crítica veemente a Protágoras, Platão, através de Sócrates, parece jogar com os sentidos da palavra.

acerca da identidade do conhecimento e da percepção, encontrar um fim.

Teeteto: Isso parece evidente.

Sócrates: Imagino que não seria assim, meu amigo, se o pai do primeiro dos dois discursos estivesse vivo. Ele teria muito a dizer em defesa de seu discurso. Mas está morto,[53] e o que estamos fazendo agora é pisotear um órfão na lama. O que fazer se mesmo os guardiões deixados por Protágoras – um deles sendo Teodoro aqui presente – não querem vir em ajuda do filho. Parece, por conseguinte, que nós mesmos teremos que realizá-lo, assistindo-o em nome da justiça.

Teodoro: Pois que assim seja feito, visto que não sou eu, Sócrates, mas Cálias,[54] filho de Hipônico, que é o guardião de seus rebentos. Quanto a mim, desviei-me muito cedo das especulações abstratas rumo à geometria. Mas terás minha gratidão se vieres em ajuda do órfão.

Sócrates: Ótimo, Teodoro. Agora observa como o ajudarei, pois alguém poderia se ver envolvido em incongruências ainda piores do que essas em que nos vemos agora se não prestasse atenção às palavras que estamos acostumados a usar em nossos assentimentos e negações. Queres que o expliques a ti ou somente a Teeteto?

Teodoro: A ambos, mas que o mais jovem responda, já que sofrerá menos vergonha se for derrotado.

Sócrates: Muito bem. Formularei agora a mais terrivelmente difícil de todas as questões, que pode ser expressa, creio eu, mais ou menos nos seguintes termos: é possível a uma pessoa, na hipótese de conhecer algo, simultaneamente não conhecer aquilo que conhece?

Teodoro: E agora, Teeteto? O que responderemos?

Teeteto: Eu diria que é impossível.

Sócrates: Não, se admitires a identidade do ver e do conhecer, pois o que irás fazer quando algum homem imperturbável

---

53. Há indícios de que Platão tenha escrito o *Teeteto* por volta de 367 a.C., quer dizer, tanto após a morte de Protágoras (*circa* 410 a.C.) quanto após a do próprio Sócrates (399 a.C.).

54. Abastado ateniense que adquiriu notoriedade por patrocinar e dar acolhida aos sofistas. O diálogo *Protágoras* de Platão é ambientado em sua residência, onde estava hospedado Protágoras e se encontravam outros famosos sofistas, a saber, Hípias e Pródico, além de discípulos.

tiver a ti, como dizem, *preso numa cisterna*, com uma questão que não te deixa escapatória, pousando sua mão sobre um de teus olhos e indagando se vês seu manto com teu olho coberto?

Teeteto: Direi que não o vejo com esse olho, mas vejo com o outro.

Sócrates: Então vês e não vês a mesma coisa ao mesmo tempo?

Teeteto: De uma certa maneira, sim.

Sócrates: "Isso", ele retrucará, "não é, em absoluto, o que quero e não perguntei acerca da maneira, mas se simultaneamente conheces e não conheces a mesma coisa". Agora parece que vês aquilo que não vês. Contudo, assentiste que ver é conhecer e não ver é não conhecer. Bem, deixo a teu critério concluir qual o resultado disso.

Teeteto: Bem, concluo que o resultado vai contra a minha hipótese.

Sócrates: E talvez, maravilhoso camarada, mais problemas do mesmo jaez a ti se apresentariam se alguém te propusesse outras questões, a saber, se é possível conhecer a mesma coisa tanto precisa quanto imprecisamente, conhecer de perto mas não a distância, conhecer tanto violenta quanto suavemente, e outras inúmeras questões, tais como as que um ágil lutador mercenário que atua na guerra verbal poderia preparar para emboscar-te quando afirmaste que o conhecimento e a percepção são a mesma coisa. Ele bateria na audição, no olfato e demais sentidos desse tipo, e se manteria refutando-te com persistência e incessantemente, até que te mostrasses deslumbrado com sua grandemente desejada sabedoria e fosses totalmente manietado por ele. E, então, depois de subjugar-te e prender-te, ele te libertaria mediante um resgate que seria combinado entre ti e ele.

Mas talvez perguntasses qual argumento o próprio Protágoras apresentaria visando a fornecer reforços ao seu rebento. Devemos tentar ir adiante na discussão?

Teeteto: Sim, certamente.

Sócrates: Ele diria, imagino, tudo o que dissemos em sua defesa e em seguida se engalfinharia conosco, declarando com desprezo:

"Nosso bom Sócrates aqui amedrontou um menino, perguntando-lhe se era possível para uma mesma pessoa lembrar e, ao mesmo tempo, não conhecer uma e mesma coisa, e quando a criança amedrontada respondeu "não", porque para ele o resultado era imprevisível, Sócrates, em meio ao seu argumento, fez de mim o risível. És desleixado Sócrates, a verdadeira situação é a seguinte: quando examinas qualquer doutrina minha mediante o método do questionamento, se a pessoa interrogada responde como eu responderia e é apanhada, sou eu o refutado; caso as respostas da pessoa interrogada sejam completamente diferentes, então ela é refutada e não eu. Tomemos um exemplo. Supões que levarias alguém a admitir que a lembrança que um indivíduo tem de um sentimento experimentado no passado, e que não experimenta mais, é algo semelhante ao sentimento na ocasião em que o experimentou? Longe disso. Ou que ele se recusaria a admitir que é possível para uma e mesma pessoa conhecer e não conhecer uma e mesma coisa? Ou – se ele hesitasse admiti-lo – esperarias que concedesse a ti que um indivíduo que se tornou dessemelhante é o mesmo de antes de ter se tornado dessemelhante? Na verdade, se nos cabe permanecer em guarda contra tais armadilhas verbais, admitiria ele que um indivíduo é absolutamente uno, e não múltiplo, realmente pertencente a um número infinito, se o processo do vir-a-ser diferente continuar? Mas, "meu estimado camarada", ele diria, "sê menos duro ao atacar minhas reais afirmações e demonstra, se puderes, que as percepções de cada pessoa não constituem seus próprios eventos pessoais, ou que se constituem, daí não se conclui que a coisa que aparece *vem a ser* – ou, se nos é facultado falar de *ser* – *é* somente para a pessoa a quem aparece. Mas quando te referes a suínos e babuínos, não só ages como um suíno, como também persuades teus ouvintes a agir do mesmo modo com relação aos meus escritos, o que não é uma nobre postura. Com efeito, sustento que a verdade é como escrevi: cada um de nós é a medida das coisas que são e das que não são. Entretanto, há incontáveis diferenças entre os seres humanos precisamente por esta razão, a saber, que coisas diferentes tanto são quanto parecem ser a diferentes sujeitos. Não nego certamente a existência da sabedoria e a dos homens sábios – de modo algum. Contudo, o homem que classifico como sábio é aquele capaz de alterar o que aparece – aquele que em todos os casos em que más coisas aparecem e são para um de nós, é capaz de operar uma transformação e faz coisas boas aparecerem e serem para ele. E, além disso, ao criticar minha doutrina, não interpretes literalmente minhas palavras, mas procura obter uma clara compreensão do que quero dizer com base no que vou dizer. Recorda o que foi dito anteriormente, ou seja, que ao doente seu alimento parece e é amargo, porém parece e é o contrário de amargo àquele que goza de saúde. Ora, nenhum desses dois indivíduos deve ser classificado por nós como mais sábio do que é – algo impossível –, tampouco se deve afirmar que o indivíduo doente é ignorante em função de suas opiniões – que são as opiniões de um ignorante –, ou classificar o indivíduo sadio como sábio porque suas opiniões são diferentes. Entretanto, deve ser efetuada uma mudança de uma condição à outra condição, já que esta é melhor. Assim, no âmbito da educação, é necessário que uma mudança seja realizada de uma condição pior para uma melhor. O médico produz a mudança por meio de remédios, ao passo que o *professor profissional*[55] a produz por meio de palavras. E, a despeito disso, ninguém jamais levou alguém que antes pensava falsamente a pensar verdadeiramente, visto que é impossível pensar aquilo que *não é* ou pensar quaisquer outras coisas que não sejam as imediatamente *experimentadas como sentimentos,*[56] as quais são sempre verdadeiras. Mas creio que uma pessoa que, em função de uma má condição psíquica, tem pensamentos compatíveis com essa condição, graças à mudança para uma boa condição psíquica pode ter, correspondentemente, bons pensamentos. E alguns homens, devido à inexperiência, classificam

---

55. Ou seja, o *sofista* (...σοφιστὴς... [*sophistès*]). O Protágoras *hipotético* de Sócrates (e de Platão) utiliza aqui o termo precisamente no sentido correspondente à sua prática e função e às dos demais sofistas, que eram professores itinerantes remunerados, isto é, homens que faziam do ensino da retórica e da filosofia uma atividade profissional rentável e um meio de vida. Independentemente da crítica ao teor de suas ideias, Sócrates, Platão e Aristóteles reprovavam essa prática dos sofistas.

56. ...πάσχῃ... (*páskhei*).

essas aparições[57] como verdadeiras, ao passo que eu as considero melhores do que as outras, mas de modo algum mais verdadeiras. Quanto aos sábios, meu caro Sócrates, de maneira alguma os chamo de batráquios. Quando lidam com o corpo humano, chamo-os de médicos, ao passo que quando lidam com plantas, chama-os de jardineiros. De fato, assevero que esses últimos, quando as plantas estão enfermas, nelas instilam boas e saudáveis percepções, além de verdadeiras em lugar de perniciosas. No que se refere aos bons e sábios oradores, que produzem o bem e não o mal, parece ser justo para os seus Estados. Tudo o que em qualquer Estado é considerado como justo e honroso, é justo e honroso nesse Estado e enquanto essa convenção for mantida. Mas o homem sábio substitui toda convenção perniciosa por uma sadia, fazendo esta tanto ser quanto parecer justa. Do mesmo modo, o professor profissional,[58] que está capacitado a educar seus alunos nesses moldes, é um sábio e merece sua elevada remuneração, deles recebida, ao finalizar sua educação. Nesse sentido, é verdade que alguns homens são mais sábios do que outros, que ninguém pensa falsamente, e que tu – não importa se o desejas ou não – tens que suportar ser uma medida. Minha doutrina mantém-se firme nessas posições. Se te sentes preparado para retomar o princípio e contestar essa doutrina, contesta-a propondo uma doutrina que a ela se oponha; se preferires o método de perguntas e respostas, aplica-o, pois não há razão para que seja rejeitado por alguém inteligente que, a propósito, deve tê-lo como primeira opção, antes de todos os demais. Todavia, permito-me fazer uma sugestão: não sê injusto em tuas interrogações. Seria clara incoerência de um homem que afirma ser cioso da virtude mostrar-se continuamente injusto numa discussão. O que entendo por injustiça nesse sentido é a conduta de uma pessoa que não tem o devido cuidado de distinguir entre uma mera controvérsia para passar o tempo e uma discussão efetiva. Na primeira, permite-se lançar mão de gracejos e tentar aplicar o logro no opositor o máximo que se pode; entretanto, numa genuína discussão é preciso conservar a

---

57. ...φαντάσματα... (*phantásmata*).
58. ...σοφιστὴς... (*sophistès*).

seriedade e ajudar o próprio interlocutor a reerguer-se, indicando-lhe apenas os deslizes que se devem a ele próprio e a suas anteriores companhias. Se assim agires, os que contigo debatem atribuirão a si próprios e não a ti a culpa de sua confusão e suas dificuldades; buscarão a ti e te terão na conta de amigo, enquanto abominarão a si mesmos e fugirão de si mesmos procurando refúgio na filosofia, para que possam escapar de seus antigos eus, tornando-se diferentes do que foram no passado. Se, contudo, agires da maneira oposta, como faz a maioria dos professores, produzirás o efeito oposto, e em lugar de transformar teus jovens companheiros em filósofos, os farás atingir a idade adulta como inimigos da filosofia. Se, portanto, acolheres a sugestão por mim feita antes, evitarás uma postura hostil e combativa e te sentarás ao nosso lado numa disposição amável. E tentarás autenticamente descobrir o que realmente queremos dizer ao sustentarmos que todas as coisas estão em movimento e que para cada indivíduo e cada Estado as coisas são o que parecem ser a eles. E com base nisso indagarás se conhecimento e percepção são a mesma coisa ou coisas distintas, diferentemente do que fizeste há pouco, baseando-te no significado ordinário de palavras e nomes, o que é pervertido a esmo pela maioria das pessoas, causando toda sorte de dificuldades na comunicação recíproca".

Eis, Teodoro, a contribuição que, na máxima medida de minha capacidade, posso dar ao teu amigo – realmente pouco devido aos meus modestos recursos. Mas se ele ainda vivesse teria podido ajudar seu rebento de um modo mais eloquente e magnífico.

Teodoro: Por certo gracejas, Sócrates, pois vieste em ajuda do homem com todo o denodo juvenil.

Sócrates: Expressa-te com amabilidade, meu amigo. Mas observaste que Protágoras, no discurso que acabamos de ouvir, censurou-nos por termos dirigido nossas palavras a um *menino*, e que fizemos a timidez do menino atuar a nosso favor na argumentação contra sua doutrina? Observaste também que classificou nosso método como mera exibição de chiste, e quão solenemente sustentou sua "medida de todas as coisas", intimando-nos a tratar sua doutrina com seriedade?

Teodoro: Não há dúvida de que o observei, Sócrates.
Sócrates: E achas que deveríamos fazer como ele diz?
Teodoro: Decerto que sim.
Sócrates: Bem, notas que todos aqui presentes, exceto tu e eu mesmo, são *meninos*. Assim, se agirmos como solicita o homem, tu e eu teremos que nos interrogar e nos darmos respostas mutuamente para mostrar nossa postura séria relativamente a sua doutrina, de forma que ele não poderia, de modo algum, flagrar-nos em erro com o fundamento de que criticamos sua teoria levianamente com meninos.
Teodoro: E por que isso? Não acompanha Teeteto o exame de uma teoria melhor do que muitos homens de barbas longas?
Sócrates: Sim, mas não melhor do que tu, Teodoro. Assim, não penses que enquanto esforço-me com o maior afinco para defender teu amigo morto, permanecerás completamente ocioso. Vem, portanto, meu bom homem, e caminha um pouco comigo, até podermos apurar se, afinal, em matéria de demonstrações geométricas, é realmente tu que deves ser a medida e se todos os indivíduos são tão suficientes a si mesmos quanto és em astronomia e em todas as demais ciências nas quais granjeaste prestígio.
Teodoro: Não é fácil, Sócrates, para alguém que senta ao teu lado não ser forçado a discursar, tendo sido tolo de minha parte há pouco pretender que me pouparias e que não recorrerias ao expediente de pressionar-me, como os lacedemônios. Muito pelo contrário, a mim parece que pendes para o método de Ciron.[59] De fato, os lacedemônios diziam às pessoas para irem embora ou se despirem. Na verdade, a mim parece que desempenhas mais o papel de Anteu,[60] pois não deixas ninguém que de ti se

---

59. Assaltante de estrada e homem fortíssimo que atacava os viajantes na costa entre Corinto e Megara. Teodoro alude ao seu "método" de obrigar os pobres viajantes a lavar seus pés. Enquanto o faziam, num certo momento Ciron os chutava penhasco abaixo, lançando-os ao mar.
60. Gigante que forçava todos os passantes a lutar com ele, com o que pereciam. Finalmente, Héracles, o mais forte dos homens, ciente, inclusive, de que a prodigiosa força de Anteu provinha de seu contato com o solo, ao enfrentá-lo, conseguiu erguê-lo, esmagando-o em seguida sob a força de seus braços.

aproxima ir embora até que o tenhas forçado a despir-se e lutar contigo numa discussão.

Sócrates: Essa tua analogia, Teodoro, retrata admiravelmente minha queixa, com a diferença de que sou um lutador mais obstinado do que eles. Topei com muitos Héracles e Teseus, homens poderosos no discurso, e poderiam ter me derrubado se não fosse a paixão ardente por esses exercícios que me domina. Assim, sendo agora tua vez, não te negues a experimentar uma peleja comigo. Será bom para nós dois.

Teodoro: Não resistirei mais. Conduz-me aonde quiseres. Com toda certeza, terei que me resignar a seja qual for o destino que fiaste para mim e submeter-me ao teu interrogatório. Entretanto, não serei capaz de ficar em tuas mãos além dos limites que propuseste.

Sócrates: É o que bastará. Mas, por favor, toma especial cuidado para que inadvertidamente não transmitamos um caráter chistoso ao nosso argumento, de modo que alguém possa nos censurar novamente.

Teodoro: Fica tranquilo que darei o melhor de mim nesse sentido.

Sócrates: Vamos, portanto, começar retomando a mesma questão de antes e apurar se estávamos corretos ou incorretos ao nos mostrarmos insatisfeitos com a doutrina e em nela vermos um defeito por ter tornado cada indivíduo autossuficiente em sabedoria. Protágoras admitiu que alguns indivíduos superavam outros no que tange ao melhor e ao pior, sendo esses indivíduos os sábios. Não foi assim?

Teodoro: Sim.

Sócrates: Ora, se ele próprio estivesse aqui em pessoa e pudesse concordar com isso, em lugar de nós fazermos a concessão em seu nome no esforço para ajudá-lo, seria desnecessário retomar a questão ou reforçar seu argumento. Porém, nas efetivas circunstâncias em que nos achamos, talvez fosse o caso de reconhecer que carecemos de autoridade para fazer a concessão em seu nome. Portanto, é melhor chegarmos a um consenso mais claro no que se refere a esse ponto particular; com efeito, faz muita diferença se é assim ou não.

Teodoro: Dizes a verdade.
Sócrates: Obtenhamos, portanto, esse consenso na forma mais concisa possível não mediante a assistência alheia, porém a sua própria afirmação.
Teodoro: Como?
Sócrates: Da seguinte maneira: ele diz, não é mesmo "que aquilo que aparece a cada indivíduo efetivamente é para aquele a quem aparece."?
Teodoro: Sim, é o que ele diz.
Sócrates: Bem, então, Protágoras, também expressamos as opiniões de um ser humano, ou melhor, de todos os seres humanos, e dizemos que ninguém há que não se julgue mais sábio do que os outros em certas matérias, e outros mais sábios do que ele próprio em outras matérias. Por exemplo, em tempos de grande perigo, quando as pessoas são afligidas pela guerra, por doenças ou pelas tormentas no mar, encaram aqueles que as comandam como deuses e sua expectativa é a de que eles sejam seus salvadores, embora eles as superem tão só no conhecimento. E todo o mundo humano, ouso dizer, torna-se repleto de pessoas que buscam mestres e chefes para si, para outros seres vivos e para a direção de todas as atividades humanas; e, por outro lado, de pessoas que se julgam qualificadas para ensinar e para chefiar. E, observando todos esses casos, é imperioso dizermos que os próprios seres humanos creem que sabedoria e ignorância existem entre os seres humanos. Não é imperioso que o digamos?
Teodoro: Sim, é imperioso.
Sócrates: E, portanto, julgam que a sabedoria é o pensar verdadeiro e a ignorância, a opinião falsa. Não é o que julgam?
Teodoro: É claro.
Sócrates: Bem, então, Protágoras, o que faremos relativamente ao teu argumento? Diremos que as opiniões sustentadas pelos seres humanos são sempre verdadeiras ou às vezes verdadeiras, às vezes falsas? O fato é que o resultado de uma proposição ou outra é que as opiniões dos seres humanos não são sempre verdadeiras, sendo possível que sejam ou verdadeiras ou falsas. Simplesmente reflete, Teodoro [e responde]: estaria

qualquer adepto de Protágoras, ou tu próprio, preparado para sustentar que nenhuma pessoa pensa que uma outra é ignorante e tem falsas opiniões?

Teodoro: Não, isso seria algo inacreditável, Sócrates.

d **Sócrates:** E, no entanto, é a isso que a teoria em pauta conduz necessariamente, ou seja, a teoria de que o ser humano é a medida de todas as coisas.

Teodoro: [Não entendi] como.

Sócrates: Ora, quando em teu próprio juízo chegas a uma decisão sobre algo e declaras tua opinião a mim, essa opinião é, segundo a doutrina de Protágoras, verdadeira para ti. Que se conceda isso. Mas não pode o resto de nós julgar tua decisão, ou julgamos sempre que tua opinião é verdadeira? Ou miríades de indivíduos não opõem a cada ocasião particular suas opiniões a tua, na convicção de que tua decisão e tua opinião são falsas?

e **Teodoro:** Sim, por Zeus, Sócrates. Na verdade, como diz Homero, "miríades e dezenas de miríades" e me transmitem toda a preocupação que é humanamente possível.

Sócrates: Então, nesse caso diremos que tua opinião é verdadeira para ti, porém falsa para as miríades?

Teodoro: Essa parece ser a conclusão inevitável.

Sócrates: E o que dizer do próprio Protágoras? Se nem ele próprio acreditou, nem a maioria das pessoas acredita – e efetivamente não acredita – que o ser humano é a medida de todas as coisas, não é inevitável que a *"Verdade"* por ele escrita não seja ver-

171a dadeira para ninguém? Se, entretanto, ele próprio acreditou ser isso verdadeiro, mas a maioria das pessoas dele discorda, percebes – para começar – que quanto mais aqueles aos quais não parece ser a verdade superarem em número aqueles aos quais parece ser, mais probabilidade tem de não ser do que de ser?

Teodoro: Assim deve ser necessariamente se tiver que ser ou não ser conforme a opinião individual.

Sócrates: Em segundo lugar, isso envolve o seguinte traço de enorme requinte e engenho: ele admite, a respeito de sua própria opinião, a verdade da opinião dos que discordam dele e julgam sua opinião falsa, uma vez que reconhece que as opiniões de todos os indivíduos são verdadeiras.

Teodoro: Sem dúvida.

b **Sócrates:** Portanto, não estaria ele com isso admitindo que sua própria opinião é falsa, na medida em que reconhece que a opinião dos que julgam estar ele errado é verdadeira?

Teodoro: Necessariamente.

Sócrates: Os outros, todavia, não admitem que estão errados, admitem?

Teodoro: Não. Não admitem.

Sócrates: Enquanto ele, por sua vez, a julgar por seus escritos, admite que essa opinião também é verdadeira.

Teodoro: É o que se evidencia.

Sócrates: A conclusão é que todos, a começar por Protágoras, contestarão – ou melhor, será por ele admitido, já que concede à pessoa que o contradiz que a opinião dela é verdadeira – mesmo o próprio Protágoras – insisto, admitirá que nem um c cão nem qualquer indivíduo casual é, de modo algum, uma medida de qualquer coisa da qual não tenha feito o aprendizado. Não seria isso?

Teodoro: Seria.

Sócrates: Então, como a *"Verdade"* de Protágoras é objeto de polêmica da parte de todos, não seria verdadeira para ninguém, nem para ninguém mais nem para ele próprio.

Teodoro: Acho, Sócrates, que estamos ridicularizando meu amigo demais.

Sócrates: Mas, meu caro, não vejo no que estamos nos excedendo. Apesar disso, é bastante provável que ele, sendo mais velho, d seja mais sábio do que nós e se, por exemplo, emergisse da terra, aqui aos nossos pés, apenas até o pescoço, com toda a probabilidade demonstraria *ad nauseam* que eu estaria fazendo um tolo de mim mesmo com essa minha conversa, e tu de ti mesmo por comigo concordares. Em seguida, ele afundaria na terra e desapareceria num instante. Julgo que nós, todavia, temos que depender de nós mesmos tal como somos, e prosseguir dizendo o que pensamos. E agora, a propósito, não teríamos que dizer que todos concordariam com que alguns indivíduos são mais sábios e alguns mais ignorantes do que outros?

Teodoro: Ao menos, é o que me parece.

Sócrates: Poderíamos também sugerir que a doutrina teria maior êxito quanto a manter sua estabilidade sob a forma em que a esboçamos na nossa tentativa de defesa de Protágoras. Refiro-me à posição segundo a qual a maioria das coisas são para o indivíduo o que a ele parecem ser, por exemplo *quente, seco, doce* e todo esse gênero de coisas. Mas no caso de a doutrina admitir que há qualquer esfera em que um indivíduo se revela superior a outro, teria talvez que estar em condição de concedê-lo em questões do que é bom ou mau para a saúde de cada um. Nesse caso, poderia ser perfeitamente admissível que não é verdadeiro que todo ser vivo – mulher, criança ou mesmo animal – tem competência para identificar o que é sadio para si e curar sua própria doença; que nesse ponto, se é que em qualquer ponto, uma pessoa supera outra. Concordas?

Teodoro: Sim, isso me parece correto.

Sócrates: E do mesmo modo nos assuntos políticos, o nobre e o vil, o justo e o injusto, o sagrado e o seu oposto são, na verdade, para cada Estado tais como este concebe que são e como ele o promulga como lei para si mesmo; nessas matérias nenhum cidadão e nenhum Estado é mais sábio do que outro. Contudo, criando leis que são vantajosas para o Estado, ou o contrário, ele[61] novamente concordará que um conselheiro é melhor do que outro; a opinião de um Estado, melhor do que a de um outro no tocante à verdade; e, em absoluto, não ousaria afirmar que quaisquer que sejam as leis que um Estado produza, na crença de que serão vantajosas para ele, venham a revelar-se, com plena certeza, vantajosas. No que toca a outra classe de coisas, entretanto, a saber, o justo e o injusto, o sagrado e o profano, há uma disposição no sentido de afirmar confiantemente que nenhum deles possui naturalmente uma existência própria; pelo contrário, sustenta-se que a opinião comum torna-se verdadeira por ocasião de sua adoção, assim permanecendo, ou seja, verdadeira, enquanto estiver em vigor. Essa é substancialmente a teoria dos que, de modo algum, sustentam a doutrina de Protágoras.

---

61. Ou seja, Protágoras.

Mas Teodoro, percebes que estamos sendo tragados numa
c   discussão maior que emerge de uma menor.
Teodoro: Bem, Sócrates, presumo que dispomos de muito tempo livre, não é mesmo?
Sócrates: Aparentemente dispomos. Isso me leva a pensar, meu amigo, como amiúde tenho feito antes, quão natural é o fato de aqueles que dedicaram longo tempo ao estudo da filosofia parecerem ridículos quando ingressam nos tribunais na qualidade de oradores.
Teodoro: O que queres dizer?
Sócrates: Aqueles que perambularam por cortes de justiça e locais semelhantes desde sua juventude parecem a mim, se comparados com os que foram educados na filosofia e estudos similares,
d   escravos comparados a pessoas livres, do prisma da educação.
Teodoro: Explica-te.
Sócrates: Ora, esses últimos sempre dispõem daquilo que há pouco mencionaste, a saber, muito tempo disponível, e conversam folgadamente em paz. Tal como nós agora lidamos com argumento após argumento, já começando a nos ocupar de um terceiro, do mesmo modo eles podem fazê-lo se – como ocorre conosco – o novo argumento os agrada mais do aquele no qual estão envolvidos. E desde que atinjam *o que é*, não importa em absoluto a essas pessoas se sua conversação será longa ou curta. No que se refere ao outro tipo de indivíduos, entretanto, estão sempre com pressa, uma vez que a água que flui através da clepsidra os
e   incita e a outra parte no processo não permite que dialoguem sobre nada que os agrade, mas se mantém exercendo a pressão da lei sobre eles, lendo a declaração jurada,[62] da qual nenhum desvio é admitido. E o discurso deles é sempre sobre um companheiro de escravidão e é dirigido a um senhor que ali se senta cuidando de um processo ou outro. As lides jamais assumem um rumo indefinido, sendo sempre dirigidas para o ponto em

---

62. ...ἀντωμοσίαν... (*antomosían*), juramento feito por ambas as partes participantes de um processo no início deste. Conforme o procedimento legal de Atenas, numa audiência preliminar, era apresentada uma declaração escrita por cada uma das partes. Essas declarações eram em seguida ratificadas mediante juramento.

173a questão; além disso, com frequência a disputa diz respeito à vida do réu. O resultado de tudo isso é os oradores se tornarem tensos e perspicazes; sabem como lisonjear seus senhores com seus discursos e granjear seu favorecimento por meio de atos. Entretanto, em suas almas eles se tornam tacanhos e pervertidos. De fato, foram privados de desenvolvimento, retidão e independência pela escravidão que suportaram desde a juventude. Isso os força a realizar atos desonestos sobrecarregando suas almas com perigos e temores quando suas almas ainda são frágeis; e visto que não conseguem suportar essa carga fortalecidos pela justiça e pela verdade, passam a recorrer a mentiras e à atitude de pagar um erro com outro erro, com o que se tornam grandemente

b destituídos de retidão e distorcidos. E em consequência disso, atingem a idade viril desprovidos de saúde intelectual, embora julguem que tenham se tornado extraordinariamente hábeis e sábios. E quanto a eles basta, Teodoro.

Deveremos descrever os que pertencem ao nosso círculo, ou deixaremos isso de lado e retornaremos ao argumento? Não pretendemos abusar daquela liberdade de alterar o assunto de que falávamos há pouco.

Teodoro: De modo algum, Sócrates. Descreve-os, mesmo porque

c aprecio o que disseste, ou seja, que nós que pertencemos a esse círculo não somos os servos de nossos argumentos, mas pelo contrário, seus senhores; nossos argumentos nos pertencem como servos e cada um deles deve aguardar que os finalizemos quando for de nosso agrado fazê-lo. Com efeito, não temos nem juízes nem plateia, como têm os poetas, postados a nos censurar e controlar.

Sócrates: Muito bem, uma vez que é essa tua opinião, parece-me conveniente descrevê-los. Mas concentremo-nos nos mais importantes. Afinal, por que se deter nos filósofos de segunda categoria? Os mais importantes, em primeiro lugar, desde sua juventude permanecem ignorantes do caminho que leva a

d *ágora*; sequer sabem onde se situa o tribunal, a sala do senado ou qualquer outro lugar de reunião pública; no tocante a leis e decretos, tampouco escutam os debates em torno deles ou veem-nos uma vez publicados; as disputas dos partidos públicos na busca de cargos públicos, as reuniões sociais, os jantares e as festas com cortesãs – a eles jamais ocorre sequer em seus sonhos participar dessas coisas. Igualmente em questões de nascimento – se este ou aquele na cidade é nobre de nascimento ou um humilde indivíduo – ou que mal foi legado por alguém entre seus ancestrais, homem ou mulher, são assuntos que merecem tão pouco sua atenção quanto a quantidade de pintas no mar, como se costuma dizer. E no que diz respeito a todas essas coisas, o filósofo sequer sabe que não sabe, pois não lhes é indiferente com o objetivo de adquirir reputação, uma vez que realmente é apenas seu corpo que reside e dorme na cidade; tendo sua inteligência pronunciado a pequenez e falta de importância de todas essas coisas, as desdenha e prossegue seu caminho alado, como diz Píndaro,[63] através do universo, "nas profundezas sob a terra" e "nas alturas acima dos céus",[64] estudando os astros e investigando a natureza universal de todas *as coisas que são,*[65] cada uma em sua inteireza, jamais rebaixando-se a qualquer coisa ao alcance da mão.

Teodoro: O que queres dizer com isso, Sócrates?

Sócrates: Ora, considera o caso de Tales,[66] Teodoro. Enquanto estudava os astros e olhava para cima, caiu num poço. E uma divertida e espirituosa serva trácia zombou dele – dizem – porque mostrava-se tão ansioso por conhecer as coisas do céu que não conseguia ver o que se encontrava ali diante de si sob seus próprios pés. A mesma zombaria é aplicável a todos os que passam suas existências devotando-se à filosofia. De fato, tal pessoa não presta atenção no seu vizinho ao lado; não só ignora o que está fazendo como mal sabe se é um ser humano ou algum outro tipo de criatura. A indagação por ela feita é *O que é o ser humano? Que ações e paixões são propriamente pertinentes à natureza humana e a distinguem daquela de todos os demais seres?* A resposta para isso é o objeto de sua investigação e aquilo pelo que se empenha. Percebes ou não o que quero dizer, Teodoro?

---

63. Píndaro de Tebas (518-442 ou 439 a.C.), poeta lírico.
64. Citação de um poema perdido de Píndaro, fragmento 292 de Snell.
65. ...τῶν ὄντων... (*tôn ónton*).
66. Tales de Mileto, filósofo da natureza pré-socrático que viveu entre 639 e 546 a.C. Postulou que o princípio primordial de todas as coisas é a água.

Teodoro: Sim, percebo, e dizes algo verdadeiro.

Sócrates: Isso explica, meu amigo, o comportamento de tal pessoa quando entra em contato com seus semelhantes, quer particularmente com indivíduos, quer na vida pública, como eu afirmava no início. Quando se vê obrigada a discursar no tribunal ou em outra parte acerca das coisas que estão a seus pés e diante de seus olhos, ela constitui motivo de riso não só para moças trácias como também para a multidão em geral, pois cai em poços e envolve-se em toda sorte de dificuldades devido à sua falta de experiência. Além disso, sua inabilidade é terrível, fazendo-a parecer uma tola. Em ocasiões em que o assunto da conversa é o escândalo pessoal, nunca dispõe de absolutamente nada de próprio com o que contribuir, pois nada conhece de pernicioso de pessoa alguma, não tendo jamais prestado atenção nesse tipo de coisa. E assim, suas dificuldades a fazem parecer ridícula. No caso de discursos de louvor e jactância alheia, fica visível que ri dos outros – não fingindo que ri, mas rindo de fato – como resultado é considerada um idiota. Quando ouve o panegírico de um tirano ou de um rei, imagina estar ouvindo os cumprimentos endereçados a algum criador de animais: um criador de porcos, de ovelhas ou de vacas que lhe estão proporcionando muito leite. Mas essa pessoa pensa que o governante cuida de um animal e o ordenha, animal este mais perverso e traiçoeiro do que os criadores de animais, e que tem que se tornar não menos rude e incivilizada do que eles, já que ela não dispõe de tempo ocioso e vive cercada por uma muralha, tal como os criadores vivem no seu recôncavo da montanha. E quando ouve que alguém é extraordinariamente rico porque é proprietário de dez mil acres de terra ou mais, isso lhe parece muito pouco, uma vez que está habituada a pensar na Terra inteira. E quando as pessoas entoam louvores à linhagem e declaram que alguém tem linhagem nobre porque é capaz de indicar sete ancestrais abastados, julga que tais louvores traem uma visão completamente obtusa e estreita daqueles que os fazem; por falta de educação, são incapazes de manter seus olhos fixos no todo e estão incapacitados para calcular que todo indivíduo teve incontáveis miríades de ancestrais e progenitores, próximos e remotos, entre os quais podem ser encontrados, em todos os casos, homens ricos e mendigos, reis e escravos, bárbaros e gregos. E quando as pessoas orgulham-se de uma lista de vinte e cinco ancestrais e fazem sua genealogia remontar a Héracles, o filho de Anfítrion,[67] a tacanhez de suas ideias se lhe afigura um despropósito; ela ri dessas pessoas por causa de sua incapacidade de libertar suas mentes obtusas da vaidade, calculando que o vigésimo quinto ancestral de Anfítrion foi, justamente, aquilo do que fez ele a sorte, ocorrendo o mesmo com o quinquagésimo.

Em todas essas situações percebes que o filósofo é alvo do escárnio geral, isso em parte porque ele parece assumir ares de desdenhoso, em parte porque ignora as coisas ordinárias e se conserva continuamente envolvido em dificuldades que são determinadas por sua perplexidade.

Teodoro: Esse teu discurso corresponde exatamente ao que realmente acontece, Sócrates.

Sócrates: Mas considera, meu amigo, quando ele, por sua vez, eleva alguém a um nível superior e o induz a deixar de lado questões do tipo "Minha injustiça contra ti, ou a tua contra mim" a favor de uma investigação da própria justiça da própria injustiça: o que são e de que modo diferem de tudo o mais e entre si; ou quando se coloca acima do nível de questões como "É feliz um rei?", ou, por outro lado, "Possui ele grande riqueza?" a favor da investigação da realeza, da felicidade humana e da miséria em geral, com o propósito de apurar qual é a natureza de cada uma e de que forma o ser humano pode conquistar a felicidade e safar-se da miséria. Quando aquele indivíduo de espírito pobre, astuto e chicaneiro é, por seu turno, compelido a explicar todas essas coisas, a situação é invertida. Atordoado por força da nova experiência de ficar suspenso a uma tal altura, ele, do ar, olha fixamente para baixo inquieto e pasmo; gagueja e torna-se objeto de riso não para as moças trácias ou para outras pessoas sem educação, pois lhes falta a percepção para isso, mas para todos que foram educados como indivíduos livres, não como escravos.

---

67. Segundo a mitografia, Zeus, sob a aparência de Anfítrion, engravidou Alcmene. Assim, o herói Héracles era filho de Zeus e não de Anfítrion. Entretanto, devemos ter em mente que Platão refere-se à linhagem humana.

Eis aí, Teodoro, os dois tipos. Daquele que foi, verdadeiramente, educado na liberdade e no ócio, a quem chamas de filósofo – o qual pode, sem reprovação, parecer tolo e imprestável quando envolvido em atividades servis, como quando, por exemplo, desconhece como arrumar uma cama, e muito menos como suavizar um tempero ou um discurso bajulador – e do outro, que é capaz de executar todas essas atividades com habilidade e rapidez, mas ignora como envergar seu manto tal como deve sabê-lo um homem livre, convenientemente trajado; menos ainda sabe obter a genuína harmonia do discurso, sintonizando-o ao apropriado louvor da verdadeira existência dos deuses e dos homens[68] venturosos.

Teodoro: Se fosses capaz, Sócrates, de persuadir todas as pessoas da verdade contida no teu discurso, como o fazes em relação a mim, haveria entre os homens[69] mais paz e menos males.

Sócrates: Todavia, é impossível a eliminação dos males, Teodoro, visto que é necessário haver sempre algo oposto ao bem. E os males não podem ter seu domicílio entre os deuses, tendo necessariamente que pairar sobre a natureza mortal e sobre esta terra. Portanto, devemos empenhar todos os nossos esforços na tentativa de escapar da terra para o céu o mais rápido possível; e [esse] escapar requer assemelhar-se à Divindade,[70] na medida em que isso for possível. Ora, tornar-se semelhante à Divindade [por seu turno] requer tornar-se justo, puro e sábio.

Entretanto, meu bom amigo, não é de modo algum fácil persuadir as pessoas de que não é pelas razões ordinariamente alegadas que se deve procurar esquivar-se da maldade e buscar a virtude. Não é objetivando evitar uma reputação má e granjear uma boa que a prática da virtude, e não do vício, é recomendada. Isso, a meu ver, não passa – como se costuma dizer – de "conversa de velhas esposas". Vamos apresentar a verdadeira razão. A Divindade não é, de modo algum, in-

---

68. ...ἀνδρῶν... (*andrôn*).
69. ...ἀνθρώπους... (*anthrópoys*).
70. A respeito da concepção platônica de Deus (ο Δημιουργός [*Demioyrgós*]), consultar o diálogo *Timeu*.

justa, mas inteira e perfeitamente justa, e aquilo que mais se assemelha a ela é aquele que, por sua vez, tornou-se o mais perfeitamente justo que é possível à natureza humana. E é aqui que nos deparamos com a verdadeira habilidade de um homem,[71] como também sua insignificância e covardia,[72] pois o conhecimento disso é sabedoria e genuína virtude, ao passo que sua ignorância é estupidez e vício. E todas as outras formas de aparente habilidade e sabedoria são desprezíveis quando aparecem nos negócios públicos, e vulgares no domínio das artes. Se, portanto, alguém topa com um indivíduo que pratica a injustiça e é blasfemo em seu discurso e suas ações, a melhor coisa para ele, de longe, é que não se conceda jamais que há qualquer espécie de habilidade na sua falta de escrúpulos. Tais indivíduos estão suficientemente prontos a ver glória nessa reprovação e julgam que significa que não são pessoas frívolas, "fardos inúteis sobre a Terra", mas indivíduos detentores das qualidades necessárias a uma vida segura num Estado. Assim, é imperioso que lhes digamos a verdade, ou seja, que precisamente porque não pensam que são tais como são, eles o são ainda mais verdadeiramente; com efeito, desconhecem a punição da injustiça, o que mais lhes caberia conhecer, pois não é o que pensam que é, a saber, açoites e a morte (ao que às vezes escapam completamente quando cometeram injustiças), mas uma punição da qual é impossível escapar.

Teodoro: E que punição queres dizer?

Sócrates: Meu amigo, há dois modelos instalados na realidade: o divino, sumamente bem-aventurado, e o não divino, que é sumamente desventurado. Mas esses indivíduos não veem isso e devido à cegueira produzida por sua estupidez e extrema ignorância não conseguem perceber que o efeito de suas ações injustas é torná-los mais e mais semelhantes a um modelo e dessemelhantes do outro. A punição por isso consiste em viver uma vida que corresponde ao modelo a que se assemelham. E se lhes comunicarmos que, a menos que sejam libertados dessa

---

71. ...ἀνδρὸς... (*andròs*).
72. ...ἀνανδρία... (*anandría*).

sua "habilidade", ao morrerem, o lugar que é puro, isento de todo mal, não os acolherá, e que aqui na Terra viverão sempre a existência que se assemelha a eles próprios – indivíduos maus associados ao mal – confiantes em sua habilidade inescrupulosa, considerarão nossas palavras o mero discurso de tolos.

Teodoro: Sim, Sócrates, isso é completamente certo.

Sócrates: Sei disso, meu amigo. Entretanto, há uma coisa a que estão sujeitos e que lhes acontece: toda vez que têm de levar à frente um argumento pessoal em torno das doutrinas que objetam, se estiverem desejosos de se manterem firmes por algum tempo que seja suficiente, como homens e não fugirem como covardes, então... meu amigo, finalmente tornam-se estranhamente insatisfeitos com eles próprios e com seus argumentos; sua retórica brilhante murcha e acabam por parecer crianças.

Mas isso é uma digressão. Desviemo-nos dessas matérias, pois, se nelas insistirmos, uma avalanche de novos assuntos nos envolverá e soterrará no lodo nosso argumento original. Assim, se não te importas, voltemos ao que dizíamos antes.

Teodoro: Para mim, Sócrates, esse tipo de digressão é absolutamente tão agradável quanto o [próprio] argumento, pois é mais fácil para um homem de minha idade acompanhar. Ainda assim, se o preferes, voltemos ao nosso argumento.

Sócrates: Muito bem. Estávamos no ponto da argumentação no qual dizíamos que aqueles que sustentam que somente o movimento é substância e que tudo que parece a cada indivíduo é realmente o que lhe parece ser, desejam manter sua posição com respeito a outras matérias, e sustentar, sobretudo, com relação à justiça, que sejam quais forem as leis produzidas por um Estado, uma vez que a este parecem justas, são justas para o Estado que as produziu enquanto estiverem em vigor. Por outro lado, quando se trata de que coisas são boas, não encontramos mais ninguém tão corajoso a ponto de arriscar afirmar que quaisquer que sejam as leis promulgadas por um Estado, tendo-as como úteis para ele, são realmente úteis enquanto estiverem em vigor, a menos que esse alguém esteja se referindo meramente ao nome, à palavra *útil*, o que equivaleria a estar fazendo uma piada com nosso argumento. Estou correto?

Teodoro: Certamente.

Sócrates: Sim, pois ele não deve se limitar ao nome, mas a coisa nomeada tem que ser objeto de sua atenção.

Teodoro: É verdade.

Sócrates: O Estado, contudo, ao produzir leis, certamente visa à utilidade, não importa com que palavra a designe, e cria todas suas leis tão úteis quanto possível para si mesmo, na medida do que permitem o seu discernimento e sua capacidade. Ou terá o Estado, ao produzir leis, outra coisa em vista?

Teodoro: Certamente não.

Sócrates: E o Estado sempre atinge sua meta, ou falha com frequência?

Teodoro: Eu diria que realmente falha com frequência.

Sócrates: Bem, poderíamos formular essa matéria de uma maneira inteiramente diferente e, mais provavelmente, continuaríamos a levar as pessoas geralmente a concordar com nossas conclusões. O que quero dizer é que seria possível formular uma questão acerca de toda a espécie de coisas a que diz respeito o útil. E essa espécie em sua totalidade, parece-me, diz respeito ao futuro. De fato, quando criamos leis o fazemos movidos pela ideia de que serão úteis no tempo vindouro, ao que chamamos com exatidão de futuro.

Teodoro: Certamente.

Sócrates: Bem, nessa hipótese, indaguemos a Protágoras ou a alguém que com ele concorda. "Ora, Protágoras, *o ser humano é a medida de todas as coisas,* como o afirma tua escola – do branco, do pesado, do leve e de todas essas coisas sem exceção – visto que possui dentro de si mesmo o critério pelo qual as avalia, e quando seus pensamentos acerca delas coincidem com suas sensações, o ser humano pensa o que para ele é verdadeiro e que realmente é." Não é o que dizem?

Teodoro: Sim.

Sócrates: "Então possui ele também, Protágoras – diremos – dentro de si mesmo o critério pelo qual avalia as coisas que serão no futuro? Possui um ser humano dentro de si o critério dessas coisas? Quando pensa que certas coisas serão, acontecem elas realmente para ele como pensava que aconteceriam? Toma, por exemplo, o calor. Se alguma pessoa comum pensar que terá uma febre, ou seja, que esse calor particular *será* – e um outro homem, que é um médico, pensar o oposto, a opinião de qual deles deveremos esperar que venha a ser ratificada pelo futuro? Ou deveremos pensar que ratificará ambas, isto é, que do ponto de vista do médico a pessoa não atingirá a temperatura febril e sofrerá febre, ao passo que do prisma dessa pessoa ela o experimentará?

Teodoro: Não, isso seria um despropósito.

Sócrates: Mas, suponho, no que respeita à doçura ou secura que estarão presentes num vinho, que será válida a opinião do agricultor que é vinicultor e não a do tocador de lira.

Teodoro: Não há dúvida.

Sócrates: Tampouco no que respeita ao que estará afinado ou desafinado numa música que nunca foi tocada, um instrutor de ginástica não poderia avaliar melhor do que um músico o que parecerá, quando executado, afinado mesmo para o próprio instrutor de ginástica.

Teodoro: Decerto que não.

Sócrates: O mesmo ocorre com um jantar que está sendo preparado. A opinião do convidado, salvo se tiver conhecimento de culinária, possui menos valor no que tange ao prazer que será extraído dos pratos do que a do cozinheiro. Efetivamente, não há necessidade ainda de argumentar sobre o que já é ou foi prazeroso a cada um. Mas no que se refere ao que parecerá e será no futuro prazeroso a cada um, será o próprio ser humano o melhor juiz para si mesmo, "ou te capacitarias, Protágoras – ao menos relativamente aos argumentos que apresentarão persuasão no tribunal a cada um de nós – a antecipar uma opinião melhor do que qualquer leigo"?

Teodoro: Com certeza, Sócrates, nesse ponto, de qualquer maneira, ele[73] costumava declarar enfaticamente que detinha superioridade sobre todos.

Sócrates: Por Zeus, meu amigo, certamente declarava. Se assim não fosse, ninguém o teria pago regiamente por sua conver-

---

73. Ou seja, Protágoras.

sação se não tivesse conseguido convencer seus discípulos de que nem um profeta nem ninguém mais seria capaz de julgar melhor do que ele próprio acerca do que seria e pareceria no futuro.

Teodoro: Isso é verdadeiro.

Sócrates: Tanto a legislação, portanto, quanto o útil, dizem respeito ao futuro e todos concordariam que inevitavelmente, um Estado, ao produzir leis, com frequência não consegue atingir o mais útil.

Teodoro: Com certeza.

b **Sócrates:** Então estaremos dando a teu mestre uma bela resposta se a ele dissermos que é obrigado a admitir que um indivíduo é mais sábio do que um outro, e que tal indivíduo sábio constitui uma medida, mas que eu, que não tenho conhecimento, de modo algum estou obrigado a converter-me numa medida, como o argumento em sua defesa há pouco tentava forçar-me a ser, não importa se eu o fosse ou não.

Teodoro: Nesse aspecto, Sócrates, penso que o argumento muito claramente revelou-se equívoco, além de ter se revelado equívoco também no seguinte, a saber, ao declarar as opiniões alheias como válidas, enquanto foi mostrado que eles não julgam seus argumentos[74] de maneira alguma verdadeiros.

c **Sócrates:** Em muitos outros aspectos, Teodoro, seria possível demonstrar que nem toda opinião de todo indivíduo é verdadeira – ao menos em matérias desse tipo. Entretanto, é mais difícil demonstrar que opiniões não são verdadeiras relativamente aos estados emocionais transitórios de cada indivíduo, dos quais emergem nossas percepções e as opiniões que lhes dizem respeito. Mas talvez eu esteja completamente errado, pois pode ser impossível demonstrar que não são verdadeiras. Talvez estejam certos os que afirmam serem elas evidentes e [também] formas de conhecimento, com o que Teeteto aqui, ao dizer que a percepção e o conhecimento são idênticos, não d estava longe da meta. Diante disso é necessário que nós, na medida em que o discurso a favor de Protágoras nos impõe,

---

74. Isto é, os argumentos de Protágoras.

nos familiarizemos ainda mais com sua doutrina que postula o movimento como substância fundamental, e apuremos se revela-se íntegra ou se possui alguma falha. Como sabes, uma disputa surgiu em torno disso, disputa que não é insignificante e que não conta com a participação de poucos.

Teodoro: Sim, de fato não é, de modo algum, insignificante, estando, inclusive, difundindo-se enormemente por toda a Jônia. De fato, os discípulos de Heráclito têm sustentado vigorosamente essa doutrina.

Sócrates: Portanto, meu caro Teodoro, com maior razão devemos nos empenhar em examiná-la a partir de seu princípio, que é a forma em que eles próprios a apresentam.

Teodoro: Não há dúvida de que devemos. Na verdade, não é mais possível, Sócrates, discutir essas doutrinas de Heráclito, ou como dizes, de Homero, ou de sábios ainda mais antigos, com os próprios efesianos – refiro-me ao menos aos que professam estar familiarizados com elas – do que o poderíamos fazer com loucos. Isso porque eles estão – em perfeita consonância com seus escritos – em movimento constante. Todavia, quanto a se aterem a um argumento ou a uma questão e, de modo tranquilo, alternar respostas e perguntas, sua capacidade de realizar isso é menos do que nada. Ou, pelo contrário, a expressão "absolutamente nada" é incapaz de exprimir a ausência nesses indivíduos mesmo da mais diminuta partícula de repouso. Mas se diriges a um deles uma pergunta, ele saca algumas frases enigmáticas como flechas de uma aljava e as dispara; e se tentares apreender uma explicação do que declarou, serás atingido por uma outra frase construída com linguagem nova e distorcida, e jamais farás qualquer progresso com nenhum deles, ou fazem eles próprios algum progresso entre si; são muito ciosos no sentido de impedir que qualquer coisa seja estabelecida quer num argumento, quer em seus próprios espíritos, imaginando, suponho, que isso é imobilizar-se. Travam uma guerra sem quartel contra o estacionário e, na medida de sua capacidade, condenam-no a um completo banimento.

Sócrates: Talvez, Teodoro, tenhas visto esses homens somente no campo de batalha, não tendo estado com eles quando se encontravam numa condição pacífica. Afinal, não são teus amigos. Suponho, porém, que exprimem tais doutrinas calmamente aos discípulos que desejam se tornar como eles.

Teodoro: Mas que discípulos, meu bom homem? Não há discípulos ou mestres entre essas pessoas. Desenvolvem-se por conta própria, cada um extraindo sua inspiração de qualquer fonte fortuita... e cada um deles pensa que o outro nada sabe. Dessas pessoas, portanto, como eu estava prestes a dizer, jamais obterias um argumento, fosse por vontade delas ou contra sua vontade. O que nos cabe fazer é assumir a questão e investigá-la como se fosse um problema de matemática.

Sócrates: Sim, o que dizes é razoável. Quanto ao que diz respeito ao problema, não ouviste dizer da boca dos antigos, os quais ocultavam o que queriam dizer da multidão por meio de sua poesia, que a origem de todas as coisas é Oceano e Tétis, correntes d'água, e que nada está em repouso? E, analogamente, os contemporâneos que, posto que são mais sábios, dizem o que querem dizer abertamente para que até sapateiros possam ouvir e conhecer sua sabedoria, além de poderem dar fim à tola crença de que algumas coisas estão em repouso e outras em movimento, e após aprenderem que tudo está em movimento, possam honrar seus mestres?

Mas, Teodoro, eu quase esquecia que há outros que ensinam o contrário disso, que nos dizem que...

Assim é imóvel e seu nome é o Todo.[75]

...e todas as outras doutrinas sustentadas por Melisso,[76] Parmênides[77] e os outros, em oposição a todos os heraclitanos. Sustentam que tudo é uno e está estacionário dentro de si mesmo, não dispondo de espaço onde se mover. Ora, o que

---

75. Citação não textual de um fragmento de Parmênides.
76. Melisso de Samos, pensador pré-socrático que viveu no século V a.C. e aderiu à doutrina de Parmênides.
77. Parmênides de Eleia, fundador da escola eleática no século V a.C., propôs uma teoria que se opõe frontalmente a heraclitana, e que pode ser representada pela célebre frase *o ser é, o não-ser não é*, quer dizer, o *ser* é absoluto, estacionário e imutável, o movimento e o devir sendo inconcebíveis e inexistentes. A realidade é absolutamente una e não múltipla.

faremos com todos esses senhores, meu amigo? O fato é que avançando pouco a pouco, imperceptivelmente colocamo-nos entre esses dois partidos e, a menos que nos protejamos e nos safemos de algum modo, pagaremos por isso, como os que na palestra[78] competem na linha e são colhidos por ambos os lados e arrastados para as direções opostas. Diante de tal situação, acho que mais nos valeria investigar primeiramente um grupo, o dos adeptos do fluxo, aos quais originalmente nos dispúnhamos a nos juntar; se virmos solidez em seus argumentos, os ajudaremos a nos levar para seu lado, na tentativa de escapar dos outros. Se, entretanto, considerarmos que os partidários do *todo* parecem contar com doutrinas mais verdadeiras, buscaremos refúgio junto a eles daqueles que moveriam o que é imóvel. Contudo, se considerarmos que nem um partido nem outro tem nada plausível a nos dizer, cairemos no ridículo se pensarmos que nós, insignificantes, poderíamos declarar algo que valesse a pena, após termos rejeitado as teorias de homens pertencentes à antiguidade e, além disso, muito sábios.

Assim, Teodoro, deves ponderar se seria recomendável nos aventurarmos em meio a um perigo tão grande.

Teodoro: Ora, não seria permissível, Sócrates, nos furtarmos a realizar um completo exame das doutrinas de ambos esses partidos.

Sócrates: Bem, então só nos resta examiná-las, já que experimentas algo tão intenso em relação a isso. E acho que nosso exame da doutrina do movimento deve ser instaurado com a seguinte questão: afinal, o que querem eles dizer precisamente quando afirmam que todas as coisas estão em movimento? Minha pergunta específica é: querem dizer que há somente uma forma de movimento ou, como eu próprio creio, duas? Contudo, isso não pode ser apenas minha convicção. Deves também partilhar dela, visto que se algo acontecer conosco, o possamos suportar em comum. Diz-me: chamas de movi-

---

78. A παλαίστρα (*palaístra*) era tanto o lugar onde se aprendia a lutar (escola) quanto o lugar específico dentro da escola onde as lutas eram travadas. A referência de Platão é a uma forma de competição de luta em que os competidores, divididos em duas equipes, tinham que tentar arrastar os membros da equipe adversária para uma linha traçada através da *palestra* (segundo sentido a que aludimos).

mento [o fato de] uma coisa mudar de um lugar para outro ou girar no mesmo lugar?

Teodoro: Sim.

Sócrates: Que seja esta uma forma de movimento. Agora supõe que uma coisa permanece no mesmo lugar, mas envelhece, ou torna-se preta ao invés de branca, ou dura ao invés de mole, ou sofre qualquer outro tipo de alteração. Não seria apropriado declarar que se trata de uma outra forma de movimento?

Teodoro: Penso que sim.

Sócrates: Mais ainda, isso é necessariamente verdadeiro. E agora tenho duas formas de movimento: a alteração e o movimento no espaço.

Teodoro: E estás correto.

Sócrates: Uma vez feita essa distinção, encetemos imediatamente uma conversa com os que afirmam que todas as coisas estão em movimento, e lhes façamos a seguinte pergunta: "Quereis dizer que tudo se move das duas formas, movendo-se no espaço e sofrendo alteração, ou uma coisa de ambas as formas e uma outra somente de uma das duas formas?"

Teodoro: Por Zeus! Não tenho resposta para isso. Mas imagino que eles diriam que tudo se move de ambas as maneiras.

Sócrates: Sim, pois se assim não fosse, meu amigo, descobririam que as coisas em movimento são também coisas em repouso, e não será mais correto dizer que todas as coisas estão em movimento do que dizer que todas as coisas estão em repouso.

Teodoro: Isso é inteiramente verdadeiro.

Sócrates: Assim, uma vez que devem estar em movimento e diante da impossibilidade da ausência do movimento relativamente a tudo, conclui-se que todas as coisas encontram-se em todo tipo de movimento.

Teodoro: Necessariamente.

Sócrates: Então, gostaria que examinasses um certo ponto na doutrina deles. Como dizíamos, sustentam que a gênese de coisas como o calor e a brancura acontece quando cada uma delas está se movendo, simultaneamente a uma percepção, entre o elemento ativo e o passivo, com o que este último se torna percipiente, mas não uma percepção, e o elemento ativo não se torna uma qualidade, mas dotado de uma qualidade. Não é assim? Mas talvez qualidade[79] soe como uma palavra estranha para ti e não a compreendas quando é empregada como expressão geral. Assim, deixa-me indicar alguns exemplos particulares. De fato, o elemento ativo não

b se torna nem calor nem brancura, mas quente ou branco e assim por diante. Provavelmente te lembras que foi o que afirmamos anteriormente em nossa discussão, isto é, que nada é em si mesmo invariavelmente uno, o que se aplica igualmente aos elementos ativo e passivo; que através da união recíproca de ambos nascem as percepções e o percebido, este convertendo-se em coisas dotadas de alguma qualidade, ao passo que as percepções tornam-se percipientes.

Teodoro: É claro que me lembro.

Sócrates: Então não desviemos nossa atenção para outros pontos,

c se eles em sua doutrina ensinam isto ou aquilo, mas concentremo-nos rigorosa e exclusivamente nesse ponto, que é o objeto de nossa discussão. E lhes faremos a seguinte pergunta: "Conforme vossa doutrina, todas as coisas se movem e fluem?" Não é isso?

Teodoro: Sim.

Sócrates: Possuem elas então ambas as formas de movimento que distinguimos, ou seja, movem-se no espaço e também sofrem alteração?

Teodoro: Com certeza, desde que seu movimento seja completo e perfeito.

Sócrates: Bem, na hipótese de se moverem apenas espacialmente, mas não sofrerem alteração, talvez pudéssemos dizer quais qualidades pertencem a essas coisas moventes que estão em fluxo. Não poderíamos?

Teodoro: Está certo.

d **Sócrates:** Mas como nem sequer isto permanece fixo, ou seja, aquilo que está em fluxo *fluir branco*, estando, pelo

---

79. ...ποιότης... (*poiótes*), substantivo cunhado pelo próprio Platão.

contrário, num processo de mudança, de modo que há um fluxo da própria brancura e uma mudança de cor, a fim de que não esteja condenado a permanecer fixo, seria possível atribuir qualquer nome a uma cor e, ainda, falar com exatidão?

Teodoro: E como seria possível, Sócrates, ou mesmo atribuir um nome a qualquer outra coisa desse tipo, se à medida que falamos ela nos escapa constantemente, já que está em fluxo?

Sócrates: E o que diremos a respeito de qualquer um dos sentidos, como a visão ou a audição? Haveria talvez uma fixação na condição de ver ou ouvir?

Teodoro: Se tudo está em movimento, isso seria necessariamente impossível.

Sócrates: Se todas as coisas estão em movimento de todos os modos, então o discurso sobre o ver não nos é facultado tanto quanto o discurso do não ver, o mesmo ocorrendo com qualquer outra percepção e não-percepção.

Teodoro: Não. Não nos é facultado.

Sócrates: E, não obstante, percepção é conhecimento, como Teeteto e eu declaramos.

Teodoro: De fato, vós o declarastes.

Sócrates: Portanto, quando nos perguntaram "O que é o conhecimento?" não respondemos mais acerca do que é o conhecimento do que o que é o não-conhecimento.

Teodoro: É o que parece.

Sócrates: Isso se mostraria uma excelente forma de corrigir nossa resposta, quando estávamos tão ansiosos em demonstrar que tudo está em movimento simplesmente com o objetivo de fazer com que essa resposta se revelasse correta. Mas, realmente o que se revelou correto é que se todas as coisas estão em movimento, toda resposta a absolutamente qualquer pergunta está igualmente correta, e podemos dizer *que é assim ou não assim*, ou, se preferes, *torna-se assim* a fim de evitar transmitir-lhes fixidez empregando a palavra *é*.

Teodoro: Estás correto.

Sócrates: Sim, Teodoro, exceto pelo fato de que eu disse *assim* e *não assim*. Não devemos sequer empregar a palavra *assim*, já que este *assim* não estaria mais em movimento; e tampouco *não assim*, porque não há movimento também *neste*. É imperioso, contudo, que sejam supridas algumas outras expressões para os defensores dessa doutrina, uma vez que estão agora, segundo sua própria hipótese, desprovidos de palavras, a menos que talvez lhes convenha empregar *"e não como"*,[80] o que para eles seria sobremaneira apropriado, uma vez que é uma expressão indefinida.

Teodoro: De qualquer modo, isso constituiria a mais conveniente forma de linguagem para eles.

Sócrates: Assim nos livramos de teu amigo, Teodoro. E não lhe concederemos, ainda, que todo homem[81] é a medida de todas as coisas, salvo se for um homem de entendimento; tampouco concederemos que conhecimento é percepção, ao menos com base na teoria do movimento de tudo, salvo se Teeteto aqui tiver algo diferente a declarar.

Teodoro: Excelente ideia, Sócrates, pois agora que essa questão está definida também eu me livro da obrigação de responder tuas perguntas, de honrar o acordo que fizemos – uma vez que está finda a discussão envolvendo Protágoras.

Teeteto: Não, Teodoro, não enquanto tu e Sócrates não tratarem daqueles que sustentam que tudo está em repouso, conforme propusestes há pouco.

Teodoro: O que fazes, Teeteto? Um jovem na tua idade ensinando aqueles que são mais velhos do que tu a agirem incorretamente ao romper seu acordo! Não, prepara-te para responder às perguntas de Sócrates em todo o resto dessa discussão.

Teeteto: Eu o farei se for o desejo dele. Mas preferiria ouvir a respeito da doutrina que mencionei.

Teodoro: Convidar Sócrates para uma discussão é o mesmo que convidar uma cavalaria para uma planície. Basta fazer a ele uma pergunta e ouvirás.

---

80. ...οὐδ' ὅπως... (*oyd' hópos*).
81. ...ἄνδρα... (*ándra*).

Sócrates: De qualquer maneira, Teodoro, acho que não serei convencido por Teeteto a fazer o que ele pede.
Teodoro: E por que não estás disposto a isso?
Sócrates: Porque experimento vergonha, determinada pela reverência, quanto a criticar irreverentemente Melisso e os outros, ou seja, aqueles que ensinam que o universo é uno e imutável; e porque me envergonho ainda mais diante de um homem, Parmênides, que para mim, a empregar as palavras de Homero, parece ser "alguém a ser venerado" e também "terrível".[82] De fato, encontrei-me com ele quando eu era muito jovem, enquanto ele, muito velho, e a mim pareceu que era detentor de uma profundidade absolutamente admirável. Assim, temo não nos ser possível compreender suas palavras e estarmos mais distantes ainda da compreensão do significado que dava a elas. Mas meu principal temor é que a questão com a qual iniciamos nosso diálogo, isto é, a que envolve a natureza do conhecimento, não possa ser investigada devido à torrente de teorias que se precipitarão sobre nós se admitirmos sua entrada, especialmente porque a teoria que agora apresentamos é extraordinariamente abrangente e não receberia o merecido tratamento se a abordássemos como uma questão colateral; e se dela nos ocupássemos como merece, exigiria um tratamento tão extenso a ponto de eclipsar a discussão sobre o conhecimento. Não devemos empreender nenhuma dessas duas tarefas. O que nos cabe fazer é tentar, através da arte da parteira,[83] libertar Teeteto das ideias sobre conhecimento das quais ele está grávido.
Teodoro: Sim, visto ser essa tua opinião, é o que nos cumpre fazer.
Sócrates: Considera, então, Teeteto, esse outro ponto acerca do que foi dito. Respondeste que percepção é conhecimento, não respondeste?
Teeteto: Sim.
Sócrates: Bem, se alguém te perguntasse: "Por meio do que um ser humano vê as cores branco e preto, e por meio do que ouve

---

82. Platão extrai estas palavras da *Ilíada*, Canto III, 172-173.
83. ...μαιευτικῇ τέχνῃ... (*maieytikêi tékhnei*).

notas altas e baixas", responderias, suponho: "Por meio de seus olhos e de seus ouvidos".

Teeteto: Sim, é o que responderia.

c **Sócrates:** Ora, a desenvoltura no uso de palavras e expressões tanto quanto o furtar-se da estrita precisão são, geralmente, sinais de pertencer a uma boa família; na verdade, o oposto disso dificilmente condiz com um homem nobre. Mas às vezes isso é necessário, como agora se mostra necessário contestar tua resposta naquilo que está incorreta. Assim, examina o seguinte: qual resposta é mais exata, que nossos olhos são aquilo *por meio* do que vemos ou aquilo *através* do que vemos, e nossos ouvidos aquilo *por meio* do que ou aquilo *através* do que ouvimos?

Teeteto: Eu diria, Sócrates, que, em cada caso, percebemos *através* deles e não *por meio* deles.

d **Sócrates:** Sim, pois seria, de fato, estranho, meu menino, se houvesse muitos sentidos abrigados no interior de nós, como se fôssemos cavalos de madeira, e não se unissem todos em uma faculdade, quer a chamemos de alma ou de outra coisa, pela qual percebemos através deles, enquanto instrumentos, os objetos da percepção.

Teeteto: Essa me parece uma forma melhor de expressá-lo do que a outra.

Sócrates: Ora, a razão de ser eu tão preciso no que toca a essa matéria é esta: quero saber se há no interior de nós uma única e mesma faculdade pela qual percebemos o preto e o branco
e   através dos olhos e, adicionalmente, outras qualidades através dos outros órgãos, e se serás capaz, se indagado, de referir todas essas atividades ao corpo. Talvez, entretanto, seja melhor fazeres a afirmação a título de resposta a uma pergunta do que eu me encarregar de todo o transtorno para ti. Portanto, diz-me: não achas que todos os órgãos através dos quais percebes o quente e o duro, o leve e o doce são partes do corpo? Ou são partes de uma outra coisa?

Teeteto: Não. Não pertencem a nada mais exceto a ele.

Sócrates: E estarias também disposto a concordar que é impossí-
185a   vel perceber através de um sentido o que percebes através de outro? Por exemplo, perceber através da visão o que percebes

através da audição, ou através desta o que percebes através da visão?

Teeteto: Certamente estaria disposto a concordar com isso.

Sócrates: Assim, na suposição de pensares algo em torno de ambos esses sentidos conjuntamente, possivelmente não serias capaz de ter uma percepção em torno de ambos, ou através de um desses órgãos ou através do outro.

Teeteto: Não.

Sócrates: Bem, no que diz respeito ao som e à cor, pensas sobre ambos, em primeiro lugar, que ambos existem?

Teeteto: Certamente.

Sócrates: E que cada um é diferente do outro e idêntico a si mesmo?

b **Teeteto:** Claro.

Sócrates: E que ambos associados um ao outro são dois enquanto cada um, separadamente, é um?

Teeteto: Isso também.

Sócrates: E também és capaz de observar se são mutuamente semelhantes ou dessemelhantes?

Teeteto: Provavelmente.

Sócrates: E através de que órgão pensas tudo isso acerca deles? Afinal, é impossível apreender o que lhes é comum ou através da audição ou através da visão. Eis uma evidência adicional do ponto que estou tentando demonstrar: se fosse possível investigar se os dois – som e cor – são salgados ou não, saberias que terias capacidade de informar por meio de que faculdade

c o investigarias, e que evidentemente, no caso, não se trata nem da audição nem da visão, mas de outra coisa.

Teeteto: É claro que sim. Seria a faculdade exercida através da língua.

Sócrates: Muito bem. Mas através de que órgão funciona essa faculdade que mostra a ti o que é comum tanto no caso de todas as coisas quanto no caso dessas duas? – refiro-me àquilo que exprimes pelas expressões *é* e *não é*, e pelos outros termos utilizados em nossas questões acerca deles há pouco. Que órgãos destinarás a todas elas? Através do que aquilo que é em nós percipiente percebe todas elas?

Teeteto: Queres dizer *ser* e *não ser*, semelhança e dessemelhança, identidade e diferença, e também unidade e pluralidade enquanto a elas aplicados. E obviamente também indagas através de quais órgãos corpóreos percebemos por meio de nossa alma o impar e o par, bem como tudo o mais situado na mesma categoria.

Sócrates: Acompanhas magnificamente meu pensamento, Teeteto! Isso é precisamente o que eu quero dizer com minha questão.

Teeteto: Por Zeus, Sócrates, mas eu não tenho condições de responder. Tudo que posso dizer é que penso não haver órgão especial algum para tais noções, como há para as outras. Parece-me, entretanto, que no que tange a investigar os aspectos comuns de todas as coisas, a alma opera através de si mesma.

Sócrates: Sabes, Teeteto, és belo e não feio, como afirmou Teodoro,[84] pois aquele que discursa belamente, é belo e bom. Mas além de ser belo, me fizeste um favor ao poupar-me de uma longa discussão, já que pensas que a alma, embora considere algumas coisas através das faculdades do corpo, considera outras sozinha e através de si mesma. De fato, era essa a minha opinião e desejava que concordasses comigo.

Teeteto: Realmente é o que penso.

Sócrates: Bem, em que classe colocarias o *ser*?[85] Afinal, o ser, mais do que qualquer outra coisa, pertence a tudo.

Teeteto: Eu o colocaria na classe de noções que a alma capta diretamente por si mesma.

Sócrates: Bem como o semelhante e o dessemelhante, e o idêntico e o diferente?

Teeteto: Sim.

Sócrates: E quanto ao belo e o disforme, e o bom e o mau?

Teeteto: Penso que esses, igualmente, estão entre as coisas cuja essência a alma considera em suas relações recíprocas, refletindo no interior de si mesma sobre o passado e o presente relativamente ao futuro.

---

84. Em 143e.
85. ...οὐσίαν... (*oysían*).

Sócrates: Não te apresses demasiado. A alma não percebe a dureza do duro através do tato, e do mesmo modo, a maciez do macio?

Teeteto: Sim.

Sócrates: Mas no que respeita ao seu ser, ao fato de sua existência e sua mútua oposição, além da essência dessa oposição, a própria alma busca atingir para nós uma decisão pondo-se a compará-los entre si.

Teeteto: Não há dúvida.

Sócrates: Não é verdade, portanto, que todas as sensações que alcançam a alma através do corpo podem ser percebidas pelos seres humanos, como também pelos animais, desde o momento do nascimento, enquanto as reflexões sobre elas, do ponto de vista de seu ser e utilidade, são adquiridas – quando o são – através de um longo e difícil desenvolvimento que implica muitos transtornos, ou seja, implica a educação?

Teeteto: Com certeza.

Sócrates: Ora, será possível para alguém que sequer consegue atingir o *ser*, atingir a *verdade*?[86]

Teeteto: Impossível.

Sócrates: E terá alguém algum dia conhecimento de alguma coisa cuja verdade se mantém para ele inacessível?

Teeteto: Não vejo como, Sócrates.

Sócrates: A conclusão é que o conhecimento não está nas sensações, mas no raciocinar sobre elas, uma vez que aparentemente é possível apreender o ser e a verdade pelo raciocínio, mas não pelas sensações.

Teeteto: É o que parece.

Sócrates: Então, diante de tantas diferenças entre conhecimento e percepção sensorial, designarás ambos com a mesma palavra?

Teeteto: Não, certamente isso não seria correto.

Sócrates: Que nome darás então ao que abrange a visão, a audição, o olfato, ao ser frio e ao ser quente?

---

86. ...ἀληθείας... (*aletheías*).

e **Teeteto:** Percepção. Qual o outro nome que poderia lhe dar?
Sócrates: Então o chamarias coletivamente de percepção?
Teeteto: Necessariamente.
Sócrates: E ela – como dizemos – não participa na apreensão da verdade, visto que sequer participa da apreensão do ser.
Teeteto: Não. Certamente não tem nenhuma participação.
Sócrates: Como também não tem, consequentemente, nenhuma na apreensão do conhecimento.
Teeteto: Não.
Sócrates: Portanto, Teeteto, não haveria como admitir a identidade entre percepção e conhecimento.
Teeteto: Evidencia-se que não, Sócrates. O fato é que agora, finalmente, foi demonstrado com absoluta clareza que o conhecimento é algo distinto da percepção.

187a **Sócrates:** Mas decerto não instauramos nosso diálogo visando a descobrir o que não é o conhecimento, mas para descobrir o que ele é. Entretanto, avançamos até aqui o suficiente para não buscar mais o conhecimento na percepção, mas em alguma atividade da alma – seja lá qual for seu nome – quando ela, operando sozinha e por si mesma, ocupa-se diretamente com *as coisas que são*.[87]
Teeteto: Isso, Sócrates, suponho que seja chamado de formar uma opinião, um juízo.
Sócrates: E o supões corretamente, meu amigo. Agora reco-
b mecemos pelo começo. Apaga tudo o que dissemos até aqui e verifica se dispões de alguma visão mais clara – agora que progrediste até este ponto. Mais uma vez diz o que é o conhecimento.
Teeteto: Afirmar que toda opinião é conhecimento é impossível, Sócrates, já que há a falsa opinião. Mas provavelmente a opinião verdadeira seja conhecimento. Que esta seja a minha resposta. Caso na sequência venha a se revelar incorreta, procurarei fornecer outra, tal como forneci essa.

---

87. ...τὰ ὄντα;... (*tà ónta*).

Sócrates: Tal é o procedimento acertado, Teeteto. Mais vale manifestar-se audaciosamente do que hesitar quando se trata de responder, como fazias inicialmente. Se continuarmos procedendo dessa maneira, uma de duas coisas ocorrerá: ou atingiremos ao que visamos, ou ficaremos menos propensos a pensar que conhecemos o que ignoramos completamente – o que, por si só já constitui uma recompensa a não ser desprezada. Diante disso, o que tens a declarar agora? Na hipótese de haver dois tipos de opinião, a verdadeira e a falsa, defines o conhecimento como a opinião verdadeira?
Teeteto: Sim. Neste momento é o que me parece correto.
Sócrates: Então ainda valeria a pena retomarmos, a essa altura, um certo ponto no que toca à opinião...
Teeteto: A que ponto te referes?
Sócrates: De algum modo, tenho algo comigo que tem me incomodado frequentemente desde o passado, produzindo em mim uma marcante perplexidade tanto em minhas próprias ponderações quanto nas conversações com outras pessoas. Isso ocorre porque não consigo compreender o que é essa nossa experiência e qual é sua origem em nós.
Teeteto: Mas qual experiência?
Sócrates: O fato de alguém ter falsas opiniões. Assim, conservo-me mesmo agora considerando esse ponto e estou ainda em dúvida se seria preferível deixá-lo de lado ou investigá-lo utilizando um método distinto daquele que empregamos há pouco.
Teeteto: E por que não, Sócrates, se por alguma razão isso parece ser o procedimento acertado? A propósito, há pouco, ao discorrer sobre tempo livre, tu e Teodoro disseram com muita propriedade que não há pressa para discussões desse tipo.
Sócrates: Estás certo ao lembrar-me disso, pois talvez seja bastante oportuno voltarmos sobre nossos próprios passos. De fato, é melhor finalizar bem o pouco do que finalizar insatisfatoriamente o muito.
Teeteto: É claro que sim.
Sócrates: Bem, como darmos prosseguimento a isso? E realmente o que estamos afirmando? Afirmamos, não é mesmo,

que a falsa opinião ocorre reiteradamente e que um de nós opina falsamente, ao passo que o outro o faz verdadeiramente, como se esse acontecimento estivesse na natureza das coisas?

Teeteto: É o que afirmamos.

188a **Sócrates:** Então não é verdadeiro, a respeito de todas as coisas – coletiva ou individualmente – ou as conhecermos ou não as conhecermos? No momento estou ignorando as fases intermediárias do aprender e do esquecer, uma vez que não têm pertinência com a argumentação aqui desenvolvida.

Teeteto: É certo, Sócrates. Nessa situação, não resta alternativa. Com referência a cada caso particular, ou o conhecemos ou não o conhecemos.

Sócrates: A conclusão seria, então, a de que aquele que forma uma opinião necessariamente a forma ou sobre o que conhece ou sobre o que não conhece?

Teeteto: Necessariamente.

Sócrates: E é certamente impossível que alguém que conhece
b uma coisa não a conheça, ou que alguém que não a conhece a conheça.

Teeteto: Certamente.

Sócrates: Portanto, aquele que constrói falsas opiniões pensa que as coisas que conhece não são essas coisas, mas coisas distintas das que conhece, de modo que ao conhecê-las ambas, é de ambas ignorante?

Teeteto: Isso seria impossível, Sócrates.

Sócrates: Nesse caso, ele pensa que as coisas que não conhece são coisas distintas que não conhece, o que é como se um indivíduo que não conhece nem Teeteto nem Sócrates concebesse a ideia de que Sócrates é Teeteto ou Teeteto é Sócrates?

c **Teeteto:** Também não vejo como isso poderia acontecer.

Sócrates: Mas decerto um indivíduo não pensa que as coisas que conhece são as coisas que não conhece ou, ao inverso, que as coisas que não conhece são as coisas que conhece.

Teeteto: Isso seria uma aberração.
Sócrates: Então como poderia, apesar de tudo isso, formar falsas opiniões? De fato, na medida em que todas as coisas nos são ou conhecidas ou desconhecidas, imagino que seja impossível formar opiniões fora do âmbito dessas alternativas, ao passo que no âmbito delas parece não haver lugar para a falsa opinião.
Teeteto: Inteiramente verdadeiro.
Sócrates: Diante disso, talvez fosse melhor adotarmos uma linha diferente de investigação. Não seria talvez melhor abandonarmos o método do conhecer e não conhecer e recorrermos ao
d do ser e não ser?
Teeteto: O que queres dizer?
Sócrates: Talvez o simples fato seja este: é quando um indivíduo opina sobre qualquer assunto *coisas que não são* que estará seguramente opinando falsamente, não importando qual possa ser a condição de seu pensamento em outros aspectos.
Teeteto: Mais uma vez, tocas no provável, Sócrates.
Sócrates: E o que diríamos, Teeteto, se alguém nos perguntasse: "É o expresso por esse discurso possível para todos? Pode um ser humano opinar *o que não é*, seja sobre uma das *coisas que são*, ou completamente independente delas?"
e Nós, imagino, responderíamos: "Sim, quando está pensando, mas pensando o que não é verdadeiro". Não seria essa nossa resposta?
Teeteto: Sim.
Sócrates: E esse tipo de coisa ocorre em outros campos?
Teeteto: Que tipo de coisa?
Sócrates: Bem, por exemplo, alguém ver algo e, no entanto, nada ver.
Teeteto: Como poderia ele?
Sócrates: Ainda assim, é certo que se alguém vê qualquer coisa una, vê alguma coisa *que é*. Ou pensas, porventura, que o *uno* figura entre as coisas que *não são*?
Teeteto: Não, não penso isso.

Sócrates: Então, aquele que vê qualquer coisa una, vê alguma coisa que *é*.
Teeteto: É o que se evidencia.
189a **Sócrates:** E, portanto, aquele que ouve qualquer coisa, ouve alguma coisa una e, consequentemente, ouve *o que é*.
Teeteto: Sim.
Sócrates: E aquele que toca qualquer coisa, toca alguma coisa una que é, uma vez que é una?
Teeteto: Também é o que se conclui.
Sócrates: Assim, aquele que sustenta uma opinião não sustenta uma opinião de alguma coisa una?
Teeteto: Necessariamente.
Sócrates: E aquele que sustenta uma opinião de alguma coisa una não sustenta uma opinião de alguma coisa que é?
Teeteto: Concordo.
Sócrates: Consequentemente, aquele que sustenta uma opinião do que *não é* sustenta uma opinião de nada.
Teeteto: É o que se evidencia.
Sócrates: Mas um indivíduo que sustenta uma opinião de nada não sustenta nenhuma opinião.
Teeteto: Isso parece claro.
b **Sócrates:** Então, é impossível sustentar uma opinião *daquilo que não é* quer em relação a *coisas que são*, quer independentemente delas.
Teeteto: Aparentemente não.
Sócrates: Seria o caso de concluirmos que sustentar a falsa opinião é algo diferente de sustentar uma opinião *daquilo que não é*.
Teeteto: É o que parece.
Sócrates: Então, não apuramos, seja por este método, seja pelo método que utilizamos há pouco, que a falsa opinião existe em nós.
Teeteto: Realmente não.
Sócrates: Mas aquilo que chamamos por esse nome não tem origem da seguinte maneira...

Teeteto: Qual maneira?

Sócrates: Dizemos que a falsa opinião é uma espécie de opinião *intercambiada*, a qual ocorre quando alguém realiza uma troca em sua mente e declara que uma coisa existente é uma *outra* coisa existente. De fato, desse modo ele sempre sustenta uma opinião *daquilo que é*, mas de uma coisa ao invés de outra. O resultado é ele perder o objeto a que visava em seu pensamento e, com justiça, ser classificado como alguém que sustenta uma falsa opinião.

Teeteto: A mim parece que agora disseste algo absolutamente correto, pois quando alguém, ao formar uma opinião, troca belo por feio, ou feio por belo, real e verdadeiramente sustenta uma falsa opinião.

Sócrates: É evidente, Teeteto, que experimentas desprezo por mim e não medo.

Teeteto: Por que, afinal, dizes uma coisa dessas?

Sócrates: Pensas, imagino, que eu não me lançaria contra teu "verdadeiramente falso" perguntando se é possível para uma coisa tornar-se *lentamente rápida* ou *pesadamente leve*, ou qualquer outro oposto, mediante um processo oposto a si mesmo, não em conformidade com sua própria natureza, mas com a de seu oposto. Mas deixemos isso de lado, pois não quero abalar teu ânimo. Aprecias a sugestão, conforme dizes, de que a falsa opinião é uma opinião *intercambiada*?

Teeteto: Aprecio.

Sócrates: Segundo tua opinião é, portanto, possível para a inteligência considerar uma coisa como uma outra e não como *o que é*.

Teeteto: Sim, é.

Sócrates: Bem, quando a inteligência de alguém executa essa operação, não apresenta necessariamente um pensamento *ou* de ambas as coisas juntas, *ou* [isoladamente] de uma ou outra delas?

Teeteto: Sim, necessariamente. Ou de ambas simultaneamente ou de cada uma sucessiva e alternadamente.

Sócrates: Ótimo. E quanto ao pensar? Tu o defines como eu?

Teeteto: E como o defines?

Sócrates: Como o diálogo que a alma tem consigo mesma acerca de qualquer objeto por ela considerado. O que digo não deve induzir-te a crer que conheço o que estou dizendo a ti. Mas essa é a espécie de imagem que tenho dela. A mim se afigura que a alma, ao pensar, simplesmente empreende um diálogo no qual dirige a si mesma perguntas e as responde ela mesma, afirmando e negando. E quando ela alcança algo definido, não importa se por um processo gradual ou graças a um salto repentino, e quando finalmente afirma algo coerentemente, sem alimentar dúvida e sem encontrar desacordo, dizemos que está então de posse de sua opinião. Consequentemente, defino a formação da opinião como o diálogo e a opinião, como o diálogo já realizado não com o outro, nem tampouco em voz alta, mas silenciosamente consigo mesmo. Quanto a ti, como o defines?

Teeteto: Do mesmo modo.

Sócrates: Então quando alguém tem a opinião de que uma coisa é uma outra, simplesmente diz para si mesmo – supomos – que aquela coisa é a outra.

Teeteto: Certamente.

Sócrates: Agora reflete se algum dia disseste a ti próprio que o belo é com toda a certeza feio, ou o injusto justo, ou – o que constitui uma síntese de todo o assunto – considera se algum dia tentaste persuadir a ti mesmo que uma coisa é, com toda a certeza, uma outra, ou se não é precisamente o inverso, e que nunca ousaste, mesmo embalado pelo sono, dizer a ti mesmo que o ímpar é, afinal, certamente o par, ou qualquer coisa desse gênero.

Teeteto: Dizes a verdade.

Sócrates: Imaginas que alguém mais, em seu juízo normal, ou fora de seu juízo, algum dia se atreveu a dizer seriamente a si mesmo, numa tentativa de se persuadir, que um boi é necessariamente um cavalo ou que dois é um?

Teeteto: Não, por Zeus! Não imagino isso.

Sócrates: Então, se formar opinião é realizar um autodiálogo, ninguém que dialoga e forma a opinião de dois objetos e os aprende ambos com sua alma poderia dizer e ter a opinião de que um é o outro. Deverás, inclusive, renunciar à expressão "um e outro". O que quero dizer é que ninguém sustenta a opinião de que o feio é belo, ou qualquer outra coisa análoga a isso.

Teeteto: Ora, Sócrates, de minha parte renuncio e concordo com o que dizes.

Sócrates: Concordas, portanto, que quem sustenta uma opinião de ambas as coisas está impossibilitado de sustentar a opinião de que uma é a outra.

Teeteto: É o que parece.

Sócrates: Mas, decerto, aquele que sustenta uma opinião somente de um, e de modo algum do outro, jamais sustentará a opinião de que um é o outro.

Teeteto: Estás certo, uma vez que nesse caso seria forçado a apreender também aquilo de que não sustenta nenhuma opinião.

Sócrates: Conclui-se que nem aquele que sustenta a opinião de ambas as coisas, nem aquele que sustenta a de uma pode sustentar a opinião de que uma coisa é alguma coisa mais. A conclusão adicional é que qualquer pessoa que se ponha a definir a falsa opinião como opinião *intercambiada* estará fazendo um discurso sem sentido. A conclusão final é que não descobrimos a existência da falsa opinião em nós nem por esse método nem pelos anteriores.

Teeteto: Parece que não.

Sócrates: Mas o problema, Teeteto, é que se não demonstrarmos sua existência, seremos levados a admitir muitos absurdos.

Teeteto: E quais seriam?

Sócrates: Não os revelarei enquanto não houver me empenhado em examinar a matéria de todas as maneiras. Ficaria envergonhado se, por conta de nossas dificuldades, fôssemos obrigados a admitir essas coisas que insinuei. Mas se encontrarmos o que buscamos e nos libertarmos das dificuldades, então – e só então – nos referiremos a outras pessoas envolvidas nesses absurdos, ao mesmo tempo em que nós mesmos permaneceremos ao abrigo do ridículo. Mas se não encontrarmos saída de nossas dificuldades, experimentaremos – eu o imagino – um abatimento, como indivíduos que experimentam o enjoo do mar, e permitiremos que o argumento nos subjugue e faça de nós o que lhe aprouver. Diante disso, escuta através de que meio ainda contemplo uma perspectiva de êxito para nossa investigação.

Teeteto: Pois fala.

Sócrates: Negarei que tínhamos razão ao concordarmos que é impossível para alguém ter a opinião de que as coisas que não conhece são as coisas que ele conhece e com isso ser objeto do engano. Há, porém, uma maneira em que isso é possível.

Teeteto: Será que te referes ao que eu mesmo suspeitei quando fizemos a afirmação a que aludes, ou seja, de que às vezes eu, ainda que conheça Sócrates, vi alguém a distância que desconhecia e pensei que fosse Sócrates que eu realmente conheço? Nessa hipótese, surge realmente a falsa opinião.

Sócrates: Mas não foi isso por nós rejeitado porque resultava em conhecermos e não conhecermos as coisas que conhecemos?

Teeteto: Certamente nós o rejeitamos.

Sócrates: Assim, não levantemos essa hipótese, mas uma outra. Talvez dê bons resultados para nós, talvez o contrário. Mas estamos numa situação tão crucial que temos que revirar todos os argumentos e examiná-los de todos os lados. Assim sendo, vê se há algum sentido nisso: pode alguém que não conhecia uma coisa numa ocasião aprendê-la mais tarde?

Teeteto: Com certeza.

Sócrates: E pode ele aprender uma coisa sucessivamente à outra?

Teeteto: Ora, e por que não?

Sócrates: Agora, quero que suponhas – a favor do argumento – que há um bloco de cera em nossas almas, num caso maior, em outro menor; num caso, cera mais pura, em outro, cera mais impura e mais dura; em outros casos, mais mole; e, em alguns casos, da qualidade adequada.

Teeteto: Eu o estou supondo.

Sócrates: Digamos, então, que isso é uma dádiva de Mnemosine,[88] a mãe das Musas, e que toda vez que desejamos nos lembrar de qualquer coisa que vemos, ouvimos ou concebemos em nossas próprias inteligências colocamos essa cera sob as percepções e pensamentos e os imprimimos nela, tal como produzimos impressões de aneis de sinete; e, seja o que for que é impresso, nós o lembramos e o conhecemos enquanto durar sua imagem, ao passo que tudo o que for apagado ou que não for possível imprimir esquecemos e não conhecemos.

Teeteto: Que seja essa nossa suposição.

Sócrates: Agora toma o caso de um indivíduo que conhece essas coisas, mas que também considera algo que está vendo ou ouvindo. Verifica se ele poderia avaliar falsamente desse modo...

Teeteto: Que modo?

Sócrates: Pensando que as coisas que conhece são por vezes coisas que ele conhece e, por vezes, coisas que não conhece. O fato é que nos equivocamos antes ao concordarmos que isso é impossível.

Teeteto: E o que dizes a respeito agora?

Sócrates: É imperioso que iniciemos nossa discussão do assunto fazendo certas distinções, a saber: é impossível para qualquer pessoa pensar que uma coisa que conhece e da qual recebeu uma impressão mnemônica em sua alma, mas que não percebe, é uma outra coisa que conhece e da qual também possui uma impressão, e que escapa à sua percepção. Além disso, não pode pensar que o que conhece é aquilo que não conhece e do que não possui sinete algum; nem que o que ele não conhece é uma outra coisa que não conhece; nem que o que ele não conhece é o que conhece; tampouco pode pensar que o que percebe é algo mais que percebe; nem que o que percebe é alguma coisa que não percebe; nem que o que não percebe é alguma coisa mais que não percebe; nem que o que ele não percebe é algo que percebe. Ademais, é ainda mais impossível – se isso pode ser – pensar que uma coisa que ele conhece e percebe, e da

---

88. ...Μνημοσύνης... (*Mnemosýnes*), a personificação divina da memória.

qual possui uma impressão que se harmoniza com a percepção, é uma outra coisa que ele conhece e percebe, e da qual possui uma impressão que se harmoniza com a percepção. E ele não pode pensar que o que conhece e percebe e de que possui uma correta impressão mnemônica é uma outra coisa que conhece; nem que uma coisa que conhece e percebe e da qual possui essa impressão é uma outra coisa que percebe; nem igualmente que uma coisa que nem conhece nem percebe é uma outra coisa que nem conhece nem percebe; nem que uma coisa que nem conhece nem percebe é uma outra coisa que não conhece; nem que uma coisa que nem conhece nem percebe é uma outra coisa que não percebe. Em todos esses casos, é impossível, acima de tudo, que a falsa opinião surja na inteligência de qualquer pessoa. Se é que isso pode ocorrer, a possibilidade de seu surgimento permanece nos seguintes casos...

Teeteto: E que casos são esses? Espero que me possam ajudar a conseguir uma melhor compreensão, pois a essa altura não consigo acompanhar-te.

Sócrates: Os casos nos quais ele pode pensar que coisas que conhece são algumas outras coisas que conhece e percebe; ou que não conhece, porém percebe; ou que coisas que ele conhece e percebe são outras coisas que conhece e percebe.

Teeteto: Agora consigo ainda menos te acompanhar.

Sócrates: Então repetirei de uma outra forma. Conheço Teodoro e lembro no meu íntimo que tipo de pessoa ele é, e do mesmo modo conheço Teeteto – mas às vezes eu os vejo, às vezes não, às vezes os toco, às vezes não, às vezes os ouço ou os percebo através de algum outro sentido, e às vezes não tenho absolutamente nenhuma percepção de vós, o que, entretanto, não me impede de lembrar-me de vós, e vos conheço em meu íntimo. Não é assim?

Teeteto: Certamente.

Sócrates: É, portanto, esse o primeiro ponto que desejo deixar claro, ou seja, que se pode perceber ou não perceber aquilo que se conhece.

Teeteto: É verdade.

Sócrates: O mesmo também ocorre com aquilo que não se conhece: frequentemente não se pode sequer percebê-lo, e frequentemente se pode meramente percebê-lo.
Teeteto: Também isso é possível.
Sócrates: Verifica se agora me acompanhas melhor. Se Sócrates conhece Teodoro e Teeteto, mas de modo algum os vê e não experimenta qualquer outra percepção deles, jamais poderia ter em seu íntimo a opinião de que Teeteto é Teodoro. Faz sentido ou não o que digo?
Teeteto: Sim, o que dizes é verdade.
Sócrates: Esse foi, então, o primeiro dos casos a que me referi.
Teeteto: Sim, foi.
Sócrates: O segundo é o seguinte: se conhecer um de vós e não conhecer o outro, e se não perceber nem um nem outro, jamais poderia pensar que aquele que conheço é aquele que não conheço.
Teeteto: Correto.
Sócrates: Eis o terceiro caso: não conhecendo e não percebendo nenhum de vós, não poderia pensar que aquele que não conheço (um de vós) é alguém mais que não conheço. Agora imagina que ouviste todos os outros casos de novo sucessivamente, nos quais eu jamais poderia ter formado uma falsa opinião a teu respeito e de Teodoro, *quer* quando conheço ou não conheço ambos, *quer* quando conheço um, mas não conheço o outro; o mesmo se aplica se substituirmos *conhecer* por *perceber*. Acompanhas o que digo?
Teeteto: Acompanho.
Sócrates: Assim, a possibilidade de formar a falsa opinião situa-se no seguinte caso: conhecendo a ti e Teodoro, e tendo nesse bloco de cera a impressão de ambos, como se fôsseis anéis de sinete, mas vos vendo a uma certa distância e de maneira indistinta, apresso-me em destinar a correta impressão de cada um de vós à percepção visual correta e executar o seu ajuste, como se fosse, por assim dizer, sua própria pegada, visando a produzir o reconhecimento. Mas é possível que eu falhe nessa operação intercambiando impressões e

percepções visuais, e coloque a percepção visual de um sobre a impressão do outro, como as pessoas fazem colocando o calçado no pé errado; além disso, é possível que eu seja afetado na medida em que a visão é afetada quando olhamos as coisas no espelho: é produzida uma mudança da direita para a esquerda, o que causa um erro. Nesses casos, ocorre

d então a opinião *intercambiada*, dando origem à formação da falsa opinião.

Teeteto: Sim, Sócrates, parece extremamente provável que assim ocorra. E descreves o que acontece com a opinião de forma magnífica.

Sócrates: Há ainda o caso em que, quando conheço ambos, percebo um dos dois além de conhecê-lo, mas não percebo o outro, e o conhecimento que tenho desse outro não corresponde a minha percepção. Trata-se daquele caso que expus dessa maneira antes, sendo que naquela oportunidade não me compreendeste.

Teeteto: De fato, não compreendi.

Sócrates: O que quis dizer é que se alguém conhece e percebe

e um de vós e tem conhecimento daquele que condiz com a percepção, jamais o tomará por outra pessoa que ele conhece e percebe e da qual seu conhecimento condiz com a percepção. Era esse o caso, não é mesmo?

Teeteto: Sim.

Sócrates: Acredito, entretanto, que omitimos o caso a que me referi há pouco, caso em que, segundo nós, surge a falsa opinião, a saber, quando alguém conhece ambas as pessoas e vê ambas – ou

194a experimenta alguma outra percepção delas – mas falha quanto a encerrar as duas impressões, cada uma delas, na sua correta percepção. Como um mau arqueiro, atira ao lado do alvo e não o atinge. E é precisamente isso que é denominado erro.

Teeteto: E de maneira apropriada.

Sócrates: E quando a percepção está presente em relação a uma das impressões, mas não em relação à outra, e a inteligência aplica a impressão da percepção ausente à percepção presente,

b em todas essas situações ela é enganada. Em resumo, na hipótese de haver solidez no nosso ponto de vista em pauta, a falsa opinião parece ser impossível relativamente a coisas que não se conhece e nunca se percebeu. É, contudo, precisamente em relação a coisas que conhecemos e percebemos que a opinião desvia e varia entre a falsidade e a verdade – sendo verdadeira quando faz encaixar direta e exatamente impressões e sinetes corretos entre si, e falsa quando aplica-os de maneira atravessada e oblíqua.

Teeteto: Ora, Sócrates, não é esse um belo ponto de vista?

c **Sócrates:** Após teres ouvido o que se segue, ficarás ainda mais inclinado a afirmar isso. Com efeito, sustentar uma opinião verdadeira é bom e nobre, mas ser enganado é ruim e infamante.

Teeteto: Não há dúvida.

Sócrates: Dizem que a causa dessas variações é a seguinte: toda vez que a cera na alma de um indivíduo é profunda, copiosa, lisa e na consistência apropriada, as imagens que ocorrem através das percepções são impressas sobre esse *peito*[89] da alma – como Homero o chama aludindo a sua semelhança com a cera. Quando isso é o que ocorre e em tais indivíduos,

d as impressões, claras e suficientemente profundas, revelam-se também duradouras. Indivíduos desse tipo, em primeiro lugar, aprendem facilmente, em segundo lugar, apresentam boa retenção de memória, ao que se deve acrescentar que não intercambiam as impressões de suas percepções e são capazes de opinar verdadeiramente. Como as impressões são distintas e dispõem de muito espaço, esses indivíduos as destinam rapidamente aos seus vários moldes, que são chamados de *coisas que são*,[90] enquanto esses indivíduos são chamados de sábios. Ou não concordas?

Teeteto: Concordo com isso extraordinariamente.

e **Sócrates:** Agora quando o *peito* de alguém é *hirsuto*, condição comentada pelo sumamente sábio poeta,[91] ou quando é sujo ou de cera impura, ou muito macio ou duro, aqueles cuja cera é

---

89. Platão joga com a semelhança das palavras κῆρ (*kêr*), coração, peito e κηρός (*kerós*), cera.
90. ...ὄντα... (*ónta*).
91. Homero, *Ilíada*, Canto II, 851.

macia aprendem com facilidade, mas também esquecem com facilidade, ao passo que aqueles em que a cera é dura apresentam o quadro inverso. Entretanto, aqueles nos quais ela é hirsuta, áspera e empedernida, contaminada com terra ou excremento que nela são misturados, recebem impressões indistintas dos moldes. Também é esta a situação daqueles cuja cera é dura, pois falta profundidade às impressões. E as impressões na cera

195a macia são igualmente indistintas porque derretem e rapidamente tornam-se borradas. Mas se além de tudo isso amontoam-se umas sobre as outras devido à falta de espaço em alguma alma mesquinha e pequena, são ainda mais indistintas. Assim é provável que todos esses indivíduos tenham falsas opiniões, pois quando veem, ouvem ou pensam em qualquer coisa, são incapazes de destinar rapidamente coisas às impressões corretas, mostrando-se lentos nessa operação; e, porque as destinam erroneamente, em geral veem, ouvem e pensam erradamente. De acordo com isso, diz-se que tais indivíduos, por sua vez, são enganados com respeito às *coisas que são*, e que são ignorantes.

b **Teeteto:** Estás tão certo em teu discurso, Sócrates, quanto o pode estar um homem.

Sócrates: Poderemos então afirmar que opiniões falsas existem em nós?

Teeteto: Com certeza.

Sócrates: Como também opiniões verdadeiras, sem dúvida?

Teeteto: Também opiniões verdadeiras.

Sócrates: Então agora, finalmente, pensamos ter alcançado um acordo satisfatório, ou seja, de que esses dois tipos de opinião são incontestavelmente existentes?

Teeteto: Da maneira mais incisiva.

Sócrates: Verdadeiramente, Teeteto, um homem tagarela é uma criatura estranha e desagradável!

Teeteto: O quê?! O que te leva a dizer isso?

c **Sócrates:** Aborrecimento com minha própria estupidez e autêntica tagarelice. Afinal, de que outro modo poderias classificar o fato de um homem arrastar seus argumentos para cima e para baixo, porque é tão estúpido que não é capaz de ser convencido e dificilmente pode ser induzido a desistir de qualquer um deles?

Teeteto: Mas por que estás aborrecido?

Sócrates: Não estou simplesmente aborrecido. Na verdade, estou realmente temeroso, pois não sei o que responderia se alguém me perguntasse: "Sócrates, descobriste, suponho, que a falsa opinião não existe nem nas relações recíprocas das percepções nem nos pensamentos, mas na associação da percepção com o pensamento?" Suponho que responderia que sim num tom de lisonja de mim mesmo, como se houvéssemos feito uma grande descoberta.

Teeteto: A mim parece, Sócrates, que o resultado que alcançamos até agora não é tão mau.

Sócrates: "Continuas e afirmas então", a pessoa diria, "que jamais poderíamos imaginar que o indivíduo no qual nos limitamos a pensar, mas que não vemos, é um cavalo que igualmente não vemos, tocamos ou percebemos através de qualquer outro sentido, mas em que apenas pensamos?". Suponho que responderia que realmente fiz essa afirmação.

Teeteto: Sim, e estarias certo em respondê-lo.

Sócrates: "Então", ela continuaria, "com base nisso, poderíamos concluir que o número onze que é meramente pensado é o número doze que também é meramente pensado?". Vamos, agora é tua vez de responder.

Teeteto: Bem, eu responderia que alguém poderia imaginar que o onze que vê ou toca é doze, mas que jamais poderia sustentar essa opinião com referência ao onze que está em seu pensamento.

Sócrates: Bem, então pensas que alguém jamais concebeu em seu próprio intelecto cinco e sete – não quero dizer colocando diante dos olhos sete indivíduos humanos e cinco indivíduos humanos e os considerando, ou qualquer coisa desse tipo, mas sete e cinco abstratamente, que dizemos que são impressões no bloco de cera e relativamente aos quais negamos a possibilidade de serem responsáveis pela formação de falsas opiniões – tomando-os por si sós, imaginas que alguém no mundo algum dia os considerou, dialogando consigo mesmo e perguntando a si mesmo qual é a sua soma, e que um indivíduo declarou e pensou em onze, e um outro em doze, ou declaram e pensam todos que é doze?

Teeteto: Não, por Zeus! Muitos declaram que é onze, e se tomares um maior número para exame haverá maior probabilidade de erro, porquanto suponho que aludes a qualquer número e não somente a esses.

Sócrates: E estás certo ao supô-lo. Mas, considera, se nesse exemplo o doze abstrato no bloco de cera não é ele próprio imaginado como sendo onze.

Teeteto: Certamente é o que parece.

Sócrates: E com isso não teremos voltado novamente ao início de nossa conversação? De fato, o indivíduo que é assim afetado imagina que uma coisa que conhece é uma outra coisa que conhece. Afirmamos ser isso impossível e por força desse mesmo argumento excluímos a possibilidade da existência da falsa opinião, porque, se fosse reconhecida, significaria que o mesmo indivíduo tem que – ao mesmo tempo – tanto conhecer quanto não conhecer as mesmas coisas.

Teeteto: Inteiramente verdadeiro.

Sócrates: Então teremos que mostrar que formar falsa opinião é algo distinto do intercâmbio entre pensamento e percepção, pois se assim fosse nunca seríamos enganados enquanto permanecêssemos com nossos pensamentos em abstrato. Mas, tal como a situação se apresenta agora, ou não há falsa opinião ou é possível para um indivíduo não conhecer aquilo que ele conhece. Qual é tua escolha?

Teeteto: Essa escolha é impossível, Sócrates.

Sócrates: E, no entanto, é bastante provável que o argumento não admita ambas as alternativas. Mas, de qualquer forma, visto que não devemos recuar diante de qualquer risco, o que achas de tentarmos realizar uma ação impudente?

Teeteto: Que ação?

Sócrates: A de nos permitir dizer o que é realmente conhecer.

Teeteto: E por que seria isso impudente?

Sócrates: Parece que esqueces que todo nosso diálogo desde o início tem sido uma investigação do conhecimento, determinada por nossa ignorância do que seja ele.

Teeteto: Mas eu me lembro.
Sócrates: Então, não será impudente proclamar o que é conhecer quando somos ignorantes do conhecimento? A propósito, Teeteto, já há um bom tempo nossa discussão tem sido continuamente manchada pela falta de clareza, uma vez que não cansamos de repetir "nós conhecemos", "nós não conhecemos", "temos conhecimento", "não temos conhecimento" como se com isso pudéssemos nos entender, enquanto ainda nos mantínhamos ignorantes do conhecimento; a propósito, nesse exato momento acabamos de usar novamente as expressões "ser ignorantes" e "entender", como se tivéssemos qualquer direito de usá-las, quando somos desprovidos de conhecimento.
Teeteto: Mas como discutiremos, Sócrates, se nos abstermos dessas palavras?
197a **Sócrates:** Seria inteiramente impossível para um homem como eu. Mas se eu fosse um autêntico raciocinador, um especialista em contradição, seria capaz disso. Se tal homem estivesse presente neste momento, nos diria para não utilizarmos esses termos e criticaria severamente meu discurso. Mas posto que somos pessoas medíocres, será que eu não poderia aventurar-me a declarar qual é a natureza do conhecimento? De fato, parece-me que se tiraria algum proveito disso.
Teeteto: Pois aventura-te, por Zeus! Serás completamente perdoado por não teres deixado de utilizar esses termos.
Sócrates: Ouviste o que dizem atualmente ser o conhecer?
Teeteto: Talvez, mas não me ocorre neste exato momento.
b **Sócrates:** Dizem que é *ter conhecimento*.
Teeteto: É verdade.
Sócrates: Façamos uma ligeira alteração e digamos que é *possuir conhecimento*.[92]
Teeteto: Por quê? Onde está a diferença?
Sócrates: Talvez a rigor nem haja. Mas ouve e saberás onde está para mim a diferença. Depois disso, ajuda-me a testar meu ponto de vista.

---
92. ...ἐπιστήμης κτῆσιν... (*epistémes ktêsin*).

Teeteto: Eu o farei, se puder.

Sócrates: Bem, a mim não parece que *ter* seja idêntico a *possuir*. Por exemplo, se alguém comprou um manto e este está sob seu controle e a sua disposição, mas não o usa, certamente não poderíamos dizer que o tem, mas que o possui.

Teeteto: E o diríamos corretamente.

c **Sócrates:** Agora, vê se é possível, da mesma forma, para alguém que *possui* conhecimento não o *ter*. Suponhamos que alguém apanhasse aves selvagens – pombos ou aves semelhantes –, montasse um aviário em casa e as mantivesse nele: poderíamos, de uma certa maneira, afirmar que ele sempre as *tem* porque as *possui*, não poderíamos?

Teeteto: Sim.

Sócrates: E, não obstante, de uma outra maneira, afirmar que não *tem* nenhuma delas, mas que adquiriu poder sobre elas, uma vez que as submeteu ao seu controle num seu recinto cercado,
d visando a tomá-las e conservá-las quando quiser, apanhando a ave que lhe aprouver e libertando-a novamente; e pode fazê-lo tão frequentemente quanto considere adequado.

Teeteto: Isso é verdadeiro.

Sócrates: E nesta oportunidade, tal como há algum tempo atrás concebemos um certo tipo de dispositivo de cera na alma, concebamos agora em cada alma um aviário provido de toda espécie de aves, algumas em bandos, separadas das outras, outras em pequenos grupos, e algumas solitárias, voando para lá e para cá entre todas elas.

e **Teeteto:** Considera isso como concebido. E então?

Sócrates: É preciso supormos, ademais, que enquanto somos crianças esse receptáculo encontra-se vazio, assim como compreendermos que as aves representam as variedades de conhecimento. E seja qual for o tipo de conhecimento que alguém adquira e tranque no cercado, deveremos dizer que aprendeu ou descobriu aquilo de que isso é o conhecimento; e conhecer, devemos dizê-lo, é isso.

Teeteto: Que assim seja.

198a **Sócrates:** Considera, na sequência, que expressões são necessárias ao processo de recapturar, apanhar, manter e soltar novamente o que agrade a essa pessoa entre os tipos de conhecimento – não importa se tais expressões são as mesmas necessárias à aquisição original ou outras. Entretanto, compreenderás melhor o que estou dizendo por meio de uma ilustração. Admites a existência de uma arte da aritmética?
Teeteto: Sim.
Sócrates: Agora, supõe que isso seja uma caçada aos tipos de conhecimento de todos os números ímpares e pares.
Teeteto: Estou supondo.
Sócrates: E é por meio dessa arte, imagino, que um indivíduo
b tem porções da ciência dos números sob seu próprio controle e também as transmite a outros.
Teeteto: Sim.
Sócrates: Além disso, dizemos que quando alguém as transmite está ensinando, quando alguém as recebe está aprendendo, e quando alguém, através de sua aquisição, as tem naquele nosso aviário, dizemos que as conhece.
Teeteto: Certamente.
Sócrates: Agora atenta para o que se segue a isso. Não compreende o perfeito aritmético todos os números, uma vez que possui todas as porções da ciência dos números em sua mente?
Teeteto: Certamente.
e **Sócrates:** E um tal homem poderia proceder a alguma contagem, quer contando para si os próprios números, quer contando qualquer objeto externo que possua número?
Teeteto: É claro.
Sócrates: Mas, diremos que contar é o mesmo que considerar qual é a grandeza que qualquer número realmente possui?
Teeteto: Diremos.
Sócrates: Então, parece como se esse homem estivesse considerando algo que conhece como se não o conhecesse, visto que concedemos que conhece todos os números. Com certeza ouviste falar dessas ambiguidades.

Teeteto: Sim, ouvi.

Sócrates: Prosseguindo, então, com nossa analogia com a aquisição e caçada dos pombos, cumpre-nos declarar que há dois tipos de caçada: um é o da caçada que antecede a aquisição no interesse da posse, ao passo que o outro representa a caçada realizada pelo possuidor a favor de apanhar e manter em suas mãos o que adquiriu antes há muito tempo. E dessa forma, até mesmo com coisas que aprendeu e cujo conhecimento obteve há muito tempo e que passou a conhecer desde então, é possível aprendê-las – essas mesmas coisas – novamente. Pode retomar o conhecimento de cada uma delas separadamente e conservá-lo – o conhecimento que adquirira antes, há muito tempo, mas que não tivera ao seu alcance no intelecto.

Teeteto: Isso é verdade.

Sócrates: Foi essa, então, a pergunta que fiz há pouco, a saber: que expressões utilizarmos em relação a elas ao nos referirmos ao que faz o aritmético quando conta ou o letrado quando lê algo? Nessa situação, afirmaremos que embora um ou outro conheça algo, põe-se *a reaprender consigo mesmo aquilo que conhece*?

Teeteto: Mas isso seria algo extremamente insólito,[93] Sócrates.

Sócrates: Mas então teremos que afirmar que irá ler ou contar o que não conhece quando admitimos que conhece todas as letras e todos os números?

Teeteto: Isso seria igualmente implausível.[94]

Sócrates: O que nos resta? Diremos que não nos importamos em absoluto com as palavras e deixaremos que as pessoas circulem com as palavras *conhecer* e *aprender* ao seu bel prazer? Contudo, afirmamos que *possuir* conhecimento é algo distinto de *ter* conhecimento; em consonância com isso, sustentamos ser impossível para qualquer pessoa não possuir aquilo que possui, de sorte que jamais acontece de um indivíduo não conhecer o que conhece, embora seja possível conceber uma opinião falsa a respeito disso. De fato, é possível para ele *ter*

---

93. ...ἄτοπον... (*átopon*).
94. ...ἄλογον... (*álogon*).

não o conhecimento dessa coisa, mas um outro conhecimento. Quando está *caçando* um tipo de conhecimento pode ocorrer, à medida que os vários tipos mudam de direção, de cometer um erro e *apanhar* um tipo em lugar de outro; consequentemente, num exemplo, pensava que onze era doze porque *apanhou* o conhecimento do onze, o qual estava no seu interior, em lugar daquele do doze, como podes apanhar um pombo trocaz[95] em lugar de uma pomba.[96]

Teeteto: Sim. Isso é plausível.

Sócrates: Quando, porém, ele *apanha* o conhecimento que pretende apanhar, liberta-se do erro e tem a opinião verdadeira, de modo que tanto a opinião verdadeira quanto a falsa existem, e nenhuma das coisas que nos preocupavam anteriormente barram agora nosso caminho. Imagino que concordas comigo. Mas se não for esse o caso, desejo saber o que pretendes fazer.

Teeteto: Concordo contigo.

Sócrates: E com isso nos livramos desse *não conhecer o que se conhece*. Agora descobrimos que, em nenhum ponto, acontece de não possuirmos o que possuímos, estejamos ou não incorrendo em erro a respeito de qualquer coisa. Todavia, parece que algo ainda mais desastroso nos espreita.

Teeteto: E o que é isso?

Sócrates: Supõe que o intercâmbio ou substituição dos tipos de conhecimento descambe sempre em falsa opinião.

Teeteto: Como?

Sócrates: Em primeiro lugar, conclui-se que um indivíduo que tenha conhecimento de algo seja ignorante precisamente desse algo, e não através da ignorância, mas através de seu conhecimento; em segundo lugar, ele julga que esse algo é uma outra coisa e que essa outra coisa é esse algo. Ora, isso é inteiramente irracional; significa que a alma, quando o conhecimento se faz presente a ela, nada conhece e tudo ignora. Com base nesse argumento, nada há que impeça a ignorância de promover o nosso conhecimento

---

95. ...φάτταν... (*pháttan*).
96. ...περιστεράς... (*peristerás*).

de algo e que impeça a cegueira de promover nossa visão, na hipótese do conhecimento ser sempre o produtor de nossa ignorância.

e **Teeteto:** Talvez, Sócrates, não tenhamos realizado uma bela coisa ao fazermos as aves representarem somente tipos de conhecimento. Talvez devêssemos ter concebido tipos de ignorância *voando* também pela alma com os outros. Com isso, o *caçador* às vezes *apanharia* conhecimento, às vezes ignorância da mesma coisa, obtendo falsa opinião através da ignorância, ao passo que opinião verdadeira através do conhecimento.

Sócrates: Não é fácil, Teeteto, deixar de elogiar-te. Mas examina tua sugestão novamente. Vamos supor que seja como queres.

200a Aquele que *apanhar* a ignorância terá, a teu ver, uma falsa opinião. É isso?

Teeteto: Sim.

Sócrates: Mas é de se presumir que ele não pensará que tem uma falsa opinião.

Teeteto: Certamente não.

Sócrates: Mas sim uma opinião verdadeira e sua postura será a do conhecedor daquilo sobre o que incorre em erro.

Teeteto: Claro que sim.

Sócrates: Consequentemente, imaginará que apanhou e que tem não ignorância, mas conhecimento.

Teeteto: Isso fica evidenciado.

Sócrates: Assim, após nossa longa caminhada em círculo acabamos por voltar a nossa dificuldade inicial. De fato, o especialista em refutação rirá e indagará: "Meus excelentes senhores, quereis dizer que alguém que conhece tanto o conhecimento quanto a ignorância pensa que um deles, de que tem conhecimento, é uma outra coisa que ele conhece? Ou, não conhecendo nem um nem outro, é da opinião de que aquele que ele não conhece é uma outra coisa que ele não conhece? Ou, conhecendo um e não o outro, pensa que aquele que não conhece é aquele que ele conhece? Ou que aquele que conhece é aquele que ele não conhece? Ou insistireis e me direis *que há tipos de conhecimento dos tipos de conhecimento e de ignorância*, e que aquele que possui esses tipos de conhecimento e que os trancou em alguma espécie de outros ridículos aviários ou dispositivos de cera conhece-os enquanto os possui, mesmo que não os tenha a sua disposição em sua alma? E dessa maneira vos vereis obrigados a vos mover interminavelmente no mesmo círculo sem realizar qualquer avanço?". Que resposta daremos a essas indagações, Teeteto?

Teeteto: Por Zeus, Sócrates, não sei o que dizer diante disso.

Sócrates: Então, meu rapaz,[97] não estará esse argumento certo ao nos reprovar e indicar que estávamos errados em deixar de lado a questão do conhecimento e nos envolvermos primeiramente com a questão da falsa opinião? Parece ser impossível conhecer essa última sem dispor de uma adequada compreensão do que seja o conhecimento.

Teeteto: Bem, Sócrates, diante da situação que se apresenta agora, vemo-nos obrigados a pensar que é como dizes.

Sócrates: Voltando então ao começo, o que diremos que é o conhecimento? Afinal, suponho que, apesar de tudo, não iremos desistir, não é mesmo?

Teeteto: De modo algum, a menos que tu queiras desistir.

Sócrates: Diz-me então como poderíamos defini-lo expondo-nos ao menor risco de nos contradizermos?

Teeteto: Da forma que tentamos antes, Sócrates. Na verdade, não consigo pensar numa outra maneira.

Sócrates: Qual maneira?

Teeteto: Afirmando que o conhecimento é a opinião verdadeira, uma vez que a opinião verdadeira certamente está isenta de erros e todos os seus resultados são admiráveis e bons.

Sócrates: O homem que indicava o caminho através do rio, Teeteto, disse: "Isso se mostrará por si mesmo".[98] O mesmo

---

97. ...παῖ... (*paî*), literalmente menino, garoto.
98. ...δείξειν αὐτό... (*deíxein aytó*). Essa expressão proverbial teria sua gênese num breve episódio que envolve alguns viajantes que chegaram às margens de um rio e precisavam atravessá-lo. Um deles teria perguntado ao guia se as águas eram profundas, ao que este, *sem conhecimento para dar-lhe uma resposta correta*, comentou: "Isso se mostrará por si mesmo". Muitas vezes, só resta tentar para saber, ou seja, somente a experiência e o risco a ela inerente trarão o conhecimento.

ocorre agora. Se prosseguirmos em nossa investigação, talvez tropecemos no que buscamos no caminho. Se permanecermos imóveis, com certeza nada descobriremos.

Teeteto: Estás certo. Continuemos nossa busca.

Sócrates: Bem, isso ao menos requer uma ligeira busca, visto que dispomos de uma arte inteira para indicar a ti que a opinião verdadeira não é conhecimento.

Teeteto: Mas como? A que arte te referes?

Sócrates: À arte dos que são os maiores em matéria de sabedoria,[99] os que são chamados de oradores e advogados. De fato, com sua arte, persuadem as pessoas não as ensinando, mas levando-as a ter quaisquer opiniões que querem que elas tenham. Ou imaginas que há professores tão inteligentes a ponto de serem capazes de ensinar satisfatoriamente a pessoas que não foram testemunhas oculares,[100] no curto tempo facultado pela clepsidra, a verdade a respeito do que sucedeu a indivíduos que tiveram seu dinheiro subtraído ou que foram vítimas de outros atos de violência?

Teeteto: Certamente não penso assim, mas acho que efetivamente são capazes de persuadir as pessoas.

Sócrates: E persuadi-las significa torná-las detentoras de uma opinião, não é mesmo?

Teeteto: Claro que sim.

Sócrates: Então, quando um júri é persuadido, com base nas conveniências legais, acerca de matérias que só podem ser conhecidas mediante testemunho ocular, julgando nesse caso a partir de rumores e obtendo uma opinião verdadeira acerca delas, chega a uma decisão judicial sem conhecimento, ainda que tenha sido acertadamente persuadido na medida em que a sentença que pronuncia é correta. Não é assim?

Teeteto: Certamente.

Sócrates: Mas, meu amigo, se a opinião verdadeira e o conhecimento fossem idênticos nos tribunais, o melhor dos juízes

---

99. Frase presumivelmente irônica e, muito provavelmente, endereçada aos sofistas, que eram os mais notórios retóricos e advogados na época de Sócrates e Platão.
100. Ou seja, pessoas que atuam como juízes, jurados.

jamais seria capaz de alcançar a opinião verdadeira sem o conhecimento. A conclusão, de fato, é que parece que são coisas diferentes.

Teeteto: Ah, sim, Sócrates. Na verdade, uma vez ouvi alguém fazer essa distinção. Eu me esquecera disso, mas agora me lembro. Dizia ele que o conhecimento é a opinião verdadeira associada ao discurso racional, mas que a opinião verdadeira dissociada da explicação racional sai do âmbito do conhecimento; e que matérias que carecem de uma explicação racional são incognoscíveis[101] – sim... era esta a palavra de que se servia – enquanto aquelas que contam com uma explicação racional são cognoscíveis.

Sócrates: É excelente que tenhas mencionado isso. Mas diz como ele distinguia entre o cognoscível e o incognoscível para que possamos apurar se as explicações ouvidas por ti e por mim coincidem.

Teeteto: Não sei se conseguiria, através do pensamento, desvelá-lo. Mas se alguém o explicitasse, acho que eu seria capaz de acompanhar.

Sócrates: Assim sendo, ouve enquanto o relato a ti, um sonho por um sonho. Da minha parte costumava imaginar que ouvia certas pessoas sustentar que os elementos primordiais dos quais nós e tudo o mais somos compostos não admitem qualquer explicação racional. Cada um desses elementos é passível apenas de ser nomeado, não sendo possível nada mais dizer dele, ou *que ele é* ou *que não*, uma vez que isso seria estar de imediato adicionando-lhe existência ou não existência, enquanto não devemos agregar-lhe nada se pretendemos discursar sobre essa coisa ela mesma isoladamente. Na verdade, nem sequer *ela mesma, essa,* ou *cada um,* ou *isoladamente,* ou *isso,* ou qualquer outra coisa desse tipo, que implica a multiplicidade, deve ser adicionada, porque são termos prevalentes adicionados a todas as coisas indiscriminadamente e que se distinguem das coisas às quais são adicionados. Entretanto, na hipótese de ser possível expor um elemento e ele admitisse uma explicação racional peculiar, teria que ser explicado separadamente de

---

101. ...οὐκ ἐπιστητά... (*oyk epistetà*).

tudo o mais. Todavia, realmente nenhum dos elementos primordiais pode ser expresso pelo discurso racional; só podem ser nomeados, pois tudo que possuem é um nome. Entretanto, as coisas compostas por esses elementos são elas mesmas complexas, o que transmite complexidade aos seus nomes, que, por sua vez, formam uma explicação racional. Com efeito, a associação dos nomes é a essência do discurso racional. Assim, os elementos não são objetos do discurso racional ou do conhecimento, mas somente da percepção, ao passo que suas associações são objetos do conhecimento, da expressão e da opinião verdadeira. Consequentemente, quando um indivíduo atinge a opinião verdadeira acerca de uma coisa dissociadamente do discurso racional, sua alma passa a deter a verdade no tocante a essa coisa, mas não detém nenhum conhecimento. Aquele que é incapaz de fornecer e receber uma explicação racional de algo, carece de conhecimento dela. Mas após ter obtido também a explicação racional, pode se tornar tudo que indiquei, tendo então a possibilidade de ser perfeito no conhecimento. Era essa a versão do sonho de que tiveste notícia, ou trata-se de outra?

Teeteto: Era exatamente essa.

Sócrates: Isso, então, te satisfaz, e manténs tua sugestão de que o conhecimento é opinião verdadeira associada ao discurso racional?

Teeteto: Com certeza.

Sócrates: Seria possível, Teeteto, que agora e dessa maneira casual tenhamos descoberto hoje aquilo que foi durante muito tempo o objeto da investigação de muitos sábios e que tornou seus cabelos grisalhos?

Teeteto: Bem, de qualquer forma a mim parece, Sócrates, que o que foi aqui enunciado é satisfatório para a matéria em pauta.

Sócrates: Parece realmente provável que seja assim do ponto de vista da matéria em pauta, pois qual conhecimento poderia haver independentemente do discurso racional e da opinião correta? Todavia, há um ponto no que foi dito que me parece insatisfatório.

Teeteto: E qual é esse ponto?

Sócrates: Precisamente o ponto que se afigura como o mais sutil de todos, ou seja, a asserção de que os elementos são incognoscíveis,[102] enquanto a classe de associações é cognoscível.[103]
Teeteto: E isso não está certo?
Sócrates: É preciso que nos certifiquemos disso, já que temos na qualidade de reféns os exemplos que aquele que declarou tudo isso utilizava em sua teoria.
Teeteto: Quais exemplos?
Sócrates: Os elementos da escrita, isto é, as letras do alfabeto e suas associações, as sílabas. Ou pensas que o autor dessa teoria que estamos discutindo tinha algo distinto em vista?
Teeteto: Não. Penso que tinha exatamente isso em vista.
Sócrates: Pois bem, tomemo-las e examinemo-las, ou melhor, examinemos a nós mesmos e nos perguntemos se de fato aprendemos nossas letras em conformidade com essa teoria ou não. Para começar, há uma explicação racional para as sílabas, mas não para as letras, não é mesmo?
Teeteto: É o que suponho.
Sócrates: É também o que suponho, com certeza. Bem, se alguém perguntasse a respeito da primeira sílaba de Sócrates:[104] "Teeteto, diz-me, o que é *Só*",[105] o que responderias?
Teeteto: Que é "esse" e "o".[106]
Sócrates: É essa, portanto, sua explicação da sílaba?
Teeteto: Sim.
Sócrates: Vamos lá então e da mesma maneira fornece a mim a explicação do "S" (esse).

---

102. ...ἄγνωστα... (*ágnosta*).
103. ...γνωστόν... (*gnostón*).
104. ...Σωκράτους... (*Sokrátoys*).
105. ...σω... (*so*).
106. ...σῖγμα καὶ ὦ... (*sîgma kaì ô*).

Teeteto: Mas como pode alguém fornecer os elementos de um elemento?[107] Realmente, Sócrates, o *"s"*[108] é uma letra surda, um mero ruído, como se do chiado da língua. O *"b"*[109] não é nem sonoro nem é um ruído, tal como ocorre com a maioria das outras letras. Consequentemente, é perfeitamente correto afirmar que elas não têm explicação, constatando-se que as mais claras entre elas, ou seja, as *sete* vogais,[110] são apenas sonoras, mas carecem de qualquer explicação.

Sócrates: Então, nesse ponto, meu amigo, parece que atingimos uma correta conclusão sobre o conhecimento.

Teeteto: Parece que atingimos.

c **Sócrates:** Mas teremos nós acertado ao estabelecer o princípio de que enquanto a letra é incognoscível, a sílaba é cognoscível?

Teeteto: É provável.

Sócrates: Bem, diremos que a sílaba é as duas letras ou, caso haja mais de duas, todas elas? Ou trata-se de uma *forma*[111] singular nascida da associação delas?

Teeteto: Penso que nos referimos a todas as letras que contém.

Sócrates: Considera o caso de duas, o *"s"* e o *"o"*. Juntas constituem a primeira sílaba do meu nome. Aquele que conhece essa sílaba, conhece as duas letras, não é?

d **Teeteto:** É claro que sim.

Sócrates: Ele conhece, quer dizer, o *"s"* e o *"o"*.

Teeteto: Sim.

Sócrates: Mas como? Ele ignora cada uma delas e não conhecendo nenhuma delas conhece ambas?

Teeteto: Isso é insólito e irracional, Sócrates.

---

107. ...στοιχείου/στοιχεῖα... (*stoikheíoy/stoikheîa*) significam também letras e letra. Assim a seguinte tradução é intercambiável e de idêntico conteúdo: *Como pode alguém fornecer as letras de uma letra?*

108. Isto é, o σ (Σ), sigma.

109. Isto é, o β (Β), beta.

110. α (alfa), ε (épsilon), η (eta), ι (iota), ο (ômicron), υ (ýpsilon) e ω (ômega).

111. ...ἰδέαν... (*idéan*), aqui também traduzível por ideia, conceito.

Sócrates: E, no entanto, se há necessidade de um conhecimento de cada letra antes que se possa conhecer ambas, aquele que pretende afinal conhecer uma sílaba tem necessariamente que conhecer as letras primeiramente, com o que a nossa bela teoria terá se evadido e desaparecido.

e **Teeteto:** E também de maneira muito súbita.

Sócrates: Sim. Parece que não estamos mantendo uma cuidadosa vigilância sobre ela. Talvez devêssemos ter dito que a sílaba não é as letras, mas um conceito singular produzido por elas, o qual possui uma forma singular que lhe é característica, sendo diferente das letras.

Teeteto: Certamente. E quem sabe isso se revelará melhor do que a outra maneira.

Sócrates: Pois ponhamo-nos a examinar isso. Não nos cabe trair uma grande e expressiva teoria como essa de um modo covarde.

Teeteto: Decerto que não nos cabe.

204a **Sócrates:** Entendamos, portanto, como dissemos há pouco, que a sílaba ou associação é uma forma singular que emerge dos vários elementos combinados, e que isso vale tanto para as palavras quanto para todas as outras coisas.

Teeteto: Certamente.

Sócrates: Então não pode haver partes dela.

Teeteto: O que queres dizer com isso?

Sócrates: Bem, quando alguma coisa tem partes, o todo deve necessariamente ser a totalidade das partes. Ou entendes que o todo surgido das partes é uma forma singular distinta de todas as partes?

Teeteto: Sim.

Sócrates: Dirias então que a soma e o todo são idênticos, ou que

b cada um difere do outro?

Teeteto: Não estou certo, mas como estás sempre me dizendo para responder com boa vontade, exponho-me ao risco e digo que são diferentes.

Sócrates: Tua boa vontade, Teeteto, é apropriada. Resta verificar se tua resposta também é.

Teeteto: Sim. Certamente é preciso que o verifiquemos.
Sócrates: O todo, portanto, conforme nosso presente ponto de vista, diferiria da soma?[112]
Teeteto: Sim.
Sócrates: Ora, há alguma diferença entre *tudo* (todas as coisas) e a soma? Por exemplo, quando dizemos um, dois, três, quatro, cinco, seis *ou* duas vezes três, *ou* três vezes dois, *ou* quatro e dois, e três e dois e um, referimo-nos em todas essas formas ao mesmo número ou a números diferentes?
Teeteto: Ao mesmo número.
Sócrates: Isto é, ao seis?
Teeteto: Sim.
Sócrates: Então, em cada uma dessas expressões falamos da soma do seis?
Teeteto: Sim.
Sócrates: E, por outro lado, não falamos de uma coisa ao falarmos de todas elas?
Teeteto: Necessariamente.
Sócrates: Isto é, do seis?
Teeteto: Precisamente.
Sócrates: Então, em todas as coisas constituídas pelo número, *aplicamos o mesmo termo a todas no plural e a todas no singular*?[113]
Teeteto: É o que ocorre aparentemente.
Sócrates: Eis aqui uma outra maneira de abordar esse assunto. O número do pletro[114] e o pletro são a mesma coisa, não é mesmo?
Teeteto: Sim.

---

112. Nessa concepção, a soma (πᾶν [*pân*]) é o todo necessariamente constituído pelas partes, enquanto o todo (ὅλον [*hólon*]) é uma forma autônoma, um conceito singular.

113. Ou, em uma tradução alternativa: ...*queremos dizer por* soma *e* todas elas *o mesmo...* .

114. ...πλέθρου... (*pléthroy*), medida de extensão de 100 pés gregos, correspondente à sexta parte do estádio.

Sócrates: O mesmo vale para o estádio.[115]
Teeteto: Sim.
Sócrates: E o número do exército é o mesmo que o exército, e assim sempre com coisas desse naipe? O seu número total é a soma que cada um deles é.
Teeteto: Sim.
Sócrates: E é o número de cada um algo distinto das partes de
e cada um?
Teeteto: Não.
Sócrates: Em consonância com isso, tudo que tem partes consiste de partes, não é mesmo?
Teeteto: É o que se evidencia.
Sócrates: Mas concordamos que todas as partes são a soma, na medida em que o número total tem que ser a soma.
Teeteto: Sim.
Sócrates: Assim, o todo não consiste de partes, já que se consistisse de todas as partes seria uma soma.
Teeteto: Parece que não consiste.
Sócrates: Mas, afinal, pode uma parte enquanto tal ser uma parte de algo distinto do todo?
Teeteto: Sim, da soma.
205a **Sócrates:** Não há dúvida, Teeteto, de que estás lutando bravamente. Mas não é a soma precisamente aquilo de que nada falta?
Teeteto: Necessariamente.
Sócrates: E não será essa mesma coisa da qual nada falta um todo? De fato, aquilo de que falta alguma coisa não é nem um todo nem uma soma, os quais, com isso, se tornam simultaneamente idênticos e pela mesma razão.
Teeteto: Bem, parece-me agora que não há diferença entre a soma e o todo.
Sócrates: Dizíamos, não é mesmo, que, no caso de alguma coisa que tem partes, tanto o todo como a soma serão todas as partes?

---

115. ...σταδίου... (*stadíoy*), medida de extensão correspondente a 600 pés gregos.

Teeteto: Sim, certamente.

Sócrates: Voltando ao que eu estava tentando dizer há pouco, se a sílaba não é as letras, não seria de se concluir que não pode conter as letras como partes de si mesma? Ou que, alternativamente, se é o mesmo que as letras, tem que ser igualmente cognoscível com elas?

Teeteto: Tem.

Sócrates: E foi com o objetivo de evitar esse resultado que supomos que ela diferia das letras?

Teeteto: Sim.

Sócrates: Bem, se as letras não são partes da sílaba, poderias indicar quaisquer outras coisas que sejam partes dela, mas que não são suas letras?

Teeteto: Decerto que não. Se eu tivesse que admitir que há partes da sílaba, seria risível renunciar às letras para procurar por outros componentes.

Sócrates: Inquestionavelmente, então, Teeteto, de acordo com nosso presente argumento, podemos estabelecer que a sílaba é uma *forma*[116] indivisível.

Teeteto: Concordo.

Sócrates: Lembras, meu amigo, que há algum tempo admitimos, sobre o que julgávamos ser uma boa base, que não pode haver explicação racional dos elementos primordiais dos quais são compostas as demais coisas, visto que cada um deles, quando considerado em si, não é composto, estando nós impossibilitados de aplicar corretamente a um tal elemento até mesmo o termo *ser* ou *isso*, porque esses termos são diferentes e estranhos, razão pela qual um elemento primordial é irracional e incognoscível. Tu te lembras disso?

Teeteto: Lembro-me.

Sócrates: E não é essa a exclusiva razão para que seja singular do prisma da forma e indivisível? Da minha parte, não consigo perceber outra.

Teeteto: Parece-me que não há outra para ser percebida.

---

116. ...ἰδέα... (*idéa*), ideia, conceito.

Sócrates: A conclusão é que a sílaba enquadra-se na mesma classe da letra na suposição de que não apresenta partes e é uma forma singular.
Teeteto: Incontestavelmente.
Sócrates: Se, portanto, a sílaba é uma pluralidade de letras, é um todo do qual as letras são partes, tanto sílabas quanto letras são igualmente cognoscíveis e exprimíveis na hipótese de todas as partes se revelarem como sendo o mesmo que o todo.
e **Teeteto:** Certamente.
Sócrates: Mas se for singular e indivisível, então a sílaba e, do mesmo modo, a letra serão igualmente irracionais e incognoscíveis por força da mesma causa.
Teeteto: Não tenho como contestar isso.
Sócrates: Então é forçoso que não aceitemos a afirmação de todo aquele que diz que a sílaba é cognoscível e exprimível, ao passo que a letra não.
Teeteto: Não. Ao menos se continuarmos convencidos de nosso argumento.
206a **Sócrates:** Mas não preferirias aceitar a afirmação contrária, julgando com base em tua própria experiência quando estiveste aprendendo a ler e escrever?
Teeteto: Que experiência?
Sócrates: Durante o aprendizado, te limitavas a constantemente tentar distinguir entre as letras tanto através da visão quanto da audição, conservando cada uma delas distinta das demais, de modo a não enfrentar a possibilidade de ficar perturbado com sua sequência quando eram faladas ou escritas.
Teeteto: Teu discurso encerra muita verdade.
Sócrates: E na escola de música não constituía destreza máxima
b a capacidade de acompanhar cada nota e dizer qual corda a produzia? E todos concordariam que as notas são os elementos da música?
Teeteto: Sim, tudo isso é verdadeiro.
Sócrates: Então, se tivermos que argumentar com base nos elementos e associações nos quais nós próprios temos experiência

relativamente a outras coisas em geral, declararemos que os elementos, enquanto uma classe, são muito mais claramente conhecidos do que os compostos e que oferecem um conhecimento muito mais importante para a completa consecução e domínio de cada ramo do estudo. E se alguém afirmar que o composto, por sua natureza, é cognoscível, ao passo que o elemento é incognoscível, consideraremos que tal pessoa está, intencional ou não intencionalmente, gracejando.

Teeteto: Com toda certeza.

c **Sócrates:** Ademais, suponho que tal coisa poderia ser demonstrada também de outras formas. Mas não vamos, por conta disso, perder de vista a questão que se apresenta diante de nós, que é a seguinte: o que significa a doutrina de que o mais consumado conhecimento nasce da adição da explicação racional à opinião verdadeira?

Teeteto: Não, não devemos perdê-la de vista.

Sócrates: O que pretendemos entender por *explicação racional*?[117] Creio que significa uma de três coisas.

Teeteto: E quais são elas?

d **Sócrates:** A primeira seria dar clareza ao próprio pensamento através da linguagem por meio de verbos e nomes, imprimindo a imagem da opinião na corrente que flui através dos lábios, como os reflexos de um espelho ou da água. Não pensarias ser esse tipo de coisa uma explicação racional?

Teeteto: Sim. Ao menos costumamos dizer que aquele que realiza isso está dando uma explicação.

Sócrates: Ora, trata-se de algo que qualquer pessoa pode fazer com maior ou menor presteza; pode indicar o que pensa sobre qualquer coisa, a menos que seja – para começar – surdo ou mudo. Consequentemente, se constatará que todo aquele que

e tiver qualquer opinião correta a tem mediante a adição da explicação racional, não havendo mais possibilidade de opinião correta independentemente do conhecimento.

---

117. ...λόγον... (*lógon*).

Teeteto: É verdade.

Sócrates: Diante disso, não acusemos, de uma maneira descuidada, aquele que forneceu a definição de conhecimento que agora examinamos de proferir um disparate, pois talvez não tenha sido isso que haja querido dizer. É possível que tenha querido dizer que cada indivíduo, se questionado sobre qualquer coisa, precisa ser capaz de dar, a título de resposta a quem o interrogou uma explicação a respeito dessa coisa por referência aos seus elementos.

Teeteto: Como por exemplo, Sócrates...

Sócrates: Como por exemplo Hesíodo referindo-se a uma carroça diz: "Cem pedaços de madeira numa carroça".[118] Ora, eu seria incapaz de nomear esses pedaços, como imagino que também o serias. Mas se nos perguntassem o que é uma carroça, nos daríamos por satisfeitos se pudéssemos dizer "rodas, eixo, carroçaria, aros, cambão".

Teeteto: Certamente.

Sócrates: Mas talvez ele pensasse que somos ridículos, como ele o seria se, ao sermos indagados sobre teu nome, respondêssemos indicando as sílabas, caso em que ele nos julgaria ridículos porque, embora pudéssemos estar corretos em nossa opinião e sobre como expressá-la, estaríamos nos imaginando como gramáticos e, como tais, pensando que conhecíamos e estávamos exprimindo uma explicação racional de gramáticos do nome Teeteto. Ele declararia ser impossível a qualquer pessoa fornecer uma explicação racional de qualquer coisa com conhecimento enquanto não apresentasse uma completa enumeração dos elementos associados à opinião verdadeira. Acredito ter sido isso o que foi dito anteriormente.

Teeteto: Sim, foi.

Sócrates: Do mesmo modo, ele também diria que temos uma opinião correta acerca da carroça, mas que aquele que foi capaz de apresentar uma explicação a respeito da substância da carroça, por referência àquelas cem partes, agregou, mediante essa adição, explicação racional à opinião verdadeira e obteve

---

118. *Os trabalhos e os dias*, 456.

conhecimento técnico da substância de uma carroça – em vez de simplesmente opinião – descrevendo o todo por meio de seus elementos.

Teeteto: E concordas com isso, Sócrates?

Sócrates: Se tu, meu amigo, dás teu assentimento a isso e aceitas a opinião de que a descrição ordenada por referência aos elementos de qualquer coisa constituiu explicação racional dela, mas que a descrição com base nas sílabas ou unidades ainda maiores é irracional, confirma-me isso para que possamos examinar a questão.

Teeteto: Certamente eu o aceito.

Sócrates: Aceitas na crença de que qualquer indivíduo tem conhecimento de qualquer coisa *quando* pensa que o mesmo elemento é uma parte às vezes de uma coisa e às vezes de outra, ou *quando* detém a opinião de que neste momento uma coisa e, naquele outro, alguma coisa diferente pertence a um único e mesmo objeto?

Teeteto: Em absoluto, por Zeus.

Sócrates: Esqueces, então, que quando começaste aprender a ler e escrever, tu e os outros costumavam fazer precisamente isso?

Teeteto: Queres dizer quando pensávamos que às vezes uma letra e, às vezes, outra pertenciam à mesma sílaba, e quando colocávamos a mesma letra às vezes na sílaba apropriada e às vezes numa outra?

Sócrates: É o que quero dizer.

Teeteto: Por Zeus, não o esqueci. E não acho que se possa julgar que pessoas que se encontram nessa condição têm conhecimento.

Sócrates: Ora, supõe agora que alguém que se encontra nesse estágio está escrevendo o nome "Teeteto". Pensa que deve escrever e realmente escreve *Te* e *e*, e em seguida ao tentar escrever "Teodoro" pensa dever escrever e realmente escreve *T* e *e*. Diríamos que ele conhece a primeira sílaba de vossos nomes?

Teeteto: Não. Admitimos que uma pessoa em tal condição ainda não granjeou conhecimento.

Sócrates: Por conseguinte, nada há que impeça que a mesma pessoa esteja nessa condição relativamente à segunda, terceira e quarta sílabas?
Teeteto: Não, nada.
Sócrates: Então, nesse caso tem no pensamento a descrição ordenada através das letras, e escreverá Teeteto com opinião correta ao escrever as letras ordenadamente?
Teeteto: Evidentemente.
b **Sócrates:** Mas embora tenha opinião correta, permanece, como afirmamos, sem conhecimento?
Teeteto: Sim.
Sócrates: Entretanto, sua opinião está acompanhada de explicação racional, visto que escreveu metodicamente através das letras em seu pensamento, e assentimos que isso era explicação racional.
Teeteto: É verdade.
Sócrates: Então, meu amigo, temos uma combinação de opinião correta[119] e explicação racional que não estamos ainda autorizados a chamar de conhecimento.
Teeteto: Não resta dúvida sobre isso.
Sócrates: Consequentemente, parece que a definição perfeitamente verdadeira do conhecimento que imaginávamos ter não passou de um sonho de riqueza de homem pobre. Ou será demasiado cedo para sermos tão implacáveis nessa condenação?
c Talvez a definição a ser adotada não seja essa, mas a restante das três possibilidades das quais dissemos que uma tem que ser afirmada por qualquer pessoa que sustenta que o conhecimento é opinião correta associada à explicação racional.
Teeteto: Fico feliz por teres lembrado, pois resta realmente ainda uma possibilidade. A primeira era uma espécie de imagem vocal do pensamento, a segunda era a abordagem ordenada do todo através dos elementos que estivemos discutindo. Mas qual é a terceira?

---

119. ...ὀρθὴ δόξα... (*orthè dóxa*). Como o leitor notou, Platão usa de modo alternativo e intercambiável *opinião correta* e *opinião verdadeira* (δόξαν ἀληθῆ [*dóxan alethê*]).

Sócrates: É precisamente a definição que seria apresentada pela maioria das pessoas, isto é, a de que o conhecimento é a capacidade de revelar alguma característica que estabelece a diferença existente entre o objeto em pauta e todos os demais.
Teeteto: A título de exemplo, qual explicação podes apresentar-me e de que coisa?
d **Sócrates:** Ora, como exemplo, se quiseres, podes tomar o sol. Penso que bastaria para ti ser informado que ele é o mais brilhante dos corpos celestes que giram em torno da Terra.[120]
Teeteto: Certamente.
Sócrates: Mas entende a razão de eu afirmá-lo. É porque – como dizíamos – se apreenderes a característica distintiva graças à qual uma dada coisa difere das demais, apreenderás – como alguns sustentam – sua definição ou explicação. O fato é que enquanto te prenderes a alguma qualidade comum, tua explicação será pertinente a todos esses objetos aos quais diz respeito a qualidade comum.
e **Teeteto:** Eu entendo e julgo inteiramente certo classificar isso como explicação racional ou definição.
Sócrates: Conclusivamente, aquele que possui a opinião correta sobre qualquer coisa e acrescenta a isso uma compreensão da diferença que a distingue das outras coisas terá adquirido conhecimento dessa coisa, da qual detinha anteriormente somente opinião.
Teeteto: É o que sustentamos.
Sócrates: Teeteto, agora que me acerquei de nossas afirmações, escapa-me totalmente o entendimento delas. É como se aproximar de uma pintura de cenário. Durante o tempo em que fiquei a distância, pensava haver algo nelas.
Teeteto: O que queres dizer?
209a **Sócrates:** Dir-te-ei, se puder. Supõe que eu disponha de uma opinião correta sobre ti. Se juntar a explicação ou definição de ti, então terei conhecimento de ti, pois se assim não fosse teria apenas opinião.

---

120. Platão, Aristóteles e os antigos gregos em geral admitiam a teoria geocêntrica e não a heliocêntrica.

Teeteto: Sim.
Sócrates: Mas a explicação era, conforme firmamos um consenso, a interpretação ou exposição de tua diferença.
Teeteto: Era.
Sócrates: Então enquanto eu tinha apenas opinião, em meu pensamento não apreendi nenhum dos pontos em que diferes das outras pessoas.
Teeteto: Aparentemente não.
Sócrates: Portanto, estive pensando em algum dos traços comuns que não pertencem mais a ti do que a quaisquer outras pessoas.

b **Teeteto:** Necessariamente.
Sócrates: Por Zeus! Como afinal, se era assim, acontecia de seres o objeto de minha opinião e ninguém mais? Supõe que eu pensasse: "Aquele é Teeteto, que é um ser humano e possui nariz, olhos e boca" e assim por diante, mencionando todas as partes. É capaz esse pensamento de fazer-me pensar em Teeteto mais do que em Teodoro ou no "mais insignificante dos misianos",[121] como diz o provérbio?
Teeteto: Claro que não.
Sócrates: Contudo, se eu pensar não meramente num ser humano com nariz e olhos, mas em alguém com nariz chato e olhos proeminentes, terei com isso uma opinião sobre ti mais do que sobre mim mesmo e sobre todos os outros semelhantes a mim?

c

Teeteto: De modo algum.
Sócrates: Não. Imagino que Teeteto não será o objeto de opinião em mim enquanto essa tua chatice do nariz não houver impresso e depositado em minha mente um registro mnemônico distinto daqueles dos outros exemplos de nariz chato que vi e enquanto os demais traços que constituem tua personalidade não atuarem de modo semelhante. Então esse registro mnemônico, no caso de reencontrar-te amanhã, despertará minha memória e fará com que eu tenha uma opinião correta sobre ti.

---

121. O comportamento particularmente indigno e efeminado dos misianos fazia deles um objeto de desprezo e repúdio.

Teeteto: Isso é totalmente verdadeiro.
d **Sócrates:** Assim, a opinião correta também teria a ver com diferenças presentes em qualquer dado exemplo?
Teeteto: Ao menos é o que parece.
Sócrates: Então, como fica a adição da explicação racional à opinião correta? De fato, se for definida como a adição de uma opinião do modo em que uma dada coisa difere das outras, será uma instrução completamente absurda.
Teeteto – Como?
Sócrates: Quando dispomos de uma opinião correta do modo no qual certas coisas são diferentes de outras, somos comunicados para adquirir uma opinião correta do modo em que essas mesmas coisas são diferentes de outras. Nesse nível, o enrolamento de um bastão,[122] de um pilão ou de qualquer
e coisa similar seria nada se comparado com tal instrução. Seria mais apropriadamente classificado como a ação de um cego guiando outro cego; de fato, instruir-nos a adquirir aquilo que já temos com o objetivo de aprender aquilo de que já temos opinião guarda uma forte semelhança com o comportamento de um homem cuja visão está profundamente mergulhada na escuridão.
Teeteto: Mas diz-me agora, o que pretendias sugerir quando há pouco iniciaste essa investigação?
Sócrates: Se, meu rapaz, a instrução para juntar explicação racional significa aprender a conhecer e não se limitar a obter uma opinião a respeito da diferença, nossa muito admirável definição do conhecimento revelar-se-ia um negócio pleno de excelência, pois aprender a conhecer corresponde a adquirir
210a conhecimento, não é mesmo?
Teeteto: Sim.
Sócrates: Assim, parece que, se indagado "o que é o conhecimento", nosso guia responderia que é opinião correta acompanhada

---

122. ...σκυτάλης... (*skytáles*), bastão de uma dada espessura no qual, particularmente na Lacedemônia (Esparta), eram enroladas tiras ou correias de couro onde eram escritos despachos do Estado; se fossem eventualmente desenroladas do bastão, as mensagens dos despachos mostravam-se ilegíveis, só tornando-se novamente legíveis se as tiras ou correias fossem enroladas num outro bastão de dimensões e forma idênticas.

de um conhecimento da diferença, pois isso seria de acordo com ele a adição da explicação racional.

Teeteto: É o que parece.

Sócrates: E é inteiramente tolo, ao procurarmos uma definição para conhecimento, declarar que é opinião correta com conhecimento, seja da diferença ou de qualquer outra coisa. A conclusão é que nem a percepção, Teeteto, nem a opinião verdadeira, nem a explicação racional associada à opinião verdadeira poderiam ser conhecimento.

Teeteto: Aparentemente não.

Sócrates: Assim, meu amigo, continuamos nós grávidos e em trabalho de parto com pensamentos em torno do conhecimento, ou demos à luz todos?

Teeteto: Sim, demos e, por Zeus, Sócrates, com teu auxílio eu já disse mais do que havia dentro de mim.

Sócrates: Com isso, nossa maiêutica[123] nos declara que todos os rebentos que nasceram não passam de ovos sem gema e indignos de serem criados?

Teeteto: Decididamente.

Sócrates: Se, depois dessa experiência, no futuro te dispuseres a tentar conceber outros pensamentos, Teeteto, e realmente os conceba, estarás grávido de melhores pensamentos do que esses por causa da presente investigação; e se permaneceres estéril, te mostrarás menos duro e mais afável com teus companheiros, pois estarás munido da sabedoria de não pensar que sabes aquilo que não sabes. Isso e nada mais do que isso minha arte é capaz de executar. Tampouco conheço quaisquer das coisas que outros homens conhecem, os grandes e inspirados homens[124] do presente e do passado. Entretanto, essa arte tanto minha mãe quanto eu a recebemos do deus[125] – ela a favor das mulheres, eu a favor de homens jovens e de bom nascimento, e a favor de todos que exibem beleza física e moral.

---

123. A arte da parteira.
124. ...ἄνδρες... (*ándres*).
125. ...θεοῦ... (*theoŷ*).

d   Agora preciso dirigir-me ao pórtico do rei[126] para responder à acusação formal que Meleto[127] fez contra mim, mas de manhã, Teodoro, reencontremo-nos aqui.

---

126. ...βασιλέως στοὰν... (*basiléos stoàn*).
127. Meleto foi uma das pessoas que moveram contra Sócrates em Atenas o processo por corrupção da juventude e impiedade que levou Sócrates à condenação e à morte em 399 a.C. Ver a *Apologia de Sócrates* de Platão, a *Defesa de Sócrates* e os *Ditos e Feitos Memoráveis de Sócrates* de Xenofonte, esta última obra presente em *Clássicos Edipro*.

SOFISTA
(OU DO SER)

PERSONAGENS DO DIÁLOGO:
Teodoro, Sócrates, um estrangeiro de Eleia, Teeteto

216a **Teodoro:** Conforme o combinado ontem, Sócrates, aqui estamos, como estávamos determinados a fazer. E trazemos também este homem que está nos visitando. Ele é um estrangeiro de Eleia, um dos seguidores de Parmênides e Zenão e um verdadeiro filósofo.

Sócrates: Não estarás, Teodoro, sem o perceberes, trazendo, como diz Homero,[1] algum deus e não um simples estrangeiro? Ele
b afirma que *os deuses, sobretudo o deus dos estrangeiros,*[2] *acompanham seres humanos que são respeitosos e justos, e que observam as ações humanas tanto insolentes quanto cumpridoras da lei*.[3] Portanto, talvez teu visitante seja um poder superior que te acompanha, uma espécie de deus da refutação que vem nos observar e nos refutar dada a nossa incompetência no discurso.

Teodoro: Não, Sócrates. Não é esse o perfil de nosso estrangeiro. Ele é mais razoável do que os aficionados da disputa. E embora ache que não seja de modo algum um deus, acho
c certamente que este homem é divino, pois aplico esse adjetivo a todos os filósofos.

---

1. Homero (século VIII a.C.), poeta épico autor da *Ilíada* e da *Odisseia*.
2. *...que é, no mínimo, tão deus quanto qualquer outro...*: acrescido por Burnet.
3. Citação não textual da *Odisseia*, Cantos IX, 270-1 e XVII, 485-7.

Sócrates: E o fazes com acerto, meu amigo. Entretanto, imagino que não seja muito mais fácil, se me permitem dizê-lo, identificar essa classe do que a dos deuses. A razão disso é que esses homens[4] – refiro-me aos autênticos filósofos e não aos que fingem ser tal coisa – assumem *todas as espécies de aparência* devido à ignorância do resto das pessoas *e visitam as cidades,*[5] contemplando do alto as vidas dos que estão embaixo, e parecem a alguns destituídos de qualquer valor, enquanto para outros possuem todo o valor. Às vezes sua aparência é a de políticos, às vezes a de sofistas; às vezes passam a impressão às pessoas de que são inteiramente loucos. Mas se for do agrado do nosso estrangeiro aqui presente, gostaria de perguntar-lhe o que as pessoas de seu país pensavam dessas coisas e que nomes costumavam atribuir-lhes?

Teodoro: Mas a que *coisas* te referes?

Sócrates: Ao sofista, ao político e ao filósofo.

Teodoro: O que, ou melhor, qual a dificuldade em particular que te leva a fazer essa pergunta? Qual o problema em particular no que toca a eles que tens em mente e queres suscitar?

Sócrates: O seguinte: consideram todos os três algo idêntico, duas coisas distintas ou, posto que existem três nomes, dividem-nos em três classes correspondentes aos três nomes, atribuindo um nome a cada uma?

Teodoro: Creio que ele não fará nenhuma objeção quanto a manifestar-se a respeito disso. O que dizes, estrangeiro?

Estrangeiro: É tal como dizes, Teodoro. Não faço nenhuma objeção e não há dificuldade em declarar que eles os consideram pertencentes a três classes. Contudo, definir com clareza o que cada um deles é não constitui tarefa nem pequena nem fácil.

Teodoro: Por sorte, Sócrates, o fato é que tocaste numa matéria muito semelhante ao que aconteceu de estarmos lhe indagando antes de virmos para cá. E ele nos apresentou então a mesma ressalva que apresenta a ti agora, embora reconheça ter ouvido muito em torno do assunto e se lembrar do que ouviu.

---

4. ...ἄνδρες... (*ándres*), seres humanos do sexo masculino.
5. Com referência aos dois *itálicos*, ver Homero, *Odisseia*, Canto XVII, 483-7.

c **Sócrates:** Se é assim, estrangeiro, não nos negues o primeiro pedido que fazemos. E nos esclarece quanto ao seguinte: quando desejas explicar algo a alguém, geralmente preferes explicar num longo discurso teu, sem seres interrompido, ou preferes o método das questões? Estava presente numa ocasião em que Parmênides empregou este último método, desenvolvendo uma excelente discussão.[6] Naquela oportunidade, eu era um jovem, enquanto ele era um homem idoso.

Estrangeiro: O método do diálogo, Sócrates, revela-se mais fácil
d quando o interlocutor é uma pessoa fácil de se lidar e não um criador de transtornos. Se não for esse o caso, prefiro o discurso ininterrupto de uma só pessoa.

Sócrates: Ora, podes escolher o indivíduo que preferires entre os presentes. Todos responderão afavelmente a ti. Mas se queres meu conselho, deves escolher um dos jovens, ou seja, Teeteto aqui, ou qualquer dos outros conforme tua preferência.

Estrangeiro: Sócrates, essa é a primeira vez que me encontro contigo e estou um tanto embaraçado por, ao invés de desenvolver a discussão simplesmente dando breves respostas, pronunciar um extenso e contínuo discurso por minha própria conta, ou em resposta a uma outra pessoa, como se estivesse
e proferindo uma exibição. O fato é que não é de se esperar que o tema que mencionaste seja de tão modesta envergadura quanto tua pergunta sugere. Na verdade, requer uma extensíssima discussão. Por outro lado, parece inamistoso e descortês deixar de atender a um pedido feito por ti, negando um favor prestado a ti e a estas pessoas, particularmente depois de te ouvir falar
218a como fizeste. Quanto a Teeteto, aceito-o, de bom grado, como interlocutor, seja porque já conversei anteriormente com ele seja em vista de tua recomendação.

Teeteto: *Mas, estrangeiro, adotando tal procedimento e seguindo a sugestão de Sócrates, agradarás aos outros também?*[7]

---

6. A alusão é ao diálogo *Parmênides*, de Platão.
7. Esta fala de Teeteto soa inoportuna. O texto de John Burnet é diferente e se coaduna melhor com o contexto: ...*Pois realiza isso, estrangeiro, com o que estarás fazendo a todos nós um favor, tal como declarou Sócrates...* .

Estrangeiro: Eu diria que nada há a mais a ser dito a respeito disso, Teeteto. De agora em diante, suponho, meu discurso será dirigido a ti. E se te cansares e te sentires entediado em função da prolixidade do meu discurso, não culpes a mim, mas sim a estes teus amigos.

b **Teeteto:** Oh, não. Não acredito que me cansarei tão facilmente dele, porém se isso vier a acontecer convocaremos *este* Sócrates, o xará do outro Sócrates. Ele é da mesma idade que eu e meu companheiro no ginásio, além de estar acostumado a partilhar de muitas tarefas comigo.

Estrangeiro: Ótimo. Isso ficará a teu critério à medida que a discussão se desenvolver. Mas por ora cabe a nós dois em comum começarmos a investigação, segundo creio, pelo sofista, investigando-o e explicando claramente o que é ele.

c De fato, até agora tudo que tu e eu temos dele em comum é o nome. Entretanto, no que toca à coisa à qual atribuímos esse nome, é possível que cada um de nós tenha em sua mente dela uma concepção. Todavia, devemos sempre, em todos os casos, chegar a um acordo quanto à coisa ela mesma mediante uma explicação e não quanto ao mero nome sem uma explicação. Porém, a classe que agora pretendemos investigar, ou seja, a do sofista, não é a coisa de mais fácil apreensão e definição do mundo, e todos concordam já há muito tempo que, se queremos realizar adequadamente a investigação dos grandes assuntos, temos que principiar, a título de prática, com a investigação de assuntos mais

d fáceis e de pouca ou nenhuma importância, para depois encararmos os assuntos de suma importância. Portanto agora, Teeteto, este é meu conselho para nós mesmos: visto que julgamos a classe dos sofistas problemática e de difícil apreensão, devemos praticar o método de investigação em algo mais fácil primeiramente, a não ser que possas nos sugerir algum método mais simples.

Teeteto: Não, não posso.

Estrangeiro: Então nos concentraremos em algo de menor importância e tentaremos utilizá-lo como um modelo para algo de maior importância?

e **Teeteto:** Sim.

Estrangeiro: Bem, que exemplo poderíamos aventar que seja bem conhecido e de modesta importância, mas não menos pas-

sível de definição do que qualquer das coisas de maior importância? Digamos um *pescador*. Não é ele conhecido de todos e indigno de qualquer grande interesse?
Teeteto: Sim.
219a **Estrangeiro:** Apesar disso, espero que ele nos forneça um método investigatório e seja capaz de uma formulação ajustável ao que desejamos.
Teeteto: Isso seria ótimo.
Estrangeiro: Pois bem, comecemos com ele nos seguintes termos: diremos que ele é um *artista*,[8] ou não é um artista, mas possui alguma outra capacidade?
Teeteto: Com certeza ele não deixa de ser um artista.
Estrangeiro: Entretanto, de todas as artes há, em linhas gerais, dois tipos.
Teeteto: Como? O que queres dizer?
Estrangeiro: Há a agricultura e todos os tipos de cuidado de todos os seres vivos[9] e aquilo que tem a ver com coisas que são
b montadas ou fabricadas, o que chamamos de equipamentos e a imitação.[10] Todas essas poderiam ser corretamente denominadas mediante um só nome.
Teeteto: Como? E qual é esse nome?
Estrangeiro: Quando alguém traz à existência algo que antes não existia, dizemos, com referência àquele que o traz à existência, que o produz, e daquilo que foi trazido à existência, que foi produzido.

---

8. ...τεχνίτην... (*tekhníten*). O conceito de τέχνη (*tékhne*) é muito mais amplo do que nosso conceito de arte. Entre os gregos, os *artistas* incluíam tanto os vários profissionais das artes manuais, singelos *artesãos* como o oleiro, o lavrador, o sapateiro, o carpinteiro, o ferreiro, quanto os profissionais das artes plásticas, como o pintor, o escultor, bem como o construtor de barcos e o arquiteto; da literatura, como o poeta e também de atividades sofisticadas tão diversificadas quanto o médico, o piloto e o general. Na verdade, todo aquele que *produz* algo com competência e habilidade é um *tekhnités*, do sapateiro que *produz* o calçado, o poeta que *produz* o poema ao médico que *produz* a saúde e ao piloto que *produz* a viagem. Aristóteles classificará os *saberes* das artes como ciências *poiéticas* ou produtivas. Platão, no presente contexto, irá contemplar uma acepção de arte ainda mais ampla, que inclui, igualmente, atividades não produtivas.

9. ...τὸ θνητὸν πᾶν σῶμα... (*tò thnetòn pân sôma*): literalmente *todos os corpos mortais*.

10. ...μιμητική... (*mimetiké*): Platão se refere às artes plásticas como a pintura e a escultura.

Teeteto: Está correto.
Estrangeiro: Ora, todas as coisas que mencionamos há pouco têm sua própria potência para isso.
Teeteto: Sim, têm.
Estrangeiro: Portanto, diremos que estão no âmbito da arte produtiva.

c **Teeteto:** Tens meu assentimento.
Estrangeiro: Depois, temos todo o tipo que tange ao aprendizado e estudo, à aquisição do conhecimento, ao ganho de dinheiro, à luta e à caça. Nada disso tem caráter criativo, produtivo, mas se ocupa do controle ou sujeição, por meio do discurso e da ação, de coisas que foram produzidas e já existem, ou de impedir que outros exerçam esse controle ou sujeição sobre essas coisas. Daí, poder-se-ia com muita propriedade chamar coletivamente todas as modalidades desse tipo de arte aquisitiva.
Teeteto: Sim, o que seria bastante apropriado.
Estrangeiro: Então, uma vez que todas as artes estão compreen-
d didas no âmbito da aquisição ou no da produção, Teeteto, onde colocaremos a arte da pescaria?
Teeteto: Evidentemente no da aquisição.
Estrangeiro: E não há duas espécies de arte aquisitiva, a da permuta entre agentes voluntários, a qual ocorre por meio de dádivas, salários e compra e venda, e aquela que compreende todo o restante da arte aquisitiva? E visto que controla ou submete por meio da ação ou da palavra, não poderia ser chamada de arte do controle?
Teeteto: Assim parece, ao menos em consonância com o que disseste.
Estrangeiro: Muito bem. E poderíamos dividir a arte do controle em duas partes?
Teeteto: Como?
Estrangeiro: Chamando toda sua parte ostensiva de luta, enquan-
e to toda sua parte secreta de caça.
Teeteto: Sim.
Estrangeiro: Mas, além disso, não seria razoável deixarmos de dividir a caça em duas partes.

Teeteto: Pois diz como isso pode ser realizado.
Estrangeiro: Dividindo-a na caça de coisas inanimadas[11] e na de animadas.[12]
Teeteto: Certamente, na hipótese de existirem ambas.
220a **Estrangeiro:** Decerto que existem. E será necessário examinarmos a caça de coisas inanimadas, a qual não tem nome, exceto por algumas espécies de mergulho e coisas semelhantes, que têm pouca importância. Mas chamaremos de caça aos animais a caça de coisas animadas.
Teeteto: Muito bem.
Estrangeiro: E poderíamos apropriadamente admitir duas formas de caça aos animais: uma (que é subdividida em muitos gêneros, com diversos nomes), a caça de seres vivos que andam sobre patas – caça a animais terrestres –, e a outra, que é a caça de seres vivos nadadores, que pode ser denominada no conjunto caça aos animais aquáticos.
Teeteto: Certamente.
b **Estrangeiro:** E entre os animais que nadam, observamos que uma classe é alada, enquanto a outra vive sob a água.
Teeteto: Está claro que sim.
Estrangeiro: A caça aos animais alados recebe, no geral, o nome de caça de aves.
Teeteto: É como dizes.
Estrangeiro: Quanto à caça dos animais que vivem sob a água, responde pela designação geral de pesca.[13]
Teeteto: Sim.
Estrangeiro: Bem, e esse tipo de caça seria passível de ser dividido em duas partes principais?
Teeteto: Quais?
Estrangeiro: Uma parte dessa caça é a feita por meio simplesmente de armadilhas fixas envolvendo o cerco do animal, enquanto a outra é a feita mediante o ataque.

---

11. ...ἀψύχου... (*apsýkhoy*).
12. ...ἐμψύχου... (*empsýkhoy*).
13. O conceito θήρα (*théra*) – caça – compreende o conceito ἁλιεία (*halieía*) – pesca.

Teeteto: O que queres dizer exatamente e como distingues uma da outra?

c **Estrangeiro:** A primeira, é chamada propriamente de cerco ou armadilha porque consiste em algo que circunda e cerca alguma coisa, de modo a impedi-la de escapar.

Teeteto: Está evidente.

Estrangeiro: Não seria cabível chamar de cerco as nassas, as redes, os nós corrediços, as armadilhas, e similares?

Teeteto: Com certeza.

Estrangeiro: Então chamaremos essa subdivisão de caça mediante armadilhas ou cerco, ou algo semelhante.

Teeteto: Sim.

Estrangeiro: Quanto à outra, que é realizada por meio do ataque, utilizando anzois e lanças tridentes, deveremos agora chamá-la – a fim de a designar com uma única expressão

d – de caça por ataque. Ou seria possível encontrar um nome melhor, Teeteto?

Teeteto: Não te incomodes com o nome. Esse será o suficiente.

Estrangeiro: O tipo de caça por ataque praticado à noite com o auxílio da luz do fogo é, segundo suponho, chamado pelos próprios caçadores de caça por archote.

Teeteto: Com certeza.

Estrangeiro: Quanto à caça diurna, é chamada, em caráter geral, de caça de farpas, pelo fato de as lanças tridentes, bem como os anzois, terem farpas nas pontas.

e **Teeteto:** Sim, esse é o nome que lhe é dado.

Estrangeiro: Então, quanto ao ataque que diz respeito à caça de farpas, a parte que procede de cima para baixo, pelo fato de os tridentes serem principalmente nela usados, é chamada, suponho, de *tridentia*.

Teeteto: Sim, ao menos algumas pessoas a chamam assim.

Estrangeiro: Bem, parece que só resta, permito-me dizer, um outro tipo.

Teeteto: E qual é ele?

Estrangeiro: O tipo que se caracteriza pela espécie oposta de golpe de ataque, que é praticado com um anzol, ferindo não

221a uma região casual do corpo do peixe, como ocorre no caso dos tridentes, mas unicamente a cabeça e a boca do peixe apanhado, procedendo de baixo para cima, o peixe sendo puxado para cima por varas de pescar ou linhas de pescar. Qual o nome, Teeteto, que deveremos dar a esse tipo?

Teeteto: Creio estar nossa busca agora terminada, uma vez que encontramos precisamente aquilo que há pouco dissemos ser necessário encontrar.

Estrangeiro: Portanto, agora, tu e eu atingimos um consenso acerca da arte do pescador, não apenas com referência ao seu nome, como também obtivemos uma satisfatória definição da própria coisa. Pois da arte como um todo, metade era aquisitiva, desta arte aquisitiva metade era controladora e, da controladora, metade era a caça e, da caça, metade era caça aos animais e, desta caça aos animais, metade era caça aos animais aquáticos e, considerada em conjunto, da caça aos animais aquáticos, a parte inferior era a pesca e, da pesca, metade era a pesca de ataque, e da pesca de ataque metade era caça de farpas, e desta a parte que envolve um golpe puxando uma coisa de baixo para cima é designada por meio de um nome extraído por analogia da própria ação, ou seja, pescaria, que era o objeto de nossa investigação.

Teeteto: Isso, para todos os efeitos, ficou perfeitamente claro.

Estrangeiro: Ora, vamos nos servir disso como modelo para tentar descobrir o que é o sofista.

Teeteto: Com toda a certeza.

Estrangeiro: Bem, a primeira pergunta que fizemos foi se devíamos supor não ser o pescador um artista[14] ou ser ele um artista.

Teeteto: Sim.

Estrangeiro: Agora consideremos esse nosso homem, Teeteto. Suporemos que é apenas um leigo ou completa e verdadeiramente um *artista superior e um sábio*?[15]

---

14. Ver nota 8.
15. Platão utiliza e acena aqui para o sentido original da palavra σοφιστής (*sophistés*) e não o sentido de professor remunerado de filosofia e retórica, que a partir de meados do século V a.C. em Atenas apresenta carga pejorativa, tendendo, inclusive, para a ideia de impostor ou indivíduo capcioso ou chicaneiro.

Teeteto: Certamente ele não é um leigo. Mas percebo que queres dizer que ele está muito longe de ser sábio, ainda que seu nome implique sabedoria.[16]

Estrangeiro: Entretanto, pelo que parece, precisamos supor que ele é detentor de uma arte de algum tipo.

Teeteto: Muito bem. Mas afinal que arte é essa que possui?

Estrangeiro: Pelos deuses! Será que não conseguimos perceber que esse homem está aparentado ao outro homem?

Teeteto: Quem está aparentado a quem?

Estrangeiro: O pescador ao sofista.

Teeteto: Mas como?

Estrangeiro: Ora, ambos muito claramente me parecem ser uma espécie de caçadores.

e **Teeteto:** E qual é a caça do segundo? Do tipo de caça do primeiro já falamos.

Estrangeiro: Há pouco dividimos a caça como um todo em duas classes, fazendo de uma das divisões a dos animais nadadores, e da outra a dos animais terrestres.

Teeteto: Sim.

Estrangeiro: E discorremos a respeito dos animais que nadam sob a água. Mas deixamos a parte dos animais terrestres sem subdivisões, embora tenhamos observado que encerra muitas espécies.

222a **Teeteto:** Certamente.

Estrangeiro: Ora, até esse ponto, o sofista e o pescador percorrem o mesmo caminho, que principia na arte aquisitiva.

Teeteto: Penso que realmente percorrem.

Estrangeiro: Mas se separam a partir da caça aos animais, na qual um deles se volta para o mar, rios e lagos, caçando os animais nesses lugares.

Teeteto: Está claro.

---

16. Isto é, σοφός (*sophós*). O leitor deve compreender que a definição buscada neste diálogo do que é o sofista não é a referente ao sentido etimológico original da palavra, mas a referente ao sentido secundário de carga dúbia e finalmente pejorativa. Platão transita de uma acepção para outra.

Estrangeiro: O outro se volta para a terra e para *rios* de um outro tipo: rios de riqueza e juventude, por assim dizer, prados generosos, com a intenção de controlar ou submeter os seres vivos neles existentes.

b **Teeteto:** O que queres dizer?

Estrangeiro: Há duas divisões principais da caça aos animais terrestres.

Teeteto: Quais são?

Estrangeiro: A da caça aos animais mansos e a dos animais selvagens.

Teeteto: Há, então, uma caça de animais mansos?

Estrangeiro: Ao menos se considerarmos o ser humano um animal manso. Mas deves supor o que preferires: ou que não há animais mansos, ou que há alguns, mas os seres humanos não estão incluídos entre eles uma vez que são selvagens, ou sustentarás que os seres humanos são mansos mas não são caçados. Visando à definição que buscamos, diz qual dessas alternativas pensas ser satisfatória.

c **Teeteto:** Ora, estrangeiro, penso que somos animais mansos, mas concordo também que o ser humano seja caçado.

Estrangeiro: Assim, digamos que a caça de animais mansos também é de dois tipos.

Teeteto: Como justificar o que dizes?

Estrangeiro: Definindo a pirataria, a escravização humana, a tirania e toda a arte da guerra coletivamente como caça pela força.

Teeteto: Excelente.

Estrangeiro: E atribuindo à oratória forense, à oratória política e à conversação também um só nome e chamando-as coletivamente de arte da persuasão.

d

Teeteto: Correto.

Estrangeiro: E digamos agora que há dois tipos de persuasão.

Teeteto: Quais tipos?

Estrangeiro: A que se dirige aos particulares e a que se dirige à comunidade.

Teeteto: Realmente, cada uma dessas constitui um tipo.
Estrangeiro: E no que toca à caça dos particulares, uma espécie recebe pagamentos, ao passo que a outra dá presentes, não é mesmo?
Teeteto: Não compreendo.
Estrangeiro: Minha impressão é que nunca prestaste atenção na maneira de os amantes caçarem.
Teeteto: Em que aspecto?
e **Estrangeiro:** Que além dos seus demais esforços, dão presentes a quem caçam.
Teeteto: O que dizes é inteiramente verdadeiro.
Estrangeiro: Bem, então chamemos esse tipo de arte erótica.
Teeteto: Está certo.
Estrangeiro: Mas uma parte do tipo que recebe pagamentos aproxima-se das pessoas sendo agradável, utiliza somente o prazer como sua isca e exige como pagamento apenas seu sus-
223a tento. Penso que concordaríamos todos em chamar tal arte de arte da lisonja ou arte de agradar às pessoas.
Teeteto: Está claro que sim.
Estrangeiro: A classe, porém, que afirma empreender suas conversações a favor da virtude e que exige pagamento em dinheiro não mereceria receber uma outra designação?
Teeteto: Claro que sim.
Estrangeiro: Qual designação? Tenta dizer.
Teeteto: É evidente, pois acho que encontramos o sofista. E penso que ao pronunciar essa palavra estarei lhe fornecendo a designação correta.
b **Estrangeiro:** Bem, então como parece, de acordo com nosso argumento, Teeteto, a parte da arte da caça de apropriação e controle que se ocupa da caça aos animais, animais terrestres, animais mansos, seres humanos, particulares, paga em dinheiro, que afirma proporcionar educação e que é uma caçada aos jovens ricos e promissores deve – por força da conclusão de nosso presente argumento – ser chamada de sofística.
Teeteto: Com toda a certeza.

Estrangeiro: Mas enfoquemo-la ainda de uma outra maneira, visto que o que examinamos agora não é uma arte trivial, mas bastante múltipla. A necessidade de o fazermos é reforçada pelo fato de que, segundo o que conversamos anteriormente, ela apresenta uma aparência de ser não o que afirmamos ser ela agora, mas um tipo diferente.
Teeteto: Como?
Estrangeiro: A arte aquisitiva dividia-se em caça e permuta.
Teeteto: Sim.
Estrangeiro: Diremos agora que há duas formas de permuta, uma por meio da dádiva, a outra por meio da venda. Tudo bem?
Teeteto: Que seja.
Estrangeiro: E diremos também que a permuta mediante venda divide-se em duas partes.
Teeteto: E como é isso?
Estrangeiro: Uma parte é a venda de coisas que o próprio vendedor produz. A outra envolve o fornecimento, ou seja, o fornecimento de coisas que outras pessoas, não o fornecedor, produzem.
Teeteto: Está certo.
Estrangeiro: Bem, a parte do fornecimento que é realizado no interior da cidade – cerca da metade dele – é chamada de varejo, não é mesmo?
Teeteto: Sim.
Estrangeiro: E aquela que se ocupa da permuta de mercadorias entre cidades mediante compra e venda é chamada de atacado?
Teeteto: Certamente.
Estrangeiro: E não percebemos que uma parte do atacado vende e permuta por dinheiro tudo aquilo que atende ao sustento e a necessidades do corpo, e a outra parte tudo aquilo que atende à alma?
Teeteto: O que queres dizer com isso?
Estrangeiro: Talvez não compreendamos a parte que tem a ver com a alma, embora eu imagine que realmente compreendamos as outras partes.

Teeteto: Sim.

224a **Estrangeiro:** Consideremos a *música*[17] em geral, que transita constantemente de uma cidade para outra, comprada num lugar, levada para outro e vendida, bem como a pintura, a prestidigitação e as muitas outras coisas que impressionam a alma, as quais são importadas e vendidas em parte para seu entretenimento, em parte para suas sérias necessidades. Não há como negar que aquele que transporta essas coisas e as vende é, para o designar corretamente, tão mercador ou atacadista quanto aquele cujo negócio é a venda de alimento e bebida.

Teeteto: O que dizes é inteiramente verdadeiro.

b **Estrangeiro:** Então atribuirás o mesmo nome a quem compra artigos de conhecimento e transita de cidade em cidade permutando seus artigos por dinheiro?

Teeteto: Sem dúvida.

Estrangeiro: Uma parte desse atacado da alma poderia com muita propriedade ser denominada arte da exibição, não é mesmo? Entretanto, uma vez que a outra parte, ainda que não menos ridícula do que a primeira, consiste, a despeito disso, do comércio do conhecimento, não devíamos designá-la por meio de algum nome que tenha afinidade com sua função?

Teeteto: Certamente.

Estrangeiro: Desse comércio do conhecimento, a parte referente
c ao conhecimento das outras artes deveria receber um nome, ao passo que a que toca à virtude deveria receber um outro.

Teeteto: É claro.

Estrangeiro: O nome mercador de arte se ajustaria a quem faz comércio nas outras artes. E agora tentarias dizer-me o nome de quem comercializa na virtude.

---

17. ...μουσικήν... (*moysikén*), conceito certamente muito mais lato do que o nosso *música*, abrangendo todas as artes vinculadas às nove Musas e à educação nessas artes: poesia lírica, poesia idílica e comédia, tragédia, poesia erótica, poesia épica e retórica, música e dança, além da história, a astronomia, a harmonia e os hinos sagrados.

Teeteto: E qual outro nome poderia ser indicado, sem incorrer-se em erro, exceto aquele que constitui o objeto do que presentemente investigamos – o sofista?
Estrangeiro: De fato, nenhum outro. Pois bem, resumamos agora a matéria dizendo que a sofística apareceu uma segunda vez como a parte da arte aquisitiva, arte da permuta, do comércio, do atacado, do atacado da alma nas palavras e conhecimento que têm a ver com a virtude.
Teeteto: Muito bem.
Estrangeiro: Há, porém, um terceiro caso. Se alguém se estabelecesse aqui na cidade e se propusesse a ganhar a vida vendendo esses mesmos artigos de conhecimento, comprando alguns e produzindo outros ele mesmo, suponho que não o chamarias por outro nome exceto pelo que empregaste há pouco.
Teeteto: Decerto que não.
Estrangeiro: Consequentemente, também a parte da arte aquisitiva que procede mediante permuta e venda, não importa se através de mero comércio varejista ou através da venda de produção própria – independentemente de qual seja –, enquanto pertencer à classe do atacado do conhecimento, aparentemente a chamarás sempre de sofística.
Teeteto: Serei forçado a fazê-lo, já que tenho que seguir a orientação do argumento.
Estrangeiro: Examinemos, ademais, e apuremos se a classe que agora investigamos possui ainda um outro aspecto de natureza similar.
Teeteto: Mas de qual natureza?
Estrangeiro: Concordamos que a luta constitui uma divisão da arte aquisitiva.
Teeteto: De fato, concordamos.
Estrangeiro: Então seria bastante cabível subdividi-la em duas partes.
Teeteto: Esclarece que partes são essas.
Estrangeiro: Designemos uma delas como parte competitiva e a outra como parte combativa.
Teeteto: Estou de acordo.

Estrangeiro: Seria, em seguida, plausível e apropriado conferir à parte combativa, que consiste dos combates corpo a corpo, o adjetivo *violenta*.
Teeteto: Sim.
Estrangeiro: E no que respeita aos combates verbais, haverá nome melhor para eles do que *controvérsia*?
Teeteto: Não. Não haverá nenhum melhor.
Estrangeiro: Mas é imperioso dividirmos a controvérsia em dois tipos.
Teeteto: E como?
Estrangeiro: Quando longos discursos públicos se opõem uns aos outros acerca de questões que envolvem a justiça e a injustiça, temos diante de nós a controvérsia forense.
Teeteto: Sim.
Estrangeiro: Quanto à controvérsia que ocorre privadamente entre indivíduos mediante discursos fragmentados constituídos por perguntas e respostas, costumamos designá-la como discussão, não é mesmo?
Teeteto: Sim.
Estrangeiro: Há uma parte da discussão que trata de contratos de negócios, com a presença inevitável da controvérsia, mas que se desenvolve de maneira informal, sem regras sistemáticas. Devemos considerá-la um tipo diverso, na medida em que nosso argumento a reconheceu como tal, ou seja, distinta do resto. Mas nossos predecessores não lhe atribuíram nenhum nome, tampouco parece que deva agora receber um de nós.
Teeteto: É verdade, pois as subdivisões em que se enquadra são demasiado pequenas e diversificadas.
Estrangeiro: Quanto à discussão segundo regras sistemáticas e que acarreta a controvérsia sobre o que é justo e o que é injusto e do resto em termos gerais, costumamos chamá-la de disputa,[18] não é mesmo?

---

18. ...ἐριστικόν... (*eristikón*), literalmente *aquele que ama a disputa ou controvérsia*. Aparentemente, aqueles que se engajam na *erística* o fazem pelo próprio prazer de polemizar e/ou qualquer vantagem que possam extrair da discussão pela discussão, não visando propriamente à verdade ou ao consenso.

Teeteto: Certamente.
d **Estrangeiro:** Ora, há um tipo de disputa em que se perde dinheiro e outro em que se o ganha.
Teeteto: Com certeza.
Estrangeiro: Assim, tentemos descobrir como devemos designar cada uma dessas partes.
Teeteto: Devemos realmente fazê-lo.
Estrangeiro: É de se presumir que o tipo que leva alguém a negligenciar seus próprios negócios[19] para gozar do prazer de participar da disputa, embora esse estilo não produza qualquer prazer para a maioria dos ouvintes, só pode – segundo penso – ser chamado de tagarelice.
Teeteto: É verdade. É bem assim que o chamam.
e **Estrangeiro:** Quanto ao tipo oposto a esse, aquele no qual se ganha dinheiro em disputas privadas, compete a ti agora – já que é tua vez – tentar indicar seu nome.
Teeteto: Como poderia alguém errar ao dizer que o espantoso sofista que procurávamos se revelou mais uma vez, e agora pela quarta vez?
226a **Estrangeiro:** Sim. Parece que a classe do sofista não passa da classe que ganha dinheiro com a arte da disputa, da discussão, da controvérsia, da luta, do combate e da aquisição – como foi estabelecido agora novamente pelo nosso argumento.
Teeteto: Com certeza.
Estrangeiro: Percebes a verdade da afirmação de que essa criatura[20] é múltipla, complexa e, como se diz, não pode ser apanhada com uma única mão?
Teeteto: Então devemos apanhá-la com ambas.
Estrangeiro: Sim, devemos e será necessário reunir todo nosso
b poder para seguir suas pegadas no que está por vir. Assim, informa-me: das expressões ligadas às ocupações dos serviçais, algumas pertencem ao uso comum, não é mesmo?

---
19. Isto é, o tipo no qual se perde dinheiro.
20. ...θηρίον... (*therion*), literalmente besta, fera, animal.

Teeteto: Sim, muitas. Mas a qual delas tua pergunta se refere?
Estrangeiro: Por exemplo, termos como *joeirar, peneirar, filtrar* e *separar*.
Teeteto: Certamente pertencem.
Estrangeiro: E além desses há *cardar, fiar, tecer* e um número incontável de termos pertencentes à terminologia das artes. Não é verdade?
Teeteto: Mas por que empregas esses termos como exemplos e o
c que queres mostrar com relação a eles?
Estrangeiro: Bem, todos os mencionados por mim envolvem uma noção de divisão.
Teeteto: Sim.
Estrangeiro: Ora, visto que há, de acordo com minha avaliação, uma arte envolvida em todas essas operações, atribuamos a ela um nome.
Teeteto: E como a chamaremos?
Estrangeiro: Discriminação.
Teeteto: Ótimo.
Estrangeiro: Pondera agora se podemos nela distinguir dois tipos.
Teeteto: Exiges de mim raciocínio rápido.
d **Estrangeiro:** De fato, naquilo que, há pouco, chamamos de discriminação, um tipo primeiramente é responsável pela separação do que é pior daquilo que é melhor e o outro, em segundo lugar, pela separação entre os semelhantes.
Teeteto: Sim, e da forma que o exprimes isso soa evidente.
Estrangeiro: Mas não disponho de nenhum nome comum para o segundo tipo de discriminação. Entretanto, realmente conheço o nome do tipo que retém o melhor e descarta o pior.
Teeteto: E qual é?
Estrangeiro: Toda essa discriminação, a meu ver, é conhecida universalmente como uma forma de purificação.
Teeteto: Sim.
e **Estrangeiro:** E não perceberiam todos que há dois tipos de purificação?

Teeteto: Sim, talvez, se para isso dispuserem de tempo. Mas, de minha parte, não o percebo agora.

Estrangeiro: E, no entanto, há muitas formas de purificação dos corpos, sendo possível designá-las adequadamente com um só nome.

Teeteto: Quais são essas formas e qual é o nome?

Estrangeiro: A purificação dos seres vivos, relacionada às impurezas no interior do corpo, que é realizada eficientemente pela ginástica e pela medicina, e a relacionada às impurezas externas do corpo – cujo discurso pertinente não é agradável –, como a que ocorre por meio do banho; há também a purificação dos corpos inanimados, de que se ocupa especialmente o pisoeiro e, em geral, o restaurador; esta, com suas insignificantes subdivisões, assumiu muitos nomes de aparência ridícula.

Teeteto: Bastante ridícula.

Estrangeiro: Com certeza, Teeteto. O método da argumentação, porém, não está nem mais nem menos interessado na purificação pela medicina do que naquela pela esponja de limpeza, lhe sendo indiferente se uma muito nos beneficia, ao passo que a outra pouco o faz. Seu esforço é no sentido de alcançar o entendimento, na esfera da totalidade das artes, do que está relacionado e do que não está, objetivando a aquisição de inteligência. E, portanto, valora-as igualmente e não julga, ao executar comparações, uma mais ridícula do que a outra; tampouco considera quem emprega, a título de seu exemplo de caça, a arte militar, mais dignificante do que quem emprega a arte de *catar piolhos* – apenas majoritariamente, como mais pretensioso. No tocante a tua pergunta sobre qual nome daremos a todas as atividades cuja função consiste na purificação do corpo, quer animado ou inanimado, carece absolutamente de importância no que respeita ao nosso método qual nome parece melhor; importa somente congregar sob um único nome todas as purificações de tudo o mais e conservá-las separadas da purificação da alma.[21] De fato, se entendemos o intento de nossa discussão em pauta, notamos que há uma tentativa de separar essa purificação definitivamente das outras.

---

21. ...ψυχῆς καθάρσεων... (*psykhês kathárseon*).

Teeteto: Mas realmente entendo e concordo que há duas formas de purificação, e que uma delas é a purificação da alma, a qual é separada da do corpo.
Estrangeiro: Excelente. Mas agora atenta para o próximo ponto
d e procura mais uma vez efetuar a divisão.
Teeteto: Seja qual for a maneira que sugiras, colaborarei contigo para fazer a divisão.
Estrangeiro: Diríamos que a perversidade na alma é distinta da virtude?
Teeteto: É claro.
Estrangeiro: E a purificação retém o que é bom e elimina tudo o que é mau?
Teeteto: Sim.
Estrangeiro: Assim, toda vez que detectarmos qualquer remoção do mal da alma, estaremos nos expressando corretamente se chamarmos isso de uma purificação.
Teeteto: Com muita correção.
Estrangeiro: É imperioso afirmarmos que na alma estão presentes duas formas de mal.
Teeteto: Quais?
228a **Estrangeiro:** Uma é semelhante a uma doença do corpo, enquanto a outra é semelhante a uma disformidade.
Teeteto: Não o compreendo.
Estrangeiro: Talvez consideres a doença e a discórdia como algo idêntico, não é mesmo?
Teeteto: Não sei tampouco que resposta dar a isso.
Estrangeiro: Será que é porque pensas que a discórdia é algo mais do que o desacordo entre coisas naturalmente relacionadas, desacordo gerado por algum tipo de corrupção?
Teeteto: Não. Não penso que seja algo mais do que isso.
Estrangeiro: Mas quanto à disformidade, é esta algo mais do que a presença da qualidade da desproporção, que é consistentemente disforme?
b **Teeteto:** De modo algum algo mais.
Estrangeiro: Bem, não notas que nas almas de indivíduos em condição precária há uma oposição entre opiniões e desejos,

cólera e prazeres, razão e dor e todas essas coisas reciprocamente?

Teeteto: Realmente há essa oposição.

Estrangeiro: E, no entanto, teriam que estar todos naturalmente relacionados.

Teeteto: Claro que sim.

Estrangeiro: Por conseguinte, acertaremos se afirmarmos que a perversidade é uma discórdia e doença da alma.

Teeteto: Acertaremos completamente.

c **Estrangeiro:** Mas se coisas que se movem e visam a um alvo particular erram o alvo e não o atingem toda vez que procuram atingi-lo, diremos que isso ocorre porque há entre elas uma correta proporção ou, pelo contrário, desproporção?

Teeteto: Evidentemente devido à desproporção.

Estrangeiro: Mas, não obstante, sabemos que toda alma, se ignorante de alguma coisa, o é involuntariamente.

Teeteto: Decididamente.

Estrangeiro: Ora, a ignorância ocorre exatamente quando a
d alma que visa à verdade desvia-se do entendimento e não atinge a meta.

Teeteto: Com toda a certeza.

Estrangeiro: Então devemos encarar uma alma ignorante como disforme e mal proporcionada.

Teeteto: É o que parece.

Estrangeiro: Assim, aparentemente há esses dois tipos de males na alma. Um deles, o qual as pessoas denominam perversidade,[22] é muito claramente uma doença.

Teeteto: Sim.

Estrangeiro: E ao outro dão o nome de ignorância,[23] mas quando esta ocorre somente na alma de um indivíduo, as pessoas não se dispõem a reconhecer que se trata de um vício.

---

22. ...πονηρία... (*ponería*).
23. ...ἄγνοιαν... (*ágnoian*).

e Teeteto: Isso certamente deve ser admitido, embora eu o haja contestado quando o afirmaste há pouco, que na alma estão presentes dois tipos de males, e que a covardia, o desregramento e a injustiça devem todos igualmente ser considerados uma doença em nós, e que um estado ampliado e múltiplo de ignorância deve ser encarado como uma disformidade.

Estrangeiro: No que concerne ao corpo, dispomos de duas artes que têm a ver com esses dois estados viciosos, não é mesmo?

Teeteto: E quais são elas?

229a **Estrangeiro:** A ginástica para a disformidade e a medicina para a doença.

Teeteto: É evidente.

Estrangeiro: Consequentemente, para o tratamento da insolência, da injustiça e da covardia não é a arte corretiva aquela entre todas as artes, a mais estreitamente ligada à Justiça?[24]

Teeteto: É provável, ao menos a julgar pela opinião das pessoas.

Estrangeiro: E no que diz respeito a todas as formas de ignorância, existiria algo cuja sugestão fosse mais apropriada do que o ensino?

Teeteto: Não, nada.

Estrangeiro: Pois reflete. Seria cabível dizermos que só há um
b tipo de ensino, ou que há mais de um, sendo dois os mais importantes?

Teeteto: Estou refletindo.

Estrangeiro: Acho que podemos descobri-lo mais rapidamente desta maneira...

Teeteto: Que maneira?

Estrangeiro: Verificando se a ignorância admite ser dividida no meio, já que, se a ignorância for dupla, ficará patente que o ensino consistirá também necessariamente de duas partes, uma correspondente a cada parte da ignorância.

---

24. ...Δίκη... (*Díkei*), a personificação divina da justiça.

Teeteto: Bem, podes ver o que estás procurando agora?

c **Estrangeiro:** De um modo ou outro, penso estar realmente vendo um grande e difícil tipo de ignorância, distinto dos outros e que supera a todos eles.

Teeteto: O que é?

Estrangeiro: Pensar que se conhece alguma coisa quando se a desconhece. Acredito ser esta a causa de todos os erros que cometemos ao pensar.

Teeteto: É verdade.

Estrangeiro: Além disso, atribui-se especificamente a esse tipo de ignorância a designação de estupidez.

Teeteto: Certamente.

Estrangeiro: E que designação é atribuída à parte da instrução que promove a eliminação disso [ou seja, da estupidez]?

d **Teeteto:** Essa parte, estrangeiro, a meu ver, é designada como instrução nos ofícios,[25] mas aqui em Atenas chamamo-la de educação.[26]

Estrangeiro: Que é como é chamada, Teeteto, entre quase todos os gregos. Mas é preciso que também investiguemos a fim de apurar se ela é una e indivisível ou se ainda admite divisões que sejam tão importantes a ponto de merecerem um nome.

Teeteto: De fato, é preciso que o investiguemos.

Estrangeiro: Penso que pode ser de uma certa forma dividida.

Teeteto: Como?

Estrangeiro: Uma parte da instrução, que é feita mediante discurso, parece constituir um caminho mais duro, enquanto a outra parte parece constituir um caminho mais suave.

Teeteto: E que nomes daremos a cada um desses caminhos?

Estrangeiro: Um deles é o venerável método de nossos antepassados, o qual é empregado usualmente com seus filhos, que ainda é utilizado por muitos, e que consiste em, às vezes, 230a exibir raiva diante de seus erros e, às vezes, exortá-los mais

---

25. ...δημιουργικὰς διδασκαλίας... (*demioyrgikàs didaskalías*).
26. ...παιδείαν... (*paideían*).

gentilmente. A isso, em conjunto, poder-se-ia dar o nome de admoestação.

Teeteto: Positivo.

Estrangeiro: Por outro lado, alguns parecem ter se persuadido de que toda ausência de instrução é involuntária, que aquele que se julga sábio jamais se predisporia a aprender qualquer daquelas coisas em que se crê hábil, e que a forma admonitória de educação é laboriosa e pouco produtiva.

Teeteto: Estão completamente corretos.

b **Estrangeiro:** Assim, põem-se a erradicar a crença pretensiosa na própria sabedoria de uma outra maneira.

Teeteto: De que maneira?

Estrangeiro: Questionam um indivíduo acerca das coisas em relação às quais ele julga estar falando algo com sentido, quando fala algo sem sentido; na sequência, visto que as opiniões desse indivíduo variam incoerentemente, essas pessoas facilmente as submeterão a exame; reúnem as opiniões do indivíduo durante a discussão, cotejam-nas e mostram que se contradizem acerca das mesmas matérias, em relação às mesmas coisas e nos mesmos aspectos. Os indivíduos que estão sendo submetidos a exame percebem isso, zangam-se consigo próprios e tornam-se mais gentis com os outros, o que constitui a forma de se libertarem de suas pre-
c tensiosas e obstinadas opiniões sobre si mesmos. Ademais, esse processo de sua libertação, propicia enorme prazer aos ouvintes e o mais duradouro dos benefícios a quem lhe é submetido. De fato, tal como os médicos que cuidam do corpo acreditam que o corpo não pode ser beneficiado por qualquer alimento que lhe seja ministrado enquanto toda interferência que afeta o corpo não for removida, do mesmo modo, meu jovem, aqueles que purificam a alma acreditam que ela está impossibilitada de receber qualquer benefício proveniente de quaisquer instruções que lhe sejam mi-
d nistradas enquanto alguém, mediante exame, não reduzir o examinado a uma postura de pudor através da remoção das opiniões que interferem nas instruções, com o que o purifica e o leva a pensar que conhece somente o que efetivamente conhece e nada mais.

Teeteto: Esse é certamente o melhor e o mais plausível estado de espírito.

Estrangeiro: Por conta de todas essas razões, Teeteto, nos cabe afirmar que a refutação é a melhor e a mais eficiente forma de purificação e que aquele que permanecer não refutado – ainda que seja o Grande Rei[27] – não foi purificado de suas maiores nódoas, sendo, portanto, destituído de educação e disforme precisamente naquilo em que todo aquele que pretende ser realmente feliz deve ser completamente puro e nobre.
Teeteto: Perfeitamente.
Estrangeiro: Bem, e quem são aqueles que praticam essa arte? Receio dizer que são os sofistas.
Teeteto: Por quê?
Estrangeiro: Para que não prestemos a eles uma honra tão elevada.
Teeteto: A descrição que acabaste de fazer, contudo, é de alguém muito semelhante ao sofista.
Estrangeiro: Sim, e um lobo é muito semelhante a um cão, o animal mais selvagem ao mais domesticado. Entretanto, o homem cauteloso deve especialmente tomar cuidado quando se trata de semelhanças, pois estas são muito enganosas. Apesar disso, concordemos que são os sofistas, uma vez que creio que a disputa não será em torno de distinções insignificantes quando as pessoas estiverem se protegendo suficientemente.
Teeteto: Não, é provável que não.
Estrangeiro: Assim, que estejamos de acordo com que parte da arte da discriminação é a purificação, e como parte desta que aquilo que concerne à alma seja distinguido, e como sua parte a instrução, e como parte da instrução a educação. E concordemos que a refutação da crença vazia na própria sabedoria, que emergiu na presente discussão, nada mais é do que a nobre arte da sofística.
Teeteto: Que estabeleçamos concordância sobre tudo isso. Mas, a essa altura, o sofista apareceu como sendo tantas coisas que estou confuso quanto a saber dizer – com alguma certeza de que estou expressando a verdade – o que afinal ele efetivamente é.

---

27. ...βασιλεὺς ὁ μέγας... (*basileỳs ho mégas*), o rei da Pérsia.

Estrangeiro: Não é de se espantar que estejas confuso. Temos, porém, que admitir que a esta altura também ele está extremamente confuso quanto a saber como pode continuar a esquivar-se ao nosso argumento; de fato, é certo o adágio que diz *não ser fácil escapar de todos os perseguidores*. Neste momento, portanto, devemos persegui-lo com todo o empenho.

Teeteto: Estás certo.

Estrangeiro: Para começar, então, detenhamo-nos para recuperar o fôlego e durante nosso repouso computemos as formas sob as quais o sofista se manifestou a nós. Em primeiro lugar – segundo creio – foi descoberto ser ele um caçador remunerado no encalço dos jovens e ricos.

Teeteto: Sim.

Estrangeiro: Em segundo lugar, uma espécie de comerciante atacadista de artigos do conhecimento para a alma.

Teeteto: Certamente.

Estrangeiro: Em terceiro lugar, não se revelou como um varejista desses mesmos artigos do conhecimento?

Teeteto: Sim, e em quarto descobrimos ser ele um vendedor de sua produção pessoal de conhecimento.

Estrangeiro: Tens boa memória. Mas tentarei eu mesmo me lembrar da quinta forma. Ele era um atleta nas competições verbais que tomara para si e se distinguira na arte da disputa.[28]

Teeteto: Sim, ele era.

Estrangeiro: A sexta forma era controvertida. Não obstante isso, fizemos a ele uma concessão e o consideramos um purificador de almas que remove opiniões que obstruem o aprendizado.

Teeteto: Positivamente.

Estrangeiro: Consequentemente, percebes que, quando alguém nos dá a impressão de que conhece muitas coisas, mas é designado segundo uma única arte, há algo de errado relativamente a essa impressão? E que, efetivamente, o indivíduo que

---

28. ...ἐριστικὴν τέχνην... (*eristikèn tékhnen*).

experimenta essa impressão vinculada a qualquer arte é evidentemente incapaz de ver o princípio comum da arte a que pertence a totalidade desses tipos de conhecimento, de sorte que designa o detentor deles mediante múltiplos nomes em lugar de apenas um?

Teeteto: É muito provável que algo semelhante a isso ocorra.

b **Estrangeiro:** Não devemos permitir que por falta de empenho isso nos aconteça em nossa investigação. Assim convém que principiemos por retomar uma de nossas afirmações sobre o sofista. De fato, há entre elas uma que me pareceu exibi-lo de maneira particularmente clara.

Teeteto: Qual?

Estrangeiro: Penso que afirmamos ser ele uma debatedor.

Teeteto: Sim.

Estrangeiro: E não acrescentamos que ele ensina essa mesma arte do debate a outros indivíduos?

Teeteto: Certamente.

Estrangeiro: Bem, examinemos e apuremos agora em que assuntos tais homens alegam transmitir aos seus discípulos a
c capacidade de debater. Iniciemos nosso exame com a seguinte questão: é sobre coisas divinas, que são invisíveis a outras pessoas, que capacitam indivíduos a debater?

Teeteto: Bem, ao menos as pessoas comentam que o fazem.

Estrangeiro: E quanto às coisas visíveis terrestres e celestes, e outras semelhantes?

Teeteto: Com certeza essas também estão incluídas.

Estrangeiro: Além disso, nas conversações privadas a respeito do *vir-a-ser* e do *ser*[29] em geral, estamos cientes de que são hábeis debatedores e que transmitem essa mesma capacidade a outras pessoas.

Teeteto: Com toda a certeza.

d **Estrangeiro:** E quanto às leis e todos os tipos de questões de cunho político? Não prometem tornar as pessoas capazes de participar de controvérsias acerca desses assuntos?

---

29. ...γενέσεώς τε καὶ οὐσίας... (*genéseós te kaì oysías*).

Teeteto: Sim, mesmo porque – para me expressar em termos gerais – ninguém frequentaria suas aulas se não o prometessem.

Estrangeiro: Entretanto, no que respeita a todas as artes ou ofícios, tanto em caráter geral quanto particular, aquilo que o profissional deve responder a qualquer opositor é registrado e publicado para que todo aquele que queira aprendê-lo possa aprendê-lo.

e **Teeteto:** Aparentemente te referes aos escritos de Protágoras sobre luta e outros domínios das artes.

Estrangeiro: Sim, meu amigo, e aos de muitos outros autores. Mas não é, em síntese, a arte da disputa uma capacidade treinada para discutir sobre todos os assuntos?

Teeteto: Bem, ao menos parece que realmente pouca coisa é excluída.

Estrangeiro: Pelos deuses, meu rapaz, pensas que isso seja possível? Ou talvez vós, que sois jovens, enxergais essa questão com visão mais aguda do que nós, com nossa visão de menor acuidade.

233a **Teeteto:** O que queres dizer com isso e a que precisamente te referes? Não compreendo tua pergunta.

Estrangeiro: Pergunto simplesmente se é possível para um ser humano conhecer tudo.

Teeteto: Se fosse possível, estrangeiro, seríamos efetivamente uma raça abençoada.

Estrangeiro: Assim sendo, como poderia alguém que ignorasse um assunto proferir algo razoável diante da contestação de alguém que conhecesse tal assunto?

Teeteto: Não poderia de modo algum fazê-lo.

Estrangeiro: Então, o que há de tão espantoso no poder do sofista?

Teeteto: Espantoso em que aspecto?

b **Estrangeiro:** Como podem os sofistas sempre levar os jovens a crer que eles próprios são em todos os assuntos os mais sábios? Salta aos olhos que não realizaram objeções corretas contra ninguém nem assim pareceram fazer perante os jovens. Ou, se realmente parecesse que apresentam corretas objeções, mas

não fossem considerados mais sábios por conta disso, ninguém
– como indicas – se inclinaria a pagar-lhes para se tornar seus
discípulos nesses assuntos.

Teeteto: Certamente não.

Estrangeiro: Mas, atualmente, as pessoas de fato se inclinam a fazê-lo?

Teeteto: Bastante.

c **Estrangeiro:** Sim, e imagino que pelo fato de se supor que eles próprios possuam conhecimento dos assuntos que debatem.

Teeteto: É claro.

Estrangeiro: E eles assim agem em relação a todos os assuntos, não é mesmo?

Teeteto: Sim.

Estrangeiro: Portanto, parecem aos seus discípulos sábios em tudo?

Teeteto: Com certeza.

Estrangeiro: Isso a despeito de não o serem, uma vez que isto ficou provado ser impossível.

Teeteto: Está claro que isto é impossível.

Estrangeiro: Então, o que ficou demonstrado que o sofista possui relativamente a tudo (a todos os assuntos) é uma espécie de conhecimento baseado na mera opinião, e não conhecimento verdadeiro.

d **Teeteto:** Certamente. E não me surpreenderia se fosse essa a afirmação mais correta que fizemos sobre ele até agora.

Estrangeiro: Mas vejamos um exemplo que tornará isso ainda mais claro.

Teeteto: Que exemplo?

Estrangeiro: O que indicarei a seguir. Tenta prestar atenção e dar uma cuidadosa resposta a minha pergunta.

Teeteto: Qual é a pergunta?

Estrangeiro: Se alguém dissesse que mediante uma só arte poderia saber não apenas como dizer as coisas ou objetar as pessoas, mas como produzir e executar tudo, então...

e **Teeteto:** O que queres dizer com *tudo*?[30]

Estrangeiro: Não consegues compreender a primeiríssima coisa que eu disse. De fato, parece que não compreendes a palavra *tudo*.

Teeteto: Não, não compreendo.

Estrangeiro: Quero dizer que o tudo inclui a mim e a ti, e também os outros animais e as plantas.[31]

Teeteto: O que queres dizer?

Estrangeiro: Se alguém afirmasse que criaria a ti e a mim e todos os demais seres criados.

Teeteto: O que ele entenderia por *"criação"*?[32] Obviamente
234a não dirás que ele alude a algum tipo de jardineiro, uma vez que disseste que ele era também um criador[33] de animais.

Estrangeiro: Sim, e do mar, da terra, do céu, dos deuses e de tudo o mais; e, além disso, ele os cria todos com rapidez e os vende a um baixo preço.

Teeteto: Estás falando de alguma brincadeira.

Estrangeiro: Ora, quando um indivíduo diz que conhece tudo, todos os assuntos, e é capaz de ensiná-los a um outro por um baixo preço e num curto tempo, não deveríamos julgar isso uma brincadeira?

Teeteto: Certamente deveríamos.

b **Estrangeiro:** E há qualquer espécie de brincadeira mais artística ou encantadora do que a espécie imitativa?

Teeteto: Certamente não, visto que é algo que ocorre com muita frequência e, se me permitem dizê-lo, extremamente diverso. Tua expressão é amplíssima.

Estrangeiro: Assim, reconhecemos que aquele que se arvora em dizer que é capaz, graças a uma única arte, de criar todas as coisas será capaz, graças à arte do pintor, de fazer imitações

---

30. ...πάντα... (*pánta*).
31. ...δένδρα. ... (*déndra.*), literalmente árvores.
32. ...ποίησιν... (*poíesin*).
33. ...ποιητήν... (*poietén*).

que possuem os mesmos nomes das coisas reais[34] e, mostrando as pinturas a uma certa distância, será capaz de enganar as crianças mais obtusas, induzindo-as à crença de que ele é perfeitamente capaz de executar realmente tudo que quiser.

c **Teeteto:** Certamente.

Estrangeiro: Bem, não seria então o caso de esperarmos haver uma outra arte que tenha a ver com palavras, através da qual seja possível ludibriar os jovens pelos seus ouvidos com palavras enquanto se acham ainda a uma certa distância da verdade das coisas, exibindo-lhes cópias faladas de todas as coisas, de forma a fazer com que pareçam verdadeiras e que o orador é o mais sábio dos homens em tudo?

d **Teeteto:** E por que não poderia haver essa outra arte?

Estrangeiro: Ora, a maioria dos ouvintes, Teeteto, após terem vivido muito e envelhecido, necessariamente se aproximarão das coisas reais e serão forçados por suas experiências a agarrá-las; serão obrigados a mudar as opiniões aceitas por eles inicialmente, de maneira que aquilo que era grande parecerá pequeno e aquilo que era fácil, difícil, e todas as verdades aparentes

e presentes nos argumentos serão viradas de cabeça para baixo mercê dos fatos que as atingiram na realidade. Não é verdade?

Teeteto: Sim, ao menos na medida em que alguém da minha idade seja capaz de julgar. Mas acredito estar entre aqueles que ainda estão situados a distância das coisas reais.

Estrangeiro: Portanto, todos nós aqui mais velhos tentaremos e já estamos tentando trazer-te o mais próximo possível, mas sem aquela força constrangedora. Assim, responde a seguinte pergun-

235a ta a respeito do sofista: ficou claro que ele é uma espécie de prestidigitador, um imitador de coisas reais, ou continuamos incertos quanto a ele não poder verdadeiramente possuir o conhecimento de todas as coisas acerca das quais parece ser capaz de discutir?

Teeteto: Mas senhor, como poderiam ainda persistir dúvidas para nós? Indiscutivelmente está bastante claro a esse ponto, com base no que foi dito, que ele está entre aqueles cujo negócio é propiciar jogos ou brincadeiras.

---

34. ...τῶν ὄντων... (*tôn ónton*), literalmente as *coisas que são*, *as coisas existentes*.

Estrangeiro: Ou seja, deve ser classificado como um prestidigitador e imitador.
Teeteto: É claro que deve.
Estrangeiro: Então mantém os olhos bem abertos. Nossa função agora é não permitir que a besta fuja novamente, pois quase a prendemos numa espécie de rede circular dos expedientes que utilizamos nos argumentos em torno desses assuntos. O resultado é que não escapará agora do próximo ponto.
Teeteto: Que ponto?
Estrangeiro: A conclusão de que pertence à classe dos charlatões.
Teeteto: É o que ele a mim parece também.
Estrangeiro: Por conseguinte, fica estabelecido que dividiremos o mais depressa possível a arte de criação de cópias e dela trataremos. E se o sofista inicialmente resistir a nós, o agarraremos por ordem régia da razão, em seguida o entregaremos ao rei e exibiremos sua captura. Mas se ele tentar esgueirar-se em qualquer uma das diversas partes da arte imitativa, teremos que segui-lo, sempre dividindo a parte na qual ele se refugiou até que seja apanhado. Pois seguramente nem ele nem qualquer outra raça jamais se jactarão de terem escapado de perseguidores capazes de prosseguir na caçada, metodicamente se atendo tanto ao particular quanto ao geral.
Teeteto: Estás certo. É o que precisamos fazer.
Estrangeiro: Voltando ao nosso prévio método de divisão, julgo perceber nessa oportunidade também duas espécies de imitação, embora não pareça ainda ser capaz de definir em qual delas deve ser encontrada a forma que estamos procurando.
Teeteto: Começa por fazer a divisão e esclarece-nos a que duas espécies aludes.
Estrangeiro: Vejo a arte de produção de semelhanças como uma parte da imitação. Essa é encontrada, via de regra, toda vez que alguém produz a imitação acatando as proporções do original no que diz respeito ao comprimento, à largura e à profundidade e aplicando, ademais, as cores apropriadas a cada parte.

Teeteto: Sim, mas nem todos os imitadores tentam agir assim, não é mesmo?

Estrangeiro: Não aqueles que produzem grandes obras de escultura ou pintura. Isso porque, se reproduzissem as verdadeiras proporções dos belos objetos [que imitam], as partes superiores, como sabes, pareceriam menores e as inferiores, maiores do que deveriam, já que vemos as primeiras de uma certa distância, ao passo que as segundas, de perto.

Teeteto: Certamente.

Estrangeiro: Então os artistas abandonam a verdade e conferem a suas cópias[35] não as proporções reais, mas as que parecem ser belas, não é mesmo?

Teeteto: Com certeza.

Estrangeiro: E isso que é outro, mas semelhante, é-nos permitido chamar com justiça de semelhança. Não podemos fazê-lo?

Teeteto: Sim.

Estrangeiro: E a parte da imitação que diz respeito a essas coisas deve ser chamada, como a chamamos anteriormente, de produção de semelhanças?

Teeteto: É como deve ser chamada.

Estrangeiro: Agora, como chamaremos aquilo que parece, pelo fato de ser visto de uma posição desfavorável, assemelhar-se ao belo, mas que provavelmente nem sequer pareceria com aquilo com que afirma assemelhar-se, se alguém se capacitasse a ver tais grandes obras adequadamente? Não o chamaremos, uma vez que aparece, mas não se assemelha, de uma aparência?[36]

Teeteto: Certamente.

Estrangeiro: E isso se mostra muito comum na pintura e em todo outro tipo de imitação?

Teeteto: É claro.

---

35. ...εἰδώλοις... (*eidólois*).

36. ...φάντασμα... (*phántasma*), nesse contexto aquilo que *aparece*, mas que não *parece*, ou melhor, não se assemelha a algo original e real.

Estrangeiro: E o nome mais exato que poderíamos dar à arte que produz aparência, mas não semelhança, seria *arte da imaginação*, não seria?

Teeteto: Decididamente.

Estrangeiro: São essas, portanto, as duas espécies de produção de cópias a que aludi: a produção de semelhanças e a da imaginação.[37]

Teeteto: Estás correto.

Estrangeiro: Porém, estava em dúvida antes quanto a em qual das duas situar o sofista... e mesmo agora não consigo distingui-lo com clareza. Ele é efetivamente um homem espantoso e sobre o qual é dificílimo manter o olhar, já que mais uma vez, da mais astuta maneira, esquivou-se para uma desconcertante classificação em que rastreá-lo é difícil.

Teeteto: É o que parece.

Estrangeiro: Concordas porque o reconheces ou foi a força de hábito que te apressou rumo a um rápido assentimento?

Teeteto: O que queres dizer com isso e por que o disseste?

Estrangeiro: Estamos, meu caro amigo, realmente empenhados numa investigação muito difícil, pois a matéria de *aparecer e parecer, mas não ser,*[38] e de dizer coisas, mas não verdadeiras – tudo isso é agora, como o foi sempre, motivo de muita perplexidade. Sabe, Teeteto, é sumamente difícil compreender que forma de discurso um indivíduo deveria usar para dizer que realmente há a falsidade e, ao dizê-lo, não se envolver em contradição.

Teeteto: Por quê?

Estrangeiro: Porque essa afirmação implica a hipótese audaciosa de que *o não-ser existe,*[39] pois se assim não fosse a falsidade não poderia vir a ser. Mas o grande Parmênides, meu rapaz, do tempo em que éramos crianças até o fim de sua vida, nunca deixou de protestar contra isso e repetiu continuamente tanto em prosa quanto em verso:

---

37. ...φανταστικήν... (*phantastikén*), ou seja, a produção ou formação de aparências.
38. ...φαίνεσθαι τοῦτο καὶ τὸ δοκεῖν, εἶναι δὲ μή... (*phaínesthai toŷto kaì tò dokeîn, eînai dè mé*).
39. ...τὸ μὴ ὂν εἶναι... (*tò mè òn eînai*), *o que não é, é*. Ver nota 60, na sequência.

Nunca te submeta ao pensamento de que – disse ele – o não-ser é;
Mas mantém tua inteligência afastada dessa senda de investigação.[40]

b   Assim, dispomos de seu testemunho, além do fato de que um razoável exame da própria afirmação, de nossa parte, tornaria o ponto cabalmente claro. Assim, se a ti parece o mesmo, consideremos essa matéria primeiramente.
Teeteto: No que respeita a mim, podes fazer o que desejares. Quanto ao nosso argumento, todavia, considera como tirar o melhor proveito dele. Segue teu próprio caminho e leva-me contigo.
Estrangeiro: É o que nos cabe fazer. Agora diz-me: arriscamo-nos a usar a expressão *absoluto não-ser*?
Teeteto: É claro.
Estrangeiro: Assim sendo, se não meramente para efeito de disc   cussão ou a título de gracejo, mas seriamente, fosse solicitado a um de seus discípulos[41] que considerasse e respondesse a seguinte questão: "Ao que deve ser aplicada a designação não-ser?", como achas que poderíamos responder a quem o questionasse, e como ele aplicaria o termo, em conexão com o que e com que tipo de propósito?
Teeteto: Eis uma questão difícil. Eu diria que para uma pessoa como eu seria uma questão irrespondível.
Estrangeiro: Mas de qualquer forma está claro que o termo *não-ser* não pode ser aplicado a nenhum ser.
Teeteto: Claro que não.
Estrangeiro: E se não pode ser aplicado ao *ser*, tampouco poderia ser aplicado corretamente a *alguma coisa*.
Teeteto: E como poderia?
d   **Estrangeiro:** E é para nós evidente que aplicamos esse *alguma coisa* a um ser, já que falar de *alguma coisa* abstratamente, por assim dizer nuamente, sem conexão com todos os seres é impossível, não é?

---

40. Parmênides, fragm. 7, II.1-2.
41. Burnet: ...*um de nossos ouvintes*... .

Teeteto: Impossível.
Estrangeiro: Concordas porque admites que aquele que diz alguma coisa necessariamente diz *uma* coisa?
Teeteto: Sim.
Estrangeiro: E concordarás que *alguma coisa* ou *algum* no singular é o sinal de um, no dobro de dois e no plural de muitos?
Teeteto: É claro.
e **Estrangeiro:** E é absolutamente necessário que quem não diz *alguma coisa* não diz absolutamente nada.
Teeteto: Absolutamente necessário.
Estrangeiro: Então, sequer estamos facultados a admitir que tal pessoa fala, mas não diz nada? Teríamos mesmo que declarar que quem tenta dizer *não-ser* absolutamente não fala?
Teeteto: Com isso nosso discurso atingiria o clímax da perplexidade.
238a **Estrangeiro:** Não te apresses em gabar-te, pois ainda resta, meu amigo, a primeira e maior das perplexidades, a qual, a propósito, afeta o próprio princípio de todo o problema.
Teeteto: O que queres dizer? Não hesites em falar.
Estrangeiro: É possível que ao *que é* seja acrescentada ou atribuída alguma outra coisa que *é*?
Teeteto: Claro.
Estrangeiro: Mas afirmaremos que ao *que não é* qualquer coisa *que é* pode ser atribuída?
Teeteto: E como poderíamos?
Estrangeiro: Ora, supomos que todos os números estão entre as *coisas que são*?
b **Teeteto:** Sim, se supormos que também estejam quaisquer outras coisas.
Estrangeiro: Então, nem sequer tentemos aplicar ou o singular ou o plural do número ao não-ser.
Teeteto: Ao menos, a argumentação de nosso discurso indica que seria errado fazer essa tentativa.

Estrangeiro: Como, então, poderia alguém pronunciar ou chegar mesmo a conceber em seu pensamento *as coisas que não são ou o não-ser*[42] independentemente do número?
Teeteto: Diz-me.
Estrangeiro: Quando dizemos *coisas que não são* não atribuímos
c pluralidade a elas?
Teeteto: Certamente.
Estrangeiro: E ao dizer *uma coisa que não é* não atribuímos igualmente o singular?
Teeteto: Obviamente.
Estrangeiro: E, todavia, afirmamos que não é nem justo nem correto tentar atribuir ser ao não-ser.
Teeteto: Falas com muita verdade.
Estrangeiro: Compreendes, então, que é impossível pronunciar, ou dizer, ou pensar corretamente o não-ser sem qualquer atributo, mas que é algo inconcebível, indizível, indiscursável e irracional?
Teeteto: Absolutamente.
d **Estrangeiro:** Assim, eu estava errado há pouco ao dizer que a dificuldade ou perplexidade à qual ia me referir era a maior no nosso assunto?
Teeteto: Mas há uma ainda maior que possamos mencionar?
Estrangeiro: Ora, admirável amigo, não vês pelos próprios argumentos que utilizamos que o não-ser coloca aquele que se presta a refutá-lo em tais embaraços que quando tenta refutá-lo é forçado a contradizer a si mesmo?
Teeteto: O que queres dizer? Fala ainda com maior clareza.
Estrangeiro: Não deves esperar maior clareza de mim, pois embora tenha sustentado que o não-ser não podia ter nada a ver
e quer com o número singular, quer com o plural, eu falei dele há pouco e prossigo dele falando como uno, visto que digo *aquilo que não é*. Decerto o compreendes?
Teeteto: Sim.

---

42. ...τὰ μὴ ὄντα ἢ τὸ μὴ ὄν... (*tà mè ónta è tò mè òn*).

Estrangeiro: E novamente, ainda há menos tempo, disse que era indizível, indiscursável e irracional. Tu me acompanhas?
Teeteto: Claro que acompanho.
Estrangeiro: Então, quando tentei ligar o verbo *ser* ao *não-ser* estava contradizendo o que eu disse anteriormente.
Teeteto: É o que se evidencia.
Estrangeiro: Bem, quando liguei esse verbo a ele, não me dirigi a ele no singular?
Teeteto: Sim.
Estrangeiro: E quando o classifiquei como irracional, indizível e indiscursável, dirigi meu discurso a ele como singular.
Teeteto: Está claro que o fizeste.
Estrangeiro: Entretanto, dizemos que, se cabe a alguém falar corretamente, não se deve defini-lo como singular ou plural, e não se deve sequer, de modo algum, chamá-lo de *ele*, uma vez que mesmo através desse modo de referir a ele se lhe daria a forma do singular.
Teeteto: Inteiramente certo.
Estrangeiro: Mas assim sendo... o que diriam de mim? De fato, me contemplarias agora, como todo o tempo antes, como um derrotado no que toca à refutação do não-ser. Assim, como eu disse antes, não devemos lançar mão do que eu digo para nos ajudar a discursar corretamente a respeito do não-ser. Em lugar disso, lancemos mão do que dizes.
Teeteto: O que queres dizer?
Estrangeiro: Vamos, peço-te, faz um esforço – jovem como és – e tenta com todo o vigor dizer algo corretamente sobre o não-ser sem atribuir-lhe *ser*, unidade ou pluralidade.
Teeteto: Mas eu teria que estar de posse de um grande e absurdo entusiasmo por um tal projeto para tentá-lo eu mesmo depois de presenciar a experiência por que passaste.
Estrangeiro: Bem, se preferes, desistamos de ti e de mim. Mas até encontrarmos alguém que seja capaz de realizar isso, admitamos que o sofista, da maneira mais velhaca, escondeu-se num lugar que somos incapazes de explorar. Escapou para uma perplexidade inacessível.

Teeteto: Certamente é o que parece ter ocorrido.

Estrangeiro: E assim, se afirmamos que ele possui uma arte, por assim dizer, de produzir aparências, ele facilmente se aproveitará de nossa pobreza terminológica para executar um contra-ataque, distorcendo o sentido de nossas palavras, ou seja, atribuindo a elas o sentido contrário. Quando o chamarmos de um produtor de cópias, nos perguntará o que entendemos exatamente por *cópia*.[43] Diante disso, Teeteto, é imperioso verificarmos que resposta deve ser concedida à questão do jovem.

Teeteto: É evidente que responderemos que entendemos por cópias as imagens na água e nos espelhos, além daquelas também nas pinturas e esculturas, e tudo o mais desse jaez.

Estrangeiro: Fica evidente, Teeteto, que jamais viste um sofista.

Teeteto: Por quê?

Estrangeiro: Ele te fará pensar que seus olhos estão fechados ou que não possui absolutamente olhos.

Teeteto: Como?

Estrangeiro: Quando apresentares essa resposta, se te referires a alguma coisa em espelhos e obras de arte, ele zombará de tuas palavras, quando falares com ele como se ele pudesse ver. Fingirá ignorância a respeito de espelhos, água e mesmo da visão, e te questionará unicamente sobre aquilo que é deduzido de tuas palavras.

Teeteto: E que pergunta me fará?

Estrangeiro: Perguntará sobre o que perpassa todas essas coisas que declaras serem muitas, mas que julgas apropriado chamar por um só nome, *cópia*, de modo a abrangê-las todas, como se todas fossem uma coisa. Sendo essa a situação, fala e defende-te... e de modo algum cedas ao homem.

Teeteto: Ora, estrangeiro, o que podemos dizer que é uma cópia exceto que é uma outra coisa confeccionada semelhante à coisa verdadeira.

---

43. ...εἴδωλον... (*eídolon*).

Estrangeiro: Queres dizer uma outra coisa verdadeira, ou em que sentido dizes *semelhante*?

Teeteto: De maneira alguma uma coisa verdadeira, mas somente uma coisa semelhante à verdadeira.

Estrangeiro: E por *verdadeira*[44] queres dizer *o que realmente é*?

Teeteto: Precisamente.

Estrangeiro: E o não verdadeiro é o oposto do verdadeiro?

Teeteto: Claro.

Estrangeiro: O que é semelhante, portanto, dizes que realmente *não é* na hipótese de dizeres que não é verdadeiro.

Teeteto: Mas de uma certa maneira *é*.

Estrangeiro: Mas não *verdadeiramente*,[45] queres dizer.

Teeteto: Não, exceto por *ser* realmente uma semelhança.

Estrangeiro: Então o que chamamos de uma semelhança,[46] ainda que não realmente *seja*, realmente *é*?

Teeteto: Parece realmente que o não-ser de algum modo enredou-se no ser, o que é muito estranho e absurdo.

Estrangeiro: É claro que é absurdo. Percebe, de qualquer forma, como, graças a essa permuta de palavras, o policéfalo sofista[47] mais uma vez nos constrangeu, contrariamente a nossa vontade, a reconhecer que, de um certo modo, o não-ser *é (existe)*.

Teeteto: Sim, eu o percebo muito bem.

Estrangeiro: Bem, como poderíamos definir sua arte sem nos contradizermos?

Teeteto: Por que dizes isso? O que temes?

Estrangeiro: Quando, ao falar sobre aparência, afirmamos que ele engana e que sua arte é uma arte do engano, estaremos afirmando que nossa alma é desencaminhada por sua

---

44. ...ἀληθινὸν... (*alethinòn*).
45. ...ἀληθῶς... (*alethôs*).
46. ...εἰκόνα... (*eikóna*).
47. ...πολυκέφαλος σοφιστὴς... (*polyképhalos sophistès*), literalmente *sofista de muitas cabeças*, expressão certamente pejorativa provavelmente cunhada por Platão para insinuar a mente dúbia, sutil, escorregadia, enganosa e inconstante do sofista.

arte no sentido de sustentar uma falsa opinião? Ou o que afirmaremos?
Teeteto: É o que afirmaremos. O que mais poderíamos dizer?
Estrangeiro: E mais uma vez [temos que constatar] que a falsa opinião será a que opina o oposto do *ser*, não é mesmo?
Teeteto: Sim, o oposto.
Estrangeiro: Queres dizer, então, que a falsa opinião opina coisas que não são?
Teeteto: Necessariamente.
e **Estrangeiro:** E a falsa opinião opina que *coisas que não são* não são, ou que *coisas que absolutamente não são* são em algum sentido?
Teeteto: Deve opinar que *coisas que não são* em algum sentido são, isto é, na hipótese de alguém vir algum dia a opinar absolutamente falso, mesmo num modesto grau.
Estrangeiro: E a opinião falsa não opina também que *coisas que certamente são* não são, de modo algum?
Teeteto: Sim.
Estrangeiro: E também isso é falsidade?
Teeteto: Sim, é.
241a **Estrangeiro:** E, portanto, um enunciado será igualmente considerado falso se afirmar que *coisas que são* não são, ou que *coisas que não são* são.
Teeteto: De qual outra maneira poderia uma afirmação ser tornada falsa?
Estrangeiro: Não suponho que haja qualquer outra maneira. Mas o sofista não concordará com isso. Ou como, afinal, poderia qualquer indivíduo sensato aceitá-lo quando previamente concordamos que as expressões em relação às quais estabelecemos um consenso são inexprimíveis, indiscursáveis, irracionais e inconcebíveis? Será que entendemos o que ele quer dizer, Teeteto?
Teeteto: Está claro que entendemos que ele dirá que estamos contradizendo nossas afirmações de há pouco, uma vez que ousamos dizer que a falsidade existe nas opiniões e palavras; com efeito, dirá que assim nos vemos forçados repetida-

mente a atribuir ser ao não-ser, embora tenhamos concordado há algum tempo que nada poderia ser mais impossível do que isso.

Estrangeiro: Estás inteiramente correto em lembrar-me disso. Mas penso que já é hora de considerar o que deve ser feito relativamente ao sofista. De fato, vê com que facilidade e frequência ele se capacita a levantar objeções e dificuldades se o colocamos, à medida que o buscamos, na corporação dos operadores de falsidades e prestidigitadores.

Teeteto: Definitivamente.

Estrangeiro: É... defrontamo-nos apenas com uma pequena parte delas, e são, se posso me expressar assim, infinitas.

Teeteto: Se for esse o caso, parece que seria impossível apanhar o sofista.

Estrangeiro: Bem, então deveremos amolecer e desistir da luta a esta altura?

Teeteto: Digo que não. Não devemos agir assim na hipótese de dispormos, ao menos, da mais ligeira chance de agarrá-lo.

Estrangeiro: Então, me perdoarás e, como sugerem tuas palavras, ficarás feliz se eu, de algum modo, recuar por apenas uma curta distância desse seu poderoso argumento?

Teeteto: É claro.

Estrangeiro: Tenho, além disso, um pedido ainda mais premente para fazer-te.

Teeteto: Qual é?

Estrangeiro: Não supor que estou me tornando uma espécie de parricida.

Teeteto: O que queres dizer?

Estrangeiro: Na minha autodefesa serei obrigado a testar a teoria de meu pai Parmênides e violentamente insistir que, de algum modo, o *não-ser é* e, por outro lado, num certo sentido, o *ser não é*.

Teeteto: É evidente que é necessária tal insistência.

Estrangeiro: Sim, evidente até mesmo para um cego, como dizem, pois, a menos que essas afirmações sejam ou reprovadas ou aceitas, ninguém que discurse acerca de falsas

palavras ou falsa opinião – cópias, ou semelhanças, ou imitações ou aparências – ou acerca das artes que com elas se relacionam poderá jamais evitar ser forçado a contradizer-se e tornar-se ridículo.
Teeteto: Isso é inteiramente verdadeiro.
242a **Estrangeiro:** Assim, é necessário sermos corajosos para atacar a teoria de nosso pai aqui e agora ou... se quaisquer escrúpulos barrarem tal ação, teremos que desistir de toda a investigação.
Teeteto: Mas nada no mundo deve nos barrar.
Estrangeiro: Nesse caso, tenho um terceiro pedido a fazer-te.
Teeteto: Basta enunciá-lo.
Estrangeiro: Eu disse há um minuto que sempre hesitei em refutar essa teoria, e ainda hesito agora.
Teeteto: Sim, foi o que disseste.
Estrangeiro: Receio que, por conta do que eu disse, julgarás que estou louco por estar sempre mudando de um lado para outro
b minha posição. É por tua causa que vou empreender essa refutação... se conseguir levá-la a cabo.
Teeteto: Certamente não pensarei que estarás te comportando indevidamente se empreenderes tua refutação e demonstração. Por conseguinte, no tocante a isso, vai em frente com denodo.
Estrangeiro: Bem, qual seria um bom começo para um arriscado discurso? Ah, meu rapaz, creio que o caminho que certamente devemos tomar é o seguinte...
Teeteto: Qual caminho?
Estrangeiro: Temos que começar pelo exame dos pontos que
c nos parecem claros agora, no receio de termos incorrido em alguma confusão com relação a eles, podendo consequentemente ter estabelecido descuidadamente uma mútua concordância, na suposição de estarmos discernindo corretamente.
Teeteto: Explicita o que queres dizer com maior clareza.
Estrangeiro: Parece-me que Parmênides e todos os que alguma vez tentaram definir criticamente a quantidade e a

natureza dos seres nos dirigiram seus discursos com uma certa negligência.
Teeteto: Como?
Estrangeiro: Parece que todos eles contam-nos uma história, como se fôssemos crianças. Um afirma que há três seres, que às vezes, de alguma forma, travam uma espécie de guerra entre si, e que, outras vezes, convertem-se em amigos, casam-se, geram filhos e os educam. Um outro diz que há dois, úmido e seco ou quente e frio, os quais aloja juntos e une em casamento.[48] De sua parte, a escola eleata, em nossa região, a partir de Xenófanes[49] e mesmo antes dele, conta a história de que o que chamam de *todas as coisas* é realmente a unidade.[50] Em seguida, uma certa musa jônica[51] e, posteriormente, uma certa musa siciliana[52] ponderaram e concluíram que o mais seguro era combinar as duas histórias e declarar que o ser é múltiplo e uno e que é aglutinado pelo ódio e pela amizade. Com efeito, a mais veemente dessas musas[53] diz que o ser simultânea e continuamente se associa e se dissocia. As mais suaves, todavia, afrouxaram o rigor da teoria do conflito perpétuo. Declaram que tudo alterna, sendo, sob a influência de Afrodite,[54] às vezes uno e amistoso, e às vezes múltiplo e belicoso consigo mesmo devido a alguma forma de discórdia.[55]
É difícil afirmar se qualquer desses pensadores expressou a verdade ou não, além de ser impróprio, de nossa parte, imputar a homens tão ilustres um erro tão grande quanto a falsidade. Mas... sem os ofendermos, podemos fazer uma afirmação.
Teeteto: E qual é?
Estrangeiro: Deram a mínima atenção e tiveram pouquíssima consideração no que toca à maioria das pessoas, da qual nós

---

48. A alusão parece ser a Ferécides e aos primeiros filósofos jônicos.
49. Xenófanes de Colofon, como Tales de Mileto, floresceu no século VI a.C.
50. A essa escola pertencem também o próprio Parmênides de Eleia, Melisso de Samos, Zenão de Eleia e Górgias de Leontini. O leitor deve lembrar-se de que o Estrangeiro também é de Eleia.
51. Ou seja, Heráclito de Éfeso (floresceu no desfecho do século VI a.C.).
52. Empédocles de Agrigento (século V a.C.).
53. Heráclito.
54. A deusa cípria e olímpica que personifica a beleza feminina e o amor sexual.
55. Platão refere-se à doutrina de Empédocles.

próprios fazemos parte. De fato, avançam até o fim, cada um trilhando seu próprio caminho, sem se importarem se acompanhamos seus discursos ou se somos deixados para trás.
Teeteto: O que queres dizer?
Estrangeiro: Toda vez que um deles afirma em seu discurso que *muitos* ou *um* ou *dois* são, ou se tornaram, ou estão se tornando, e depois discursa do quente se mesclando com o frio, e em outra parte de sua exposição sugere separações e combinações, pelos deuses, Teeteto!... Fazes alguma ideia do que querem dizer com qualquer uma dessas coisas? Quando eu era mais jovem, costumava pensar que entendia perfeitamente quando alguém empregava a expressão *não ser* que agora nos deixa perplexos. Mas percebes hoje quanta perplexidade essa expressão nos acarreta?
Teeteto: Sim, percebo.
Estrangeiro: Mas talvez nossas mentes estejam em idêntica condição no que toca também ao *ser*. É possível que pensemos que dispomos de clareza quanto a esse termo e que compreendemos quando é empregado, embora fiquemos confusos com a expressão não-ser. Mas talvez, na realidade, compreendamos igualmente pouco de ambas essas expressões.
Teeteto: Talvez.
Estrangeiro: E talvez possamos dizer o mesmo de todas as expressões relativas aos assuntos que estamos abordando.
Teeteto: Com certeza.
Estrangeiro: Examinaremos a maioria delas mais tarde, se isso parecer a ti a melhor opção, mas é imperioso que examinemos agora a mais básica e mais importante delas.
Teeteto: O que queres dizer? Ou obviamente queres dizer que temos que começar por investigar o termo *ser*, apurando o significado a ele conferido pelos que o empregam?
Estrangeiro: Apreendeste rapidamente o que eu quis dizer, Teeteto. De fato, certamente quero dizer que esse é o melhor método a ser usado por nós, ou seja, questioná-los diretamente, como se estivessem aqui presentes em pessoa. Assim, perguntemos: ora, todos vós que dizeis que o quente e o frio, ou

qualquer par de princípios, são tudo, o que é que atribuís a ambos quando dizeis que ambos *são* e cada um *é*? O que devemos entender por esse vosso *ser*? Seria um terceiro princípio além dos outros dois, e devemos supor que o *universo*[56] é *três* e não mais *dois* de acordo com vossa doutrina? Decerto, chamando de *ser* um ou outro de dois deles, não estais dizendo que ambos igualmente *são*, uma vez que, então, num caso ou outro eles seriam *um* e não *dois*.

Teeteto: Dizes a verdade.

Estrangeiro: Bem, então *desejais* chamar ambos juntamente de *ser*?

Teeteto: Provavelmente.[57]

Estrangeiro: Mas amigos, – diremos – mesmo dessa maneira estaríeis muito claramente dizendo que o *dois* é *um*.

Teeteto: Isso está inteiramente correto.

Estrangeiro: Assim, como estamos confusos, podeis dizer-nos com clareza o que desejais designar quando proferis a palavra *ser*? Pois é evidente que estivestes sempre cientes do que é, enquanto nós, que no passado julgávamos sabê-lo, estamos agora mergulhados na perplexidade. Portanto, começai por esclarecer-nos nesse sentido, para que não possamos pensar que compreendemos o que dizeis quando se trata precisamente do contrário.

E, se nos expressarmos nesses termos e fizermos essa solicitação a eles e a todos que afirmam que o universo[58] é mais do que *um*, estaremos, meu rapaz, nos conduzindo impropriamente?

Teeteto: De modo algum.

Estrangeiro: Nesse caso, não deveremos, na medida de nossa capacidade, procurar descobrir daqueles que afirmam que o tudo (o universo) é uno o que querem dizer quando pronunciam a palavra *ser*?

Teeteto: Não há dúvida de que deveremos.

---

56. ...πᾶν... (*pân*), isto é, *tudo, todas as coisas*.
57. Embora seja Teeteto quem responde, deve-se entender que seria a resposta de todos os pensadores pré-socráticos mencionados anteriormente.
58. Ver nota 56.

Estrangeiro: Então, eles deveriam responder a seguinte pergunta: dizeis que somente o uno *é*? A isso responderão que sim, não é mesmo?

Teeteto: Sim.

Estrangeiro: Ora, *designais* como ser qualquer coisa?

Teeteto: Sim.[59]

c **Estrangeiro:** É exatamente o que *designais* como *um* – empregando dois nomes para a mesma coisa – ou o quê?

Teeteto: E como responderão essa pergunta, Estrangeiro?

Estrangeiro: É claro, Teeteto, que para alguém que sustenta o que eles sustentam não é a coisa mais fácil no mundo responder essa pergunta, ou tampouco qualquer outra.

Teeteto: Por que não?

Estrangeiro: Seria um tanto ridículo admitir que há dois nomes quando se afirma que nada *é (existe)*[60] exceto a unidade.

Teeteto: Certamente é ridículo.

Estrangeiro: E, em geral, careceria de sentido aceitar a afirmação
d de que um nome possui qualquer existência.[61]

Teeteto: Por quê?

Estrangeiro: Porque aquele que sustenta que o nome é distinto da coisa sustenta que há *duas* coisas.

Teeteto: Sim.

---

59. Ver nota 57.

60. O verbo εἰμί (*eimí*) significa tanto ser quanto existir. Não há no grego, como no português e em outras línguas, dois verbos específicos. No contexto não só da metafísica platônica, como da ontologia de todos os filósofos gregos antigos – *que evidente e necessariamente pensaram e filosofaram em grego* – não há qualquer distinção entre ser e existir. A rigor, na esfera da ontologia grega, não há nenhuma diferença conceitual entre ser e existir, a despeito de haver em várias línguas os dois verbos e os dois substantivos correspondentes (ou, como em português, um verbo substantivado, *ser*, e o substantivo *existência*). O alemão, língua de marcante contribuição filosófica, possui até três substantivos: *Sein, Dasein* e *Existenz*. Nesta tradução, sobretudo por causa da dicotomia ser/não-ser discutida por Platão, e para evitar eventuais confusões de cunho terminológico com as *filosofias da existência* (Kierkegaard, Heidegger, Sartre etc.), preferimos *ser* a *existir*, salvo em algumas poucas passagens pontuais.

61. A questão da natureza do nome é tratada por Platão no *Crátilo*.

Estrangeiro: Ademais, se sustenta que o nome é idêntico à coisa, ver-se-á forçado a dizer que se trata do nome de nada; ou, se diz que é o nome de alguma coisa, o nome estará reduzido a ser unicamente o nome de um nome e de nada mais.
Teeteto: É isso.
Estrangeiro: E o *um* acabará se tornando *o nome do um* e também *o um do nome*.[62]
Teeteto: Necessariamente.
Estrangeiro: E dirão que o *todo*[63] é distinto do *um que é,* ou idêntico a ele?
e **Teeteto:** É claro que dirão que é idêntico, aliás como realmente dizem.
Estrangeiro: Nesse caso, se então o todo é, como diz Parmênides...

...*Em todos os lados como a massa de uma esfera bem arredondada,*

Igualmente contrabalançada em todas as direções a partir do meio,

Pois nem maior nem menor necessita ser nisso ou naquilo...

...o ser, sendo como ele o descreve, tem um meio e extremos, e os tendo, decerto necessariamente possui partes, não é mesmo?
Teeteto: Decerto.
245a **Estrangeiro:** Ora, se uma coisa tem partes, então nada a impede de ter o atributo de ser una em todas as suas partes, e ser desse modo *ser,* uma vez que é tudo e todo.
Teeteto: Está claro que sim.
Estrangeiro: Mas não é impossível para aquilo que *é* nessa condição ser ele mesmo unidade absoluta?
Teeteto: Por quê?

---

62. O *um*, se considerado apenas uma palavra, é o nome da unidade. Entretanto, se considerado ontologicamente, é a unidade da qual a palavra *um* é o nome.
63. ...ὅλον... (*hólon*).

Estrangeiro: Certamente uma coisa que é verdadeiramente una, conforme a correta razão, tem que ser totalmente destituída de partes.
Teeteto: Sim, tem que ser.
Estrangeiro: O problema é que uma tal unidade, consistente de múltiplas partes, não se ajusta com a razão.
Teeteto: Compreendo.
Estrangeiro: Diante disso, concordaremos que o *ser* é *um* e um *todo* porque possui o atributo da unidade, ou negaremos taxativamente que o ser é um todo?
Teeteto: Proporcionas a mim uma difícil escolha.
Estrangeiro: Há muita verdade no que dizes. De fato, embora o *ser* tenha o atributo de ser de algum modo *um*, não será evidentemente idêntico à unidade, e o *tudo*[64] será mais do que *um*.
Teeteto: Sim.
Estrangeiro: Além disso, se o *ser* não é um *todo* por ter tido imposto sobre si o atributo da unidade e o *todo* absoluto *é*, então resulta que ao *ser* falta algo do *ser*.
Teeteto: Certamente.
Estrangeiro: E consequentemente, por força desse argumento, uma vez que o *ser* é privado de si mesmo, ele será *não-ser*.
Teeteto: É isso.
Estrangeiro: E o *tudo* torna-se mais do que o *um*, visto que o *ser* e o *todo* adquiriram, cada um deles, sua própria natureza.
Teeteto: Sim.
Estrangeiro: Mas se o *todo* de modo algum *é*, o *ser* estará enredado nas mesmas dificuldades de antes e, além de não *ser*, poderia nem sequer ter jamais *vindo a ser*.
Teeteto: O que queres dizer?
Estrangeiro: Que aquilo que vem a ser invariavelmente vem a ser como um *todo*. Consequentemente, ninguém que não estime o *todo* entre as coisas que são está capacitado a falar do ser ou do vir-a-ser enquanto ser.

---

64. ...πάντα... (*pánta*).

Teeteto: Isso parece cabalmente correto.

Estrangeiro: E, além disso, o que não é um todo não pode, de modo algum, ser de qualquer quantidade, já que algo que é de uma certa quantidade, não importa qual seja esta, teria que ser um todo dessa quantidade.

Teeteto: Exatamente.

Estrangeiro: E inumeráveis outros problemas, cada um por sua vez acarretando infinitas dificuldades, se colocarão diante de quem diz que o *ser* é somente *dois* ou *um*.

Teeteto: Os problemas que agora contemplamos revelam isso muito claramente, pois cada um deles conduz a um outro que traz consigo maior desencaminhamento relativamente a tudo o que tenha sido anteriormente dito.

Estrangeiro: Não tratamos de todos que discutiram apuradamente o ser e o não-ser. Todavia, que isso baste. Devemos agora voltar nossa atenção para aqueles cujas teorias apresentam menos precisão, de modo a nos esclarecer, com base em todas as fontes, que não é mais fácil discernir a natureza do ser do que aquela do não-ser.

Teeteto: Muito bem. É necessário que dispensemos nossa atenção também a esses outros.

Estrangeiro: E de fato parece ocorrer entre eles uma batalha como a dos deuses e gigantes,[65] devido a sua discordância a respeito do *ser*.

Teeteto: De que forma?

Estrangeiro: Alguns deles[66] arrastam tudo do céu e do invisível para a Terra, realmente agarrando rochas e árvores com suas mãos, visto que pousam suas mãos em todas essas coisas, insistindo que somente aquilo que é tangível e manuseável *é*, na medida em que definem o *ser* e o corpo[67] como idênticos. Assim, aquele que afirmar o *ser* de alguma coisa destituída de corpo se torna para eles objeto de completo desprezo, não se dignando eles a atentar para qualquer outra teoria salvo a deles próprios.

---

65. Ver Hesíodo, *Teogonia*, sobretudo 675-715.
66. Platão refere-se a Leucipo, Demócrito de Abdera (*circa* 420 a.C.) e seus seguidores, filósofos da natureza da escola jônica materialista, para os quais tudo que existe são os átomos e o vácuo.
67. ...σῶμα... (*sôma*).

Teeteto: Falas de homens terríveis. Eu mesmo já topei com muitos deles.

Estrangeiro: Assim, os que com eles contendem defendem-se muito cautelosamente utilizando armas provenientes do invisível, sustentando com violenta veemência que o ser real consiste de certas *formas*[68] incorpóreas concebidas exclusivamente pelo intelecto. Os corpos [da doutrina] de seus opositores e o que estes denominam verdade são por eles reduzidos em seus argumentos a minúsculos fragmentos, classificando-os não como *ser*, mas como um processo de *geração*.[69]

Entre esses dois partidos, Teeteto, em torno dessa questão, desenrola-se uma batalha interminável.

Teeteto: É verdade.

Estrangeiro: Pois bem, falemos a cada um desses grupos solicitando-lhes a defesa de suas concepções do *ser*.

Teeteto: Como o faremos?

Estrangeiro: É relativamente fácil consegui-lo dos que afirmam que o ser consiste de formas, já que são pessoas pacíficas. Mas é mais difícil, senão impossível, consegui-lo dos que de maneira violenta arrastam tudo para o corpo. Contudo, imagino o seguinte meio de lidar com eles.

Teeteto: Que meio?

Estrangeiro: Nossa primeira tarefa seria realmente torná-los melhores do que são, se pudermos fazê-lo de alguma maneira. Se isso se revelar inexequível, isto é, não puder ser realizado de fato, façamo-lo verbalmente supondo que eles se predisporiam a responder mais em conformidade com as regras do diálogo do que como realmente fazem, ou seja, menos rispidamente. Com efeito, o reconhecimento ou assentimento de qualquer coisa por parte de pessoas melhores vale mais do que se for da parte de pessoas piores. Mas não estamos interessados nessas pessoas. Tudo que fazemos é buscar a verdade.

---

68. ...εἴδη... (*eíde*), isto é, *ideias*, não no sentido de *conceitos*, mas de formas inteligíveis consistentes que constituem realidade, ou seja, são o *ser*. Aqui se encontra o gérmen da própria teoria das Ideias (Formas) de Platão, que é introduzida no diálogo *Parmênides*.

69. ...γένεσιν... (*génesin*), entenda-se geração não própria ou restritamente como um processo biológico, mas como processo ontológico, isto é, *vir-a-ser*.

e **Teeteto:** Absolutamente correto.
Estrangeiro: Então, diz às pessoas melhores para te responderem e interpreta o que dizem.
Teeteto: Eu o farei.
Estrangeiro: Que eles nos respondam se sustentam a existência de uma coisa: um animal mortal.
Teeteto: Está claro que sustentam.
Estrangeiro: E concordam que um animal mortal é um corpo *animado*?[70]
Teeteto: Certamente.
Estrangeiro: Com o que atribuem à alma um lugar entre *as coisas que são*?
247a **Teeteto:** Sim.
Estrangeiro: E não declaram que uma alma é justa, uma outra injusta, uma sábia e uma outra insensata?
Teeteto: Claro que sim.
Estrangeiro: E não dizem que uma alma torna-se justa graças à posse e presença da justiça, ocorrendo o contrário graças à posse e presença do contrário?
Teeteto: Sim, concordam também com isso.
Estrangeiro: E decerto sustentarão que aquilo que é capaz de se tornar presente ou ausente *é*?
Teeteto: Sim, eles o sustentarão.
b **Estrangeiro:** Admitindo, portanto, que a justiça, a sabedoria e a virtude em geral *são*, bem como os seus contrários e também – é claro – a alma na qual tornam-se presentes, dizem, com respeito a qualquer um deles, que é visível e tangível, ou que são todos invisíveis?
Teeteto: Dificilmente poderiam declarar que qualquer um deles é visível.
Estrangeiro: Eis aqui outras perguntas: dizem que [essas coisas invisíveis] possuem corpos?
Teeteto: Não fornecem uma só resposta para essa pergunta. Afirmam julgar que a própria alma tem uma espécie de corpo;

---

70. ...σῶμα ἔμψυχον... (*sôma émpsykhon*), um corpo com alma.

no entanto, no que concerne à sabedoria e às outras diversas qualidades mencionadas em tua pergunta, não se constrangem em confessar que não *são*, ou asseverar insistentemente que todas são corpos.

Estrangeiro: É óbvio, Teeteto, que nossos homens melhoraram, pois os filhos nascidos dos dentes do dragão[71] entre eles jamais se constrangeriam com essa declaração; insistiriam que aquilo que não podem apertar entre suas mãos de modo algum *é*.

Teeteto: Isso está muito próximo daquilo que pensam.

Estrangeiro: Assim, façamos a eles mais perguntas, pois se estão dispostos a reconhecer que qualquer *ser*, não importa quão pequeno, é incorpóreo, isso basta. Terão, em seguida, que declarar o que é inerente ao incorpóreo e igualmente ao corpóreo e o que eles têm em mente ao afirmarem o ser de ambos. Talvez isso os deixasse confusos para apresentarem uma resposta. E caso fiquem nessa situação, deves considerar a possibilidade de aceitarem uma sugestão de nossa parte, podendo até concordarem que a natureza do ser é a seguinte...

Teeteto: Qual? Fala e não tardaremos a saber.

Estrangeiro: O que sugiro é que tudo aquilo que possui potência de qualquer espécie, *quer* para produzir uma mudança em algo de qualquer natureza, *quer* para sofrer o efeito da mais ligeira causa mesmo no mais ínfimo grau, ainda que o seja numa única oportunidade, *é*. Estabeleço como definição do *ser* que ele é nada mais nada menos que *potência*.[72]

Teeteto: Bem, como no momento eles não dispõem de nada próprio para oferecer, aceitarão isso.

Estrangeiro: Excelente. De fato, talvez mais tarde algo mais venha a acontecer a eles e a nós, mas por ora tenhamos isso como estabelecido entre eles e nós.

---

71. Platão alude ao episódio mitológico em que Cadmos, após matar um dragão, semeou os dentes deste, dos quais brotaram valentes guerreiros, que se tornaram seus companheiros. Visto que, nascidos dos dentes do dragão (e de natureza telúrica), seriam naturalmente telúricos, ou seja, da terra.

72. ...δύναμις... (*dýnamis*).

Teeteto: Estabelecido está.
Estrangeiro: Voltemo-nos agora para os outros, os amigos das formas (ideias). E atuarás para nós como intérprete deles.
Teeteto: Atuarei.
Estrangeiro: *Distinguis*[73] em vosso discurso entre o *vir-a-ser* e o *ser*, não é mesmo?
Teeteto: Sim.
Estrangeiro: E *dizeis* que com nossos corpos e através da percepção participamos do *vir-a-ser*, enquanto com nossas almas, através do pensamento, participamos do efetivo *ser*, o qual é sempre imutável e idêntico, ao passo que o *vir-a-ser* varia no tempo.

b **Teeteto:** Sim, é o que *dizemos*.
Estrangeiro: Mas, excelentíssimos homens, como definiremos essa participação atribuída por vós a ambos? Não será o que mencionamos há pouco?
Teeteto: E o que foi?
Estrangeiro: Uma condição passiva ou ativa que nasce de alguma potência resultante de uma associação de elementos. É possível, Teeteto, que não ouças claramente a resposta deles, mas eu a ouço, talvez por estar habituado a eles.
Teeteto: E o que dizem afinal?

c **Estrangeiro:** Não assentem com o que dissemos há pouco aos *filhos da terra*[74] sobre o *ser*.
Teeteto: O que é isso?
Estrangeiro: Havíamos estabelecido como uma espécie satisfatória de definição do ser a presença da potência de produzir ação ou sofrer ação mesmo na mais ínfima intensidade.
Teeteto: Sim.
Estrangeiro: É a título de resposta a isso que dizem que o *vir-a--ser* participa na potência de atuar e na de sofrer ação, mas que nem uma nem outra está associada ao *ser*.

---

73. Entenda-se que Teeteto representa agora os *idealistas*, embora seja difícil sabermos a quem precisamente Platão alude.
74. ...γηγενεῖς... (*gegeneís*): no mito pré-olímpico, os filhos ou nascidos da terra são especialmente os gigantes, os titãs e os dragões. Os deuses olímpicos travaram guerra contra os primeiros e os segundos.

Teeteto: E não há nisso alguma coisa?
Estrangeiro: Sim, há alguma coisa e a ela devemos responder que ainda nos resta saber deles, com mais clareza, se reconhecem que a alma é cognoscente e o ser, conhecido.
Teeteto: Eles certamente o reconhecem.
Estrangeiro: Se assim é, dizem que *conhecer* ou *ser conhecido* é uma condição ativa ou passiva, ou ambas? Ou que uma é passiva e a outra, ativa? Ou que nenhuma participa de modo algum num caso ou outro?
Teeteto: É claro que diriam que nenhuma participa num caso ou outro, pois se não o dissessem estariam se contradizendo.
Estrangeiro: Compreendo. Isso, ao menos, é verdadeiro, a saber, que, se conhecer é ativo, ser conhecido, por sua vez, é necessariamente passivo. Ora, o ser, uma vez que de acordo com esse argumento, é conhecido pela inteligência, à medida que é conhecido é movido visto sofrer ação, o que afirmamos não poder ocorrer com aquilo que está em repouso.
Teeteto: Correto.
Estrangeiro: Mas, por Zeus, será que nos deixaremos ser facilmente convencidos de que é verdade que o movimento, a vida, a alma e a inteligência não estão realmente presentes naquilo que *absolutamente* é, que o ser nem vive nem pensa, mas que solene e sagrado, destituído de inteligência, é fixo e *imóvel*?[75]
Teeteto: Seria admitirmos algo chocante, Estrangeiro.
Estrangeiro: Mas estaríamos facultados a dizer que tem inteligência, mas não vida?
Teeteto: E como poderíamos?
Estrangeiro: Mas diremos que ambas[76] estão nele, continuando, não obstante, a dizer que ele não as possui numa alma?
Teeteto: Mas que de outra maneira poderia possuí-las?
Estrangeiro: Então diremos que ele possui inteligência, vida e alma, mas que, embora animado, é completamente *imóvel*?[77]

---

75. ...ἀκίνητον... (*akíneton*), abarcando também os sentidos de imutável e imperturbável.
76. Isto é, inteligência e vida.
77. Ou seja, está em absoluto repouso e é completamente imutável.

Teeteto: Ora, todas essas coisas me parecem irracionais.

Estrangeiro: Assim, deve ser admitido que tanto *aquilo que é movido* quanto o *movimento* são.

Teeteto: Não há dúvida.

Estrangeiro: Então, Teeteto, a conclusão é que se não houver movimento, não haverá inteligência em ninguém a respeito de nada em lugar algum.

Teeteto: Precisamente.

Estrangeiro: E, por outro lado, se admitirmos que tudo está em fluxo e movimento, também através dessa teoria suprimiremos a mesmíssima coisa[78] do número dos seres.

Teeteto: Como?

Estrangeiro: Julgarias que sem o repouso, a identidade de qualidade, de natureza ou das relações poderia *vir-a-ser*?

Teeteto: De modo algum.

Estrangeiro: E como ficamos? Sem isso serias capaz de conceber como a inteligência poderia *ser* ou *vir-a-ser* em qualquer lugar?

Teeteto: De maneira alguma.

Estrangeiro: E apesar disso é certo que devemos combater mediante todos os argumentos aquele que elimina o conhecimento, ou o entendimento, ou a inteligência, procedendo em seguida para a enunciação de qualquer asserção dogmática sobre qualquer coisa.

Teeteto: Sem sombra de dúvidas.

Estrangeiro: Nesse caso, o filósofo – o qual tem essas coisas na mais alta estima – deve necessariamente, pelo que parece, recusar-se a aceitar a afirmação de que tudo está em repouso, seja como uma unidade, seja como multiplicidade de formas, devendo igualmente recusar-se cabalmente a dar ouvidos aos que sustentam que o ser é movimento universal. Precisa imitar as crianças na sua súplica de ambos,[79] e declarar que o ser e o tudo (universo) são tanto o imóvel quanto o que se move.

---

78. Isto é, a inteligência.
79. Quer dizer, tanto do que está em repouso quanto do que está em movimento.

Teeteto: Inteiramente verdadeiro.
Estrangeiro: Não pareceria que teríamos, com isso, finalmente atingido uma boa definição do *ser*?
Teeteto: Decerto.
Estrangeiro: Mas, pelos deuses, Teeteto! Acho que agora vamos descobrir a dificuldade da investigação acerca do *ser*.

e **Teeteto:** E por que isso de novo? O que queres dizer?
Estrangeiro: Não percebes, meu caro amigo, que nos encontramos agora numa extrema ignorância dele, embora se nos afigure que estamos dizendo algo digno de nota?
Teeteto: É afinal o que penso e absolutamente não entendo em que imperceptível erro incorremos.
Estrangeiro: Se é assim, então pondera mais meticulosamen-

250a te sobre isso. Diante do consenso que já alcançamos, seria justo para alguém nos fazer as mesmas perguntas que antes fizemos às pessoas que sustentam que tudo é simplesmente *quente* e *frio*?
Teeteto: Quais perguntas? Podes lembrar-me?
Estrangeiro: Certamente, e procurarei fazê-lo interrogando-te como os interrogamos na ocasião. Espero que, ao mesmo tempo, façamos algum progresso.
Teeteto: Está certo.
Estrangeiro: Muito bem. Dirias que o movimento e o repouso são diretamente opostos entre si, não dirias?
Teeteto: É claro.
Estrangeiro: E, não obstante, dizes que ambos igualmente *são*, e que cada um deles igualmente *é*?

b **Teeteto:** Sim, digo.
Estrangeiro: E admitindo que *são*, queres dizer que ambos estão em movimento e que cada um está em movimento?
Teeteto: De modo algum.
Estrangeiro: Mas queres dizer que estão em repouso quando dizes que ambos *são*?
Teeteto: Claro que não.

Estrangeiro: Então concebes que o *ser* seja alguma coisa mais na alma, uma terceira a somar-se a esses dois,[80] porquanto pensas que o repouso e o movimento são abrangidos por ele? E quando dizes que ambos são, estás tomando ambos em conjunto e se concentrando na associação deles com o ser?

c **Teeteto:** Parece realmente que dispomos de uma visão imprecisa do *ser* como alguma terceira coisa, quando afirmamos que o movimento e o repouso *são*.

Estrangeiro: Consequentemente, o ser não é movimento e repouso associados, porém uma outra coisa distinta deles.

Teeteto: É o que parece.

Estrangeiro: E de acordo com a natureza que lhe é própria, portanto, o ser não está nem em repouso nem em movimento.

Teeteto: Suponho que não.

Estrangeiro: Então para onde resta, a um indivíduo que deseja estabelecer no interior de si mesmo uma clara concepção do ser, voltar seu pensamento?

Teeteto: Realmente, o que resta?

Estrangeiro: Penso que nada resta para o que possa facilmente
d voltar-se. Com efeito, se uma coisa não está em movimento está necessária e certamente em repouso; e, por outro lado, o que não está em repouso está necessária e certamente em movimento. Agora, contudo, descobrimos que o *ser* coloca-se externamente a ambos. É isso então possível?

Teeteto: Não. Nada poderia ser mais impossível.

Estrangeiro: Então, há algo adicional que nos cabe lembrar.

Teeteto: O que é?

Estrangeiro: Que quando fomos indagados ao que deveríamos aplicar a designação *ser* ficamos sumamente confusos. Lembras-te?

Teeteto: Claro que sim.

---

80. Isto é, o movimento e o repouso.

Estrangeiro: E estaríamos agora menos perplexos a respeito do *ser*?
Teeteto: A mim parece, Estrangeiro, que nossa perplexidade é ainda maior – se for isso possível...
Estrangeiro: Temos estabelecido, portanto, esse ponto como de completa perplexidade. Todavia, como o *ser* e o *não-ser* participam igualmente da perplexidade, há agora, ao menos, alguma esperança de que, se um ou outro dos dois se manifesta com mais imprecisão ou mais precisão, também o outro se manifesta. Se, entretanto, não formos capazes de ver nem um nem outro, de um modo ou outro avançaremos na nossa explicação racional de ambos com a máxima credibilidade que pudermos.
Teeteto: Ótimo.
Estrangeiro: Expliquemos, pois, como acontece de estarmos continuamente chamando essa mesma coisa mediante diversos nomes.
Teeteto: O que, por exemplo? Indica um caso.
Estrangeiro: Falamos do ser humano e lhe conferimos muitas designações adicionais. A ele atribuímos cores, formas, tamanhos, vícios e virtudes, e em todos esses casos e outros incontáveis não nos limitamos a dizer que ele é ser humano, mas dizemos que é bom e um número infindo de outras coisas. Da mesma maneira, tratamos como múltipla e chamamos por muitos nomes toda coisa singular que supomos ser una.
Teeteto: Dizes a verdade.
Estrangeiro: E com base em tudo isso – imagino – preparamos um belo festim para jovens, como também para velhos aprendizes tardios. Por exemplo, é suficientemente fácil a apreensão da ideia de que é impossível que o múltiplo seja uno e que este seja múltiplo, de sorte que evidentemente extraem prazer em nos dizer que não devemos chamar um ser humano de bom, devendo sim chamar o bom de bom, e um ser humano de ser humano. Suponho, Teeteto, que topas frequentemente com pessoas que levam essas coisas a sério. Por vezes, são seres humanos de idade avançada, cujo precário entendimento os

faz admirar tais jogos de palavras, e que pensam estar diante de algo prodigiosamente sábio por eles descoberto.
Teeteto: Certamente.
Estrangeiro: Assim, a fim de incluir em nossa discussão todos os que se envolveram alguma vez em qualquer diálogo acerca do *ser*, dirijamos nossos argumentos em pauta tanto a essas pessoas quanto a todas aquelas com as quais dialogávamos antes, para o que empregaremos o método das questões.
Teeteto: A quais questões te referes?
Estrangeiro: Recusar-nos-emos a aplicar o ser ao movimento ou ao repouso, ou qualquer atributo a qualquer coisa, assumindo, ao contrário, em nossas discussões, que não se mesclam e são incapazes de experimentar mútua participação? Ou associaremos todas as coisas, crendo que são capazes da mútua combinação? Ou algumas coisas são capazes dessa combinação e outras não? Quais dessas alternativas, Teeteto, diríamos ser a escolha deles?
Teeteto: Não saberia como responder essas questões por eles.
Estrangeiro: E por que não respondes a cada uma separadamente, verificando depois qual foi o resultado em cada um dos casos?
Teeteto: Eis uma boa sugestão.
Estrangeiro: E se for de teu agrado, suponhamos que eles começam por afirmar que falta às coisas qualquer capacidade de se combinarem com quaisquer outras coisas. Nesse caso, nem o movimento nem o repouso de modo algum participarão do ser, não é mesmo?
Teeteto: Não, não participarão.
Estrangeiro: Mas, considerando que de modo algum participam do ser, como um ou outro *será*?
Teeteto: *Não será.*
Estrangeiro: Parece que através dessa admissão tudo é aniquilado de imediato: a doutrina dos que defendem o movimento universal, a dos partidários da unidade e do repouso, bem como a dos que ensinam que todas as *coisas que são* são formas que

permanecem sempre idênticas e no mesmo estado. De fato, todos eles utilizam o *ser* como um atributo. Um partido afirma que o universo[81] *está* em movimento, enquanto um outro partido afirma que ele *está* em repouso.

Teeteto: Exatamente.

b **Estrangeiro:** Ademais, todos os que ensinam que numa ocasião as coisas se associam e numa outra se dissociam, sejam infinitos elementos que se combinam na unidade e dela derivam, ou elementos finitos que se separam e em seguida se unem – independentemente de afirmarem que essas mudanças ocorrem por estágios ou ininterruptamente – estariam, em suas doutrinas, proferindo absurdos se não houvesse qualquer mescla.

Teeteto: Correto.

Estrangeiro: A conclusão, também, é que os próprios homens que nos proíbem chamar qualquer coisa por um outro nome porque ele participa do efeito produzido por uma outra coisa ficariam, devido a essa doutrina, na mais ridícula das situações.

c **Teeteto:** Por quê?

Estrangeiro: Porque no discurso acerca de toda coisa são forçados a utilizar expressões como *ser,*[82] *separado*, *dos outros*, *por si mesmo* e inúmeras outras. São incapazes de se manterem longe delas ou mesmo de evitarem sua inclusão em seus discursos. Consequentemente, prescindem de outros que os refutem e – como diz o brocardo – *seu inimigo e futuro opositor pertence a sua própria casa*, sendo quem sempre levam consigo em suas andanças, proferindo discursos de dentro de seus ventres como o estranho Euricles.[83]

d **Teeteto:** Fazes uma comparação notavelmente precisa.

Estrangeiro: Mas, se atribuirmos a tudo a capacidade de mútua participação?

Teeteto: Nesse caso, mesmo eu posso admitir essa hipótese.

Estrangeiro: Como?

---

81. ...πάντες... (*pántes*), *tudo*.
82. ...εἶναι... (*eînai*), o infinitivo do verbo.
83. Vidente e ventríloquo do século V a.C. Ver Aristófanes, *Vespas*, 1019.

Teeteto: Bem, se é possível unir entre si movimento e repouso, o próprio movimento estaria completamente em repouso e o repouso, por seu turno, estaria ele próprio em movimento.

Estrangeiro: Mas não é decerto impossível, segundo a mais estrita necessidade, que o movimento esteja em repouso e o repouso em movimento?

Teeteto: É claro que sim.

Estrangeiro: Então apenas resta a terceira possibilidade.

Teeteto: Sim.

e **Estrangeiro:** E certamente é necessário que uma dessas três seja verdadeira, a saber: ou todas as coisas se mesclarão entre si, ou nenhuma se mesclará, ou algumas se mesclarão e outras não.

Teeteto: Claro.

Estrangeiro: E com certeza consideramos impossíveis as primeiras duas alternativas.

Teeteto: Sim.

Estrangeiro: Conclui-se que todos que desejam responder corretamente recorrerão à que resta das três possibilidades.

Teeteto: Precisamente.

253a **Estrangeiro:** Ora, visto que algumas coisas se mesclarão e outras não, constatamos aqui uma situação muito semelhante à das letras do alfabeto, posto que algumas destas não combinam entre si, enquanto outras combinam.

Teeteto: É claro.

Estrangeiro: E as vogais,[84] num maior grau do que as demais letras, atuam entre todas como um liame, de modo que sem uma vogal as outras letras não podem ser combinadas entre si.

Teeteto: Com certeza.

Estrangeiro: Bem, todos sabem que letras podem combinar-se com que letras, ou aquele que as combina adequadamente necessita da arte?

---

84. Que em grego são sete: α (alfa), ε (épsilon), η (eta), ι (iota), ο (ômicron), υ (ýpsilon) e ω (ômega).

Teeteto: Necessita da arte.
Estrangeiro: Que arte?
Teeteto: A arte da gramática.
Estrangeiro: E não é o mesmo verdadeiro com relação aos sons
b agudos e graves? Não é *musical* a pessoa que possui a arte do conhecimento dos sons que se combinam e dos que não se combinam, ao passo que é *não musical* a pessoa que não os conhece?
Teeteto: Sim.
Estrangeiro: E então em todas as outras artes e processos destituídos de arte encontraremos condições similares?
Teeteto: É claro.
Estrangeiro: Bem, concordamos que as classes ou gêneros também mesclam-se entre si ou não se mesclam do mesmo modo. Assim, se alguém se puser a nos mostrar corretamente que classes se harmonizam com que classes e que classes rejeitam-se entre si, não terá que dispor de algum conhecimento à medida que progride na argumentação? Além disso, não terá que saber
c se há alguns elementos que se estendem a todos e os associam, de sorte a poderem se mesclar e, igualmente, quando se dissociam, se há outras causas universais de dissociação?
Teeteto: Decerto necessita de conhecimento, e talvez até mesmo a mais importante forma de conhecimento.
Estrangeiro: Assim, Teeteto, que nome daremos a esse conhecimento? Ou, por Zeus, não teremos nós topado inadvertidamente com a ciência pertencente às pessoas livres, com o que talvez hajamos descoberto o filósofo enquanto buscávamos o sofista?
Teeteto: O que queres dizer com isso?
d **Estrangeiro:** Não diremos que a divisão das coisas por gêneros ou classes e o não pensar que a mesma espécie é uma espécie diferente ou que uma espécie diferente é a mesma pertencem à ciência da dialética?
Teeteto: Sim, diremos.
Estrangeiro: Então, aquele que é capaz de executar tal coisa tem uma clara percepção de uma *forma* ou *ideia* que se estende completamente através de muitos indivíduos, cada um dos

quais mantendo-se independente dos outros, e de muitas *formas* que diferem entre si, mas que estão incluídas numa *forma* maior, e também de uma única forma expandida pela união de muitos todos, e de muitas formas completamente separadas e independentes. Aqui temos o conhecimento e a capacidade para distinguir mediante gêneros como coisas individuais podem ou não podem ser associadas entre si.

Teeteto: Certamente.

Estrangeiro: Mas suponho que decerto só concederás a arte da dialética a alguém que busca o amor à sabedoria[85] com pureza e justiça.

Teeteto: E como poderia ser concedida a alguém mais?

Estrangeiro: Portanto, é numa região como essa que descobriremos sempre – tanto agora como doravante – o filósofo, se por ele procurarmos. Também ele é difícil de ser visto com clareza, porém não da maneira em que o é o sofista.

Teeteto: Por que não?

Estrangeiro: O sofista foge para as trevas do não-ser, tateando seu caminho por ele com base na prática,[86] sendo difícil vê-lo devido à escuridão do lugar. O que achas disso?

Teeteto: Acho que parece provável.

Estrangeiro: Quanto ao filósofo, sempre devotado, com o veículo da razão, à *ideia* ou *forma* do ser, é também de dificílima detecção devido à brilhante luz do ambiente. Os olhos das almas da maioria não são suficientemente resistentes para suportar a visão do divino.

Teeteto: Isso também parece não menos correto do que aquilo que disseste antes.

Estrangeiro: Doravante, investigaremos mais meticulosamente a respeito do filósofo, se ainda o quisermos. Quanto ao sofista, contudo, está claro que não devemos abandonar nossos esforços enquanto não o virmos satisfatoriamente.

Teeteto: Dizes bem.

---

85. ...φιλοσοφοῦντι. ... (*philosophoÿnti.*).
86. Isto é, com base no conhecimento empírico e não com base na razão.

Estrangeiro: Como, portanto, concordamos que alguns gêneros mesclar-se-ão entre si, enquanto outros não se mesclarão, e alguns se mesclarão com poucos e outros com muitos, e que nada há que impeça alguns de se mesclarem universalmente com todos, prossigamos com nossa discussão investigando não a totalidade das *formas* ou *ideias*, com o que ficaríamos confusos entre tantas, mas apenas algumas, fazendo uma seleção das consideradas as mais importantes. Principiemos examinando suas várias naturezas, em seguida nos detendo no que é sua capacidade de mútua mescla. Assim, mesmo que nossa compreensão do ser e do não-ser não seja completamente clara, não deixaremos de raciocinar plenamente acerca delas, na medida em que o permita o método de nossa presente investigação. Verifiquemos desse modo se nos é, afinal, permitido dizer que o não-ser realmente *é,* ainda que *não sendo*, e apesar disso sairmos ilesos.

Teeteto: Sim. É o que nos cabe fazer.

Estrangeiro: Com certeza, os mais importantes gêneros são precisamente os que mencionamos, a saber, o próprio *ser*, o repouso e o movimento.

Teeteto: Sim, e de longe.

Estrangeiro: E, ademais, dois deles[87] – segundo dizemos – não podem mesclar-se.

Teeteto: Decididamente não.

Estrangeiro: Mas o ser pode mesclar-se com ambos, uma vez que ambos *são*.

Teeteto: É claro.

Estrangeiro: E, portanto, temos realmente três deles.

Teeteto: Com certeza.

Estrangeiro: Assim, cada um deles é *diferente*[88] dos dois restantes, mas é idêntico a si mesmo.

Teeteto: Sim.

---

87. Ou seja, o repouso e o movimento.
88. ...ἕτερον... (*héteron*), literalmente: *outro* relativamente aos dois restantes.

Estrangeiro: Mas o que entendemos por esses termos, a saber, *idêntico*[89] e *diferente*[90] que acabamos de utilizar? Serão dois outros gêneros, distintos dos outros três, porém sempre necessariamente mesclados com eles? E deveremos nortear nossa investigação sob a hipótese de que há cinco gêneros, e não três, ou estaremos nos referindo inconscientemente a um daqueles três quando dizemos *idêntico* ou *diferente*?

Teeteto: Talvez.

Estrangeiro: Mas, certamente, o movimento e o repouso não são nem o diferente nem o idêntico.

Teeteto: Por que não?

Estrangeiro: Tudo que chamarmos de movimento e repouso em comum não pode ser um ou outro deles.

Teeteto: Por que não?

Estrangeiro: Porque, nesse caso, o movimento estaria em repouso e o repouso estaria em movimento. Em ambas as situações, se o movimento ou o repouso vem a ser ou o idêntico ou o diferente, forçará o outro a mudar para o contrário de sua própria natureza, uma vez que partilhará de seu contrário.

Teeteto: Exatamente.

Estrangeiro: Certamente, ambos partilham do idêntico e do diferente.

Teeteto: Sim.

Estrangeiro: Não devemos declarar, por conseguinte, que o movimento é o idêntico ou o diferente e tampouco que o repouso o seja.

Teeteto: Não.

Estrangeiro: Mas seria o caso de concebermos o *ser* e o *idêntico* como um?

Teeteto: Talvez.

Estrangeiro: Entretanto, se o ser e o idêntico não tiverem significado distinto, então, quando dissermos que tanto o movimento

---

89. ...ταὐτὸν... (*t'aytòn*), o mesmo.
90. ...θάτερον... (*tháteron*), outro.

quanto o repouso *são,* estaremos dizendo que ambos são idênticos, uma vez que *são*.

Teeteto: Mas decerto isso é impossível.

Estrangeiro: Então é impossível para o *ser* e o *idêntico* serem *um*.

Teeteto: É o que tenho comigo.

Estrangeiro: Isso nos leva a considerar o idêntico um quarto gênero além dos outros três?

Teeteto: Certamente.

Estrangeiro: E então classificaremos *o diferente* como um quinto gênero? Ou deveríamos pensá-lo e o *ser* como dois nomes para um mesmo gênero?

Teeteto: Talvez.

Estrangeiro: Mas suponho que admitirás que entre *as coisas que são* algumas são sempre concebidas como absolutas, enquanto outras são concebidas como relativas.

Teeteto: É claro.

Estrangeiro: E *o diferente* é sempre relativo ao *diferente*, não é?

Teeteto: Sim.

Estrangeiro: Assim não seria se *o ser* e *o diferente* não fossem totalmente diferentes. Se o diferente, como o ser, participasse tanto do ser absoluto quanto do relativo, então alguns dos *diferentes que são* seriam diferentes sem serem diferentes relativamente a qualquer coisa diferente. Mas tal como é, consideramos que *tudo aquilo que é diferente* é exatamente o que é por força de alguma coisa que é diferente.

Teeteto: É como dizes.

Estrangeiro: Portanto, é necessário que estabeleçamos a natureza do *diferente* como um quinto gênero entre aqueles nos quais selecionamos nossos exemplos.

Teeteto: Sim.

Estrangeiro: E diremos que permeia a todos, uma vez que cada um deles é *diferente* dos demais, não por razão de sua própria natureza, mas porque partilha da *forma* ou *ideia* do diferente.

Teeteto: Exatamente.
Estrangeiro: Tiremos agora nossas conclusões tomando um a um os cinco gêneros.
Teeteto: Como?
Estrangeiro: Tomemos primeiramente o movimento. Dizemos que é completamente diferente do repouso, não dizemos?
Teeteto: Dizemos.
Estrangeiro: Portanto, ele não é o repouso.
Teeteto: De modo algum.

256a **Estrangeiro:** Mas ele *é* (existe) em razão de sua participação no ser.
Teeteto: Sim, ele *é*.
Estrangeiro: O movimento também é diferente do idêntico.
Teeteto: Tenho comigo que sim.
Estrangeiro: Portanto, não é o idêntico.
Teeteto: Não, não é.
Estrangeiro: Mas ainda assim o consideramos como tal, na medida em que tudo participa do idêntico.
Teeteto: Decididamente.
Estrangeiro: Assim, é imperioso admitirmos, sem nos inquietarmos com isso, que o movimento é o idêntico e não é o idêntico, pois quando dizemos que é o idêntico e não é o idêntico não usamos as palavras do mesmo modo. Quando o chamamos de idêntico, assim agimos porque ele participa do *idêntico*
b relativamente a si mesmo, ao passo que quando o chamamos de não idêntico assim o fazemos devido a sua participação no *diferente*, pelo que é dissociado do idêntico e nele não se converte, mas é diferente. Assim, é correto dizer que não é o idêntico.
Teeteto: Certamente.
Estrangeiro: Portanto, mesmo se o movimento absoluto[91] participasse de qualquer forma do repouso, não seria absurdo dizer que estaria em repouso?

---

91. ...αὐτὴ κίνησις... (*aytè kínesis*), o próprio movimento, o movimento ele próprio.

Teeteto: Seria plenamente correto na hipótese de admitirmos que alguns dos gêneros se mesclarão entre si, enquanto outros não se mesclarão.

c **Estrangeiro:** Além do que certamente demonstramos isso antes de assumirmos a presente posição. Demonstramos que assim tem que ser de acordo com a natureza.

Teeteto: É claro.

Estrangeiro: Recapitulemos, então: o movimento é diferente do diferente, tal como o julgamos ser diferente do idêntico e do repouso.

Teeteto: Necessariamente.

Estrangeiro: Assim, ele é, num sentido, *não diferente* e *diferente*, com base em nossa presente explicação.

Teeteto: É verdade.

Estrangeiro: E quanto ao próximo ponto? Diremos na sequência que o movimento é diferente dos três,[92] mas não diferente do quarto, quer dizer, a despeito de assentirmos que havia cinco

d gêneros que nos dispúnhamos a investigar?

Teeteto: E como poderíamos dizê-lo? É para nós inadmissível que o número seja inferior ao que foi mostrado há pouco.

Estrangeiro: Então, podemos prosseguir intrepidamente sustentando que o movimento é diferente do ser?

Teeteto: Sim, com máxima intrepidez.

Estrangeiro: Fica claro, portanto, que o movimento realmente *não é*, e também que *é*, uma vez que participa do ser?

Teeteto: Isso está perfeitamente claro.

Estrangeiro: Assim, no que toca ao movimento, o *não-ser* necessariamente *é*, estendendo-se isso a todos os gêneros, uma

e vez que em todos a natureza do *diferente* opera de tal maneira a tornar cada um diferente do ser e, portanto, não-ser. Assim, a nós é facultado, desse ponto de vista, declarar acertadamente, no tocante a todos eles igualmente, que *não são*. E, por outro lado, também acertaríamos se disséssemos que são seres, uma vez que participam do ser.

Teeteto: Sim. É o que suponho.

---

92. Ou seja, dos três gêneros ou classes mencionados.

Estrangeiro: A conclusão é que, relativamente a cada um dos gêneros, o ser é múltiplo e o não-ser é numericamente infinito.
Teeteto: É o que parece.
Estrangeiro: Então, deve-se também dizer do próprio ser que é diferente de todas as demais coisas.
Teeteto: Necessariamente.
Estrangeiro: E concluímos que, seja qual for o número das outras coisas, é precisamente esse o número das coisas em relação às quais o ser não é, visto que, não sendo essas coisas, ele é uma coisa, nomeadamente ele mesmo, e, por outro lado, aquelas outras coisas não são numericamente ilimitadas.
Teeteto: Tenho comigo que isso não está distante da verdade.
Estrangeiro: Portanto, não devemos tampouco nos inquietar com isso, uma vez que por força de sua natureza os gêneros participam uns dos outros. Se, contudo, esses nossos resultados forem rejeitados por alguém, que avalie e tente vencer nossos argumentos anteriores e, em seguida, passe a avaliar e tentar vencer as consequências dessa linha de argumentação.
Teeteto: Isso é bastante justo.
Estrangeiro: Mas estamos diante de um ponto a ser examinado.
Teeteto: Qual?
Estrangeiro: Quando dizemos *não-ser* nos referimos, suponho, não a algo que seja o oposto do *ser*, mas somente a algo diferente.
Teeteto: O que queres dizer?
Estrangeiro: Por exemplo, quando nos referimos a uma coisa como não-grande,[93] parece a ti que através dessa expressão queremos indicar mais o pequeno do que o médio?
Teeteto: Claro que não.
Estrangeiro: Portanto, quando nos disserem que o negativo significa o oposto, discordaremos. Somente admitiremos que a

---

93. ...μὴ μέγα... (*mè méga*).

c partícula *não*⁹⁴ indica algo *diferente* das palavras às quais serve de prefixo, ou melhor, diferente das coisas às quais os nomes que se seguem à negação são aplicados.

Teeteto: Certamente.

Estrangeiro: Consideremos um outro ponto e vejamos se conto com teu assentimento.

Teeteto: Qual é?

Estrangeiro: Parece-me que a natureza do diferente é toda fragmentada, como o conhecimento.

Teeteto: O que queres dizer?

Estrangeiro: O conhecimento, como o diferente, é singular. Entretanto, cada parte dele que se aplica a algum assunto particu-
d lar possui um nome que lhe é próprio, daí haver muitas artes e muitos tipos de conhecimento, ou ciências.

Teeteto: Certamente.

Estrangeiro: Ora, o mesmo ocorre no que se refere às partes do diferente, por conta da natureza destas, embora o diferente seja um conceito singular.

Teeteto: Talvez. Mas vejamos como isso ocorre.

Estrangeiro: Há uma parte do diferente que seja oposta ao belo?

Teeteto: Há.

Estrangeiro: Diremos que carece de nome ou que tem um nome?

Teeteto: Que tem um nome, pois o que chamamos de não-belo⁹⁵ é aquilo que é diferente precisamente da natureza do belo e de nada mais.

Estrangeiro: Bem, diz-me mais uma coisa.

e **Teeteto:** O quê?

Estrangeiro: Não resultará disso o não-belo ser uma parte distinta de algum gênero do ser e, também, por outro lado, oposto a algum gênero do ser?

---

94. Em grego μή (*mé*) ou οὐ (*oy*).
95. ...μὴ καλὸν... (*mè kalòn*).

Teeteto: Sim.
Estrangeiro: Então parece que o não-belo constitui um contraste do ser com o ser.
Teeteto: Inteiramente correto.
Estrangeiro: E nesse caso estaríamos autorizados a dizer que o belo é mais parte do ser e o não-belo menos parte do ser?
Teeteto: De modo algum.
258a **Estrangeiro:** Consequentemente, é necessário dizer que o não--grande e o grande igualmente *são*.
Teeteto: Igualmente.
Estrangeiro: E consequentemente temos que reconhecer relação idêntica entre o não-justo e o justo, na medida em que nem um nem outro *é* mais do que o outro.
Teeteto: É claro.
Estrangeiro: E diremos, então, o mesmo de outras coisas, uma vez que está demonstrado que a natureza do diferente encerra realmente ser; e se ela encerra ser, é necessário que atribuamos ser também às suas partes em grau não inferior.
Teeteto: Claro que sim.
b **Estrangeiro:** Portanto, como parece, a oposição entre a natureza de uma parte do *diferente* e a natureza do *ser*, quando opostas mutuamente, não constitui menos ser do que é o próprio ser, se me é permitido dizê-lo, pois significa não o oposto do ser, mas tão só o diferente do ser, e nada mais.
Teeteto: Está perfeitamente claro.
Estrangeiro: Assim sendo, que nome daremos a isso?
Teeteto: É óbvio que é exatamente o não-ser, cuja busca empreendíamos por causa do sofista.
Estrangeiro: E é ele, como dizias, tão plenamente dotado de ser como qualquer outra coisa, autorizando-nos doravante a atrever-nos a afirmar com confiança que o não-ser possui definitivamente um ser e uma natureza que lhe é peculiar?
c Tal como descobrimos que o grande era grande e o belo era belo, o não-grande era não-grande e o não-belo era não-belo, diremos, do mesmo modo, que o não-ser era e é não-ser,

sendo um gênero entre os muitos gêneros do ser? Ou ainda nos restam dúvidas, Teeteto, acerca dessa matéria?

Teeteto: Nenhuma.

Estrangeiro: Notas que nossa descrença em Parmênides chegou a ultrapassar o limite estabelecido por sua proibição?

Teeteto: O que queres dizer?

Estrangeiro: Fomos muito longe em nossa investigação e lhe mostramos algo que ultrapassa aquilo que ele nos proibiu examinar.

Teeteto: Por quê?

d **Estrangeiro:** Porque em algum lugar ele diz:
Que nunca domine o pensamento de que o não-ser é;
Mantém teu intelecto distante dessa senda de investigação.[96]

Teeteto: É o que ele diz.

Estrangeiro: Não nos limitamos, contudo, a mostrar que *as coisas que não são*[97] **são**. Indicamos, inclusive, o que é a classe[98] do não-ser, uma vez que mostramos que a natureza do *diferente* é e está distribuída em pequenos fragmentos entre todas *as*
e *coisas que são* nas suas relações recíprocas. Ousamos dizer, ademais, que cada parte do diferente, que é contrastada com o ser, é realmente exatamente não-ser.

Teeteto: E certamente a mim parece, Estrangeiro, que aquilo que dissemos é totalmente verdadeiro.

Estrangeiro: Assim sendo, que ninguém afirme que declaramos que o não-ser é o oposto do ser, com o que se precipitariam a dizer que o não-ser *é*. De fato, há muito renunciamos a discursar sobre qualquer oposto do ser, se *é* ou não *é*, e se é passível de uma explicação racional, ou inteiramente avesso
259a a esta. No que se refere, entretanto, à nossa presente definição

---

96. Platão cita este mesmo fragmento, precisamente no fim de 237a, com ligeiras diferenças formais, razão pela qual o retraduzimos igualmente com diferenças formais. O teor, contudo, é o mesmo. Ver nota 40.

97. ...τὰ μὴ ὄντα... (*tà mè ónta*).

98. ...εἶδος... (*eîdos*), na acepção *genérica* e lata de *gênero*, e não na restrita e *específica* de Forma (Ideia) no âmbito da teoria das Formas de Platão.

do não-ser, alguém deve ou nos refutar e mostrar que estamos errados ou – na hipótese de não poder fazê-lo – deve associar-se a nós, dizendo como dizemos, que os gêneros mesclam-se entre si e que o ser e o diferente permeiam todas as coisas, inclusive em reciprocidade, e que o diferente, uma vez que participa do ser, em função dessa participação, *é*. Mas não dirá que *é* aquilo de que participa, mas que é diferente disso, e que necessariamente, por ser diferente do *ser*, tem que ser *não-ser*.

b Porém o ser, por sua vez, participa do *diferente*, sendo, portanto, diferente dos outros gêneros e, como é diferente de todos eles, não é *cada um deles* ou *todos os outros*, mas apenas ele mesmo. Assim, o ser indiscutivelmente não é milhões de coisas, e desse modo todas as outras coisas – tanto individualmente quanto conjuntamente – são em muitas relações, bem como em muitas não são.

Teeteto: É verdade.

Estrangeiro: E se alguém tiver dúvidas com respeito a essas oposições, deverá empreender suas investigações e aventar uma teoria superior a nossa; se, entretanto, julgar prazeroso ser verbalmente
c prolixo e aplicar as palavras a coisas distintas em ocasiões distintas, movido pela noção de que concebeu algo de difícil explicação, a posição de nossa presente argumentação é de que terá encarado seriamente assuntos que não merecem uma séria atenção, visto que esse processo não é nem elegante nem difícil, ao passo que a partir desse momento surge algo que é a uma vez difícil e belo.

Teeteto: E qual é?

Estrangeiro: Aquilo a que aludi antes, isto é, a capacidade de deixar de lado tais jogos de palavras destituídos de sentido e acompanhar e refutar minuciosamente os argumentos de alguém que diz que
d o *diferente* é, num certo sentido, o *idêntico*, ou que o *idêntico* é o *diferente*, realizando isso daquele ponto de vista e levando em conta aquelas relações que são por ele pressupostas para uma ou outra dessas condições. Todavia, mostrar que de algum modo o idêntico é o diferente, e este é o idêntico, e o grande é o pequeno, e o semelhante o dessemelhante, extraindo prazer nessa atividade de apresentar opostos continuamente no discurso – isto não é refutação genuína, mas claramente o rebento recém-nascido de

algum cérebro que acabou de fazer contato com o problema das *coisas que são*.

Teeteto: É exatamente assim.

e **Estrangeiro:** Na verdade, meu amigo, a tentativa de separar tudo de tudo o mais não só é sinal de mau gosto, como também indica que uma pessoa é completamente inculta[99] e não filosófica.

Teeteto: Mas por quê?

Estrangeiro: Dissociar totalmente cada coisa de tudo o mais acarreta a cabal e final obliteração de todo discurso, já que para nós a possibilidade do discurso é oriunda do entrelaçamento recíproco das *formas*.[100]

Teeteto: É verdade.

260a **Estrangeiro:** Observa que agora nos seria oportuno contestar os adeptos de tal doutrina e forçá-los a reconhecer que as coisas se mesclam entre si.

Teeteto: E qual seria o objeto visado por nós?

Estrangeiro: Estabelecer o discurso como um de nossos gêneros[101] do ser. Afinal, se dele fôssemos privados, seríamos privados da filosofia, o que constituiria o supremo desastre. Acresça-se que precisamos, a essa altura, chegar a um acordo a respeito da natureza do discurso, e se ele for de nós subtraído absolutamente por seu próprio não-ser, não poderemos mais b discursar; e ele será de nós subtraído se admitirmos que não há mescla de alguma coisa com alguma coisa.

Teeteto: Esse último ponto está correto, mas não entendo porque temos que chegar a um acordo agora a respeito do discurso.

Estrangeiro: Talvez a maneira mais fácil de entenderes seja seguires o seguinte raciocínio.

---

99. ...ἀμούσου... (*amoýsoy*), literalmente *estranha às musas*, ou seja, a todas as artes ligadas às Musas (ver nota 17) e, por conseguinte, uma pessoa rude, grosseira.

100. ...εἰδῶν... (*eidôn*) – Platão parece juntar aqui as duas principais acepções filosóficas da palavra; ou seja, o entrelaçamento das *classes* entre si identifica-se necessariamente com o entrelaçamento das *Ideias*. Ver a teoria das Formas no Parmênides.

101. ...γενῶν... (*genôn*).

Teeteto: Qual?
Estrangeiro: Consideramos que o não-ser era um dos gêneros do ser, permeando todas as coisas que são.
Teeteto: Sim.
Estrangeiro: Portanto, o próximo passo é indagar se ele se mescla com a opinião e o discurso.
Teeteto: Por quê?
Estrangeiro: Se não se mesclar com eles, resultará necessariamente que tudo é verdadeiro; mas se houver mescla, serão gerados a falsa opinião e o falso discurso, posto que a falsidade no pensar ou no dizer corresponde a pensar ou dizer as *coisas que não são*.
Teeteto: É isso.
Estrangeiro: E se existe falsidade, existe engano.
Teeteto: Sim.
Estrangeiro: E se existe engano, tudo necessariamente estará doravante repleto de cópias, semelhanças e aparições.[102]
Teeteto: Está claro que sim.
Estrangeiro: Dissemos que o sofista refugiou-se nessa região e que negou absolutamente haver falsidade, isto porque sustentou que o não-ser não poderia ser nem pensado nem dito, já que de modo algum participaria do ser.
Teeteto: Sim, isso foi sustentado.
Estrangeiro: Agora, entretanto, descobriu-se que aparentemente ele[103] participa do ser, e talvez, diante disso, ele[104] desista de prosseguir uma luta nessa direção. Contudo, seria possível que ele declarasse que algumas *formas* (*Ideias*) participam do não-ser, enquanto outras não, e que o discurso e a opinião estariam entre as que não participam. Consequentemente,

---

102. ...φαντασίας... (*phantasías*): evitamos a tradução morfológica *fantasias* porque o termo grego é mais lato do que o português *fantasias*, indicando indiscriminadamente *tudo aquilo que aparece e parece ser*, seja como resultado da mera imaginação, seja como produto da percepção sensorial.

103. Ou seja, o não-ser.

104. Ou seja, o sofista.

e

voltaria a sustentar que a produção de cópias e a arte da imaginação, nas quais o situamos, absolutamente não existem, uma vez que a opinião e o discurso não têm participação no não-ser, pois não é possível que a falsidade exista salvo se ocorrer tal participação.

261a

Eis a razão por que é necessário começarmos por investigar o discurso, a opinião e a aparição,[105] para que uma vez estejam esclarecidos e que possamos perceber com clareza sua participação com o não-ser. Munidos dessa percepção, poderemos demonstrar que a falsidade *é (existe)* e, uma vez conquistada essa demonstração, será aí que prenderemos o sofista, se ele puder ser custodiado sob essa alegação; caso contrário, o deixaremos ir e o procuraremos em outro gênero.

Teeteto: Não há dúvida, Estrangeiro, de que o que disseste inicialmente sobre o sofista, a saber, que ele é uma espécie difícil de ser apanhada, é verdadeiro; com efeito, parece contar com um suprimento inesgotável de obstáculos defensivos[106] e, toda vez que ele se serve de um, seu opositor tem em primeiro lugar que vencê-lo antes de alcançar o próprio homem. Agora, por exemplo,

b

plo, mal passamos através do *não-ser (não existir)* do *não-ser*, que constituía sua primeira linha de defesa preparada, e já encontramos outra pronta. E assim é necessário que demonstremos que a falsidade existe relativamente à opinião e ao discurso. E depois disso talvez haja uma outra linha de defesa, e ainda mais uma em seguida. Parece que nunca haverá um limite.

Estrangeiro: Todo aquele, Teeteto, que é capaz de progredir continuamente, mesmo que pouco e devagar, não deve desanimar, pois, se desanima nessas condições, como se comportaria em outras, quando não avança nada e até retrocede? Como diz o

c

provérbio, *uma pessoa assim levaria muito tempo para tomar uma cidade*. Mas agora, meu amigo, como passamos pela linha de defesa que mencionaste, as principais defesas certamente

---

105. Ver a nota 102.
106. ...προβλημάτων... (*problemáton*).

serão por nós vencidas e as restantes serão menores e mais fáceis de serem atingidas e superadas.

Teeteto: Ótimo.

Estrangeiro: Principiemos, então, pelo discurso e pela opinião, como disse há instantes, visando a obter um entendimento mais claro quanto a se o não-ser os toca, ou se são ambos completamente verdadeiros, não sendo um ou outro jamais falso.

Teeteto: Certo.

d **Estrangeiro:** Pensemos agora nos nomes, tal como fizemos há pouco com as *formas* e letras. Parece que o objeto de nossa investigação pode ser vislumbrado nessa direção.

Teeteto: O que nos é necessário para a compreensão dos nomes?

Estrangeiro: Se todos combinam-se entre si, se nenhum se combina, ou se alguns se combinam enquanto outros não.

Teeteto: Parece-me evidente que ocorre o último caso, quer dizer, alguns se combinarão enquanto outros não.

Estrangeiro: Talvez o que queres dizer seja o seguinte: aque-
e les nomes que são ditos ordenadamente e significam algo combinam-se, mas os que nada significam sequencialmente não se combinam.

Teeteto: O que queres dizer com isso?

Estrangeiro: O mesmo que julguei que supunhas quando concordaste. De fato, temos dois gêneros de indicação vocal do ser.

Teeteto: Quais são?

262a **Estrangeiro:** Um gênero é chamado de nomes[107] e o outro de verbos.[108]

Teeteto: Define cada um deles.

Estrangeiro: Podemos chamar de verbo o gênero de indicação aplicado a uma ação.

Teeteto: Sim.

---

107. ...ὀνόματα... (*onómata*). Ver o *Crátilo*.
108. ...ῥήματα... (*rémata*).

Estrangeiro: E chamamos de nome o signo vocal aplicado aos que executam as ações.
Teeteto: Exatamente.
Estrangeiro: Consequentemente, o discurso jamais é composto exclusivamente de nomes falados de maneira sucessiva, e tampouco de verbos falados sem nomes.
Teeteto: Não entendo isso.

b **Estrangeiro:** É evidente que tinhas tua atenção voltada para alguma outra coisa quando há pouco concordaste comigo, pois o que eu quis dizer foi simplesmente o seguinte: coisas[109] não constituem discurso se forem faladas de modo sucessivo assim...
Teeteto: Assim como?
Estrangeiro: Por exemplo, *caminha*, *corre*, *dorme* e outros verbos que indicam ações: mesmo que alguém dissesse todos sucessivamente, isto não constituiria um discurso.
Teeteto: Claro que não.
Estrangeiro: Do mesmo modo, se alguém dissesse *leão*, *cervo*, *cavalo*, e todos os demais nomes dos que executam ações, essa sequência de palavras não constituiria um discurso, pois em

c nenhum desses casos as palavras proferidas indicarão ação ou inação, ou o ser de alguma coisa que *é* ou não *é*, enquanto essa pessoa não combinar os verbos com os nomes. Feito isso, haverá entrelaçamento das palavras,[110] e sua primeira combinação é uma sentença, surgindo, suponho, o discurso na sua forma simples e mais curta.
Teeteto: O que queres dizer com isso?
Estrangeiro: Quando alguém diz "a pessoa aprende", dirias que se trata da forma mais curta e simples de discurso, da primeira das sentenças?

d **Teeteto:** Sim.
Estrangeiro: Com efeito, quando diz isso, dá uma indicação sobre *aquilo que é*, ou *está vindo a ser*, ou *veio a ser*, ou *vai ser*;

---

109. Isto é, verbos e nomes.
110. Ou seja, dos verbos e nomes.

não se restringe a apresentar nomes, mas atinge uma conclusão combinando verbos com nomes. Essa é a razão porque dissemos que ele fala e não se restringe a apresentar nomes. A essa combinação demos o nome de *discurso*.[111]
Teeteto: Correto.
Estrangeiro: Assim, tal como no que se refere às coisas, algumas combinando-se entre si e outras não, também alguns signos vocais não se combinam, enquanto outros realmente se combinam e formam o discurso.
Teeteto: Absolutamente certo.
Estrangeiro: Mas agora temos um outro pequeno ponto.
Teeteto: Qual é?
Estrangeiro: Um discurso, se for o caso de o ser autenticamente, é necessariamente sobre algo, sem o que ele é impossível.
Teeteto: Correto.
Estrangeiro: Além disso, é necessário que o discurso também tenha alguma qualidade particular, não é mesmo?
Teeteto: Claro que sim.
Estrangeiro: Agora, voltemos nossa atenção para nós mesmos.
Teeteto: É o que deveríamos fazer, ao menos.
Estrangeiro: Então eu formarei um discurso[112] para ti no qual uma ação e o resultado da ação estão combinados através de um nome e um verbo, e me dirás *sobre o que é o discurso*.[113]

263a **Teeteto:** Eu o farei o melhor que puder.
Estrangeiro: "Teeteto senta." Não é um longo discurso, é?[114]
Teeteto: Não, é razoavelmente curto.
Estrangeiro: Agora cabe a ti dizer sobre o que é e qual é o seu sujeito.

---

111. ...λόγον... (*lógon*).
112. ...λόγον... (*lógon*), aqui um discurso mínimo, isto é, uma *sentença*.
113. Ou seja, qual é o *sujeito* da sentença.
114. Ver nota 112.

Teeteto: Está claro que é sobre mim e que sou eu o seu sujeito.
Estrangeiro: E quanto a este?
Teeteto: Qual?
Estrangeiro: "Teeteto, com quem estou falando agora, voa."
Teeteto: Todos se disporiam a concordar que esse também é sobre mim e que sou o seu sujeito.
Estrangeiro: Mas concordamos que todo discurso (sentença) tem necessariamente uma particular qualidade.
b **Teeteto:** Sim.
Estrangeiro: Ora, que qualidade deveríamos atribuir a cada um desses discursos (sentenças)?
Teeteto: Suponho que uma é falsa, ao passo que a outra é verdadeira.
Estrangeiro: A verdadeira indica fatos como são sobre ti.[115]
Teeteto: Certamente.
Estrangeiro: Enquanto a falsa indica coisas diferentes dos *fatos*.[116]
Teeteto: Sim.
Estrangeiro: Expressando-nos com outras palavras, ela fala de *coisas que não são* como se fossem.
Teeteto: Tenho comigo que é bem isso.
Estrangeiro: Mas são coisas diferentes as *coisas que são* e as coisas que são sobre ti, uma vez que sustentamos, como sabes, que no que respeita a tudo, há muitas coisas que são e muitas que não são.
Teeteto: Com toda a certeza.
c **Estrangeiro:** Bem, o segundo de meus discursos (sentenças) sobre ti é, primeiramente, até por cabal necessidade, um dos mais curtos que se conformam a nossa definição de discurso.

---

115. A tradução mais precisa desta frase, tendente à literalidade, seria: *A verdadeira fala de coisas que são, como são, sobre ti.* Entretanto, essa maior precisão traz do grego uma possível ambiguidade.

116. ...τῶν ὄντων... (*tôn ónton*), coisas que são. Ver nota anterior.

Teeteto: Concordamos ao menos com isso momentos atrás.
Estrangeiro: Em segundo lugar, tem um sujeito.
Teeteto: Sim.
Estrangeiro: E se não és o sujeito, não há nenhum.
Teeteto: Decerto que não.
Estrangeiro: E se não houver sujeito, não seria de modo algum um discurso, porquanto demonstramos que um discurso destituído de um sujeito é impossível.
Teeteto: Plenamente correto.

d **Estrangeiro:** Mas se alguém diz coisas sobre ti, porém coisas diferentes como idênticas, ou não-seres como seres, parece que, quando essa combinação de verbos e nomes é formada, nos vemos real e verdadeiramente diante do falso discurso.
Teeteto: Isso é bastante verdadeiro.
Estrangeiro: Assim, a essa altura já não fica claro que todos os três gêneros, nomeadamente o pensamento, a opinião e a aparição ocorrem em nossas almas tanto como falsos quanto como verdadeiros?
Teeteto: E onde está essa clareza?
Estrangeiro: O melhor meio de o entenderes consiste em começares por apreender o que são e o que os torna diferentes entre si.
e
Teeteto: Ora, dá-me uma chance.
Estrangeiro: Bem, pensamento e discurso são idênticos apenas com a ressalva de que o pensamento, que é um diálogo interior e silencioso da alma consigo mesma, é esse discurso que foi designado especialmente como pensamento. Não é verdade?
Teeteto: Certamente.
Estrangeiro: Todavia, o fluxo sonoro proveniente da alma e vocalizado através da boca possui o nome de discurso?
Teeteto: É verdade.
Estrangeiro: E estamos cientes de que no discurso há...
Teeteto: O quê?

Estrangeiro: Afirmação e negação.
Teeteto: Sim.
Estrangeiro: Ora, quando uma ou outra ocorre como pensamento silencioso no interior da alma, seria possível dar a isso um nome que não fosse opinião?
Teeteto: Certamente não.
Estrangeiro: E quando esse estado que é experimentado é produzido em alguém não por si só, ou seja, não independentemente da sensação, mas através dela, poderíamos conferir-lhe um nome mais correto do que *aparição*?
Teeteto: Não.
Estrangeiro: Então como o discurso, segundo apuramos, é verdadeiro e falso, constatamos que o pensamento é diálogo da alma consigo mesma, a opinião é a conclusão do pensamento e o que queremos dizer quando dizemos "parece"[117] é uma mistura de sensação e opinião, é inevitável que, como todos esses estão aparentados com o discurso, alguns deles devem às vezes ser falsos.
Teeteto: Certamente.
Estrangeiro: Percebes, então, que a falsa opinião e o falso discurso foram descobertos antes do que esperávamos, quando há poucos momentos atrás temíamos que sua busca representava empreender uma tarefa infindável?
Teeteto: Sim, percebo.
Estrangeiro: Portanto, tampouco percamos o alento no que toca ao resto de nossa busca. Como agora tais pontos foram definidos, basta-nos retornar às nossas anteriores divisões por gêneros.
Teeteto: Quais divisões?
Estrangeiro: Concebemos dois gêneros de produção de cópias, a saber, a produção de semelhanças e a imaginação.
Teeteto: Sim.
Estrangeiro: E dissemos que ignorávamos em qual dos dois devíamos enquadrar o sofista.

---

117. ..."φαίνεται"... (*phaínetai*).

Teeteto: Estás certo.

Estrangeiro: E em meio à perplexidade em relação a isso, fomos tomados por um desnorteamento ainda maior, ante o surgimento da teoria que é um desafio a todos e que sustenta a inexistência da semelhança, da cópia, da aparição, sob o fundamento na inexistência, por sua vez, em todos os lugares e de todas as maneiras, da falsidade.

Teeteto: Dizes a verdade.

Estrangeiro: Agora, porém, com a demonstração do ser (existência) do falso discurso e da falsa opinião, é possível que existam as imitações das *coisas que são*, e que uma arte do engano surja desse estado de coisas.

Teeteto: Sim, é possível.

Estrangeiro: E concordamos antes que o sofista se achava numa dessas duas divisões do gênero de produção de cópias.

Teeteto: Sim.

Estrangeiro: Então, tentemos novamente. Dividamos em dois o gênero que elegemos para discussão e prossigamos sempre pela parte direita da coisa dividida, e nos colemos nas coisas com as quais o sofista está associado, até que, tendo-o despojado de todas as propriedades comuns e o reduzido a sua própria natureza característica, possamos exibi-lo claramente em primeiro lugar a nós mesmos e, em segundo lugar, àqueles que entretêm a mais estreita afinidade com o método dialético.

Teeteto: Correto.

Estrangeiro: Começamos dividindo a arte em produtiva e aquisitiva, não foi mesmo?[118]

Teeteto: Sim.

Estrangeiro: E o sofista mostrou-se-nos nas artes da caça, competição, comércio atacadista e outras similares, que eram subdivisões da arte aquisitiva?[119]

Teeteto: Certamente.

---

118. Em 219a, b, c.
119. Em 221c-225a.

Estrangeiro: Agora, contudo, como ele foi incluído na arte da imitação, fica claro que temos primeiramente que dividir a arte produtiva em duas partes; de fato, a arte da imitação é um tipo de produção, mas de cópias e não das próprias coisas. Não é certo?
Teeteto: Inteiramente.
Estrangeiro: Portanto, comecemos por supor que a arte produtiva tem duas partes.
Teeteto: Quais são elas?
Estrangeiro: A divina e a humana.
Teeteto: Não compreendo.
Estrangeiro: Se é que te lembras do início de nossa conversação, lembras que afirmamos que toda potência que causa o *vir-a-ser* de coisas que não *eram* (*existiam*) antes é produtiva.
Teeteto: Sim, lembro.
Estrangeiro: Considera os animais e tudo que é mortal, inclusive as plantas e tudo sobre a Terra que se desenvolve a partir de sementes e raízes, e todos os corpos inanimados, fundíveis ou não, que são formados no interior da Terra. Diremos que foi somente através da obra de um deus que, *não tendo sido* antes, *vieram a ser*? Ou aceitaremos a crença expressa e divulgada de que...
Teeteto: Que crença?
Estrangeiro: A de que a natureza os gera a partir de alguma causa espontânea[120] destituída de inteligência criadora. Ou diremos que são criados pela razão e pelo conhecimento divino oriundo de um deus?[121]
Teeteto: Eu, talvez devido a minha idade, oscilo de uma opinião para outra. Mas, agora, fitando-te e considerando que pensas que são criados por um deus, decido-me a adotar essa [última] opinião.
Estrangeiro: Ótimo, Teeteto. Se julgasse que fosses uma daquelas pessoas que pudesse vir a pensar algo diferente, tentaria agora pela força da argumentação e da persuasão levar-te a

---

120. ...αἰτίας αὐτομάτης... (*aitías aytomátes*).
121. Quanto à concepção platônica da divindade, ver o diálogo *Timeu*.

concordar com minha opinião. Entretanto, como conheço tua natureza e vejo que esta por si só inclina-se – mesmo sem os meus argumentos – para o que dizes atrair-te agora, deixarei essa questão de lado, pois seria [nesta oportunidade] uma perda de tempo. Terei como suposto que as coisas que as pessoas classificam como naturais são produzidas pela arte divina e que as coisas compostas pelo ser humano a partir daquelas são produtos da arte humana. Em consonância com essa explicação, há dois gêneros de produção, a humana e a divina.

Teeteto: Correto.

Estrangeiro: E agora que dispomos desses dois gêneros, divide cada um deles em dois novamente.

Teeteto: Como?

Estrangeiro: Dividiste antes toda a arte produtiva, por assim dizer... no sentido de sua largura. Agora deves dividi-la no sentido de sua extensão.

Teeteto: Muito bem.

Estrangeiro: Com isso, dispomos agora de quatro partes no total, duas humanas pertencentes a nós, e duas divinas pertencentes aos deuses.

Teeteto: Sim.

Estrangeiro: Por outro lado, quando a divisão é feita da outra maneira, uma parte de cada metade tem a ver com a produção dos originais, enquanto as duas partes restantes podem ser chamadas com propriedade de produção de cópias. Com isso, mais uma vez a arte produtiva é dividida em duas partes.

Teeteto: Diz-me novamente como cada uma delas é distinguida.

Estrangeiro: Sabemos, não é mesmo, que nós e todos os outros animais, bem como o fogo, a água e seus elementos afins, dos quais as coisas naturais são formadas, são gerados e produzidos por um deus?

Teeteto: Sim.

Estrangeiro: E há cópias correspondentes de tudo isso, de cada uma dessas coisas, não as próprias coisas, que também são produto *da divindade*.[122]

---

122. ...δαιμονίᾳ... (*daimoníai*).

Teeteto: Quais?

Estrangeiro: Sonhos durante o sono e visões que ocorrem durante o dia consideradas espontâneas: sombras surgidas quando um objeto escuro suspende a luz do fogo, ou quando uma luz dupla (a das próprias coisas e a luz externa) incide sobre superfícies lisas e brilhantes e gera em nossos sentidos um efeito que parece ser o inverso de nossa visão ordinária, produzindo assim uma imagem.[123]

Teeteto: Sim, essas são duas obras da criação divina: a própria coisa e a cópia correspondente em cada caso.

Estrangeiro: E quanto a nossa própria arte?[124] Não estaríamos autorizados a declarar que produzimos uma casa através da arte da construção e produzimos uma outra através da arte da pintura, uma espécie de sonho criado pelo homem para aqueles que estão despertos?

Teeteto: Certamente.

Estrangeiro: Do mesmo modo, todos os demais produtos de nossa atividade criativa também são duplos e pares: a coisa ela mesma – produzida pela arte criadora original –, e a cópia – produzida pela arte criadora de cópias.

Teeteto: Agora entendo melhor e concordo que há duas espécies de produção, cada uma delas, por sua vez, dupla – divina e humana em cada divisão. Uma espécie produz as *próprias coisas que são*,[125] e a outra produz coisas que lhes são semelhantes.

Estrangeiro: É necessário lembrarmos que era forçoso haver duas partes do gênero da produção de cópias – a produção de

---

123. Explicação comum (aqui apresentada por Platão, mas que corresponde basicamente à ciência grega de seu tempo) do processo de reflexão dos espelhos e demais superfícies reflexivas, como, por exemplo, a superfície líquida de um lago ou rio de águas tranqüilas. Supunha-se que esses objetos possuíam eles próprios um elemento luminoso de origem ígnea (πυρίγονος [*pyrígonos*]) que se combinava com a luz do objeto refletido na superfície plana e lisa. No que se referia ao sentido da visão, no momento do ato de ver, o fogo (πῦρ [*pýr*]) no interior do olho combinava-se com o fogo externo. Ver *Timeu*, 46a.

124. Ou seja, a humana.

125. ...τὸ μὲν αὐτῶν ὄν,... (*tò mèn aytôn ón,*), coisas originais e reais, em oposição às cópias que são irreais, ou seja, meros reflexos. Apesar do relativo distanciamento da questão ontológica (do ser e do não-ser), Platão retoma o eixo do diálogo. As cópias *não são*. Ver o *Parmênides* e, em especial, o início do Livro VII de *A República* (a alegoria da caverna), obra também constante em *Clássicos Edipro*.

e semelhanças e a imaginação – na suposição de considerarmos a efetiva existência da falsidade e estar ela entre *as coisas que são*.

Teeteto: Sim, era forçoso haver.

Estrangeiro: E assim realmente se revelou a falsidade,[126] de modo que conceberemos agora, sem quaisquer dúvidas, as formas da arte de produção de cópias como sendo duas, não é mesmo?

Teeteto: Sim.

267a **Estrangeiro:** Vamos, portanto, dividir a imaginação em duas.

Teeteto: Como?

Estrangeiro: Num tipo que é o produzido por instrumentos e num outro no qual o produtor da imagem oferece a si mesmo como instrumento.

Teeteto: O que queres dizer com isso?

Estrangeiro: Quando alguém, fazendo uso de seu próprio corpo como seu instrumento, faz sua própria figura ou sua voz parecer semelhante às tuas, dá-se o nome de imitativa a esse tipo de arte da imaginação.

Teeteto: Sim.

Estrangeiro: Chamemos então essa parte de arte imitativa; quanto à outra, sejamos indulgentes conosco e a deixemos de lado,
b para que outra pessoa a trate como unidade e lhe dê um nome adequado.

Teeteto: Muito bem. Fiquemos com uma e deixemos a outra de lado.

Estrangeiro: Mas com certeza vale a pena, Teeteto, considerar que a arte imitativa também possui duas partes... e dir-te-ei porque.

Teeteto: Diz.

Estrangeiro: Alguns imitadores imitam com conhecimento daquilo que imitam, ao passo que outros o fazem sem esse conhecimento. No entanto, haveria alguma outra divisão mais cabal e importante do que aquela existente entre a ignorância e o conhecimento?

---

126. Isto é, a falsidade *é (existe)*.

Teeteto: Nenhuma.

Estrangeiro: O exemplo dado por mim há pouco foi da imitação de quem tem conhecimento, não foi? Com efeito, alguém que te imita te conheceria tanto quanto tua figura.

Teeteto: É claro.

Estrangeiro: Mas o que dizer da figura da justiça e, numa palavra, da virtude em geral? Não acontece de muitas pessoas que a ignoram, embora tenham algumas opiniões a seu respeito, tentarem, com o maior ardor, fazer com que aquilo que pensam ser a virtude pareça estar nelas presente imitando-a, o mais habilmente que podem, em seus atos e palavras?

Teeteto: Sim, há muitíssimas pessoas assim.

Estrangeiro: E nesse caso todas elas falham na tentativa de parecerem justas, sem o serem em absoluto, ou ocorre precisamente o oposto?

Teeteto: Precisamente o oposto.

Estrangeiro: Consequentemente, penso que é necessário dizermos que o imitador representado por essas pessoas, o qual não tem conhecimento, é completamente diferente do outro, ou seja, daquele que tem conhecimento.

Teeteto: Sim.

Estrangeiro: Onde encontrar então designações apropriadas para um e outro? Está claro que não se trata de uma tarefa fácil, porque havia, pelo que parece, entre os antigos pensadores, uma estabelecida e negligente indolência relativamente à divisão de gêneros em espécies, de modo que ninguém jamais sequer tentou dividi-los. O resultado é haver necessariamente falta de um grande suprimento de designações. Entretanto, embora a inovação em matéria de linguagem seja um tanto ousada, chamemos – para o benefício de fazermos uma distinção – a imitação baseada na opinião de imitação *opinativa*, e a fundada no conhecimento de imitação *científica*.

Teeteto: Concordo.

Estrangeiro: Cabe-nos necessariamente, portanto, dedicar-nos à primeira, já que descobrimos que o sofista estava entre os imitadores, e não entre aqueles que conhecem.

Teeteto: Certamente.
Estrangeiro: Examinemos, então, o imitador opinativo como se ele fosse uma peça de ferro, e verifiquemos se ele é íntegro ou se apresenta ainda alguma fissura.
Teeteto: Façamo-lo.
Estrangeiro: Bem, há uma fissura bastante pronunciada. De fato, alguns desses imitadores são tolos e pensam conhecer coisas das quais só têm opinião. O outro tipo, devido a sua experiência na aspereza de muitas discussões, suspeita e receia marcantemente ser ignorante das coisas que simula conhecer perante o público.
Teeteto: É indubitável que as duas classes que mencionas existem.
Estrangeiro: Então chamaremos um de imitador *franco*[127] e o outro de imitador *dissimulado*?[128]
Teeteto: Isso parece plausível.
Estrangeiro: E há um ou dois tipos de imitador dissimulado?
Teeteto: Isso é contigo.
Estrangeiro: Estou considerando e acho que posso ver claramente dois tipos. Vejo um que é capaz de dissimular em longos discursos em público diante da multidão; o outro é capaz de dissimular em discursos breves privadamente, forçando seu interlocutor a contradizer-se.
Teeteto: Falas com total acerto.
Estrangeiro: E que nome daremos àquele que profere longos discursos? Político ou orador popular?
Teeteto: Orador popular.
Estrangeiro: E como chamaremos o outro?[129] Sábio ou sofista?
Teeteto: Não podemos propriamente chamá-lo de sábio, uma vez que segundo nossa hipótese ele é ignorante. Mas como ele é um imitador do sábio, terá obviamente um nome derivado do nome do sábio.[130] E agora finalmente estou certo

---

127. ...ἁπλοῦν... (*haploŷn*).
128. ...εἰρωνικὸν... (*eironikòn*), ou seja, aquele que *finge* ignorância, o *irônico*.
129. Ou seja, o dissimulador que faz discursos breves.
130. A palavra σοφιστής (*sophistés*) deriva de σοφός (*sophós*).

de que devemos verdadeiramente chamá-lo do plenamente real *sofista*.

Estrangeiro: Trançaremos então seu nome como fizemos antes, desenrolando-o do fim para o começo?

Teeteto: Sem dúvida.

Estrangeiro: O tipo imitativo da parte dissimuladora da arte da opinião, que constitui parte da arte da contradição e pertence ao gênero imaginativo da arte de produção de cópias, que não é divina, mas humana, e que foi definida por força de argumentos como a parte de prestidigitação da atividade produtiva. Aquele que disser que o sofista pertence a essa raça e família estará, a meu ver, dizendo a completa verdade.

Teeteto: Decerto estará.[131]

---

131. A continuação deste diálogo, retomando a crítica aos sofistas, é *O Político;* mas, o *Sofista* está também estreitamente ligado, por sua temática ontológica, ao *Parmênides*.

PROTÁGORAS
(ou SOFISTAS)

PERSONAGENS DO DIÁLOGO:
Um Amigo, Sócrates, Hipócrates, Protágoras, Alcibíades,
Cálias, Crítias, Pródico, Hípias

309a **Amigo:** Onde estiveste recentemente Sócrates? Ah, com certeza estavas à caça de Alcibíades[1] e de sua beleza juvenil! A propósito, outro dia eu o vi e certamente continua sendo um belo homem... e cá entre nós, Sócrates, homem[2] é a palavra: sua barba cresce fartamente.

Sócrates: Ora, qual é o problema? Será que desaprovas Home-
b ro, que declarou que a juventude revela seu supremo encanto naquele cuja barba está aparecendo, como agora ocorre com Alcibíades?[3]

Amigo: E como estão as coisas entre vós no momento? Estiveste com ele há pouco? E como o jovem está te tratando?[4]

Sócrates: Penso que de modo excelente, e especialmente hoje quando falou muito ao meu lado, dando-me apoio numa discus-

---

1. Alcibíades, jovem ateniense rico e promissor do círculo socrático. Admirado por sua beleza, porte físico e potencial, sobretudo pelo próprio Sócrates. Seu tutor foi o próprio Péricles e tornou-se mais tarde general, mas sua biografia parece ter frustrado tanto as expectativas de seu mestre quanto as de seu tutor. Ver especialmente o diálogo homônimo atribuído a Platão e o *Banquete*, 215a e seguintes.
2. ...ἀνὴρ... (*anèr*).
3. *Ilíada*, Canto XXIV, 348 e *Odisseia*, Canto X, 279.
4. Ver o início do *Alcibíades*, em que Sócrates declara explícita e enfaticamente sua paixão por Alcibíades.

são. De fato, estive há pouco com ele. Mas tenho algo estranho para contar-te, ou seja, embora estivéssemos juntos e a despeito de sua presença, não só não lhe prestava atenção como também, por vezes, esquecia-o inteiramente.

c **Amigo:** Ora, por quê? O que teria acontecido entre ti e ele? Algo sério!... Pois certamente não descobriste alguém mais atraente... ao menos não em nossa cidade.

Sócrates: Sim e muito mais atraente.

Amigo: O que dizes? Alguém da cidade ou um estrangeiro?

Sócrates: Um estrangeiro.

Amigo: De que cidade?

Sócrates: Abdera.

Amigo: E consideraste esse estrangeiro tão atraente que ele a ti pareceu mais belo do que o filho de Clínias?[5]

Sócrates: E como não poderia, meu caro amigo, a superlativa sabedoria parecer mais bela?

Amigo: O quê? Queres dizer que estiveste em companhia de *algum* sábio, Sócrates?

d **Sócrates:** Não... simplesmente do mais sábio de nossa geração, é o que eu diria, se é que concordas em chamar Protágoras[6] de *o mais sábio*.

Amigo: O que estás dizendo? Protágoras está na cidade?

Sócrates: Sim, há dois dias.

Amigo: E era na companhia dele que estavas há pouco?

310a **Sócrates:** Sim, e dissemos muita coisa um ao outro.

Amigo: Então, caso disponhas de tempo livre, relata-nos já essa conversação. O menino[7] cederá espaço para sentar-te.

---

5. Ou seja, Alcibíades.
6. Protágoras de Abdera (Trácia) (*circa* 480-410 a.C.), o mais destacado e ilustre entre os sofistas gregos, chegou a Atenas por volta de 450 a.C., onde atuou por muito tempo como orador e professor remunerado. Mas suas declarações agnósticas e especialmente sua obra περί θεῶν (*perí theôn*), *Dos Deuses*, o levaram a um processo por impiedade, que resultou na incineração pública de seus escritos e no seu banimento de Atenas em 411 a.C. Protágoras é considerado por muitos o fundador da gramática. Embora duramente criticado por Platão, como não dispomos de nenhuma obra de sua efetiva autoria, é graças ao próprio Platão, particularmente *neste diálogo*, que nos é possível fazer uma ideia de seu estilo.
7. ...παῖδα... (*paîda*) – o amigo de Sócrates estava acompanhado de um pequeno escravo.

Sócrates: Com todo o prazer. Aliás, eu consideraria um favor de vossa parte se o ouvísseis.
Amigo: E de nossa parte, consideraríamos o mesmo, se o narrasses a nós.
Sócrates: Um duplo favor. Bem, escutai.

b Nesta manhã, precisamente antes do romper do dia, quando ainda estava escuro, Hipócrates, filho de Apolodoro e irmão de Fáson, bateu violentamente em minha porta com seu bordão, e quando a abriram para ele, arremeteu-se casa adentro gritando: "Sócrates, estás acordado ou dormindo?". Reconhecendo sua voz, eu disse: "Hipócrates? Chegas com notícias?".

"Somente boas notícias", respondeu.

"Pois fala e sê bem-vindo", eu disse. "O que é, afinal, e o que te traz aqui a essa hora?"

"Protágoras chegou", ele disse, colocando-se ao meu lado.

"Há dois dias", confirmei. "Acabaste de saber?"

c "Sim, pelos deuses!" respondeu, "ontem à noite". Ao dizer isso procurou no escuro a cama às apalpadelas e, sentando aos meus pés, disse: "Foi à noite, depois de eu ter retornado muito tarde de Oinoê. Meu pequeno escravo Sátiro fugira. Eu pretendia informar-te que estava no encalço dele, mas uma outra coisa me veio à mente e esqueci. Foi só ao voltar, quando acabamos de jantar e nos preparávamos para o repouso, que meu irmão comunicou-me que Protágoras chegara. Empenhei-me mesmo àquela hora para
d dirigir-me imediatamente a ti, mas concluí que era excessivamente tarde. Mas tão logo dormi o suficiente para livrar-me de minha fadiga, levantei-me e pus-me a caminho diretamente para cá".

Testemunhando a disposição denodada do homem e sua excitação, perguntei-lhe: "O que há contigo? Teria Protágoras feito algo de injusto contigo?".

Diante de minha pergunta, riu e disse: "Sim, pelos deuses, Sócrates por ser o único sábio e não fazer de mim um".

"Mas, por Zeus!", eu disse. "Se o pagares e conquistares sua simpatia, ele tornará também a ti um sábio."

e "Fosse por Zeus e todos os deuses tão simples assim...", observou enfaticamente, "e eu não pouparia meus próprios recursos e os dos meus amigos. E é exatamente por isso que vim a ti agora, a fim de saber se irás empreender uma conversação com ele a meu favor. Sou demasiado jovem para fazê-lo eu mesmo e, por outro lado, jamais vi Protágoras ou ouvi seus discursos. Não passava de uma criança quando ele nos visitou da vez anterior. Sabes, Sócrates, que ele é uma celebridade e que todos comentam que é um formidável orador. Que tal o procurarmos imediatamente para garantir que o encontraremos? Fui informado de que está hospedado na casa de Cálias, o filho de Hipônico. Portanto, apressemo-nos".

311a

A isso retruquei: "É preferível não irmos ainda, meu bom amigo, já que é muito cedo. Por que não sairmos e passearmos no pátio até a alvorada, para então irmos? No que tange a Protágoras, ele passa a maior parte do tempo em casa, de modo que não deves recear que o percamos. É sumamente provável que o encontremos em casa".

Assim saímos e nos pusemos a caminhar no pátio. De minha parte, desejava submeter Hipócrates a uma certa prova, de maneira que, mediante algumas questões, comecei a sondá-lo.

b

"Hipócrates, vejo que tentas ter acesso a Protágoras, preparado para remunerá-lo pelos serviços que a ti prestar. Mas quem é essa pessoa a quem recorres e no que esperas transformar-te? Supõe que tivesses a ideia de procurar teu xará, Hipócrates de Cós,[8] o *descendente* de Asclépios[9] e entregar-lhe dinheiro como teu pagamento pessoal, e supõe que alguém te perguntasse: 'Diz-me, Hipócrates, uma vez que te propões a pagar a Hipócrates, o que consideras ser ele?' Que resposta darias a isso?"

c

"Um médico, eu diria."

"E no que tencionarias transformar-te?"

"Num médico", respondeu.

"E supõe que tivesses a ideia de dirigir-te a Policlito, o argivo, ou a Fídias, o ateniense, disposto a pagar-lhes uma quantia, e alguém te perguntasse o que considerarias serem Policlito e

---

8. Viveu entre aproximadamente 460 e 377 a.C. É considerado o pai da medicina.
9. ...Ἀσκληπιαδῶν, ... (*Asklepiadôn,*): na antiga Grécia, a arte da medicina e a sua prática eram via de regra transmitidas de pai para filho, todos os médicos sendo chamados de *filhos* de Asclépios, o deus da medicina.

Fídias, que justificasse pagá-los. Qual seria tua resposta para tal pergunta?"
"Responderia que são escultores."
"E o que pretenderias tornar-te?"
"Obviamente um escultor."
"Muito bem", eu disse. "Tu e eu estamos prestes a nos dirigir a Protágoras, prontos a pagar-lhe uma quantia em dinheiro a título de tua remuneração, ou proveniente de nossos próprios recursos, se for o suficiente para suprir o que ele cobra, ou juntando a esses os recursos de nossos amigos. Ora, se alguém que observasse nossa marcante determinação nisso perguntasse: 'O que pensas, Sócrates e Hipócrates, que é Protágoras para lhe entregardes dinheiro como remuneração?', o que lhe responderíamos? Qual é o outro nome que geralmente vemos ser atribuído a Protágoras? Designam Fídias como escultor e Homero como poeta. Qual é a designação que utilizam para Protágoras?"
"Designam-no certamente, Sócrates, como sofista."
"Então iremos a ele e o pagaremos na qualidade de sofista?"
"Com certeza."
"Supõe agora que alguém lhe fizesse mais esta pergunta: 'E o que esperas tornar-te indo a Protágoras?'."
A isso ele respondeu com um certo rubor nas faces – naquela hora já havia suficiente luz diurna para que eu pudesse vê-lo claramente: "Ora, se é como nos casos anteriores, é evidente que seria para tornar-me um sofista".
"Mas pelos deuses!", exclamei. "Não ficarias envergonhado de apresentar-te ante os gregos como um *sofista*?"[10]
"Por Zeus, Sócrates, ficaria... a expressar realmente o que penso."
"Contudo, Hipócrates, talvez não seja esse tipo de aprendizado que esperas obter de Protágoras, mas sim o que obtives-te de teu professor de leitura e escrita, de teu mestre de instrumentos de corda e de teu instrutor de ginástica. O que quero

---

10. ...σοφιστὴν... (*sophistèn*). Sobre a avaliação desfavorável feita por Platão do sofista e acerca dos significados desta palavra, ver o *Teeteto* e o *Sofista* (e notas pertinentes deste tradutor) neste mesmo volume.

dizer é que, quando tomaste lições com cada um deles, não havia nenhum objetivo técnico no sentido de te tornares um profissional, mas apenas um objetivo educacional condizente com uma pessoa livre na sua vida privada."

"Concordo plenamente", ele disse. "É precisamente esse tipo de instrução que se obtém de Protágoras."

"Então estás ciente do que estás na iminência de fazer, ou falta-te clareza a respeito?", perguntei.

"O que queres dizer?"

c "Refiro-me a tua intenção de submeter tua alma ao tratamento de um homem que é, como dizes, um sofista. Quanto ao que é exatamente um sofista, ficaria de fato surpreso se realmente o soubesses. De qualquer forma, se o ignoras, é impossível que saibas a quem estarás confiando tua alma e se a estarás confiando a algo bom ou a algo mau."

"Penso", ele disse, "que realmente sei".

"Então me diz o que achas que é um sofista."

"Acho", disse, "pelo que sugere o nome,[11] que é alguém que conhece o que é sábio".[12]

"Bem", continuei, "podemos dizer outro tanto dos pintores e dos carpinteiros, ou seja, que são as pessoas que conhecem
d o que é sábio. E se alguém nos perguntasse: "sábio em que aspecto, ou seja, para o que é sábio?", provavelmente responderíamos que para os pintores, ou melhor, para a produção de semelhanças, e analogamente com relação ao resto. Mas se perguntasse no caso do sofista, para o que é sábio, como responder-lhe? De que obra ou produção é o sofista o perito?".

"Seria cabível, Sócrates, classificarmos o sofista como perito na arte de produzir oradores extraordinariamente hábeis?"

"Talvez", respondi, "com isso estivéssemos afirmando algo verdadeiro, mas não inteiramente verdadeiro, já que esta resposta leva a uma outra pergunta, ou seja, qual o assunto no qual o sofista torna alguém um orador extraordinariamente
e hábil? Por exemplo, o harpista transmite habilidade a alguém,

---

11. A palavra σοφιστής (*sophistés*) deriva de σοφία (*sophía*), sabedoria.
12. A busca da definição do sofista é iniciada no *Teeteto* e prossegue no *Sofista*, diálogos constantes neste mesmo volume.

suponho, no discursar sobre a matéria da qual proporciona conhecimento, a saber, tocar harpa. Concordas com isso?".
"Sim."
"Ora, qual o assunto em que o sofista faz de alguém um orador extraordinariamente hábil?"
"Está claro que necessariamente o mesmo assunto do qual proporciona conhecimento."
"Isso parece suficientemente provável. Mas o que é isso de que o próprio sofista tem conhecimento e que ele leva o discípulo a conhecer?"
"Por Zeus, quanto a isso não sei realmente o que dizer."

313a A essa altura avancei em minhas considerações dizendo: "Percebes a que espécie de perigo estarás expondo tua alma? Se tivesses que confiar teu corpo a alguém, correndo o risco de torná-lo melhor ou pior, considerarias em primeiro lugar com máximo cuidado a conveniência de fazê-lo ou não, e solicitarias o aconselhamento de teus amigos e parentes, ponderando sobre essa questão durante muitos dias. No que se refere, porém, a tua alma, que tens em muito maior estima do que teu corpo, e à qual está subordinado o bom ou mau estado de todos os teus negócios, dependendo de ser a alma tornada melhor ou pior,

b deixarias de consultar primeiramente teu pai, teu irmão ou um de nós, teus camaradas, quanto a se deves ou não confiar tua própria alma a esse estrangeiro recém-chegado? Ou preferirias, tendo ouvido falar dele à noite, segundo dizes, e vindo a mim de manhã, omitir essa questão e afastar qualquer conselho quanto a se deves confiar-te a ele ou não, predispondo-te a gastar teu dinheiro e o de teus amigos, guiado pela firmada convicção de que deves, a todo custo, dialogar com Protágoras?... Isso considerando que, como o declaraste, sequer o conheces e com ele

c jamais dialogaste anteriormente, além de o classificares como *sofista*, algo que evidentemente desconheces o que é relativamente a quem estás prestes a confiar-te".

Ao ouvir isso ele disse: "É o que parece, Sócrates, a julgar pelo que dizes".

"Então, não estarei certo, Hipócrates, em afirmar que o sofista é realmente uma espécie de mercador que mascateia com provisões das quais uma alma é nutrida? De fato, esta é a visão que tenho do sofista."

"E do que, Sócrates, é uma alma nutrida?"

"Eu diria que de ensinamentos", respondi. "E é imperioso, ó amigo, que nos acautelemos para que o sofista, ao expor elogiosamente sua mercadoria, não nos ludibrie, tal como mercadores e mascates fazem no que toca aos alimentos de nossos corpos. Com efeito, em geral aqueles que negociam provisões desconhecem o que é bom ou mau para o corpo. Limitam-se a recomendar tudo que vendem. Do mesmo modo são os que deles compram, a não ser que se trate de um instrutor de ginástica ou de um médico. Igualmente, os que levam seus ensinamentos de cidade à cidade e vendem-nos no atacado ou varejo, a qualquer comprador ocasional que os queira, recomendam todas suas mercadorias. Mas não me surpreenderia, ó excelente amigo, se viesse a ser constatado que alguns desses vendedores desconhecem quais de seus produtos são benéficos e quais são prejudiciais à alma; e em idêntica situação se encontram seus compradores, a não ser que se trate de alguém que seja um médico da alma. Assim, se estás devidamente informado a respeito da boa ou má qualidade desses produtos, revelar-se-á seguro comprares ensinamentos de Protágoras ou de qualquer outra pessoa que te agrade. Mas se não estás, toma cuidado, venturoso amigo, para não pôr em risco o que te é mais caro numa jogada de dados. Asseguro-te que há um perigo muito mais sério na compra de ensinamentos do que naquela de produtos comestíveis. Quando adquires alimentos e bebidas de um negociante ou mercador, podes transportá-los em seus próprios recipientes separados e antes de ingeri-los podes desacondicioná-los em tua casa e chamar um especialista que te orientará indicando o que é apropriado comer ou beber e o que não é, quanto e quando. Desse modo, nessa espécie de compra,[13] o risco não chega a ser sério. Entretanto, não é possível transportares ensinamentos acondicionados em recipientes separados. És obrigado, uma vez acertado o preço e efetuado o pagamento, a absorver o ensinamento na tua própria alma, aprendendo-o. E então partirás, prejudicado ou beneficiado. São questões que é necessário examinarmos com a ajuda de nossos anciãos, visto que nós próprios somos ainda um pouco jovens para sondar uma matéria de tal envergadura. Contudo, façamos agora o que nos

---

13. Ou seja, a dos produtos para o corpo.

propomos a fazer. Vamos e ouçamos esse homem. E após tê-lo ouvido, consultaremos outros, mesmo porque Protágoras não é o único lá.[14] Encontraremos Hípias de Elis,[15] creio eu que Pródico de Ceos[16] e muitos outros sábios."

Tendo assim resolvido, nos pusemos a caminho. Ao chegarmos, permanecemos na entrada, discutindo um ponto que fora suscitado durante nosso trajeto e que não queríamos deixar indefinido antes de entrarmos. Assim, ficamos ali na entrada discutindo até chegarmos a um acordo. Ora, acho que o porteiro, que era um eunuco, nos ouviu. É muito provável que estivesse incomodado com toda a movimentação de sofistas que entravam e saíam da casa, pois quando batemos à porta abriu-a e, ao nos ver, exclamou: "Ah, mais sofistas! O senhor está ocupado", e enquanto o dizia agarrou a porta com ambas as mãos e bateu-a com todo seu vigor a nossa cara. Batemos à porta novamente e ele falou, através da porta trancada: "Senhores, não me ouvistes dizer que ele está ocupado?".

"Meu bom homem", eu disse, "não viemos ver Cálias, nem somos sofistas. Acalma-te. Queremos ver Protágoras, que é a razão de nossa visita. Assim, anuncia-nos". Com muita hesitação, ele nos abriu a porta.

Quando ingressamos na casa, demos com Protágoras caminhando no pórtico, flanqueado por dois grupos. De um lado, estavam *Cálias, filho de Hipônico*,[17] seu irmão materno, Páralo, filho de Péricles[18] e Cármides,[19] filho de Gláucon; do outro, estavam o outro filho de Péricles, Xantipo, Filípides, filho de Filomelo, e Antimoiro de Mende, que é o discípulo de Protágoras de mais

---

14. Isto é, na casa de Cálias – um rico ateniense que, admirador dos sofistas, regularmente os acolhia e hospedava em sua residência.
15. Sofista contemporâneo de Protágoras, também celebrizou-se em Atenas por sua capacidade oratória e suas aulas remuneradas.
16. Sofista contemporâneo de Protágoras (de idade pouco inferior à deste), também atuou largamente em Atenas. Além de exímio nas chamadas atividades sofísticas, foi também um grande gramático, tendo contribuído bastante nessa área, especialmente no que tange ao estudo e utilização dos sinônimos. É muito provavelmente o sofista menos criticado por Sócrates e Platão, este último o tratando por vezes de uma maneira ambivalente, alternando em relação a ele menoscabo e respeito.
17. Burnet registra apenas *Hipônico*.
18. Péricles (?495-429 a.C.), general, político e chefe de governo ateniense no auge do período democrático.
19. Tio de Platão pelo lado materno. Ver o *Cármides*.

elevada reputação e que está estudando profissionalmente com ele para se tornar um sofista. Os indivíduos que vinham na retaguarda, ouvindo o que podiam da conversação, pareciam ser na maioria estrangeiros trazidos por Protágoras das diversas cidades pelas quais ele viaja. Como Orfeu,[20] ele os encanta com sua voz, enquanto eles seguem o som de sua voz encantados, como se estivessem num transe. Alguns de nossos próprios habitantes também o seguiam, formando um cortejo como numa dança coral. De minha parte, ao contemplar suas evoluções, encheu-me de prazer o modo como, mediante admirável cuidado, em nenhum momento constrangiam a movimentação de Protágoras pondo-se à frente deste. E quando ele se voltava com os grupos que o ladeavam, o cortejo de ouvintes na retaguarda dividia-se muito ordenadamente em dois grupos, e então circulavam de um lado e outro, readquirindo a formação única anterior atrás dele, com máxima beleza.

E *próximo eu entrevi*, como diz Homero,[21] Hípias de Elis, sentado numa posição elevada no outro lado da colunata. Sentados em bancos ao seu redor achavam-se Erixímaco,[22] filho de Acumeno, Fedro de Mirrino,[23] Andron, filho de Androtion e muitos estrangeiros, muitos cidadãos de Elis, concidadãos de Hípias, e alguns outros. Pareciam fazer perguntas a Hípias no terreno da astronomia e que envolviam a natureza e os corpos celestes, enquanto ele, em sua cadeira, respondia ponto por ponto cada uma de suas perguntas.

E *mais, ali também Tântalo contemplei*,[24] pois sabes que Pródico de Ceos se acha também na cidade. Ele estava num quarto antes empregado por Hipônico como depósito de objetos valiosos, mas que fora agora desocupado por Cálias a fim de disponibilizar mais espaço para seus numerosos visitantes, sendo transformado num quarto para convidados. Pródico ain-

---

20. Personagem mitológico cuja música era tão irresistível que chegou a encantar tanto animais quando as próprias divindades do Hades. A ele também são atribuídas a concepção e implantação de rituais místicos ligados à veneração do deus Dionísio.
21. Homero viveu em torno do século X a.C. e é o maior dos poetas épicos da Hélade. Autor da *Ilíada* e da *Odisseia*. Nesta passagem, Platão empresta essas palavras da *Odisseia*, final do Canto XI.
22. Personagem que figura no *Banquete*.
23. Personagem que figura tanto no *Banquete* quanto no diálogo *Fedro*.
24. Platão novamente empresta palavras de Homero, *Odisseia*, Canto XI, 582.

da estava na cama, envolvido por muitos tosões e cobertores, que a propósito também pareciam muitos. Perto dele, em leitos próximos do seu, estava deitado Pausânias de Cerames e, com ele, um *rapaz ainda bastante jovem*[25] – eu diria bem nascido e bem criado, e certamente muito atraente. Penso ter ouvido que seu nome era Agaton,[26] e não me admiraria se descobrisse ser ele o favorito de Pausânias. Além desse jovem, lá estavam os dois Adimantos, filhos de Cepis e Leucolofidas, parecendo-me haver ainda alguns outros. A despeito do meu desejo de ouvir Pródico, não me foi possível descobrir do lado externo quais eram os assuntos de sua conversação. De fato, tenho Pródico na conta de divino e detentor de um saber universal.[27] Contudo, devido ao tom penetrante de sua voz, o aposento encheu-se de uma reverberação que tornou a conversação indistinta.

Mal adentrávamos aquela residência e o mesmo fazia junto aos nossos calcanhares Alcibíades,[28] o belo, como o chamas, com o que concordo, e Crítias,[29] filho de Calescro. Assim, uma vez no interior do lugar e após despender mais algum tempo numa ligeira observação de tudo, inclusive de certos aspectos cujo exame nos era necessário, encaminhamo-nos até Protágoras e eu lhe dirigi a palavra:

"Protágoras, Hipócrates aqui e eu viemos para ver-te."

"Desejas", perguntou-me, "conversar sozinho comigo ou na presença de outras pessoas?".

"É-nos indiferente", respondi. "Mas deixa-me comunicar-te primeiramente o propósito de nossa visita, e depois caberá a ti tomar essa decisão."

"Muito bem, qual é o propósito de vossa visita?", perguntou.

"Hipócrates é natural desta cidade, filho de Apolodoro e pertencente a uma família ilustre e próspera. Ao mesmo tempo, suas próprias capacidades naturais o colocam entre os melho-

---

25. ...νέον τι ἔτι μειράκιον, ... (*néon ti éti meirákion,*), ou seja, um adolescente com cerca de catorze anos.
26. Tanto Pausânias quanto Agaton figuram no *Banquete*.
27. Ver nota 16.
28. Ver nota 1.
29. Ver o *Cármides*. Platão se refere ao Crítias que viria a estar entre os trinta tiranos de Atenas. Crítias era primo de Peritione, a mãe de Platão.

c   res de sua idade. Minha impressão é a de que anseia conquistar consideração em nossa cidade e julga que o melhor caminho para conquistá-la passa por associar-se contigo. Cabe agora a ti decidir se seria mais adequado discutir esse assunto privadamente, somente conosco, ou na presença de outras pessoas."

"Ages com acerto, Sócrates", ele disse, "ao ser tão ponderado no que me diz respeito. De fato, quando alguém ingressa em grandes cidades na condição de um estrangeiro e nelas procura persuadir os melhores jovens a romper suas associações com outros indivíduos, parentes ou estrangeiros, tanto velhos quanto jovens, e a integrar seu próprio círculo, sob a promessa de que essa
d   associação resultará no aprimoramento deles, esse procedimento exige muita cautela, visto que pode ensejar a eclosão subsequente de surtos de inveja, hostilidade e intriga em larga escala. Por outro lado, devo dizer-te agora que a sofística é uma arte antiga e que os homens da antiguidade que a praticaram, temendo o ódio que suscitava, disfarçaram-na com uma roupagem apropriada, às vezes a da poesia, no que se enquadram Homero, Hesíodo[30] e Simônides,[31] às vezes a dos rituais místicos e profecias, como aconteceu com Orfeu, Museu[32] e suas seitas; e às vezes também – como o observei – até sob as vestes do atletismo, como acontece com Ico de
e   Tarento[33] e o ainda vivo Heródico de Selímbria,[34] originalmente de Megara, um sofista de importância comparável à de qualquer outro. A música foi o disfarce de que se serviram vosso Agatocles,[35] um grande sofista, Pitoclides de Ceos[36] e muitos outros. Todos
317a eles, como afirmo, por medo da malevolência, utilizaram essas artes como proteção. Mas eu divirjo desses indivíduos quanto ao seu expediente, pois acredito que não concretizaram nenhum de seus projetos. De fato, a finalidade de todos esses disfarces não podia deixar de ser detectada pelas pessoas poderosas das cidades.

---

30. Hesíodo de Ascra (entre séculos IX e VIII a.C.), poeta épico, autor da *Teogonia* e de *Os trabalhos e os dias*.
31. Simônides de Ceos (556-468 a.C.), poeta elegíaco, lírico e autor de epigramas e hinos.
32. Poeta épico que floresceu no início do século VI a.C.
33. Célebre atleta e instrutor de atletismo.
34. Instrutor de ginástica e também praticante da medicina.
35. Professor de música.
36. *Idem*.

É claro que a multidão nada percebe, limitando-se a repetir os pronunciamentos de seus líderes. Ora, do ponto de vista de um fugitivo, fracassar na fuga e ser pego em campo aberto constituem pura loucura desde o início e levam necessariamente as pessoas a se tornarem mais hostis, pois consideram um tal indivíduo – a despeito de tudo o mais que ele possa ser – um velhaco. Assim, o caminho encetado por mim foi completamente oposto ao deles. Admito ser um sofista e educar as pessoas, julgando que a precaução de admitir em lugar de negar é a melhor das duas. Também cogitei de outras precauções de modo a evitar, pelos deuses, qualquer dano que possa sofrer por admitir que sou um sofista. Já exerço essa profissão há muitos anos, muitos daqueles que vivi tendo sido devotados a ela. E sou suficientemente velho para ser o pai de qualquer um de vós aqui.[37] Daí a mim parece, decerto, sumamente adequado, atendendo a teus desejos, proferir meu discurso acerca dessa matéria na presença de todos nesta casa".

A mim pareceu que ele queria exibir-se diante de Pródico e Hípias, e envaidecer-se pela deferência pessoal que lhes prestávamos ao procurá-lo. Assim, observei com ênfase:

"Então com certeza deveríamos convocar Pródico, Hípias e seus seguidores para que se juntem a nós e possam nos ouvir!"

"Certamente", disse Protágoras.

"Concordaríeis, assim", interferiu Cálias, "em fazer disso uma sessão geral com todos tomando assento confortavelmente para uma conversação?".

Aceita a proposta, todos nós, contentíssimos diante da perspectiva de ouvir homens sábios discursarem, nos apoderamos nós mesmos dos bancos e leitos e os dispusemos de maneira organizada onde se achava Hípias, posto que os bancos ali já se encontravam. Nesse ínterim, Cálias e Alcibíades já voltavam trazendo Pródico, a quem haviam convencido a deixar seu leito, acompanhado de seu círculo.

Quando estávamos todos devidamente acomodados em nossos assentos, disse Protágoras: "Agora, Sócrates, estando

---

37. No *Mênon* (91e), Platão nos informa que Protágoras viveu quase setenta anos, tendo dedicado quarenta ao ensino.

estes senhores também presentes, faz a gentileza de repetir o que me dizias há pouco em nome do jovem".

A isso respondi:

318a "Bem, Protágoras, quanto à razão de nossa vinda, começarei como o fiz antes. Hipócrates mostra-se desejoso de estudar contigo e, portanto, declara que gostaria de saber qual o resultado que obterá de tuas aulas. Nisso se resume tudo que temos a dizer."

A resposta de Protágoras veio celeremente: "Jovem, o resultado de frequentares minhas aulas é o seguinte: a partir do primeiro dia já voltarás para casa como um homem melhor. O mesmo acontecerá no dia seguinte. A cada dia te aprimorarás mais e mais".

b

Ao ouvir tal coisa, eu disse: "O que dizes, Protágoras, nada tem absolutamente de surpreendente, sendo, pelo contrário, inteiramente provável, já que mesmo tu, embora tão velho e tão sábio, te tornarias melhor se alguém te ensinasse aquilo que, porventura, não conheces ainda. Mas supõe que a situação seja diferente e eu a formularei de outra forma. Imagina que Hipócrates repentinamente alterasse totalmente seu desejo e passasse a ansiar pelo ensinamento desse jovem que muito recentemente chegou à cidade, ou seja, Zeuxipo de Heracleia, e dele se acercasse, como se acercou agora de ti, e dele ouvisse o mesmo que acabou de ouvir de ti, a saber, que a cada dia que consumisse com ele se tornaria melhor e efetuaria um progresso constante. Caso Hipócrates lhe indagasse no que se tornaria melhor e em que sentido seria seu progresso, Zeuxipo lhe responderia que na pintura. E supondo que se dirigisse a Ortágoras de Tebas e ouvisse deste o mesmo que ouviu de ti, e em seguida lhe perguntasse no que estaria melhorando dia a dia frequentando suas aulas, obteria como resposta que seria no tocar flauta. Do mesmo modo, tens igualmente que responder a mim e a este jovem, em nome de quem falo, a seguinte pergunta: na hipótese de Hipócrates estudar com Protágoras, exatamente de que forma sairá de suas aulas sendo um homem melhor e no que fará progresso a cada dia e todos os dias que passar contigo?".

c

d

Ao findar meu discurso, Protágoras tomou a palavra e disse: "Ages acertadamente", disse, "ao formular essa questão, e só posso estar imensamente satisfeito em responder aos que formulam bem as questões acertadas. Se Hipócrates vier a mim não será tratado como o seria se frequentasse as aulas de alguns outros sofistas. Estes geralmente maltratam os jovens, redirecionando-os – contra a vontade desses jovens – para matérias[38] das quais escaparam na escola,[39] ministrando-lhes aulas de cálculo, astronomia, geometria e música".[40] Nesse momento dirigiu um significativo olhar a Hípias. "Se, entretanto, procurar a mim, aprenderá exata e exclusivamente aquilo que motivou sua vinda a mim. O que ensino é ter bom discernimento e bem deliberar *seja* nos assuntos privados, mostrando como administrar com excelência os negócios domésticos, *seja* nos assuntos do Estado, mostrando como pode exercer máxima influência nos negócios públicos, tanto através do discurso quanto através da ação."

"Estarei", perguntei-lhe, "acompanhando o que dizes? Pareces estar te referindo à arte cívica, e se propondo a fazer dos homens[41] bons cidadãos".

"Esse, Sócrates", respondeu, "é precisamente o sentido do que professo".

"Bem", observei, "então seguramente desenvolveste uma admirável obra de arte... se é que realmente a desenvolveste. Permito-me dizer-te francamente o que penso, considerando quem és. A verdade, Protágoras, é que isso é algo que jamais supus que pudesse ser ensinado. Mas quando dizes que pode, não vejo como possa desacreditá-lo. Como concluí que não é ensinável ou transmitido de um ser humano para outro, é tão só justo que o explique. Sustento, juntamente com o resto dos gregos, que os atenienses são sábios. Observo que quando estamos reunidos na Assembleia[42] e o Estado precisa tratar de um assunto relativo à

---

38. ...τέχνας... (*tékhnas*), literalmente *artes*, expressão genérica que abrangia *desde* as artes manuais (confecção de calçados, olaria, construção de barcos e artesanato em geral), ofícios considerados *vis* e as artes plásticas (pintura, escultura, poesia etc.) *até* as artes *científicas*, que se confundiam com as próprias ciências (navegação, medicina, matemáticas etc.).
39. Os sofistas eram professores particulares e não do ensino público.
40. ...μουσικὴν... (*moysikèn*) – entenda-se que a música (esfera de atividade artística protegida pelas Musas) incluía necessariamente todas as formas de poesia (épica, trágica, elegíaca, hinos etc.).
41. ...ἄνδρας... (*ándras*), pessoas do sexo masculino.
42. ...ἐκκλησίαν... (*ekklesían*), a Assembleia do povo em Atenas.

construção, solicitamos o aconselhamento de construtores para que nos orientem relativamente àquilo cuja construção foi proposta; e quando está relacionado à fabricação de navios, buscamos os armadores, o mesmo se aplicando a tudo que é tido como passível de aprendizado e ensinamento. Se, porém, alguém mais – que não é considerado pelo povo um artífice profissional – tenta aconselhá-lo, não importa quão atraente, rico e bem nascido possa ser, nenhuma dessas qualidades levará o povo a aceitá-lo. O povo se limitará a cobri-lo de zombaria, desprezo e vaia até que ele, atingido pelo clamor, ou desista de falar e de boa vontade se retire, ou os oficiais o constranjam a retirar-se, ou – mediante a ordem do presidente da Assembleia – o retirem à força de seu lugar. Esse é o procedimento do povo com relação a matérias que consideram técnicas, profissionais. Entretanto, quando é necessário que deliberem com respeito a algo relacionado à administração do Estado, o indivíduo que se levanta para dar aconselhamento pode ser igualmente um carpinteiro, um ferreiro, um sapateiro, um mercador, um comandante de navio, um homem rico, um homem pobre, nobre ou sem nobreza, e ninguém pensa em afrontá-lo, como ocorre no caso anterior, por se propor a fornecer conselhos sem contar com uma prévia instrução conferida por um mestre. Isso porque [o povo] obviamente julga que isso não pode ser ensinado. E isso não se aplica somente ao serviço público. Também na vida privada, nossos cidadãos mais excelentes e mais sábios são incapazes de transmitir as virtudes[43] de que são portadores aos outros. Considera o caso de Péricles,[44] o pai destes jovens aqui.[45] Concedeu-lhes uma excepcional educação em tudo aquilo que mestres são capazes de ensinar, mas com referência àquilo em que ele próprio revela-se realmente sábio, nem os instrui pessoalmente nem os confia a um outro instrutor. O resultado é seus filhos se porem a apascentar-se por aí como gado sagrado, vislumbrando a possibilidade de colher a virtude, por sua própria conta, onde possam encontrá-la.[46] Ou, se preferires, temos aqui o exemplo de

---

43. ...ἀρετὴν... (*aretèn*).
44. Ver nota 18.
45. Páralo e Xantipo.
46. A respeito da ausência das virtudes de Péricles em seus filhos, consultar Xenofonte, *Ditos e Feitos Memoráveis de Sócrates*, presente em *Clássicos Edipro*.

Clínias, o irmão mais novo de Alcibíades.[47] Quando esse mesmo Péricles tornou-se tutor dele, receou que pudesse ser corrompido – *suponho* que por Alcibíades[48] – e o separou do irmão, colocando-o na casa de Arífron, para que ali pudesse educá-lo. Muito bem, o fato é que, antes de transcorrerem seis meses, ele o devolveu a Alcibíades, desorientado quanto ao que fazer com ele. E eu poderia citar para ti muitíssimos outros homens que, embora virtuosos eles mesmos, jamais obtiveram êxito na tentativa de tornar outros indivíduos melhores, fossem estes pertencentes a suas próprias famílias, ou pertencentes a outras. Portanto, Protágoras, por conta desses fatos, sou da opinião de que não é possível ensinar a virtude. Todavia, quando ouço de ti um tal discurso, hesito e imagino que haja algo no que dizes, porquanto considero-te alguém de enorme experiência que muito aprendeu com outras pessoas, além de ter concebido muitas coisas sozinho. Assim, se puderes nos fornecer uma demonstração mais explícita de que é possível ensinar a virtude, não reveles má vontade nesse sentido".

"Não, Sócrates", ele disse, "não pensaria em vos negar, de má vontade, uma explicação. Mas deverei eu, na condição de um homem velho que se dirige a uma audiência mais jovem, formular minha demonstração sob a forma de um mito ou desenvolvendo uma exposição regular?".

Muitos, sentados próximos a ele, imediatamente o incitaram a dar a forma que mais lhe aprouvesse a sua demonstração.

"Assim sendo", ele disse, "para mim a mais agradável será narrar-lhes um mito que consiste no seguinte:

Houve um tempo em que os deuses existiam, mas não as raças mortais. E quando adveio o tempo destinado a sua criação, os deuses moldaram suas formas no interior da terra, misturando terra, fogo e diversos compostos de terra e fogo. Quando estavam prontos para trazer essas criaturas à luz, encarregaram Prometeu e Epimeteu[49] de destinar a cada uma delas suas faculdades e capacidades apropriadas. Epimeteu implorou a Prometeu o privilégio de atribuir as faculdades. 'Quando tiver findado a atri-

---

47. Cujo pai também se chamava Clínias.
48. Ver nota 1.
49. Que eram titãs. Ver a *Teogonia*, de Hesíodo.

buição", ele disse, "poderás fazer uma inspeção". Com a anuência de Prometeu, Epimeteu iniciou a distribuição de faculdades. A algumas criaturas ele destinou força, deixando-as desprovidas de rapidez; às mais fracas ele atribuiu rapidez; a algumas atribuiu armas, enquanto deixou outras desarmadas, porém concebeu para estas alguns outros meios para sua preservação. As criaturas de pequenas proporções compensou com asas ou com uma morada subterrânea. O tamanho, para aquelas tornadas grandes por ele, constituía por si só uma proteção. E mediante esse critério da compensação atribuiu todas as demais propriedades, realizando ajustes e tomando precauções contra a possível extinção de qualquer uma das raças.

Depois de equipá-las com defesas contra aniquilação mútua, concebeu proteções contra as estações ordenadas por Zeus,[50] revestindo-as com pelos espessos e couros rígidos suficientes para proteger do inverno e igualmente eficientes contra o calor, além de servirem inclusive de mantas próprias e naturais para quando fossem dormir. Algumas calçou com cascos, outras, com garras e sólidos couros destituídos de sangue. Na sequência, passou a prover cada uma das raças com seu alimento adequado, umas com pastagem da terra, outras com frutos das árvores, e outras ainda com raízes. E a um certo número de raças disponibilizou como alimento outras criaturas. A algumas atribuiu uma limitada capacidade de reprodução, ao passo que a outras, que eram devoradas pelas primeiras, atribuiu uma capacidade de grande proliferação, assegurando assim a sobrevivência dessas espécies.

Epimeteu, contudo, insuficientemente sábio, de maneira descuidada esbanjou seu estoque de faculdades e capacidades com os animais irracionais. Ficara com a raça humana completamente não equipada e, enquanto circulava desorientado sobre o que fazer com ela, Prometeu chegou para proceder à inspeção de sua distribuição e constatou que, enquanto os outros animais estavam completa e adequadamente providos de tudo, o ser humano encontrava-se nu, descalço, não acamado e desarmado. E já era o

---

50. Filho de Cronos e Reia e instaurador do período olímpico, Zeus, entre as doze divindades maiores do panteão, é a mais importante, embora divida o poder com seus irmãos Poseidon, o deus que impera nos mares, e Hades (ou Plutão), o deus do mundo subterrâneo dos mortos, que não é um deus olímpico.

dia destinado para que o ser humano e todos os outros animais emergissem da terra para a luz. Foi quando Prometeu, em desesperada desorientação quanto a que forma de preservação poderia conceber para a sobrevivência do ser humano, subtraiu de Hefaístos[51]
d e Atena[52] sabedoria nas artes práticas juntamente com o fogo, sem o qual esse tipo de sabedoria se mostra factualmente inútil, e os entregou ao ser humano. Mas, embora o ser humano haja com isso adquirido a sabedoria para preservar sua vida cotidiana, faltou-lhe a sabedoria para a vida cívica em comunidade, sabedoria esta de posse de Zeus. Pois, Prometeu não tinha mais acesso livre à cidadela onde mora Zeus, isso sem considerar, ademais, a presença de seus temíveis guardas. Mas ele conseguiu entrar, sem ser visto, no prédio utilizado conjuntamente por Atena e Hefaístos nas suas atividades, furtando tanto a arte do fogo de Hefaístos quanto todas as artes de Atena e entregando-as à raça humana. Possibilitou
322a com isso a provisão dos recursos que permitem a manutenção da vida humana. Mas Prometeu, por conta do erro de Epimeteu, posteriormente (segundo a narrativa) foi acusado por furto.[53]

Entretanto, agora que o ser humano passara a compartilhar com os deuses de algo que antes fora exclusivo destes últimos, ele, primeiramente, devido a uma espécie de afinidade ou proximidade com os deuses, tornou-se o único animal que os venerava, tendo erigido altares e confeccionado imagens sagradas; em segundo lugar, não demorou a capacitar-se, em função de sua habilidade, a articular a voz e as palavras, e a inventar casas, roupas, calçados, leitos e nutrir-se dos alimentos provenientes da terra. Equipados com isso, os seres humanos no começo viviam
b esparsos e isolados, não havendo cidades. Nessa situação, eram destruídos por animais selvagens, visto serem estes em todos os aspectos mais fortes do que a humanidade. E embora a habilidade

---

51. Um dos seis deuses do Olimpo, Hefaístos (o filho coxo de Zeus e Hera, ou apenas desta) é o deus-artesão e ferreiro, senhor da forja e do fogo.
52. Uma das seis deusas olímpicas, Atena nasceu diretamente da cabeça de Zeus. Deusa associada a todas as formas de saber, inclusive daquele relacionado à arte da guerra. Atena também é a deusa patrona de Atenas.
53. E condenado por Zeus a ser acorrentado num penhasco, onde uma águia vinha continuamente comer seu fígado, o qual se reconstituía depois, voltando a ser devorado, num círculo infindável de suplício. Finalmente, o heroi Héracles, filho do próprio Zeus, o salvou, livrando-o desse castigo torturante.

humana nas atividades manuais bastasse para prover o alimento, mostrava-se deficiente no que tangia à luta contra os animais selvagens. A razão disso era carecerem ainda da arte política, da qual a arte da guerra constitui uma parte. Tentaram assim viver unidos e garantir a sobrevivência fundando cidades. Entretanto, tão logo passaram a viver juntos, começaram a cometer injustiças entre si, já que lhes faltava a arte política.[54] O resultado foi voltarem a se dispersar e serem destruídos. Zeus, temeroso que nossa raça estivesse ameaçada de completa extinção, enviou Hermes[55] para instaurar senso de pudor e de justiça entre os seres humanos, de modo que passassem a existir ordem nas cidades e laços de amizade que as unissem. E Hermes indagou a Zeus como distribuir justiça e pudor entre os seres humanos. 'Deverei distribuí-los como o foram as artes? Esse aquinhoamento foi feito de sorte que um indivíduo detentor da arte da medicina é capaz de tratar muitos indivíduos comuns, o mesmo acontecendo com os outros profissionais. Deverei colocar entre os seres humanos justiça e pudor igualmente desse modo, ou distribuí-los a todos?' 'A todos', respondeu Zeus, 'e que todos tenham deles um quinhão, pois não é possível que as cidades sejam formadas se apenas alguns poucos tiverem uma porção de justiça e pudor, como de outras artes. E estabelece a seguinte lei determinada por mim: Aquele que não conseguir partilhar pudor e justiça deverá morrer, por ser uma pestilência para a cidade'.

Consequentemente, Sócrates, ocorre que as pessoas nos Estados, e particularmente em Atenas, julgam que cabe a uns poucos aconselharem relativamente à excelência na marcenaria ou naquela relativa a qualquer outro ofício profissional, de maneira que, se qualquer um que não esteja entre esses poucos se pronunciar a respeito da matéria em pauta, não o admitem, como dizes, e não sem razão, segundo penso. Mas quando o debate envolve a solicitação de um aconselhamento que diz respeito à virtude cívica, esfera em que podem ser inteiramente norteadas pela justiça e o bom senso, as pessoas admitem naturalmente o aconselhamento

---

54. ...πολιτικὴν τέχνην... (*politikèn tékhnen*), ou seja, a arte de viver em comunidade numa sociedade organizada civil (cidade-Estado) regida por leis.

55. Deus olímpico, filho de Zeus e irmão de Apolo, mensageiro de seu pai e patrono da linguagem, da comunicação, do discurso velado e de toda forma de comércio.

de quem quer que seja, na medida em que se pensa que todos são aquinhoados com essa virtude,[56] pois caso contrário os Estados não existiriam. Eis aí a explicação, Sócrates.

E para que não penses que estás sendo ludibriado, ofereço-te uma prova adicional de que todos os seres humanos verdadeiramente creem que todos possuem um quinhão da justiça e do restante da virtude cívica. Em todas as demais artes acompanhadas de suas virtudes, tal como dizes, quando alguém afirma ter competência quanto a tocar flauta ou em qualquer outra arte e não a tem, torna-se alvo de zombaria, desprezo ou indignação, sua família dele se aproximando e o censurando como se houvesse enlouquecido. Mas quando se trata da justiça ou de qualquer outra virtude política ou cívica, mesmo que saibam que um determinado indivíduo é injusto, se este confessar publicamente a verdade sobre si mesmo, classificarão essa sinceridade de loucura, ao passo que na situação anterior[57] a classificariam como bom senso. Afirmam que todos devem professar serem justos, quer sejam ou não, e que todo aquele que não reivindicar de algum modo ser justo é destituído de senso, visto que necessariamente todos, de uma forma ou outra, possuem algum quinhão da justiça, ou não pertenceriam à espécie humana.

Este é, portanto, meu primeiro ponto, ou seja, é razoável admitir que *todos os homens*[58] sejam conselheiros no que toca a essa virtude, na medida em que todos[59] creem que todos os seres humanos possuem alguma parcela dela. O próximo ponto que tentarei demonstrar, obtendo para ele convencimento, é que essas pessoas não consideram essa virtude como natural ou de geração espontânea, mas como algo que é produto do ensino e adquirido após cuidadoso preparo por aqueles que o adquirem.

No caso de males que os seres humanos universalmente consideram que atingiram seus semelhantes por força da na-

---

56. Isto é, a virtude política ou cívica.
57. Ou seja, com referência às atividades artísticas profissionais.
58. ...πάντ' ἄνδρα... (*pant' ándra*) – Platão retrata Protágoras tomando como modelo uma Assembleia popular de um Estado sob o regime democrático (como a Atenas de seu tempo), da qual *não* participavam as mulheres, por não serem cidadãs.
59. Ou seja, todos os homens que, na qualidade de cidadãos, participam da Assembleia do povo, solicitando conselhos sobre as matérias para posterior deliberação.

tureza ou da sorte, ninguém jamais se indigna com os atingidos, ou os reprova, adverte, pune ou procura corrigi-los. Tornam-se tão só objeto de compaixão. Ninguém, em seu juízo, tentaria agir de tal maneira em relação a alguém que é feio, esquelético ou fraco. A razão, suponho, é se saber que as pessoas são atingidas por esses males naturalmente ou por força do acaso, [na verdade] tanto os males quanto seus opostos. No que se refere, contudo, a todos os bens que se supõe que as pessoas obtêm através de aplicação, prática e ensinamento, se alguém não os possui, mas somente seus opostos, ou seja, os males, tornar-se-á certamente objeto de ódio, castigo e reprovação. Entre esses males encontram-se a injustiça e a impiedade e, em síntese, tudo aquilo que se opõe à civilidade;[60] essas ofensas atraem sempre ódio e reprovação claramente porque essa virtude é considerada algo que se adquire através da aplicação e do aprendizado. Se examinares a punição Sócrates, e o controle exercido por esta sobre os malfeitores, os fatos te dirão que os seres humanos consideram a virtude algo obtido mediante aprendizado. De fato, ninguém irá punir um malfeitor exclusivamente em função de ter observado o mal ou em função do próprio mal cometido, salvo que se esteja meramente praticando a vingança irracional de um animal selvagem. A punição racional não se identifica com vingança pessoal por uma injustiça perpetrada, pois não se pode desfazer o que foi feito. A punição racional é, sim, empreendida com vistas ao futuro, no sentido de intimidar tanto o malfeitor quanto qualquer pessoa que assista a ele ser punido por reincidir no crime. Essa postura que encara a punição como intimidação implica o caráter de aprendizado da virtude. Essa é a postura, a opinião aceita, de todos os que buscam o revide na vida privada ou pública. Geralmente, todos os seres humanos buscam o revide e a punição daqueles que acham que os injustiçaram, o que se aplica especialmente aos atenienses, teus concidadãos, de forma que com base em nosso argumento também os atenienses partilham da opinião de que a virtude é adquirida e ensinada. Assim, tenho como demonstrado que é com o respaldo da razão que teus concidadãos admitem os conselhos de um ferreiro ou de um sapateiro em matéria de assuntos do Estado, e que conside-

---

60. ...πολιτικῆς ἀρετῆς... (*politikês aretês*), a virtude cívica.

ram a virtude como ensinada e adquirida. E me parece, Sócrates, que disso também forneci suficiente demonstração.

Resta ainda ocupar-me de tua dificuldade, a saber, o problema que levantaste com respeito a homens bons, que promovem a educação de seus filhos nos cursos regulares dos mestres, propiciando-lhes os conhecimentos nas matérias ministradas nesses cursos, mas que não conseguem que se destaquem nas virtudes em que eles próprios se destacam. Neste caso, Sócrates, renunciarei ao mito e te oferecerei um argumento. Observa o seguinte: Há ou não há uma coisa que todos os cidadãos precisam possuir para que possa existir um Estado? Encontra-se aqui e em nenhum outro lugar a solução de teu problema. De fato, se houver essa coisa, ela será, em vez da arte do carpinteiro, da do ferreiro, ou da do oleiro, a justiça, o autocontrole e a devoção – em suma, aquilo que posso combinar e chamar globalmente de virtude de um homem.[61] E se é *essa coisa* que todos devem partilhar e com o que todos os indivíduos devem atuar sempre que desejarem aprender algo ou realizar algo, não devendo agir sem poder contar com ela, e se devemos instruir e punir os que dela não têm um quinhão, quer seja uma criança, um homem ou uma mulher, até que a punição destes os tenha tornado melhores, e devemos desterrar de nossas cidades ou executar, como incuráveis, aqueles que não conseguirem responder a essa punição e instrução – *se* assim for, se esta for a natureza dessa coisa, e os homens bons educam seus filhos em tudo exceto nela, então devemos cair em pasmo diante do quão bizarro é o comportamento dos homens bons! Pois demonstramos que encaram essa coisa como passível de ensino tanto na vida privada quanto na pública. Como pode ser algo ensinado e cultivado, é possível que providenciem o ensino aos seus filhos de tudo cuja ignorância não os faça incorrer na pena de morte, enquanto numa matéria cuja ausência de instrução e cultivo (isto é, a virtude) resulta na execução ou exílio de seus filhos – e não só na morte, como também no confisco das propriedades e praticamente numa total catástrofe familiar – não providenciem a educação deles e não tomem com eles o máximo cuidado? É imperioso concluirmos que sim, Sócrates.

---

61. ...ἀνδρὸς ἀρετήν... (*andròs aretén*).

Administram o ensino deles e os corrigem desde sua mais tenra infância até o ultimo dia de suas próprias vidas. Tão logo uma criança compreende o que lhe é dito, a ama de leite, a mãe, o tutor da criança[62] e o próprio pai não poupam esforços para que a criança se torne o melhor possível, empregando cada ação e cada palavra que ocorram para mostrar-lhe o que é justo, o que é injusto, o que é nobre, o que é vil, o que é sagrado, o que é sacrílego, e que deve fazer isso, mas não aquilo. Se ela obedece de boa vontade, ótimo; se não, eles a tratam como um pau torto e distorcido e a endireitam por meio de ameaças e bastonadas. Na sequência, os pais enviam-na à escola e dizem a seus mestres para se dedicarem muito mais a fomentar a boa conduta de seu filho do que lhe ensinar a ler, escrever e tocar um instrumento de cordas. Os mestres assim agem e quando as crianças aprendem a ler e escrever e passam a compreender a palavra escrita, além da linguagem falada que era a que somente compreendiam antes, recebem obras de bons poetas para as lerem em classe, tendo também que as aprender de cor. Nessas obras, fazem contato com muitas exortações e numerosos trechos que descrevem de maneira elogiosa os bons homens de outrora, de forma que a criança, em emulação, neles se inspire e anseie se tornar como eles. Então, também os professores de música,[63] de modo análogo, concentravam-se mais no sentido de promover o autocontrole de seus alunos, zelando por sua boa conduta. E quando aprendem a tocar a harpa, são conduzidos ao contato com obras de outro elenco de bons poetas, isto é, os compositores de canções,[64] enquanto os professores os acompanham na harpa. Os professores insistem no sentido de familiarizar as almas das crianças com os ritmos e as escalas, para que se tornem mais gentis, bem como para que tanto o seu falar quanto suas ações adquiram mais ritmo e harmonia, já que a totalidade da existência humana exige um elevado grau de

---

62. ...παιδαγωγὸς... (*paidagogòs*), literalmente *condutor da criança*. Era o escravo encarregado de conduzir a criança à escola e que não necessariamente, mas geralmente, atuava também como seu tutor e preceptor.
63. ...κιθαρισταί, ... (*kitharisthaí,*). Esses professores ministravam não tanto aulas de teoria musical, mas sobretudo aulas práticas de como tocar instrumentos de cordas, como a cítara, a harpa e a lira.
64. Especialmente os poetas líricos.

ritmo e harmonia. Ademais, acima de tudo isso, as pessoas enviam seus filhos a um instrutor de ginástica para que com base no aprimoramento de seus corpos possam executar as ordens de seus intelectos, os quais já se encontram agora num estado apropriado, e para que não sejam compelidos, devido a deficiências físicas, a agir com pusilanimidade na guerra e nas suas outras atividades.

Isso é o que fazem os mais capazes, que são os mais ricos. Seus filhos ingressam na escola com menos idade e dela saem com mais idade. E quando deixam a escola, é a vez do Estado obrigá-los a aprender as leis e viverem em conformidade com elas, moldando suas vidas, tendo-as como padrão, para que sua conduta não seja determinada por seus próprios caprichos, tal como acontece, empregando uma analogia, com os professores de escrita, que traçam levemente as letras com uma pena nos cadernos de exercícios para seus alunos principiantes, fazendo-os escrever as letras sobre os padrões traçados por eles. Do mesmo modo, o Estado para eles traça as leis concebidas pelos bons legisladores de outrora e os constrange a governar e serem governados por elas. Pune qualquer um que ultrapassa os limites determinados pelas leis e o termo empregado para essa punição entre vós e em muitos outros Estados é – com base na finalidade corretiva da acusação – *correção*.[65]

Considerando-se que tanto zelo é dispensado à virtude privada e pública, ainda te espantas, Sócrates, e vês tanta dificuldade no fato de a virtude poder ser ensinada? Seria de se espantar, sim, se não fosse.

Por que, então, muitos filhos de bons pais revelam-se tão inexpressivos? Permita-me explicá-lo também. Na verdade, não é de se surpreender se reconhecermos como acertado o que eu disse há pouco, ou seja, que, na hipótese de querermos que uma cidade exista, ninguém poderá ser um leigo em matéria de virtude. Pois se o que afirmo é verdadeiro – e não há nada que poderia sê-lo mais – toma qualquer outra busca ou aprendizado e reflete

---

65. ...εὐθυνούσης... (*eythynoýses*). O verbo εὐθύνω (*eythýno*) significa tanto *restritamente* governar um Estado ou dirigir um exército, quanto *latamente* corrigir, retificar, o que implica prévia censura. No que se refere particularmente ao Estado ateniense, há um sentido específico atrelado a essa acepção lata: *inspecionar* as contas da gestão, ou a própria gestão de um magistrado após o término de seu mandato, o que poderia resultar eventualmente numa acusação pública (ou seja, pelo Estado) do magistrado.

sobre sua natureza. Supõe ser impossível a existência do Estado se não fôssemos todos flautistas, na medida da capacidade de cada um, e que todos ministrassem a seus semelhantes essa arte tanto em público quanto em particular, e inclusive repreendessem aquele que não se saísse bem, fazendo tudo isso prodigamente, tal como agora ninguém poupa ou oculta sua arte no que
b se refere ao que é justo e legal, como o faz em outras áreas do conhecimento profissional. A justiça e a virtude do outro nos são vantajosas, e consequentemente todos nós transmitimos e ensinamos entre nós o que é justo e legal. Ora, se nos empenharmos com igual zelo e generosidade na instrução mútua relativa à arte de tocar flauta, achas, Sócrates, que seria mais provável que os filhos dos bons flautistas fossem bons flautistas do que os filhos dos maus flautistas? Quanto a mim, não o acho em absoluto.
c Quando um filho apresenta um pendor natural para tocar flauta, acabará por se destacar, ao passo que aquele que carece de aptidão natural, permanecerá na obscuridade. É frequente o filho de um bom instrumentista converter-se num mau instrumentista, e igualmente frequente o filho de um mau instrumentista tornar-se um bom instrumentista. Contudo, enquanto flautistas, todos seriam instrumentistas capazes se comparados a pessoas ordinárias que jamais tiveram aulas de flauta. Do mesmo modo, no que diz respeito ao caso em pauta, deves encarar qualquer pessoa que a ti parece o mais injusto indivíduo que já foi um dia
d educado na sociedade humana sob a lei como uma pessoa justa e um artífice da justiça, se comparada com indivíduos para os quais faltaram educação, tribunais e leis, além de uma contínua compulsão para o cultivo da virtude, indivíduos selvagens como o poeta Ferecrates, colocado em cena no *Lenaio*[66] do ano passado. É indubitável que se tu estivesses entre tais indivíduos, como aconteceu com os misantropos entre os integrantes do coro dessa sua peça, ficarias muito feliz por encontrar-te com Euríbato e Frinondas e te lamentarias sentindo falta da perversidade das
e pessoas daqui. Tal como as coisas são, te mostras com afetação, Sócrates, porque todos aqui são mestres de virtude na medida de suas capacidades, e és incapaz de perceber a presença de um único. Poderias igualmente procurar um mestre de grego e não

---

66. Festival anual de Atenas, celebrado em janeiro, em honra ao deus Dionísio.

encontrarias também um único. Tampouco lograrias maior êxito se indagasses quem poderia ensinar aos filhos de nossos artesãos as próprias artes que decerto aprenderam com seus pais, na medida em que esses pais tinham competência, tanto quanto seus amigos que exerciam o mesmo ofício. Se perguntasses quem iria proporcionar-lhes essa educação adicional, suponho que seria difícil, Sócrates, encontrar para eles um mestre, ao passo que seria fácil encontrar um mestre para aqueles sem qualquer habilidade. Algo idêntico ocorre com a virtude e tudo o mais. Se houver alguém que nos supere minimamente quanto a indicar o caminho da virtude, deveremos ser gratos.

De fato, julgo ser eu essa pessoa, superando todas as outras na aptidão de dar assistência aos indivíduos para que se tornem nobres e bons, e me julgo merecedor do valor que cobro e até de mais, dependendo dos próprios discípulos. E é por essa razão que cobro da seguinte forma: o discípulo paga o preço total estipulado por mim somente se o desejar; se não o desejar, entra num templo, estabelece sob juramento quanto acha que vale meu ensinamento e paga esse valor.

Aí tens, Sócrates, mediante o mito e o argumento, a demonstração de que a virtude é passível de ser ensinada, que os atenienses partilham dessa opinião e nada há surpreendente no fato de maus filhos nascerem de bons pais, e bons filhos nascerem de maus pais, posto que mesmo os filhos de Policlito, companheiros de Páralo e Xantipo aqui presentes, não são comparáveis ao seu pai, o mesmo ocorrendo em outras famílias de artistas. No caso destes dois, não é justo deles se queixar ainda. Para eles resta esperança, visto que são jovens".

Protágoras cessou de falar após esse seu magnífico desempenho. Quanto a mim, permaneci ainda por um bom tempo sob o efeito de seu fascínio e mantive o olhar fixo nele, como que na expectativa que fosse continuar seu discurso, tão ansioso estava em ouvi-lo. Mas quando percebi que ele de fato pusera um termo nas suas considerações, eu me recompus, por assim dizer, com um certo esforço, e olhando para Hipócrates, disse:

"Filho de Apolodoro, estou sumamente grato a ti por me induzires a comparecer aqui. Foi estupendo ter ouvido de Protágoras o que acabei de ouvir. Antes costumava pensar que não havia uma atividade humana responsável por tornar bons os bons, mas agora estou convencido de que há. Apenas vejo uma pequena dificuldade, que decerto será facilmente eliminada por Protágoras por meio de uma explicação, considerando que tantas já foram por ele eliminadas. Se acontecesse de estares presente quando qualquer desses oradores políticos estivesse se ocupando desses mesmos temas, provavelmente ouvirias discursos semelhantes de Péricles ou de algum outro orador competente. Mas supondo que, dirigisses a um deles uma pergunta, mostrar-se-ia tão incapaz de respondê-la e, inclusive, de formular uma pergunta ele próprio quanto um livro. Se indagares sobre o mais ínfimo aspecto daquilo a respeito do que discorreram, se comportarão como recipientes de bronze, que permanecem ressoando por muito tempo após receberem uma batida, prolongando o som incessantemente, a não ser que o amorteças. Assim são esses oradores. Basta fazer-lhes uma simples pergunta e procederão a um discurso de longa distância. Protágoras, contudo, embora capaz – como os eventos têm demonstrado – de proferir um belo longo discurso, é igualmente capaz de responder com brevidade quando interrogado e, depois de haver feito uma pergunta, aguardar e admitir a resposta – realizações que poucos podem reivindicar.

E agora, Protágoras, há uma pequena coisa que completaria o que obtive até então, se te dignasses a responder minha pergunta. Afirmas que a virtude pode ser ensinada e, se houver no mundo alguém que possa convencer-me disso, és tu. Houve, todavia, um ponto em teu discurso que me perturba e pelo que minha alma anseia ser satisfeita. Disseste que Zeus enviou justiça e pudor à humanidade e, ademais, foi amiúde indicado em teu discurso que a justiça, a moderação,[67] a devoção[68] e o resto resumiam-se numa única coisa, ou seja, virtude. Poderias voltar a esse ponto e tratá-lo com mais precisão, estabelecendo se a virtude é algo único, de que fazem parte a justiça, a moderação e a devoção, ou se as qualidades por mim indicadas não passam de designações de uma mesma coisa? Isso é o que continua intrigando-me."

---

67. ...σωφροσύνη... (*sophrosýne*), termo a rigor intraduzível por uma única palavra no português. A *sofrosüne* constitui uma virtude que reúne a um só tempo a moderação e o autocontrole especialmente no que tange aos desejos e apetites do corpo e à prudência e autoconhecimento.

68. ...ὁσιότης... (*hosiótes*), devoção no sentido restrito de religiosidade.

"A resposta para essa pergunta é fácil, Sócrates", ele declarou. "A virtude é uma coisa única e as qualidades em pauta são partes dela."

"Partes", perguntei, "como as partes do rosto, a saber, a boca, o nariz, os olhos e os ouvidos, ou como as partes do ouro, em que inexiste diferença exceto no tamanho, entre as partes ou entre as partes e o todo?".

"Eu julgaria que no primeiro sentido, Sócrates, isto é, como as partes do rosto são em relação ao todo do rosto."

"Bem", prossegui, "nesse caso, quando os seres humanos partilham dessas porções da virtude, possuem alguns deles uma, e alguns outros outra, ou se possuem uma, necessariamente possuem todas elas?".

"De modo algum", respondeu, "já que muitos são corajosos porém injustos, enquanto, por outro lado, muitos são justos mas não sábios".

"Então são essas também partes da virtude", indaguei, "nomeadamente a sabedoria e a coragem?".

"Eu diria que com toda a certeza", respondeu, "além do que entre suas partes, a sabedoria é a mais importante".

"E cada uma delas", continuei, "é distinta de qualquer outra?".

"Sim."

"E também exerce cada uma sua função particular? Se aceitamos a analogia com as partes do rosto, o olho não é como o ouvido, não sendo inclusive a mesma a função que exercem; tampouco é qualquer uma das demais partes semelhantes entre si, quer em suas funções quer em qualquer outro aspecto. Analogamente, são as partes da virtude mutuamente dessemelhantes, tanto em si mesmas quanto no que respeita a suas funções? Na hipótese da propriedade dessa analogia, não é evidente que são?".

"Sim, são, Sócrates", admitiu.

"Portanto", dei sequência a minhas considerações, "entre as partes da virtude nenhuma outra parte é semelhante ao conhecimento, ou à justiça, ou à coragem, ou à moderação, ou à devoção".

Ele concordou.

"Ora, consideremos juntos que espécie de coisa é cada uma dessas partes. Perguntemo-nos inicialmente: é a justiça uma coisa[69] ou não é uma coisa? Penso que é. E quanto a ti?".

"Penso igualmente que é", respondeu.

"Bem, supõe que alguém perguntasse a ti e a mim: "Protágoras e Sócrates, peço-vos que me digam o seguinte: a coisa que há pouco designastes como justiça é ela mesma justa ou injusta?'. Eu, de minha parte, responderia que é justa. Mas qual seria o teu veredicto? Idêntico ao meu ou diferente?"

"Idêntico", disse.

"Então a justiça é a espécie de coisa que é justa: assim responderia eu ao inquiridor. Farias o mesmo?"

"Sim", disse.

"Agora supõe que ele fosse avante e nos perguntasse: 'Aludis também a uma *devoção*?'. Imagino que responderíamos que sim."

"Sim", disse.

" 'E chamas isso também de uma coisa?' Deveríamos declarar que sim, não deveríamos?"

Mais uma vez ele assentiu.

" 'E dizes que essa coisa ela mesma[70] tem natureza irreligiosa ou religiosa?' No que me toca, me aborreceria com essa pergunta", eu disse, "e responderia: Cala-te, homem! Como poderia qualquer outra coisa ser religiosa se a própria religiosidade (devoção) não é? E quanto a ti, não darias uma resposta idêntica?".

"Certamente daria", disse.

"Agora, supõe que prosseguisse indagando-nos: 'Ora, e como fica vossa afirmação de minutos atrás? Talvez não tenha vos ouvido bem, mas entendi ambos dizerem que as partes da virtude estão numa tal relação mútua que uma não se assemelha a outra'. Nessa situação, minha resposta seria: nada há de errado com tua audição, porém erraste ao me considerar o corresponsável por

---

69. ...πρᾶγμά... (*prâgmá*).
70. Ou seja, a devoção (religiosidade).

331a   essa afirmação. Foi Protágoras aqui presente que apresentou essa resposta. Eu atuei apenas como perguntador. Então supõe que ele retrucasse: 'Nosso amigo está dizendo a verdade, Protágoras? És tu que afirmas que uma parte da virtude não se assemelha a outra? Esta afirmação é tua?'. Que resposta lhe darias?"
"Eu me veria forçado a admiti-lo, Sócrates", ele disse.
"Bem, na sequência, Protágoras, após ter admitido isso, que resposta lhe daremos se ele prosseguisse e fizesse a seguinte pergunta: 'Não é a devoção algo cuja natureza é justa e não é a justiça algo cuja natureza é religiosa? Ou é possível que a justiça seja irreligiosa? É possível que a religiosidade não seja justa e, portanto, injusta, e a justiça irreligiosa?'. O que

b   respondermos a isso? De minha parte, eu diria que tanto a justiça é religiosa quanto a religiosidade é justa, e se me permites, ofereço também a ti essa resposta, pois ou a justiça é idêntica à religiosidade ou sumamente semelhante a ela e, sobretudo, justiça e devoção (religiosidade) são coisas do mesmo tipo. O que pensas? Rejeitarias essa resposta, ou assentirias a ela?"
"Não tenho a esse respeito uma opinião tão cabalmente simples, Sócrates, que me autorizasse a admitir que a justiça é religiosa

c   e a religiosidade, justa. Penso que aqui é necessário estabelecer uma distinção. No entanto, que diferença faz?", ele disse. "Se preferes, suponhamos que a justiça é religiosa e a religiosidade, justa."
"Não", eu disse. "Não estou interessado nessa "história" de 'se preferes', 'se concordas'. Quero demonstrações. Somos tu e eu quem desejo pôr no circuito, e penso que o argumento será

d   testado de maneira maximamente correta se retirarmos o *se.*"
"Bem, de qualquer forma", ele disse, "a justiça apresenta alguma semelhança com a religiosidade. Qualquer coisa no mundo, de fato, apresenta alguma espécie de semelhança com qualquer outra coisa. Assim, há um ponto em que o branco assemelha-se ao preto e o duro ao macio, o que ocorre com todas as demais coisas que são tidas como mutuamente opostas. E as coisas às quais nos referimos anteriormente como detentoras de funções distintas e como não sendo o mesmo tipo de coisas entre si, isto é, as partes do rosto, são, num certo sentido, semelhantes entre si e de espécie semelhante. Dessa maneira, portanto, po-

e derias demonstrar, se quisesses, que até essas coisas são todas mutuamente semelhantes. Não é, contudo, correto classificar as coisas como semelhantes pelo fato de apresentarem *alguma* semelhança, embora ligeira, ou como dessemelhantes por apresentarem *alguma* dessemelhança".

Isso surpreendeu-me e eu lhe disse: "Avalias a relação entre o justo e o religioso realmente como uma relação apenas de ligeira semelhança?".

"Não exatamente", respondeu, "mas também não como 332a pareces pensar que é".

"Bem, visto que a mim parece que te incomodaste com isso, vamos deixá-lo de lado e consideremos um outro ponto que levantaste. Reconheces que há uma coisa designada como insensatez?"

"Sim", disse.

"E não é a sabedoria diametralmente oposta a essa coisa?"

"Parece-me que sim."

"E quando as pessoas agem corretamente e de maneira útil, julga o seu comportamento moderado, ou o oposto?"

"Moderado", ele disse.

"Bem, é através da moderação que são moderados?"

b "Necessariamente."

"E as pessoas que não agem corretamente, agem insensatamente e assim se comportando não são moderadas?"

"Concordo."

"E o comportamento insensato é o oposto do comportamento moderado?"

"Sim."

"Ora, o comportamento insensato é causado pela insensatez e o moderado pela moderação?"

Ele assentiu.

"E tudo aquilo que é executado através da força é executado fortemente, ao passo que tudo que é executado através da fraqueza é executado fracamente."

Ele deu seu assentimento.

"E tudo que é realizado com celeridade, é realizado celeremente, enquanto tudo que é realizado com lentidão, é realizado lentamente."

"Sim."

"E consequentemente tudo que é feito de uma certa maneira é feito graças à ação de um certo tipo de faculdade, enquanto tudo que é feito da maneira oposta, é feito graças à ação do tipo oposto."

Ele concordou.

"Ora", prossegui, "há essa coisa que é o belo?".

Ele admitiu-o.

"E possui o belo qualquer outro oposto exceto o feio?"

"Não, nenhum."

"Ora, há essa coisa que é o bom?"

"Há."

"E possui qualquer outro oposto salvo o mau?"

"Não, nenhum."

"Mas, diz-me agora: há essa coisa que é o som agudo?"

"Há."

"E tem qualquer outro oposto exceto o som grave?"

"Não."

"Ora", prossegui, "cada oposto singular só possui um oposto, não muitos?".

Ele aquiesceu.

"Muito bem, computemos agora nossos pontos consensuais. Concordamos que uma coisa singular possui um oposto único, e não mais do que um?"

"Concordamos."

"E que aquilo que é executado de uma maneira oposta, é executado através da ação de opostos?"

"Sim."

"E concordamos que aquilo que é feito insensatamente é feito de um modo oposto daquilo que é feito moderadamente?"

"Sim."

"E que aquilo que é feito moderadamente é feito através da moderação, ao passo que aquilo que é feito insensatamente é feito através da insensatez?"

Ele assentiu.

"Agora, se é feito de uma maneira oposta, o é necessariamente graças à ação de um oposto?"

"Sim."

"E um é feito através da moderação, enquanto o outro através da insensatez?"

"Sim."

"De uma maneira oposta?"

"Certamente."

"E por ações opostas?"

"Sim."

"Então a insensatez é o oposto da moderação?"

"É o que parece."

"Ora, lembras que concordamos anteriormente que a insensatez é o oposto da sabedoria?"

Ele o admitiu.

"E que uma coisa possui um só oposto?"

"Sim."

"Diante disso, destas proposições qual rejeitaremos? A afirmação de que uma coisa possui um único oposto ou a de que a sabedoria é diferente da moderação e que cada uma constitui uma parte da virtude, além do que uma parte distinta, e que as duas – tanto em si mesmas quanto do ponto de vista de suas funções – são tão dessemelhantes quanto as partes do rosto? A qual delas renunciaremos? As duas afirmações são dissonantes, não se harmonizam entre si. E como poderiam se uma coisa necessariamente possui apenas um oposto e não mais do que um, quando a sabedoria e a moderação igualmente parecem ambas ser o oposto da insensatez, que é uma coisa singular. É essa a situação, Protágoras", eu disse, "ou será outra?".

Admitiu-o, embora muito a contragosto.

"A consequência disso não seria transformar a moderação e a sabedoria numa única coisa? De fato, descobrimos há pouco que a justiça e a religiosidade eram quase a mesma coisa. Vamos, Protágoras, não vacilemos, mas encaminhemos nossa investigação ao seu termo. Diz-me: a ti parece que um indivíduo que age injustamente é moderado ao agir assim?"

c "Eu me envergonharia, Sócrates", disse ele, "em admitir tal coisa, a despeito daquilo que muitas pessoas dizem".

"Então, deverei dirigir-me a elas ou a ti?"

"Se for de teu agrado", respondeu, "por que não discutes primeiramente a posição da maioria?".

"Para mim é indiferente, desde que respondas as perguntas, expressando ser tua opinião ou não. Com efeito, embora meu objetivo primordial seja testar o argumento, talvez isso resulte de ambos, eu, o perguntador, e o respondente sermos submetidos ao teste."

d De início Protágoras hesitou, alegando ser o argumento excessivamente embaraçoso, mas depois de alguns instantes concordou em responder.

"Bem, começando pelo começo, diz-me: julgas que as pessoas são moderadas quando agem injustamente?"

"Concedemo-lo", ele disse.

"E por ser moderado entendes ser sensato?"

"Sim."

"E ter senso [nessa situação] significa ter bom discernimento no agir injustamente?"

"Vamos conceder que sim", ele disse.

"Dependendo ou não de obterem bons resultados agindo injustamente?"

"Somente se obtiverem bons resultados."

"Dirias que há coisas que são boas?"

"Diria."

"E essas coisas boas constituem o que é útil ao ser humano?"

e "Por Zeus, certamente", respondeu, "e inclusive quando não são úteis ao ser humano, ainda as classifico como boas".

A essa altura, pareceu-me que Protágoras se sentia realmente provocado e assediado, e numa disposição francamente contrária a continuar respondendo. Em consonância com isso, alterei cuidadosamente o tom de minhas perguntas.

334a "Tu te referes a coisas que não são úteis a ser humano algum, Protágoras, ou a coisas que não têm absolutamente qualquer utilidade? É possível que classifiques estas coisas como boas?"

"De modo algum", respondeu, "mas conheço muitas coisas inúteis aos seres humanos, a saber, alimentos, bebidas, remédios e muitíssimas outras, e algumas que são úteis; algumas que não são nem inúteis nem úteis para os seres humanos, mas inúteis ou úteis aos cavalos, e algumas que são úteis somente para o gado, algumas apenas aos cães; algumas, também, que não são úteis a nenhum desses, embora sejam úteis às árvores; algumas que são boas para as raízes de uma árvore, mas ruins b para seus brotos, como acontece com o estrume, que se revela bom para ser aplicado às raízes de todas as plantas, mas que se o jogares sobre os brotos e ramos, arruinará todos. Outro exemplo é o azeite, que é extremamente ruim para todas as plantas, sendo também o pior inimigo dos pelos de todos os animais exceto daqueles do ser humano, para cujos cabelos é benéfico bem como para todo o resto do corpo humano. Mas o bom é algo tão multifacetado e variável que, nesse exemplo c do azeite, este é bom para as partes externas do corpo humano, mas ao mesmo tempo péssimo para as partes internas, motivo pelo qual os médicos proíbem indiscriminadamente que seus pacientes utilizem o azeite em suas dietas, exceto em uma quantidade mínima, o suficiente para afastar de nossas narinas o cheiro pouco apetecedor dos alimentos e seus condimentos".

Findo o aplauso suscitado por essa fala, observei: "Protágoras, tendo a ser uma pessoa esquecida e, se alguém dirige a mim d um discurso com certa prolixidade, inclino-me a esquecer o objeto do discurso. Ora, se acontecesse de eu revelar dificuldades de audição e fosses conversar comigo, acharias conveniente falar mais alto comigo do que com os outros. Da mesma maneira, agora que tens diante de ti um indivíduo esquecido, terás que encurtar tuas respostas para que eu possa acompanhar-te".

"Ora, o que queres dizer com respostas curtas?", retrucou. "Queres que eu as torne mais curtas do que deveriam ser?"
"De modo algum", eu disse.
"Tão longas quanto deveriam ser?"
e "Sim."
"Nesse caso, minhas respostas devem ter a extensão que penso que deveriam ter ou a que pensas que deveriam ter?"
"Bem, ouvi dizer", eu disse, "que ao abordar um determina
335a do assunto, és capaz não só de nele instruir alguém como também de discorrer de maneira extensiva, segundo tua vontade, sem jamais perder o fio da meada; ou, ao contrário, discorrer com tal brevidade que ninguém poderia ser mais conciso do que tu. Assim sendo, se vais discutir comigo, utiliza essa segunda maneira, ou seja, a da brevidade".

"Sócrates, durante muito tempo pratiquei muitas competições oratórias com muitas pessoas e se fosse atender ao teu pedido, realizando o que fosse solicitado pelo meu opositor, não seria julgado superior a ninguém, nem teria Protágoras granjeado o prestígio que granjeou entre os gregos."

b Pude perceber que ele não estava inteiramente satisfeito com as próprias respostas que dera até então e que também não estava disposto a continuar desempenhando o papel de respondente no diálogo. Por conseguinte, considerei como finda minha atividade discursiva com ele e observei: "Sabes, Protágoras, também me sinto pouco à vontade quanto a mantermos esta discussão nos moldes contrários a tua inclinação. Se estivesses desejoso de entreter uma discussão de um modo que eu pudesse acompanhar, então discutiria contigo. De fato, tu – como comentam de
c ti e tu próprio sustentas – és capaz de discutir os temas com prolixidade ou brevidade. És, afinal, um sábio. Quanto a mim, sou incapaz desses longos discursos, ainda que desejasse ser capaz de proferi-los. Tu, decerto, tendo competência nas duas formas, deveria nos fazer essa concessão, de sorte a dar uma chance a esta discussão. Mas como te recusas a isso e meu tempo disponível é escasso, vendo-me assim impossibilitado de permanecer aqui para escutar teus longos discursos – até por conta de um lugar a que devo ir – retiro-me agora, ainda que deva dizer que ficaria contente em ouvir tuas opiniões".

d   Tendo pronunciado essas palavras, levantei-me como se fosse sair. Mas antes de completar esse movimento, Cálias segurou meu braço com sua mão direita e agarrou este manto que estou usando com a esquerda, dizendo: "Não permitiremos que vás, Sócrates, pois se nos deixares nossa discussão não será a mesma sem ti. Assim, permanece conosco, imploro-te. Não há nada que mais desejaria ouvir do que um debate entre tu e Protágoras. Vamos, faz a todos nós esse favor".

e   Mas agora eu já me achava de pé e como se pronto para sair. Disse: "Filho de Hipônico, sempre admirei teu *amor pela sabedoria*[71] e tenho-te especialmente agora em alta estima e apreço, de modo que muito me agradaria atender-te se me pedisses algo que me fosse possível. Mas nessas circunstâncias, é como se me pedisses para manter o mesmo passo com Críson, o corredor de Himera, na sua juventude, ou competir com os corredores de longo curso[72] ou com aqueles que correm o dia todo. O que posso dizer exceto que desejaria para mim, mesmo que não o

336a   pedisses, que fosse capaz de competir com esses corredores. Mas está claro que não sou capaz. Se queres contemplar Críson e eu correndo juntos, tens que lhe pedir para reduzir sua velocidade, de modo a se ajustar a minha, posto que não sou capaz de correr velozmente, mas ele é capaz de correr lentamente. Assim, se desejas ouvir Protágoras e eu, deves pedir-lhe para

b   voltar a responder como fazia no início, ou seja, através de sentenças breves e atendo-se ao ponto levantado. Caso contrário, no que se converterá nosso diálogo? Para mim, um diálogo é algo completamente distinto de um discurso político".

"Mas Sócrates", ele disse,[73] "Protágoras tão só tem como justo seu direito de lhe ser permitido discutir – tal como tu gozas também desse direito – da forma que julga adequada, da maneira por ele escolhida".

Nesse momento Alcibíades interveio: "Não o expressas cor-
c   retamente, Cálias, uma vez que Sócrates confessa não ser páreo para discursos longos e neste gênero se rende a Protágoras. Mas

---

71. ...φιλοσοφίαν... (*philosophían*).
72. Os corredores de longo curso competiam numa corrida na qual tinham que percorrer cerca de 3 km.
73. Ou seja, Cálias.

quando se trata do debate dialético e de compreender a permuta do discurso racional, ficaria surpreso se ele se rendesse a qualquer oponente. Ora, se Protágoras se confessar inferior a Sócrates em matéria de debate dialético, Sócrates nada mais terá a perguntar. Mas se o desafiar, contestando sua superioridade, que se engaje num diálogo de perguntas e respostas, sem desfiar uma longa peroração em cada resposta, com o que rechaça os argumentos, nega-se a dar explicações e continua até a maioria dos ouvintes esquecer o ponto em questão. Na verdade, posso garantir-te que Sócrates não esquece, embora graceje que é uma pessoa esqueci-da... Portanto, acho que a proposta de Sócrates é mais equitativa e que cada um de nós deveria declarar sua opinião a respeito".

Depois de Alcibíades, creio que o próximo a falar foi Crítias: "Bem, Pródico e Hípias, a mim parece que Cálias dá pleno respaldo a Protágoras, enquanto Alcibíades, como sempre, se empenha em dar respaldo a uma boa disputa. Mas não vejo necessidade de tomarmos o partido de Sócrates ou o de Protágoras, mas sim nos unirmos para lhes pedir, a ambos, que não interrompam prematuramente nossa reunião".

Dito isso, Pródico observou: "Penso que falas com acerto, Crítias. Aqueles que escutam discussões como esta devem unir--se para ouvir de maneira imparcial, mas não igual, ambos os debatedores. De fato, neste caso há uma diferença. Devemos ouvir imparcialmente, mas não dividir igualmente nossa atenção, cabendo-nos prestar mais atenção no mais sábio e menos no mais ignorante. De minha parte, Protágoras e Sócrates, também vos solicito que atendam ao nosso pedido, e que discutam as questões, mas dispensem a disputa pela disputa. Amigos discutem entre si harmoniosamente, ao passo que a disputa por si mesma ocorre entre aqueles que estão divididos pelo desentendimento e a inimizade. Dessa forma, nossa reunião será coroada de sucesso e vós, os oradores, ganharão com toda a certeza o máximo de respeito, e não louvor, de nós que os ouvimos. De fato, o respeito reside sinceramente nas almas dos ouvintes, enquanto o louvor com demasiada frequência está nos discursos dos mentirosos que ocultam o que realmente pensam. Por outro lado, nós, os ouvintes, com isso ficaremos maximamente confortados, não agradados. Com efeito, é confortado aquele que aprende algo e obtém uma parcela de bom senso exclusivamente para sua mente, ao passo que o ser agradado tem a ver com o comer ou o experimentar de qualquer sensação exclusivamente no próprio corpo".

Esse discurso de Pródico recebeu a manifestação de aprovação da maioria de nós. Após Pródico, falou o sábio Hípias: "Senhores aqui presentes, vejo-vos a todos como parentes, amigos íntimos e concidadãos por natureza, não por convenção, pois o semelhante é aparentado ao semelhante por natureza, ao passo que a convenção, que tiraniza a humanidade, constrange-nos amiúde contra a natureza. Consequentemente, seria para nós vergonhoso compreender a natureza das coisas e – nós, os mais sábios entre os gregos, tendo nos reunido aqui e agora no próprio santuário da sabedoria da Grécia, nesta sumamente augusta casa da cidade das cidades[74] – não exibirmos nenhuma respeitável amostra de toda essa dignidade, nos limitando a brigar como se fôssemos a escória. Eu, portanto, vos imploro e aconselho, Protágoras e Sócrates, que entreis num acordo, por assim dizer, sob nossa arbitragem. Tu, Sócrates, não deves exigir essa forma precisa de discussão extremamente breve se não se ajusta a Protágoras, mas permitir que os discursos fluam livremente, para que possam ser transmitidos a nós de maneira mais expressiva e elegante; tampouco deves tu, Protágoras, soltar todas tuas velas ao vento, escapando para o oceano da retórica e perdendo de vista a terra. Pelo contrário, ambos deveis seguir um curso mediano. É assim como digo que deveis agir, e insisto que escolheis um árbitro, supervisor ou mediador que atuará vigiando quanto à devida medida dos discursos de cada um de vós".

Sua sugestão foi aprovada por todos e mesmo aplaudida. Cálias disse que não permitiria que eu me fosse e me pediram que escolhesse um mediador. Observei que seria uma vergonha escolher um árbitro para nossa discussão. "De fato", afirmei, "se o escolhido for inferior a nós, não será correto ter o inferior supervisionando o superior; por outro lado, se for de nós um par, isso se mostrará igualmente errado, já que nosso par agirá tal como nós agiríamos, sua escolha revelando-se supérflua. Nestas circunstâncias, é possível que direis que vossa escolha será de alguém superior, o que honestamente reputo como impossível, já que é impossível escolher alguém mais sábio do que Protágoras.

---

74. Atenas.

E se escolherdes uma pessoa que não é superior a ele, mas que sustentais como tal, estareis insultando-o. Ele não é um indivíduo insignificante para o qual podeis apontar um supervisor. No que concerne a mim, é indiferente. Mas permiti que vos informe que eu o faria, para que vosso desejo intenso por uma conferência e um debate possa ser satisfeito. Se Protágoras não quer responder, que pergunte e eu responderei, ao mesmo tempo tentando mostrar-lhe como o respondente, a meu ver, deve responder. E quando tiver respondido todas as perguntas que ele desejar dirigir a mim, então será sua vez de dar suas explicações a mim do mesmo modo. E nesse caso, se não se mostrar pronto e desejoso de responder as perguntas efetivas a ele feitas, vós e eu nos uniremos para solicitar-lhe, como me solicitastes, que não arruine nossa reunião. E esse procedimento dispensa um supervisor, uma vez que a supervisão será conjuntamente feita por todos vós".

Todos concordaram que esse era o procedimento a ser adotado. Quanto a Protágoras, ainda que a contragosto, teve, afinal, que concordar em fazer perguntas e, uma vez tendo perguntado o que lhe parecia suficiente, reassumir o posto de respondente dando respostas curtas.

E começou a fazer perguntas mais ou menos da seguinte maneira: "Julgo, Sócrates, que a maior parte da *educação masculina* consiste em adquirir o domínio da poesia, ou seja, capacitar-se a compreender o discurso poético, saber quando um poema foi corretamente composto e quando não foi, além de capacitar-se a distingui-lo e explicá-lo quando questionado a respeito. Em consonância com isso, a pergunta que farei agora versará sobre o mesmo assunto que ora tu e eu debatemos, nomeadamente a virtude, mas considerada na sua conexão com a poesia, que será a única diferença. Bem, Simônides, suponho, em algum lugar, diz a Escopas, o filho de Creonte da Tessália:

...*Realmente, para um homem tornar-se bom verdadeiramente é difícil,*
Nas mãos, pés e inteligência com solidez,
Constituído impecavelmente...
Conheces a ode, ou deverei recitá-la toda?".

"Não é necessário", respondi, "pois a conheço. A propósito, fiz um particular estudo dessa ode".

"Folgo em sabê-lo. Bem, tu a consideras corretamente composta ou não?" "Certamente. Considero-a composta muito *corretamente*."⁷⁵ Respondi.
"E a consideras corretamente composta mesmo que o poeta se contradiga?"
"Não."
c "Então observa-a com maior cuidado", ele disse.
"Como já afirmei, estou familiarizado com ela."
"Então deves saber que, num certo trecho posterior da ode, ele diz:

...*Tampouco soam verdadeiras as palavras de Pítaco*,⁷⁶
Ainda que sábio tenha sido ele,
Difícil – declarou ele – é ser bom...

Notas que essa afirmação, bem como a anterior, é dita pela mesma pessoa?"
"Estou ciente disso."
"E achas que a segunda é coerente com a primeira?"
"Assim me parece", eu disse (embora ao dizê-lo tenha receado que no que ele dizia havia algo). "Por quê?", indaguei. "Não parece assim a ti?"
d "Como classificar como coerente", respondeu, "alguém que diz ambas essas coisas? Primeiro, ele próprio afirma que é difícil para um homem verdadeiramente tornar-se bom, e logo depois na sequência de seu poema ele o esquece e critica Pítaco por afirmar o mesmo que ele afirmou, ou seja, que é difícil ser bom, e se recusa a aceitar dele a mesma afirmação feita por ele próprio. E, no entanto, quando ele o critica por dizer o mesmo que ele diz, obviamente critica a si próprio também, de modo que tanto na primeira oportunidade quanto na segunda, sua afirmação está errada".

---

75. Schanz registra καλῶς τε καὶ ὀρθῶς (*kalôs te kaì orthôs*) com reserva, já que o primeiro advérbio é uma adição de Bekker. No texto de Burnet, esse advérbio está ausente. Ficamos com Burnet, pois nos parece que o sentido dos dois advérbios no contexto é combinável e até intercambiável, ou seja, não há, a rigor, dois sentidos distintos. Supomos que Platão só quis imprimir ênfase ao aspecto da *correção*.
76. Pítaco de Mitilene foi um governante de Mitilene.

e   Esse seu discurso recebeu uma calorosa aprovação de muitos de seus ouvintes e, num primeiro momento, senti como se houvesse sido atingido por um hábil boxeador; perdi momentaneamente a visão e senti-me tonto sob o efeito de suas palavras e do ruído produzido pelo aplauso. Então, para dizer-te a verdade, com o intuito de ganhar tempo para examinar o que queria dizer o poeta, voltei-me para Pródico e, convocando-o à cena, disse: "Pródico, Simônides era de tua cidade natal,

340a   não é mesmo?[77] Assim, é justo que venhas em socorro do homem e me permito pedir tua ajuda, tal como o Escamandro em Homero, assediado por Aquiles,[78] chamou Simoente em sua ajuda, dizendo:

...Caro irmão, juntemos nossas forças para contrapor o poder desse guerreiro...[79]

Do mesmo modo, recorro a tua ajuda para não vermos Protágoras destruir Simônides. Realmente, a reabilitação de Simônides requer tua arte especial, por meio da qual és capaz de discriminar entre querer[80] e desejar[81] como duas coisas distintas e efetuar todas as outras excelentes distinções da maneira que fizeste há pouco. Assim, rogo-te que consideres se compartilhas de minha opinião. De fato, não ficou claro se Simônides realmente se contradiz. Agora, Pródico, dá-nos, sem maiores cerimônias, tua opinião, e a título de veredicto. Consideras *o vir-a-ser e o ser*[82] idênticos ou diferentes?".

"Por Zeus, claro que diferentes", respondeu Pródico.

"Ora, na primeira passagem Simônides apresentou como sua própria opinião que é difícil para um homem tornar-se (vir-a-ser) verdadeiramente bom."

c   "Dizes a verdade", confirmou Pródico.

---

77. Ou seja, Ceos.
78. Aquiles, semideus filho de Tétis e do mortal Peleu, o guerreiro grego mais destacado da guerra de Troia.
79. *Ilíada*, Canto XXI, 308 e seguintes.
80. ...βούλεσθαι... (*boýlesthai*), o verbo βούλομαι (*boýlomai*).
81. ...ἐπιθυμεῖν... (*epithymeîn*), o verbo ἐπιθυμέω (*epithyméo*).
82. ...τὸ γενέσθαι καὶ τὸ εἶναι... (*tò genésthai kaì tò eînai*).

"E ele critica Pítaco", prossegui, "por dizer não o mesmo que ele, como sustenta Protágoras, mas por dizer algo diferente. De fato, o que disse Pítaco não foi, como disse Simônides, que é difícil *tornar-se (vir-a-ser)* bom, mas *ser* bom. Ora, Protágoras, *ser* e *vir-a-ser*, como afirma nosso amigo Pródico, não são idênticos; e se ser não é o mesmo que vir-a-ser, Simônides não se contradiz. Talvez Pródico e muitos outros poderiam afirmar com Hesíodo que se tornar bom é difícil, a saber:

Os deuses colocaram a Virtude num lugar que nos exige suor
Para atingi-la. Mas uma vez alcançado o cimo em que se encontra,
É tão fácil possuí-la então quanto foi difícil antes".[83]

Depois de ouvir isso, Pródico assentiu, dando-me sua plena aprovação. Mas Protágoras observou: "Tua correção, Sócrates, encerra um erro maior do que o erro que estás corrigindo".

"Nesse caso, parece que realizei mal meu trabalho, Protágoras", observei por meu turno, "revelando-me um tipo ridículo de médico, já que meu tratamento agrava a doença".

"Exatamente", ele disse.

"E onde está meu erro?", perguntei-lhe.

"A ignorância do poeta seria imensa se ele estimasse como algo trivial a posse da virtude, quando todos são unânimes em considerar que é a coisa mais difícil do mundo."

Ao que eu repliquei: "Por Zeus, a participação de Pródico em nossa discussão não poderia ser mais oportuna! Com efeito, é muito provável, Protágoras, que a sabedoria de Pródico seja um antigo dom dos deuses, que remonta ao tempo de Simônides, ou mesmo a uma época anterior a essa. Mas tu, tão hábil em tantas outras coisas, mostra-te inábil nesse ramo do conhecimento, te faltando aquilo de que eu poderia me gabar porque sou discípulo do grande Pródico. Assim percebo agora que não entendes que talvez Simônides não haja concebido a palavra *difícil*[84] do modo como a concebes. Da mesma forma, Pródico corrige-me toda vez que uso a palavra

---

83. *Os trabalhos e os dias*, 289 e seguintes.
84. ...χαλεπὸν... (*khalepòn*).

b   *espantoso*[85] para louvar-te ou alguém mais. Quando digo, por exemplo, que *Protágoras é um homem **espantosamente** sábio*,[86] ele me pergunta se não me envergonho de chamar as coisas boas de *espantosas*. Segundo ele, o espantoso é mau. Ninguém jamais fala de uma espantosa riqueza, ou de uma espantosa paz, ou de uma espantosa saúde, embora digamos uma espantosa (terrível) doença, uma espantosa (terrível) guerra ou espantosa (terrível) pobreza, tomando *espantoso* como mau, negativo. Consequentemente, talvez os habitantes de Ceos e Simônides concebiam *difícil* como *mau* ou outra coisa que não entendes. Consultemos, portanto, Pródico, que
c   é a pessoa certa a ser indagada a respeito da linguagem de Simônides. Pródico, o que entendia Simônides por *difícil?*".

"Mau", ele respondeu.

"Então é por isso, Pródico", eu disse, "que ele critica Pítaco por dizer que é *difícil* ser *bom*, pois é como se o ouvisse dizer que é *mau* ser bom".

"Ora, Sócrates, o que mais pensas que Simônides queria dizer? Não estaria criticando Pítaco por este desconhecer como distinguir corretamente as palavras? Afinal, lesbiano como era e educado numa língua bárbara "

d   "Bem, Protágoras, estás ouvindo as sugestões de Pródico. Tens algo a dizer a respeito?"

"Isso", começou Protágoras, "é muito diferente do que pensas, Pródico. Estou completamente seguro de que Simônides entendia por *difícil* o mesmo que geralmente entendemos por essa palavra... não *mau*, mas tudo aquilo que não é fácil e que envolve muito empenho e dificuldade."

"Ah, mas penso da mesma forma, Protágoras", eu disse. "É o que Simônides quis dizer e Pródico está ciente disso. Ele estava apenas gracejando e te testava a fim de verificar se

---

85. Δεινός (*deinós*), que significa tanto o que causa medo, terror (temível, terrível) quanto o que causa admiração, surpresa, pasmo. Em português, o adjetivo que, a nosso ver, traduz menos precariamente *deinos* é *espantoso*, com sua carga semântica ambivalente. Obviamente não há uma paridade entre o grego e o português, especialmente dependendo de cada substantivo adjetivado e particularmente no âmbito da análise de Pródico vinculada ao aspecto ético. Assim, dizemos em bom português que José tem uma inteligência *espantosa* (algo bom e positivo), mas preferimos dizer que a guerra foi *terrível* (algo mau e negativo) e não que a guerra foi *espantosa*.

86. ...Πρωταγόρας σοφὸς καὶ δεινός ἐστιν ἀνήρ... (*Protágoras sophòs kaì deinós estin anér*).

e serias capaz de defender tua própria afirmação. A melhor prova de que Simônides não queria dizer que *difícil* é *mau* está na frase imediatamente seguinte, na qual ele diz: *Só o deus pode ter esse privilégio*. Obviamente, não teria querido dizer que *é mau ser bom* para dizer na imediata sequência que *só o deus pode ser possuidor disso*, atribuindo esse privilégio exclusivamente ao deus. Se assim fosse, Pródico classificaria Simônides como um perverso e de modo algum como um genuíno nativo de Ceos. Mas eu gostaria de expor-te o que julgo que Simônides tencionava exprimir nessa ode, se quiseres testar meu *domínio da poesia* – para usar tua própria expressão. Mas se preferires, ouvirei a ti".

342a

Protágoras ouviu-me e disse: "Vai em frente, Sócrates". Pródico, Hípias e os demais estimularam-me para que me pronunciasse.

"Muito bem", eu disse, "tentarei vos expor do que trata, a meu ver, esse poema. Ora, a filosofia não só tem suas mais antigas raízes como é mais largamente desenvolvida e difundida em Creta e na Lacedemônia[87] do que em qualquer outra parte da Grécia, contando essas regiões com a maior de todas as concentrações de sofistas. Esses povos, contudo, o negam e fingem ignorância a fim de evitar a descoberta de que é através da sabedoria que eles têm ascendência sobre o resto do mundo grego, como aqueles sofistas aos quais aludia Protágoras.[88] Preferem que acreditem que devem sua superioridade à capacidade de luta e bravura de seus guerreiros, imaginando que a revelação de sua verdadeira causa induziria todos a praticar essa sabedoria. Tão bem souberam preservar seu segredo que conseguiram enganar os adeptos do culto espartano nos outros Estados, resultando que vemos todas essas pessoas mutilando as próprias orelhas na tentativa de imitá-los, utilizando luvas de couro, praticando exercícios físicos exageradamente e vestindo pequenos mantos vistosos, como se fosse através disso que os lacedemônios mantêm o poder político sobre a Gré-

b

c

---
87. Ou seja, Esparta.
88. De 316c a 317c, em que Protágoras citou nomes célebres do mundo grego, que segundo ele eram sofistas disfarçados, e teceu um longo elogio à sofística.

cia.⁸⁹ E quando os espartanos querem alguma privacidade para que possam conversar livre e abertamente com seus sofistas, sancionam atos antiestrangeiros contra os laconizadores⁹⁰ e quaisquer outros estrangeiros dentro de sua cidade, passando a manter reuniões com os sofistas desconhecidos aos estrangeiros. E para que seus jovens não desaprendam o que aprenderam em sua cidade, são proibidos de viajar para outras cidades, regra que também existe em Creta. Nesses dois Estados não só há homens como também mulheres que se orgulham de sua educação. E podeis constatar a verdade do que digo e que os espartanos contam com a melhor educação em filosofia e argumentação pelo seguinte, a saber, contatando o mais ordinário dos espartanos. De início verás que na conversação sua contribuição é inexpressiva, mas não tardará para que, em algum ponto da discussão, ele venha com uma observação notável, curta e concisa, mas como um projétil letal que leva o interlocutor a se sentir como uma criança indefesa. Essa verdade tem sido percebida por observadores atentos tanto atualmente quanto no passado, nomeadamente que a prática dos espartanos é muito mais o cultivo da filosofia do que a prática do atletismo. Eles estão cientes de que ser capaz de fazer tais observações é a marca de uma pessoa plenamente educada. Refiro-me a Tales de Mileto, Pítaco de Mitilene, Bias de Priene, Sólon de Atenas, Cleóbulo de Lindo, Míson de Quenes e o último destes tradicionais vultos, Quílon de Esparta. Todos esses homens foram entusiastas, amantes e estudantes da cultura lacedemônia; e podeis reconhecer esse caráter distintivo de sua sabedoria nos ditos breves e memoráveis que foram pronunciados por cada um deles, os quais foram dedicados por eles conjuntamente, na qualidade dos primeiros frutos de seu saber, a Apolo no seu templo de Delfos, ali inscrevendo as máximas que estão nos lábios de todos, ou sejam, *Conhece a ti mesmo*⁹¹ e *Nada em excesso.*⁹² Com que propósito digo tudo

---

89. A hegemonia da Lacedemônia (Esparta), em matéria de poder bélico e político em todo o mundo helênico no tempo de Sócrates e Platão (isto é, entre os séculos V e IV a.C.) é fato histórico indiscutível.
90. ...λακωνιζόντων... (*lakonizónton*), pessoas que aderiram aos costumes e modo de vida espartano e que os difundiam em outros Estados gregos.
91. ...γνῶθι σαυτόν... (*gnôthi saytón*).
92. ...μηδὲν ἄγαν... (*medèn ágan*).

c	isso? A fim de mostrar que a antiga filosofia tinha como estilo a brevidade lacônica. Foi nesse contexto que a frase de Pítaco, nomeadamente *É difícil ser bom*, circulou privadamente recebendo aprovação entre os sábios. Diante disso, Simônides, ambicioso pelo prestígio de sábio, percebeu que se fosse capaz de derrubar essa frase, como se esta fosse um famoso atleta, e dela tirar o melhor proveito, também conquistaria fama entre os indivíduos daqueles tempos. Em consonância com isso, ele compôs todo esse poema como um meio de deliberadamente atacar e aviltar essa máxima. Isso é o que me parece.

Agora examinemos juntos o que acabei de expor e apuremos se minha explicação é realmente verdadeira. Bem, se tudo que o poeta pretendia dizer era que é difícil tornar-se bom, o começo do poema pareceria insano com a inclusão nesse ponto de *realmente*. Essa inclusão, suponho, carece de sentido, salvo se Simônides estiver se dirigindo à máxima de Pítaco como um debatedor que se lhe opõe. Pítaco diz que *é difícil ser bom*, o poeta o refuta observando: Não, mas *realmente tornar-se bom é difícil para um homem*, ao que Pítaco retruca *verdadeiramente* – não *verdadeiramente bom*; ele não menciona a verdade nesse contexto, ou sugere que algumas coisas são verdadeiramente boas, ao passo que outras são boas, mas não *verdadeiramente* boas. Isso indicaria uma ingenuidade que não se coaduna com Simônides. Devemos, de preferência, encarar o *verdadeiramente* como uma transposição poética, e começar por citar o dito de Pítaco da seguinte forma: vamos supor que o próprio Pítaco estivesse falando e Simônides respondendo nos seguintes termos: 'Boa gente, é difícil ser bom' e o poeta respondesse: 'Pítaco, o que dizes não é verdadeiro, pois não é ser, mas tornar-se (vir-a-ser) bom *realmente*, nas mãos, pés e inteligência com solidez, constituído impecavelmente, que é verdadeiramente difícil'. Dessa forma, constatamos um propósito da inclusão do *realmente*, e no fato do *verdadeiramente* ser colocado corretamente no final. E tudo que se segue corrobora essa interpretação do sentido. O poema, na sua forma linguística, apresenta muitos pontos que testemunham sua excelente composição; na verdade, é uma obra artística elegantíssima e finamente elaborada. Tomaria-nos, contudo, muito tempo fazer um levantamento minucioso dos seus encantos. Examinemos, portanto, apenas seu perfil geral e a intenção nele encerrada que, ao longo de toda a ode, é refutar a máxima de Pítaco.

Algumas linhas adiante, como se ele estivesse fazendo um discurso, diz que 'para se tornar, realmente, um homem bom é verdadeiramente difícil e, embora seja possível durante um efêmero período, permanecer nesse estado e ser um homem bom, como dizes Pítaco, é humanamente impossível. Só o deus possui esse privilégio",

Pois é inevitavelmente mau o homem
Cujo infortúnio irresistível derruba.

Ora, quem é derrubado pelo infortúnio irresistível no comando de um navio? Está claro que não é o passageiro comum, sempre suscetível de ser vencido. Não podeis derrubar alguém que já esteja deitado. Só podeis derrubar alguém que esteja em pé e estendê-lo no chão, ou seja, pô-lo deitado. Portanto, é alguém apto a resistir que um infortúnio irresistível derrubaria e não alguém sempre incapaz de resistir a qualquer coisa. Um furacão que atingisse um piloto o tornaria incapacitado de resistir, bem como uma estação ruim deixaria um agricultor incapacitado de resistir, o mesmo sendo válido para um médico. De fato, o bom é suscetível de tornar-se mau, para o que temos o testemunho de um outro poeta,[93] que disse que...

O homem bom é às vezes mau, às vezes bom.

...enquanto o homem mau não é suscetível de transformação, tendo que ser necessariamente sempre o que é. A conclusão é que quando o infortúnio irresistível derruba aquele que é apto, sábio e bom, ele não pode evitar ser mau. E dizes, Pítaco, que *é difícil ser bom* – realmente *tornar-se bom é difícil*, embora possível, mas *ser bom* é impossível, pois...

No caso de sair-se bem, todo homem é bom;
Mau, se sair-se mal.

Ora, o que é sair-se bem no ler e escrever, o que torna um *homem*[94] bom nisso? Está claro que é o estudo das letras. Que sucesso produz um bom médico? Está claro que é o estudo do tratamento dos doentes visando a sua cura. *Mau, se sair-se mal:* ora, quem poderia converter-se num mau médico?

---

93. Poeta desconhecido.
94. ...ἄνδρα... (*ándra*): em todo o presente contexto tem-se sempre em mente o homem, e não a mulher.

Está claro que quem, para começar, é um médico e, em segundo lugar, é um *bom* médico, porque também este poderia converter-se num mau médico, enquanto nós, que somos leigos relativamente à medicina, jamais poderíamos através do *sair--se mal* nos tornarmos médicos ou marceneiros, ou qualquer outra coisa do gênero. E se alguém não pode tornar-se um médico saindo-se mal, fica claro que também não pode tornar--se um mau médico. Do mesmo modo, o homem bom poderá algum dia tornar-se mau com a passagem do tempo, por efeito do trabalho árduo ou devido a alguma outra circunstância que envolve a única espécie efetiva de sair-se mal (insucesso), que é a perda do conhecimento. O homem mau, entretanto, jamais pode tornar-se mau, uma vez que ele assim é todo o tempo. Se fosse suscetível de tornar-se mau, deveria necessariamente antes ter se tornado bom. Por conseguinte, o sentido dessa parte do poema é que é impossível ser continuamente um homem bom, mas possível para a mesma pessoa tornar-se bom, como também mau. E também são os melhores durante o mais longo período os que são amados pelos deuses.

Tudo isso foi dirigido a Pítaco, como fica ainda mais evidenciado nos versos que seguem, em que se diz:

Portanto jamais, na busca do que não é possível vir-a-ser,
Consumirei o lote[95] de minha existência numa esperança vazia
De encontrar uma pessoa inteiramente irrepreensível entre
nós que colhemos
O fruto do solo de larga base.
Mas se a encontrar, sereis disso comunicado.

Trata-se de um tom veemente no qual ele conserva seu ataque ao dito de Pítaco em todo o poema:

Mas a todos que voluntariamente não cometem vilezas
Eu louvo e amo,
Pois à necessidade nem mesmo os deuses resistem.

Isso é igualmente dito com a mesma intenção, visto que Simônides não era tão falto de educação a ponto de dizer que louva-

---

95. ...μοῖραν... (*moîran*): o significado genérico da palavra é parte, porção, mas aqui a acepção é específica, ou seja, *aquilo que está destinado a cada um*.

va todos que não cometiam o mal voluntariamente, como se houvesse pessoas que o cometiam voluntariamente. Estou convicto de que nenhum sábio considera que qualquer ser humano comete voluntariamente um erro ou voluntariamente comete atos vis ou maus; todos estão bem cientes de que todos os que cometem atos vis e maus agem involuntariamente. Assim, Simônides não diz que louva o indivíduo que voluntariamente não comete nenhum mal, e sim aplica a palavra *voluntariamente* a si mesmo. Julgava que um homem bom, um homem honrado, frequentemente força a si mesmo a amar e louvar alguma pessoa,[96] digamos quando arrisca ter uma mãe ou pai, ou pátria, que são inconvenientes, ou algum outro parentesco desse tipo. Ora, quando isso ocorre com as pessoas perversas, estas parecem regozijar-se com as faltas de seus parentes ou pátrias e, queixosamente, apontando-as e denunciando-as, de forma que sua própria negligência quanto ao dever com eles possa não ser questionada pelos seus vizinhos, os quais poderiam, em situação diversa, censurá-los por serem tão negligentes. Então exageram suas queixas e somam hostilidades gratuitas e voluntárias a hostilidades inevitáveis. Entretanto, homens bons, ele sabia, ocultam o transtorno e se obrigam ao louvor, e se tiverem alguma razão para estarem indignados com seus pais ou pátrias devido a alguma injustiça perpetrada contra eles, passam a pacificar e harmonizar seus sentimentos, forçando a si mesmos a amar e louvar sua própria gente. E suponho que, em muitas ocasiões, Simônides conscientizou-se de que louvara e elogiara algum tirano ou algum outro indivíduo desse calibre, não voluntariamente, mas sob pressão. E então ele diz a Pítaco: 'Eu, Pítaco, não te critico simplesmente porque tenho aptidão para fazê-lo, visto que...

A mim basta aquele que não é mau,
Nem demasiado intratável, que conhece o direito da civilidade, um homem íntegro.
A ele nunca repreenderei,
Pois não tenho aptidão para repreender.
Infinita é a raça dos tolos.

---

96. Burnet acrescenta aqui: ...*totalmente diferente de si mesmo*... .

...de modo que todo aquele que se compraz na crítica teria suas mãos repletas o repreendendo.

É nobre tudo aquilo que a si não tem misturado o vil'.

d   O significado aqui não é que tudo que não tem a si misturado o preto é branco. Esse significado seria ridículo em mais de uma maneira. O significado é que ele próprio aceita sem objeção, sem críticas, o que é mediano. 'Não busco', ele disse, 'uma pessoa inteiramente irrepreensível entre nós que colhemos o fruto do solo de larga base. Mas se a encontrar, sereis disso comunicado.' Significado: 'Se esperar por isso, jamais encontrarei algum para louvar. Não, basta-me um indivíduo mediano e que não cometa nenhum mal, visto que amo e louvo a todos', e nesse ponto ele empregou uma palavra do dialeto

e   lesbiano,[97] uma vez que seu 'Louvo e amo todos voluntariamente' é dirigido a Pítaco (sendo que aqui, em *voluntariamente* deve-se fazer uma pausa); 'todos que não cometem nada vil, porém alguns há que louvo e amo involuntariamente. Consequentemente, jamais criticaria a ti, Pítaco, bastando para isso que falasses o que é moderadamente razoável e verdadeiro. Mas

347a   sendo as coisas como são, visto que mentes tão deploravelmente a respeito dos temas da maior importância com ares de quem pronuncia a verdade, no que toca a isso, eu te critico'.

Eis aí, Pródico e Protágoras, minha opinião no que se refere à intenção que motivou Simônides a compor essa ode".

b   Hípias tomou a palavra: "A mim pareceu, Sócrates, que nos brindaste com uma boa análise do poema. Mas também gostaria, se for de vosso agrado, de proferir um elegante discurso acerca dele".

"Sim, Hípias", interveio Alcibíades, "mas numa outra ocasião, pois agora, conforme o acordo feito entre Protágoras e Sócrates, cabe a Sócrates responder a quaisquer perguntas que possa ainda desejar a ele fazer, embora caso ele prefira responder a Sócrates, a função de Sócrates será perguntar".

c   Diante disso observei: "No que me diz respeito, deixo a critério de Protágoras decidir o procedimento que mais lhe aprouver. Mas caso ele não se importe, cessemos de falar de odes e poemas

---

97. ...τῇ τῶν Μυτιληναίων, ... (*têi tôn Mytilenaíon,*).

e nos concentremos nos pontos que consubstanciaram minhas questões iniciais e para as quais, Protágoras, apreciaria, com teu auxílio, atingir algo conclusivo. A mim parece que discutir poesia não me se afigura, a rigor, diferente [do que se discute] nas festas regadas a vinho da multidão que se reúne no mercado. Esses indivíduos, devido à sua incapacidade de entreter uma conversação familiar, acompanhada de vinho, que seja promovida por suas próprias vozes e discussões – resultado do fato de lhes faltar educação – pagam regiamente tocadoras de flauta, contratando e se fiando no som exterior da flauta, que atua como música de fundo para suas reuniões festivas. Mas onde a festa é constituída por homens nobres de consumada educação, não se conta com a presença de tocadoras de flauta, de lira ou dançarinas, mas somente com a do grupo que se contenta com sua própria conversação, dispensando todas essas tolices e frivolidades pueris e limitando-se a discursar e ouvir ordenadamente, cada um a seu turno, ainda que uma grande quantidade de vinho seja consumida. Portanto, uma reunião como essa, se é que realmente tem como participantes homens do quilate que a maioria de nós arvora ser, prescinde de sons exteriores e vozes estranhas, até mesmo as dos poetas, que não podem ser interrogados acerca daquilo que declaram. Quando um poeta é citado numa discussão, quase cada um de todos os presentes tem uma opinião diferente sobre o que ele quer dizer, e todos se põem a discutir de maneira tortuosa sobre uma matéria para a qual jamais haverá uma decisão final. Esse tipo de reunião é evitada por homens cultos, que preferem dialogar diretamente entre si e recorrer a suas próprias capacidades discursivas para se entreterem e se testarem mutuamente. É esse tipo de homens, a meu ver, que tu e eu devemos ter como modelo. Deveríamos colocar os poetas de lado e mantermos um diálogo direto, verificando e apurando a verdade e examinando nossas próprias ideias. Portanto, se desejas passar a interrogar-me, estou a tua disposição na qualidade de respondente; entretanto, se preferes, podes colocar-te a minha disposição, para que possamos esclarecer diversos aspectos da investigação em relação aos quais paramos no meio do caminho".

Esse meu discurso, acrescido de algo mais do mesmo jaez, não levou Protágoras a decidir-se quanto a que procedimento adotaria. O resultado foi Alcibíades olhar para Cálias e dizer:

"Achas, Cálias, que Protágoras está agindo corretamente agora nessa sua recusa de definir se participará da discussão respondendo ou não? De minha parte, acho que não. Que ele debata ou diga que não quer debater, para que possamos nos entender com ele. E dependendo de sua postura, Sócrates poderá debater com outra pessoa, ou outra pessoa entre nós com outro interlocutor, conforme o consenso estabelecido entre todos".

A mim pareceu que as palavras de Alcibíades embaraçaram Protágoras, embaraço que só aumentou quando Cálias, em uníssono com quase a totalidade de todos os presentes, insistiu que se manifestasse. Finalmente, embora relutantemente, pareceu recompor-se e se dispôs a retomar o diálogo, indicando que estava pronto para responder as perguntas.

"Protágoras", eu disse, "não desejo que penses que tenho outro motivo para debater contigo exceto o interesse de examinar as dificuldades que continuamente me afligem. Na verdade, disse Homero com muita propriedade que...

Quando dois andam lado a lado, se um não percebe, o outro o antecipa na percepção...[98]

...pois de alguma forma isso torna a todos nós, seres humanos, mais dotados de expedientes em toda ação, palavra ou pensamento. Mas se a percepção de alguém é isolada, faz-se imediatamente necessário que se mova em busca de outra pessoa com quem possa partilhar essa percepção e ter dela sua ratificação. Além disso, tenho uma razão em particular para regozijar-me em debater contigo e preferir-te a qualquer outro indivíduo. Considero a ti a pessoa mais bem qualificada para o tipo de coisas cujo exame cabe a indivíduos sensatos examinar, e particularmente a virtude. Quem mais poderia eu eleger? Não só julgas a ti mesmo um homem nobre e bom, como diferentemente de outros, eles próprios nobres e bons mas incapazes de tornar outros assim, és não apenas bom tu próprio como igualmente detentor do dom de tornar boas outras pessoas. E tens tanta autoconfiança que, enquanto outros mantêm essa arte oculta, te proclamaste abertamente a todos os gregos assumindo o título de sofista e apontaste a ti mesmo com destaque como mestre da cultura e da virtude, tendo sido, inclusive, o primeiro

---

98. *Ilíada*, Canto X, 224.

a exigir uma remuneração regular por tal trabalho. O que me restava, portanto, exceto convidar-te para uma investigação conjunta dessas questões? Não tinha alternativa.

b Assim, agora desejo que me lembres de algumas das perguntas envolvendo pontos que suscitei no início, assim como contar com tua ajuda para investigar outros pontos. Creio que a primeira pergunta era a seguinte: a sabedoria, a moderação, a coragem, a justiça e a religiosidade são cinco nomes para uma mesma coisa, ou há, subjacente a cada um desses nomes, alguma substância e coisa singular detentora de uma função que lhe é própria, cada uma dessas coisas diferindo das demais?[99] Tua
c resposta foi que não são meramente nomes vinculados a uma só coisa, mas que cada um desses nomes se aplica a alguma coisa distinta, e que todas constituem partes da virtude, embora não como as partes do ouro que se assemelham entre si e ao todo de que constituem partes, mas como as partes do rosto, que não são semelhantes ao todo de que são partes e nem semelhantes entre si, e cada uma tendo sua função própria e característica. Se conservas essa mesma opinião, manifesta-te. Mas se mudaste tua posição, contemplando uma outra, esclarece-nos a respeito,
d mesmo porque não vou objetar que dês agora uma resposta com outro teor. Na verdade, não me surpreenderia em descobrir agora que estavas tão só me experimentando naquela ocasião".

"Bem, Sócrates", respondeu, "digo que todas essas coisas são partes da virtude e que enquanto quatro delas mantêm uma razoável paridade entre si, a coragem[100] difere completamente das demais. Podes apreender a verdade do que afirmo do seguinte: encontrarás muitas pessoas extremamente injustas, irreligiosas, dissolutas e ignorantes e, no entanto, excepcionalmente corajosas".

e "Para por aí", eu disse, "é necessário que examinemos devidamente o que dizes. Classificas os corajosos como homens resolutos,[101] ou como algo mais do que isso?".

"Sim, resolutos e também prontos para agir em situações em que a maioria dos indivíduos ficaria amedrontada."

---

99. Cf. 329c e seguintes.
100. ...ἀνδρεία... (andreía).
101. ...θαρραλέους... (tharraléoys), combinação da autoconfiança com a ousadia.

"Bem, concordas que a virtude seja algo nobre[102] e que te propões a ser dela um mestre pelo fato de ser ela nobre?"

"A mais nobre de todas as coisas", respondeu, "e estaria fora de meu juízo se o negasse."

"Então será uma parte dela vil[103] e a outra nobre ou é o todo que é nobre?"

"Decerto, o todo é nobre no mais elevado grau possível."

350a "Sabes quem mergulha nos poços resolutamente?"

"Sei: os mergulhadores."

"A razão disso é saberem o que fazem ou a razão é outra?"

"Porque sabem o que fazem."

"E quem é resoluto no que se trata de lutar a cavalo? Os cavaleiros ou quem não é cavaleiro?"

"Os cavaleiros."

"E quanto a lutar com escudos?[104] Os peltastas ou quem não é um peltasta?"

"Os peltastas, o mesmo valendo para os demais casos", ele prosseguiu, "se é o que queres saber. Aqueles que têm conhecimento são mais resolutos do que os que não o possuem e, do ponto de vista individual, alguém é mais resoluto depois de ter aprendido do que antes de fazê-lo".

b "Mas deves ter presenciado em certas oportunidades", eu disse, "pessoas que não possuem conhecimento de nenhuma dessas atividades e que, não obstante, comportam-se com resolução em cada uma delas".

"Presenciei. E todas elas muito resolutas."

"E esse tipo de pessoa resoluta também está no rol dos corajosos?"

"Não, porque isso faria da coragem algo desprezível", respondeu. "As pessoas a que te referes não estão em seu juízo normal."

---

102. ...καλόν... (*kalón*).
103. ...αἰσχρόν... (*aiskhrón*).
104. ...πέλτας... (*péltas*): pequenos escudos leves utilizados pelos guerreiros da infantaria ligeira.

"Então, afinal, o que entendes por um indivíduo corajoso? Certamente o mesmo que indivíduo resoluto?"

c "Sim, é o que continuo sustentando."

"Então esses indivíduos, que são tão resolutos, não são considerados corajosos, mas desatinados? E, por outro lado, naqueles primeiros casos, os mais sábios são também os mais resolutos e estes, ou seja, os mais resolutos, são os mais corajosos? E com base nesse argumento, a conclusão lógica seria que a sabedoria é coragem?"

"Tua memória falha, Sócrates, com relação ao que eu declarei ao responder tuas perguntas. Quando me indagaste se os corajosos são resolutos, eu o admiti. Mas não fui indagado

d se os resolutos são corajosos. Se fosse, teria respondido: nem todos eles. Em lugar algum demonstraste que minha proposição de que corajosos são resolutos incorria em erro. Na sequência, demonstraste que tais pessoas individualmente são mais resolutas quando têm conhecimento, e mais resolutas do que outras pessoas às quais ele falta, e com isso concluíste que coragem e sabedoria são o mesmo. Mas, adotando essa linha de raciocínio, poderias até concluir que força e sabedoria são a mesma coisa. Começarias por perguntar-me se os fortes são poderosos, ao

e que eu responderia que sim; em seguida, se os indivíduos que sabem lutar são mais poderosos do que aqueles que não sabem fazê-lo, e se individualmente são mais poderosos depois do aprendizado do que antes dele, e eu responderia sim. E uma vez tivesse eu admitido todos esses pontos, ficarias livre para dizer – pela mesma razão – que de acordo com o que eu admitira, a sabedoria é força. Mas nem naquela oportunidade, nem em momento algum eu teria admitido que *os poderosos são fortes*, mas

351a somente que *os fortes são poderosos*, pois entendo que poder[105] e força[106] não são o mesmo, mas que o poder deriva do conhecimento, ou da loucura, ou do princípio volitivo e passional, ao passo que a força deriva da natureza e da nutrição apropriada do corpo. Assim, no que tange ao outro caso, também espírito resoluto e coragem não são idênticos, resultando que os cora-

---

105. ...δύναμίν... (*dýnamín*).
106. ...ἰσχὺν, ... (*iskhỳn,*).

josos são resolutos, mas não que os resolutos são corajosos; de fato, o espírito resoluto chega ao ser humano procedente da arte, ou do princípio volitivo e passional, ou da loucura – tal como o poder – enquanto a coragem procede da natureza e da adequada nutrição da alma."

"Dirias, Protágoras", perguntei-lhe, "que alguns seres humanos vivem bem e outros vivem mal?".

"Sim."

"Mas julgarias que alguém viveria bem se vivesse em meio à tristeza e ao sofrimento?"

"Não."

"Ora, se esse indivíduo concluísse sua vida após ter vivido prazerosamente, não julgarias que teria logrado viver bem?"

"Julgaria."

"E suponho que viver prazerosamente seja bom, ao passo que viver sem prazer seja mau?"

"Sim", ele disse, "desde que se vivesse no gozo de prazeres nobres".

"Mas o que dizes, Protágoras? Decerto não classificas, como a maioria, algumas coisas prazerosas de más e outras coisas dolorosas de boas? O que quero dizer é o seguinte: as coisas não são boas na medida em que são prazerosas, descartando-se qualquer outro efeito que possam ter; e, por outro lado, não são as coisas dolorosas em idêntico sentido más, isto é, na medida em que são dolorosas?"

"Não sei, Sócrates, se devo responder isso nos termos absolutos em que formulas a pergunta, ou seja, que tudo que é prazeroso é bom e tudo que é doloroso é mau. A mim se afigura mais seguro responder, tendo em vista não só a minha presente resposta como também todo o resto de minha existência, que algumas coisas prazerosas não são boas, que igualmente algumas coisas dolorosas não são más, embora algumas sejam; e que há uma terceira classe, neutra, composta de coisas que não são nem más nem boas."

"Chamas de prazerosas", perguntei, "as coisas que participam do prazer ou que produzem prazer?".

"Certamente", ele confirmou.

"Assim, quando questiono se as coisas não são boas na medida em que são prazerosas, o que pergunto é se o próprio prazer não é um bem."
"Como dizes sempre, Sócrates, examinemos o assunto. Se tua proposição mostrar-se plausível e constatarmos a identidade entre o prazeroso e o bom, teremos um consenso a respeito disso; caso contrário, estaremos em desacordo."
"E gostarias", indaguei, "de conduzir a investigação ou fica a meu cargo conduzi-la?".
"Cabe a ti conduzi-la, uma vez que foste tu que desencadeaste essa discussão."
"Muito bem", continuei, "talvez o exemplo seguinte projete a luz de que necessitamos. Quando alguém avalia a saúde de um indivíduo ou a eficiência de suas funções somáticas com base em sua aparência, pode olhar para seu rosto e para a parte inferior de seus braços e dizer: vamos, expõe teu peito também e tuas costas, mostrando-os a mim, para que eu possa examinar-te completamente. É esse o tipo de investigação que desejo fazer. Observando qual é tua posição relativamente ao bom e ao prazeroso, faz-me necessário comunicar-te o seguinte: vamos, Protágoras, expõe mais alguns de teus pensamentos. O que pensas do conhecimento? Partilhas, a seu respeito, da mesma opinião da maioria, ou tens uma outra? A opinião que se sustenta geralmente sobre o conhecimento é algo da seguinte ordem, a saber, que o conhecimento não encerra força, nem possui caráter condutor, nem caráter de mando ou governo. Não é considerado como algo desse gênero. As pessoas pensam que, embora o conhecimento esteja amiúde presente no ser humano, este não é governado por ele, mas por alguma outra coisa – ora pela paixão, ora pelo prazer, ora pela dor, às vezes pelo amor,[107] e com frequência pelo medo. Sua concepção do conhecimento é exatamente o que concebem de um escravo, ou seja, que pode ser arrastado por qualquer outra força. Partilhas desse ponto de vista, ou consideras que o conhecimento é algo nobre e capaz de governar o ser humano, que todo aquele que adquire conhecimento do que é bom e do que é mau jamais será compelido a agir de maneira

---

107. ...ἔρωτα, ... (*érota,*): amor sexual.

distinta daquela ditada pelo conhecimento e que a inteligência constitui um amparo suficiente para a humanidade?".

"Minha opinião, Sócrates, é precisamente a que expressas. E acrescento que seria para mim, mais do que para todas as pessoas, vergonhoso afirmar que a sabedoria e o conhecimento não são, entre as coisas humanas, as mais poderosas."

"Falaste com beleza", eu disse, "e também verdadeiramente. Mas estás ciente de que a maioria das pessoas não darão ouvidos a ti e a mim? Sustentam que a maioria dos indivíduos, mesmo conhecendo o que é o melhor e estando capacitada, não se dispõe a realizar o que é o melhor, realizando sim outras coisas. E sempre que lhes perguntei qual a possível razão disso, essas pessoas me disseram que os indivíduos que assim agem fazem-no sob a influência do prazer ou da dor, ou sob o controle de uma das coisas que mencionei há pouco".

"Sim, Sócrates, tenho isso na conta de apenas um dos ditos entre os muitos ditos errôneos das pessoas."

"Junta-te a mim, então, no empenho de convencer a todos e explicar o que é essa sua experiência que descrevem como 'ser vencido pelo prazer', e que aduzem como a razão de não conseguirem fazer o que é o melhor, a despeito de terem conhecimento do que é o melhor. Pois talvez se nos dirigirmos a eles nos seguintes termos: o que afirmais, boa gente, não é correto, porém inteiramente falso – poderiam indagar-nos: Protágoras e Sócrates, se essa experiência não é 'ser vencido pelo prazer', porém algo distinto disso, o que é e como a chamais? Dizei-nos."

"Por que, Sócrates, seria necessário que apurássemos a opinião da massa da humanidade, a qual é constituída por indivíduos que se limitam a dizer o que lhes vem à cabeça?"

"Imagino", respondi, "que isso nos auxiliará na descoberta de como a coragem está relacionada com as demais partes da virtude. Assim, se julgas adequado acatar o que combinamos há pouco, isto é, que devo conduzir no rumo que se afigura melhor para a elucidação do assunto, é imperioso que agora me sigas. Mas se não é o que julgas, atendendo ao que anseias, desistirei disso".

"Não", ele disse, "teu projeto é inteiramente acertado. Ruma para o fim tal como começaste".

c   "Retomando então o que eu dizia, supõe que nos perguntassem: então como chamais isso que descrevemos como 'ser vencido pelo prazer?'. A resposta que lhes ofereceria seria: 'Ouvi, Protágoras e eu tentaremos explicá-lo a vós. Não dizeis que isso ocorre, boa gente, na situação ordinária em que alguém é subjugado pelo prazer do alimento, da bebida ou do sexo, e realizando o que realiza embora ciente de que é ruinoso?'. Eles assentiriam e, em seguida, tu e eu lhes perguntaríamos novamente: 'Em que sentido chamais tais ações de ruinosas? Será porque geram prazeres imediatos e elas próprias são momentaneamente prazerosas, ou porque posteriormente provocam doenças e pobreza, e têm reservada para nós ainda uma profusão de males semelhantes? Ou, embora não tenham nada disso reservado para o futuro e se limitem a nos gerar gozo, persistiriam sendo más simplesmente porque seguramente geram gozo de uma maneira ou outra? Ser-nos-á cabível supor, Protágoras, que darão como resposta outra senão a de que essas coisas são más não em função da operação do efetivo prazer do momento, mas devido às consequências posteriores representadas pelas doenças e aqueles outros males?' "

d

e   "Penso", disse Protágoras, "que a maioria das pessoas daria essa resposta".

" 'Por conseguinte, provocando doenças provocam sofrimentos? Causando pobreza, causam sofrimento?' Imagino que é o que admitiriam."

Protágoras assentiu.

" 'Então vos parece, boa gente, como Protágoras e eu as severamos, que a única razão para essas coisas serem más é o fato de terminarem enfim em sofrimentos, e nos privar de outros prazeres?' Admitiriam isso?"

354a

Ele e eu chegamos a um consenso nesse ponto.

"Então, supõe que lhes perguntássemos o contrário: 'Vós que nos dizeis, por outro lado, que boas coisas são dolorosas – não dais exemplos tais como ginástica, serviço militar e tratamento médico através de cauterização, cirurgia, remédios ou dieta à base de fome, afirmando que são bons, porém dolorosos? Não concederiam isso?' "

Ele concordou que concederiam.

" 'Então, os classificais de bons porque produzem inicialmente dor intensa e sofrimento, ou porque mais tarde têm como efeito a saúde e a boa condição física, a preservação de Estados, o domínio sobre outros e riqueza?' Suponho que dariam seu assentimento a isso."
Ele concordou.

" 'E são essas coisas boas por qualquer outra razão exceto a de que resultam em última instância em prazeres, alívio e supressão de dores? Ou, para as classificardes como boas, tendes para elas outro fim, independentemente de prazeres e dores?' Suponho que não poderiam descobrir outro fim."
"Também acho que não poderiam", disse Protágoras.

" 'A conclusão é que perseguis o prazer como sendo um bem, e vos esquivai da dor como sendo um mal?' "
Ele concordou que responderiam que sim.

" 'Assim, sustentais como um mal a dor, ao passo que sustentais como um bem o prazer, visto que o próprio ato do gozo já classificais como mau tão logo ele nos priva de maiores prazeres do que encerra em si mesmo, ou conduz a maiores dores do que os prazeres que encerra. De fato, se vossa referência para classificar o ato do gozo como mau é outra, e visando a algum outro fim, podeis nos dizer qual é. Mas não podereis fazê-lo.' "
"Também eu sou da opinião que não podem", concordou Protágoras.

" 'E não será análogo no caso de sofrer dor? Classificais sofrer dor como um bem tão logo nos livra de dores maiores do que as que inclui, ou conduz a prazeres maiores do que suas dores. Agora, se podeis apontar algum outro fim além daqueles mencionados por mim quando classificais o sofrer dor como um bem, podeis nos informar. Mas isso nunca podereis.' "
"Dizes palavras verdadeiras", disse Protágoras.

" 'E se me perguntásseis, boa gente' ", prossegui, " 'por que insistes tanto com isso e com tantas minúcias?', eu responderia: 'Perdoai-me. Em primeiro lugar, não é fácil demonstrar o que chamais de *ser vencido pelo prazer;* em segundo lugar, desse ponto dependem todas nossas conclusões. Mas ainda é inteiramente possível batermos em retirada, se tiverdes, de algum modo, a capacidade de dizer que o bom difere do prazer, ou o mau da dor. Basta para vós viver vossa vida prazerosamente sem a dor? Se bastar, e sois incapazes de nos indicar qualquer outro bem ou mal que não tem como resultado final o prazer ou a dor, escutai o que tenho a dizer na sequência. Digo-vos que, se assim for, vossa posição se tornará absurda ao afirmardes

b que um indivíduo, frequentemente ciente de que o mal é o mal, não obstante a isso o comete quando dele poderia se esquivar, porque é impulsionado e tomado pelo prazer, ao passo que, por outro lado, dizeis que um indivíduo, ciente do que é o bem, recusa-se a praticá-lo devido aos prazeres fugazes pelos quais é dominado. O quão absurdo é isso ficará patente se deixarmos de usar tantos nomes ao mesmo tempo, prazeroso e doloroso, bom e mau. Visto que se revela serem apenas duas coisas, chamemo-

c -las mediante dois nomes, primeiramente bom e mau, e então, na sequência, prazeroso e doloroso. Nessa base, portanto, digamos que um indivíduo realiza o mal a despeito de estar ciente da presença do mal. E se então alguém nos perguntar: 'Por quê?', responderemos: 'Por ter sido vencido'. 'Pelo quê?' – nos indagará o perguntador. E nessa oportunidade seremos incapazes de responder: 'Pelo prazer', porque este trocou seu nome por *o bem*. Assim, só nos restará responder com as palavras: 'Porque ele é vencido'. 'Pelo quê?', insiste o perguntador. 'Pelo bem', decerto terá que ser nossa resposta. Agora, se acontecer de o

d perguntador ser uma pessoa arrogante, rirá e exclamará: 'O que dizes é ridículo, a saber, que alguém faz o que é mau, ciente de que é mau quando é desnecessário fazê-lo porque é vencido pelo bem!'. 'Assim', ele dirá, 'no interior de ti, o bem tem mais valor do que o mal ou não?' É óbvio que responderemos que não, pois se tivesse mais peso o indivíduo em relação ao qual dizemos que *é vencido pelo prazer* não teria cometido qualquer erro. 'Mas em

e que sentido', ele poderia dizer, 'o bem *supera em valor* o mal ou o mal supera em valor o bem? Isso só pode ocorrer quando um é maior e o outro, menor, ou quando há mais num polo e menos no outro'. Não encontraríamos qualquer outra razão para apresentar, sendo obrigados a concordar. 'Assim', ele dirá, 'fica claro que por *ser vencido* entendes obter um mal maior em troca de um bem menor'. Com isso é necessário concordar.

Portanto, voltemos atrás e apliquemos os nomes *prazeroso* e *doloroso* a essas mesmíssimas coisas, e declaremos que um

356a indivíduo realiza o que anteriormente denominávamos coisas 'más', porém que agora denominaremos coisas 'dolorosas', cientes de que são coisas dolorosas, mas que são vencidas por coisas prazerosas, embora fique claro que não as superam em valor. Todavia, no que mais o prazer supera em valor a dor além de superá-la no excesso ou deficiência relativos? Não se trata de uma questão de maior e menor, mais ou menos, maior ou menor grau? Realmente, se dissésseis: 'Mas Sócrates, o imediatamente prazeroso é extremamente diferente do subseb quentemente prazeroso ou doloroso'. Eu replicaria: 'E diferem em outra coisa senão em prazer e dor? A distinção esgota-se aqui. Como um pesador experiente, colocai coisas prazerosas e dolorosas na balança, acrescentando o próximo e o remoto, e me dizei o que pesa mais. Com efeito, se colocardes nos pratos da balança somente coisas prazerosas, o maior e o mais sempre receberão a preferência; se o fazerdes igualmente com coisas dolorosas, a preferência será sempre a favor do menos e do menor. Se pesardes coisas prazerosas e coisas dolorosas e apurardes que as dolorosas são superadas pelas prazerosas – independentemente de ser o próximo ou o remoto, ou vice-versa –, terás que c adotar a ação a que estão vinculadas as coisas prazerosas. Mas não essa ação se as coisas prazerosas houverem sido superadas pelas dolorosas. Seria possível, boa gente, que nos defrontássemos com uma situação distinta?'. Tenho certeza de que ficariam impossibilitados de fornecer qualquer alternativa."
A isso ele também aquiesceu.
"Assim sendo, eu lhes direi: 'Respondei-me o seguinte: não parece a vossa visão o mesmo tamanho maior, quando próximo, d e menor, quando distante?'. Admitirão que sim. 'E ocorre o mesmo com a espessura e o número? E sons iguais se mostram mais altos quando próximos e mais baixos quando distantes?' Continuariam concordando. 'Se, então, nosso bem-estar dependesse de fazer e escolher coisas grandes e de evitar e não fazer as pequenas, o que contemplaríamos como o elemento preservador na vida? Seria a arte da medição ou o poder do que aparece?[108] Não

---

108. ...φαινομένου δύναμις; ... (*phainoménoy dýnamis;*).

é este último que nos desnorteia, como vimos, e muitas vezes nos faz ver as coisas confusas e nos obriga a mudar nosso modo de pensar tanto em nossa conduta quanto em nossa eleição do grande ou pequeno? Ao contrário, a arte da medição tornaria as aparências destituídas de poder, e ao nos mostrar a verdade traria paz a nossa alma firmemente arraigada na verdade e preservaria nossa vida.' Reconheceriam, em vista de tudo isso, que a arte preservadora de nossa vida é a medição, ou que é alguma outra?"

"Reconheceriam que é a arte da medição", ele concordou.

"Ora, se a preservação de nossa vida dependesse da escolha do ímpar ou do par, e de saber quando executar uma correta eleição do maior e do menor, tomando cada um isoladamente ou comparando-o com outro, não importa se próximo ou distante – o que preservaria nossa vida? Não seria o conhecimento, ou seja, especificamente um conhecimento das medidas, uma vez que a arte nesse caso diz respeito ao excesso e à deficiência, e dos números, visto que têm a ver com o ímpar e o par? Essa gente o admitiria, não é mesmo?"

Protágoras concordou que admitiria.

" 'Bem, boa gente, como descobrimos que a preservação de nossa vida depende de efetuar uma escolha correta do prazer e da dor – do mais e do menos, do maior e do menor e do mais próximo e do mais distante – não fica evidente, em primeiro lugar, que a medição constitui um estudo de seu excesso, deficiência e igualdade em sua relação mútua?' "

"Necessariamente."

" 'E visto que é a medição, essa é decididamente uma arte e uma ciência.' "

"Aquiescerão a isso."

" 'Bem, quanto ao que é exatamente essa arte e ciência, o examinaremos em alguma outra oportunidade. Entretanto, o simples fato de ser uma ciência bastará para a demonstração que Protágoras e eu temos que apresentar com o fito de responder a pergunta que nos fizestes. Vós o fizestes, se é que lembrais, quando concordamos que não há nada que seja mais poderoso do que o conhecimento,[109] e que o conhecimento, não importa onde quer que possa ser encontrado, prevalece sempre sobre o prazer e tudo o mais; em seguida, dissestes

---

109. Cf. 352b e seguintes.

que o prazer frequentemente domina até mesmo o homem de conhecimento, e diante de nossa divergência convosco, fostes em frente indagando: 'Protágoras e Sócrates, se essa experiência não é *ser vencido pelo prazer*, qual poderá ser e como a chamais? Dizei-nos'. Se de imediato houvéssemos respondido: 'Ignorância', teríeis nos coberto de riso. Agora, contudo, se rirdes de nós estareis igualmente rindo de vós mesmos, pois admitistes que é devido à deficiência de conhecimento que os indivíduos incorrem em erro, quando de fato erram na eleição que fazem dos prazeres e dores, ou seja, na eleição do bem e do mal, e devido à deficiência não só de conhecimento mas do conhecimento que admitistes agora também ser o da medição. E deveis saber suficientemente bem que o ato errado cometido sem conhecimento é perpetrado por ignorância. Consequentemente, *ser vencido pelo prazer* significa precisamente o seguinte: *ignorância no mais elevado grau*, o que Protágoras, Pródico e Hípias aqui presentes afirmam que curam. Porém, vós, na suposição de que seja algo distinto da ignorância, nem procurarão vós mesmos esses sofistas, nem mandarão seus filhos a eles – que são os mestres dessas coisas – porquanto as considerais como coisas não passíveis de serem ensinadas. Por serdes ciosos de vosso dinheiro e não o darem a eles, todos vós não vos dais mal tanto na vida privada quanto na pública.'"

"Essa teria sido nossa resposta à maioria das pessoas. E agora recorro a vós, Hípias e Pródico, bem como a Protágoras – já que esta discussão também é vossa e eu apreciaria uma resposta conjunta – se pensais que o que digo é verdadeiro ou falso."

O parecer deles foi unânime de que meu discurso fora extraordinariamente verdadeiro.

"Se é assim, concordais", prossegui, "que o prazeroso é bom e o doloroso, mau. E peço a Pródico que sejas indulgente comigo no que respeita a tuas distinções das palavras, pois quer o chames de prazeroso, deleitoso ou gostoso, meu excelente Pródico, ou não importa em que estilo ou maneira possas preferir designar essas coisas, por favor faz jus ao intento de minha questão".

Ante isso, Pródico riu e aquiesceu, no que foi imitado pelos outros.

"Bem, homens", eu disse, "e quanto a isso? Todas as ações que visam à vida isenta de dores e prazerosa são nobres,[110] não são? E a atividade nobre é tanto boa quanto benéfica?".
Assentiram.

"Então, se o prazeroso é bom, ninguém que conheça ou acredite que há outras ações melhores do que aquelas de sua atividade, e tão possíveis quanto, agirá segundo o que se propõe se for livre para realizar as melhores. Ceder a si mesmo nada mais é senão ignorância, e controlar a si mesmo nada mais é senão sabedoria."
Todos eles concordaram.

"Bem, suponho que por ignorância entendeis ter uma falsa opinião e estar enganado acerca de matérias importantes?"
Aquiesceram igualmente a isso.

"Então certamente", continuei, "ninguém busca voluntariamente o mal ou o que considera como tal. Aparentemente, agir assim não é da natureza humana, a saber, desejar buscar aquilo que se tem como mau de preferência ao bom. E quando forçado a escolher entre dois males, ninguém optará pelo maior deles se puder escolher o menor".
Isso contou com o assentimento de todos.

"Bem, há algo que chamais de apreensão[111] ou medo?[112] E será – dirijo-me a ti, Pródico – o mesmo que tenho em mente, isto é, algo que descrevo como uma expectativa do mal, quer a designes como medo ou apreensão?"

Protágoras e Hípias concordaram com essa minha descrição da apreensão ou medo. Pródico, contudo, considerou que isso era apreensão, não medo.

"Bem, realmente não importa, Pródico. O ponto que quero estabelecer é o seguinte: na hipótese de nossas afirmações anteriores serem verdadeiras, algum ser humano desejará ir em busca do que lhe causa apreensão quando pode ir em busca do que não causa apreensão? Ou isso é impossível com base

---

110. Schanz registra καὶ ὠφέλιμοι (*kaì ophélimoi*) – ...e benéficas... com reservas. Burnet o registra normalmente.
111. ...δέος... (*déos*).
112. ...φόβον... (*phóbon*).

no que concordamos? De fato, concordamos que aquilo que se teme se considera mau: ora, ninguém vai em busca de coisas que considera más, ou opta voluntariamente por essas coisas." Também com isso todos concordaram.

"Uma vez tudo isso estabelecido, Pródico e Hípias", eu disse, "que Protágoras defenda perante nós a verdade de sua primeira resposta. Não me refiro à que foi dada logo no início,[113] quando afirmou que, embora houvesse cinco partes da virtude, não havia nenhuma semelhança entre elas, cada uma tendo sua função própria. Não é a isso que aludo, mas à afirmação feita por ele mais tarde,[114] quando disse que quatro delas apresentavam uma considerável semelhança entre si, mas que uma delas era inteiramente diferente das demais: a coragem. E juntou que eu poderia percebê-lo por força da seguinte evidência: 'Descobrirás, Sócrates, que as pessoas podem ser extremamente irreligiosas, extremamente injustas, extremamente dissolutas, extremamente ignorantes e, no entanto, extremamente corajosas. Daí poderes perceber que a coragem difere largamente das outras partes da virtude'. Na ocasião, sua resposta surpreendeu-me bastante e ainda mais quando passei a examinar a matéria com vossa ajuda. De qualquer forma, perguntei-lhe se entendia por corajoso, *resoluto*. Respondeu-me que resoluto e também *pronto para a ação*. Lembras-te, Protágoras, de haver dado essa resposta?".

Ele disse que se lembrava.

"Bem, diz-nos agora: para que coisas o corajoso está pronto para a ação? Para as mesmas do covarde?"

"Não", ele respondeu.

"Coisas diferentes?"

"Sim", respondeu.

"Os covardes vão em busca de coisas de pouco risco que dispensam o espírito resoluto, ao passo que os corajosos vão em busca de coisas temíveis?"

"É o que diz, Sócrates, a maioria das pessoas."

---

113. Cf. 330a e seguintes.
114. Cf. 349d e seguintes.

"Correto, mas não estou perguntando isso. Pergunto para o que, conforme *tua* opinião, o corajoso está pronto para a ação. Para coisas temíveis, acreditando que sejam temíveis, ou para o que não é temível?"

"Com base no que acabaste de dizer, o primeiro caso é impossível."

"Inteiramente correto, novamente", eu disse, "assim, na hipótese de a demonstração estar correta, ninguém vai em busca do que considera temível, visto que não estar sob o controle de si mesmo foi considerado ignorância".

Ele o admitiu.

"E a despeito disso, todos os indivíduos também vão ao encontro daquilo que podem encarar com resolução, sejam esses indivíduos covardes ou corajosos, e, nesse sentido, covardes e corajosos vão ao encontro das mesmas coisas."

"Mas, Sócrates", ele disse, "aquilo para o que os covardes vão ao encontro é precisamente o contrário daquilo para o que os corajosos vão ao encontro. Por exemplo, os corajosos se dispõem a ir à guerra, os covardes não."

"É ir à guerra algo nobre", perguntei, "ou algo vil?".

"Nobre."

"Portanto, se é nobre, segundo admitimos com base em nosso argumento anterior, é também boa, uma vez que concordamos que todas as ações nobres eram boas."

"Dizes a verdade e nisso eu sempre acreditei."

"E o fazes acertadamente", eu disse, "mas quem dizes que não se dispõe a ir à guerra, sendo esta nobre e boa?".

"Os covardes", ele respondeu.

"E então", prossegui, "se é nobre e boa, é também prazerosa?".

"Quanto a isso, certamente houve uma concordância."

"Os covardes, plenamente cientes, recusam-se a ir ao que é mais nobre, melhor e mais prazeroso?"

"Bem... na hipótese de admitirmos também isso", ele respondeu, "minaremos as bases de nossas admissões anteriores".

"E quanto ao corajoso? Vai de encontro ao mais nobre, melhor e mais prazeroso?"

"Sou obrigado a admitir isso."
"Assim, em geral, toda vez que os corajosos experimentam o medo, seu medo não é algo vil, nem quando mostram-se resolutos esse seu espírito resoluto é algo desprezível."
"É verdade."
"E se não é vil, é necessariamente nobre?"
Isso foi admitido por ele.
"E se nobre, então é bom?"
"Sim."
"E os covardes, os temerários e os loucos, pelo contrário, experimentam receios desprezíveis e uma ousadia desprezível?"
Ele concordou.
"E experimentam uma ousadia vil e viciosa exclusivamente devido à estupidez e à ignorância?"
"Precisamente."
"Concordas que é devido à covardia ou à coragem que são covardes?"
"Devido à covardia."
"Então, seria cabível concluirmos que a covardia é a ignorância do que se deve e não se deve temer?"
"Certamente."
"E assim são covardes por causa dessa forma de ignorância?"
Ele concordou.
"E admitiste que a causa de serem covardes é a covardia?"
Ele assentiu.
"Por conseguinte, a ignorância do que é temível e do que não é temível será covardia?"
Ele meneou a cabeça em assentimento.
"Mas com certeza a coragem é o oposto da covardia."
"Sim."
"Então, a sabedoria que conhece o que é e o que não é temível se opõe à ignorância dessas coisas?"

Mais uma vez meneou a cabeça afirmativamente.
"E a ignorância delas é covardia?"
Para isso meneou a cabeça, mas muito relutantemente.
"Assim, a sabedoria que conhece o que é e o que não é temível é coragem, opondo-se à ignorância dessas coisas?" Nesse ponto, ele não voltou a menear a cabeça em assentimento, e permaneceu em silêncio. Diante disso eu o interroguei: "O que acontece, Protágoras, que não respondes nem afirmativa nem negativamente a minha pergunta?".
"Responde-a tu mesmo", ele disse.
"Só tenho mais uma pergunta para fazer-te. Ainda pensas, como no início, que há alguns indivíduos que são sumamente ignorantes e, não obstante, sumamente corajosos?"
"Penso que só desejas sair vitorioso da discussão, Sócrates, razão pela qual me constranges a responder. Assim, com o intuito de agradar-te direi que, com base no que estabelecemos anteriormente em mútuo acordo, isso é impossível."
"A única razão que me animou", eu disse então, "a fazer todas essas perguntas foi o desejo de investigar as diversas relações da virtude e, sobretudo, o que é a virtude ela mesma, isto porque sei que se pudéssemos esclarecer isso nos capacitaríamos a instalar a questão em torno da qual tu e eu discutimos extensivamente... eu sustentando que a virtude não pode ser ensinada e tu que pode, e obter um esclarecimento satisfatório.

A mim, parece que nossa discussão, a julgar pelo seu resultado, volta-se contra nós e, como se fosse uma pessoa, nos acusa e cobre de escárnio, nos dizendo como se recebesse uma voz: 'Sócrates e Protágoras, como sois ridículos! O primeiro, por um lado, após ter dito inicialmente que a virtude não é ensinável, opõe-se agora a si mesmo, empenhando-se em demonstrar que tudo é conhecimento – justiça, moderação e coragem – o que constitui a melhor forma de fazer parecer que a virtude é ensinável, pois se a virtude fosse algo distinto do conhecimento – como Protágoras tentou sustentar – fica patente que não poderia ser ensinada. Mas na hipótese de se confirmar ser ela inteiramente conhecimento, como insistes, Sócrates, realmente se revelaria surpreendente o fato de a virtude não poder ser ensinada. Protágoras, por sua vez, embora no princípio sustentasse que podia ser ensinada, parece agora pensar o oposto, instando que ficou apurado que a virtude pode ser quase tudo, mas dificilmente conhecimento, o que a tornaria muito dificilmente ensinável'.

Agora eu, Protágoras, constatando em que extraordinária confusão conseguimos lançar todo o assunto, encontro-me extremamente ansioso para tê-lo totalmente esclarecido, e gostaria que nós, tendo atingido esse ponto, prosseguíssemos até finalmente descobrirmos o que é a virtude e, então, recuarmos para investigar se é ou não ensinável, de sorte que teu Epimeteu não nos frustre novamente nessa investigação, como descuidou de nós segundo tua narrativa de como efetuou sua distribuição.[115] Prefiro o Prometeu de teu mito a Epimeteu, pois dele tiro proveito, haurindo constantemente na previdência prometeana a favor de toda a minha vida ao ocupar-me de todas essas coisas. Assim, desde que tenha teu assentimento, como disse no início, muito me regozijaria em contar com teu auxílio nessa investigação".

"Louvo teu zelo, Sócrates", Protágoras disse, "e a forma como desenvolves teus argumentos, pois penso não ser uma pessoa de má índole e certamente sou a última no mundo a alimentar malevolência. Na verdade, tenho comentado com muitas pessoas quanto te admiro – bem acima de qualquer outro indivíduo que conheci, e como uma expressiva exceção entre os homens de tua faixa etária. Aliás, não me surpreenderia granjeares grande reputação como sábio. Continuaremos a investigação desse assunto num outro ensejo, quando quiseres. No momento é hora de darmos atenção a outros assuntos".

"Concordo inteiramente", eu disse, "se essa é tua opinião. De fato, vejo-me atrasadíssimo para o encontro que vos mencionei. Só permaneci aqui como um favor dispensado ao nosso nobre colega Cálias".

Isso marcou o desfecho do colóquio e cada um de nós partiu.

---

115. Cf. 321c.

Este livro foi impresso pela Gráfica Grafilar
em fonte Times New Roman sobre papel Pólen Bold 70 g/m²
para a Edipro no inverno de 2022.